此生，
让我成为
你的英雄

陕西新华出版传媒集团
太白文艺出版社·西安

图书在版编目（CIP）数据

此生，让我成为你的英雄 / 玉松鼠著. -- 西安：太白文艺出版社，2023.1
ISBN 978-7-5513-2145-7

Ⅰ. ①此… Ⅱ. ①玉… Ⅲ. ①长篇小说－中国－当代 Ⅳ. ①I247.5

中国版本图书馆CIP数据核字（2022）第143958号

此生，让我成为你的英雄
CISHENG, RANG WO CHENGWEI NI DE YINGXIONG

作　　者	玉松鼠
责任编辑	靳　嫦
封面设计	寻　觅
版式设计	建明文化
出版发行	陕西新华出版传媒集团 太白文艺出版社
经　　销	新华书店
印　　刷	西安市建明工贸有限责任公司
开　　本	787mm×1092mm　1/16
字　　数	390千字
印　　张	31.75
版　　次	2023年1月第1版
印　　次	2023年1月第1次印刷
书　　号	ISBN 978-7-5513-2145-7
定　　价	88.00元

版权所有　翻印必究
如有印装质量问题，可寄出版社印制部调换
联系电话：029-81206800
出版社地址：西安市曲江新区登高路1388号（邮编：710061）
营销中心电话：029-87277748　029-87217872

目录
CONTENTS

第 1 章	成蝶前夜	001
第 2 章	人才招聘	005
第 3 章	自己做主	009
第 4 章	煎熬等待	013
第 5 章	租房风波	017
第 6 章	家的温暖	021
第 7 章	再遇熟人	025
第 8 章	师徒相见	029
第 9 章	英雄救美	033
第 10 章	酒后成绩	037
第 11 章	宴请领导	041
第 12 章	酒宴风波	045
第 13 章	试用身份	050
第 14 章	参观风波	054
第 15 章	英豪榜前	058

第16章	忆往昔事	061
第17章	关于承诺	065
第18章	迎新大会	068
第19章	车上矛盾	072
第20章	打扫厕所	076
第21章	辩论大赛	080
第22章	午夜操场	083
第23章	男人告别	087
第24章	分配单位	091
第25章	包装厂记	095
第26章	习惯班组	099
第27章	不同的酒	103
第28章	香烟风波	107
第29章	学习之路	111
第30章	考试艰难	115
第31章	延迟一月	119
第32章	工作见闻	123
第33章	安全事故	127
第34章	意外发现	131
第35章	交锋时刻	135
第36章	威逼利诱	139
第37章	对决之时	143
第38章	新的开端	146
第39章	又起风波	150
第40章	节外生枝	156
第41章	检修到来	161

第 42 章	班长尹军	164
第 43 章	练兵前奏	169
第 44 章	第一轮败	173
第 45 章	不顺的人	177
第 46 章	赌博的人	180
第 47 章	酒醉蝴蝶	184
第 48 章	酒后温馨	188
第 49 章	破格批准	192
第 50 章	证明自己	196
第 51 章	爆发事故	200
第 52 章	关于爱情	204
第 53 章	班长的执着	208
第 54 章	坚守初心	212
第 55 章	害群之马	215
第 56 章	告别之日	219
第 57 章	步入正轨	224
第 58 章	临走之前	228
第 59 章	关张会友	232
第 60 章	酒后美事	236
第 61 章	新的征程	240
第 62 章	残酷野外	244
第 63 章	融入新环境	248
第 64 章	勘探见闻	252
第 65 章	霞光火红	256
第 66 章	野外生活	260
第 67 章	适者生存	264

第68章	遭遇沙尘	268
第69章	死里逃生	272
第70章	强迫的爱	276
第71章	良嫂来了	280
第72章	雪地勘探	284
第73章	等待救援	288
第74章	生日邀请	292
第75章	不欢而散	295
第76章	新的课题	300
第77章	设计分歧	304
第78章	大彻大悟	308
第79章	又接调令	312
第80章	新的环境	316
第81章	分手快乐	320
第82章	关于英雄	324
第83章	不相上下	327
第84章	一路相伴	331
第85章	命运巧合	336
第86章	实践真理	340
第87章	球场战舞	343
第88章	赛场拼搏	347
第89章	成熟滋味	351
第90章	再遇事故	355
第91章	自我反思	359
第92章	新的问题	363
第93章	又遇难题	367

第 94 章	分歧渐露	371
第 95 章	改造竞赛	375
第 96 章	茅塞顿开	379
第 97 章	表白现场	383
第 98 章	没有交集	387
第 99 章	故人相见	391
第 100 章	最后的挽回	396
第 101 章	穷凶极恶	400
第 102 章	醍醐灌顶	404
第 103 章	惊心动魄	408
第 104 章	我毁了你	412
第 105 章	危急时刻	415
第 106 章	火场救人	420
第 107 章	日新月异	424
第 108 章	坚守空厂	428
第 109 章	踌躇满志	432
第 110 章	技能大赛	435
第 111 章	幸福的人	439
第 112 章	坎坷爱情	443
第 113 章	岁月如歌	447
第 114 章	春风化雨	450
第 115 章	恰似少年	454
第 116 章	全新挑战	458
第 117 章	职业骄傲	462
第 118 章	问题频发	466
第 119 章	争端初现	469

第120章	把握尺度	473
第121章	精兵强将	477
第122章	递交答卷	481
第123章	英豪榜记	485
第124章	新的说客	489
第125章	人才辈出	493
后　记		496

第1章　成蝶前夜

盛夏的安西，炎热是每一个人心头的梦魇，走两步便会湿透劳保服，热风一吹便会干在身上，再走两步，汗又会出来，一个上午，衣服上就会形成白色的汗渍。

与之不同的是在办公室里，空调呼呼作响，但气氛却很诡异，三个技术工程师和厂长正讨论得热烈。

"让一个本科生对价值几千万的设备进行改造，这风险太大了。"一个技术工程师说道。

"我认为具体参数没问题，但这个改造团队未免太儿戏了，就两个人，还不是一个工种。"另一个技术工程师扶了扶眼镜，将改造图纸放下。

第三个技术工程师说道："领导，我觉得目前我们有这个能力改造，但因为赶时间而拿出的图纸，可能本身就存在问题。大检修不是出风头的时候，如果一切以恢复生产为主，那就应该交给供货商来完成维护方案呀。"

厂长说道："那各位认为这个改造方案本身有没有问题？"

"我需要看看他对整个设备的了解程度，另外还需要改造时的条件以及所需要的零件，还有维修方案的具体步骤。"

"我需要详细的故障排除方案，以及解决问题的可操作性。"

"如果是常用设备，那么改造就改造，可是精密设备的改造不是一蹴而就的。"第三个技术工程师说道，"我认为改造问题没有那么简单，这可能需要反复论证。"

厂长点点头，说道："那如果我让他把你们需要的方案全部整理出来，你们还会觉得不合适吗？"

……

门外站着一个人，他穿着劳保服，安全帽放在一旁的地上。他贴墙站着，门关着，却挡不住声音，里面发生的一切他听得一清二楚。他咬着牙，手里抱着的图纸也不自觉地被用力抱紧了几分。他就是我们的主人公李小白。

门开了，三个技术工程师很快走了出来，迎面撞见了李小白。两个人戴上安全帽，什么话都没说便离开了，另一个技术工程师只是对他笑了笑，说道："你的方案还需要商榷，不过年轻人勇气可嘉。"

看着第三个技术工程师离开，李小白敲开了厂长办公室的门。

"哟！李小白呀，这么快就把图纸和方案全部弄好了？"

李小白脸色有些发白，说道："这些材料我们团队早就做好了，之前只是提出了这个议题。"

"好样儿的！年轻人就该大胆创新。不过凡事不可操之过急，这事还需要论证。"厂长的话耐人寻味。

李小白不知所措地站在原地，他不知道是该把图纸放下还是带走。厂长也看出了他的窘迫，说道："把图纸放下吧，回去等消息。"

出了办公楼，烈日让他有些眩晕，他长出了一口气。他已经很久没有睡一个好觉了，心思全放在改造设备上。他不知道自己是怎么走出厂长办公室的，但回到了车间后，他看到被拆卸下来的巨大设备时，心思又活络了起来。

这时，一个同样穿着劳保服、戴着安全帽的女孩子走了过来。她叫霓裳，白皙的脸上带着一丝愁容，她说道："小白，我觉得你的方案问题很大。我昨晚反复研究了你的设想，我觉得很大概率会失败。"

李小白走到设备前铺了一桌子的图纸旁，说道："那你有没有更好的解决方案？我和厂家的人也聊过，他们的工程师认为理论上可行。不仅仅这一点，我还有设计院的参数表……"

"不，你没理解我的意思。"霓裳走过来，拉了拉他的胳膊，说道，"我认为最大的问题在于知识体系。你不是焊工，也不是车工，即使包括你所谓的一个精确到误差在微米的零件，目前我们都做不到。一旦打开设备，任何一环出了问题，都会直接影响厂子的开工。"

李小白揉着太阳穴，说道："那就使用替代品，要不就得找解决办法。"

霓裳却摇着头说道："来得及吗？还有五天！"

李小白一拍桌子，站起了身，却是一阵眩晕。他昏了过去，趴在了一桌子的图纸上，图纸满天飞，好像无数的白鸽。

李小白感觉自己没了负担，灵魂飞出了身体，而意识穿过了层层的时空，回到了一切开始的那一天。

那是2018年7月21日。毕业前夕，西南石油大学石油化工专业的宿舍里，同寝室的好友每人买了一套西装，正在镜子前左看右看。

"小白，你觉得我穿这一身装备去参加双选，要是个女面试官，会不会给我多加点印象分啊？"舍友问道。

李小白刚打球回来，将臭球鞋一脱，躺在床上，说道："嗯，你需要去做个头发，还有，穿西装没有穿白色袜子的。"

"哦？是这样吗？谢谢兄弟，我去忙了。"舍友似乎发现了人生中很大的缺陷一般，急吼吼地出门，临出门却又在门口伸着脑袋，说道，"小白，你也差不多该买西装了吧？你一米八几的个头，穿上西装，那绝对是万人迷，别说女面试官，就是男面试官也要把你留住。"

李小白嘿嘿一笑，说道："你快去吧，我命由我不由天，我没想着去让别人面试我，我打算去找我自己想要的工作。"

李小白说完，正要对舍友再说什么，却发现舍友已经消失在了楼道中。

他想起了昨天父亲的电话："小白，毕业了就回来吧，咱们这儿的石化公司也在招人，你这个专业我去问了，对口得很。如果面试过了，我也好照顾你，将来给你看个孩子什么的，你也省心不是？"

这本是好意，但李小白却烦得不得了。他认为父亲窝囊，当了一辈子石油工人，退休了还穿着厂服背着手满城市地转悠，都不是工人了，也不穿点好的，还穿着丢不掉的石油劳保服。按父亲的话说，这衣服皮实，不容易穿破。

这都不是重要的，重要的是李小白看不上。一个一辈子没离开过安西的男人，眼界永远都是眼前的一亩三分地，永远不会抬头看看外面精彩的世界。这都二十一世纪了，对于一个飞机都没坐过的老男人，他们之间自然没话说。

更可气的是，当年报专业也是父亲帮他挑的。他那会儿还小，不懂，如今毕业了，都没发觉石油化工专业好在哪儿，他就应该去大公司，发挥所长，改变世界。

第2章　人才招聘

"小白，明天可是校园招聘，你怎么也没让我们看看你穿西装的样子啊？安西人还不好意思呢！"舍友打趣道。

李小白说道："我不穿，我怎么感觉你们穿着特别假。"

和他们聊天算是聊不下去了。几个兴奋的舍友倒是越聊越开心，仿佛明天就能收到工作录用通知一般。

第二天一早，这群平时叫都叫不醒的家伙比鸡起得都早，挨个儿地又是喷摩丝，又是刮胡子，唯有李小白躺在床上。其实他早醒了，他在为去不去双选而纠结，心中那团施展才华的火苗依旧未熄。

"小白，你看不上那工作，但好歹去一趟嘛，不是说先就业再择业嘛。"舍长是个老好人，也是关心李小白。他早看出李小白醒了，虽然不知道这小子在想什么，但不希望看着四年的同窗惨淡收场。

舍长见李小白没有任何反应，叹了一口气，轻轻关上门离开了。

李小白忽地坐了起来。他跳到窗口，看着礼堂那边几乎每个人都穿得西装革履的，他挣扎得更厉害了。其实他已经提前一天去看过了，没有一个公司可以满足他施展才华的诉求，于是干脆不打算去了。他决定去人才市场看看，认为那里才是一个好男儿该去的地方。

人不能没有希望，希望的火苗会随着时间一点点地增大，但未经世事的人第一次踏足战场的时候，他才会发现自己不过是这众生中普通的一个。

人才市场门口水泄不通，维持秩序的保安见这个穿着大裤衩、运动背心和球鞋的青年也要进去的时候，忙喊道："哎！今天这里只有学生可以进去，你们社会青年等学生招聘完再来啊，别过来捣乱！"

李小白没好气地将自己的学生证和求职资料拿了出来，说道："我就是应届毕业生，来找工作的！"

保安上下打量了他一番，估计也没见过穿成这样来找工作的，但见他证件齐全，也只能放行。

人才市场一共三层，每一层都有无数的小格子，每个小格子里都坐着一家企业的招聘人员。不过，李小白有点蒙。他的穿戴与周围西装革履的学生相比果然是非常另类。昨天，全宿舍都是西装革履的时候，他还没那么大压力；此时此刻，他觉得自己似乎应该找个地缝钻进去。

鬼使神差地，他出了人才市场，来到批发市场，找了一家西装店铺钻了进去，随便选了一套，穿在身上。镜子中的他果然很像心目中那个施展抱负的男人，唯一美中不足的是脚上还穿着一双球鞋。

紧赶慢赶，两个小时后，行头算是配齐了，他再一次杀进了人才市场。此时，已经有公司结束招聘了，而他还在精挑细选。就在这时，他看到一家游戏公司在招运营主管，他一下心动了。他平时就爱抱着手机玩游戏，尤其是《魔兽世界》。那时他已经满级了，舍友一起打游戏打不过的时候，统统都喊："快请我小李白现身，降妖除魔啦！"

他整理了一下西装，走上前，加上一个自信的微笑。但还没开口，身旁一个学生却挤到了他的身前，直接将简历递了过去，说道："我是学软件工程的，我想来贵公司试试，我希望成为一个码农。我大学时得过学校的计算机大赛二等奖，各种计算机等级证我都有。"

李小白惊呆了，这是什么速度？这是什么人品？需要这么夸张吗？

他上前拍了拍那人的肩膀，说道："不好意思，我先来的，是不是应该先来后到一下？"

那学生根本不理他，像饿狼一样趴在招聘人员的桌子前，感觉就像护食的野兽。

"哦，那你把资料留下吧。"招聘人员是个女士，头都没抬地说道。

那学生却是一脸欣喜地将资料留下，临走还鞠了一躬，接着又杀入了茫茫人海中。这把李小白看傻了，这学生投简历的方式是跟谁学的啊？

他坐下，看了招聘姐姐一眼，并不说话。对方等了半天，以为没人便没有抬头，低着头发着短信，身后其他应聘者出奇地没有打扰她。

招聘姐姐终于抬起头，看架势是要准备收摊下班，一抬头看见了李小白，吓了一跳，说道："哎呀，你怎么不说话呀？"

李小白展现出此生最帅的笑容，说道："我看姐姐在忙，没好意思打扰。我是来应聘运营主管的。"

"哦，你学的是什么专业啊？有几年工作经验？"

李小白说道："我学的是石油化工。我对游戏很感兴趣，最大的优点是学习能力强，我……"

"哦，我们是软件公司，不要石油化工专业。"

李小白还想说什么,身后的学生却是知道了这个耽误了他们半天时间的家伙根本就是专业不对口,忙催促他道:"哎,你专业不对口,我们都是学这个的。"

李小白还想说什么,却见招聘姐姐已经笑容可掬地看向了他的身后。他何等聪明,知道人家已经拿他当空气了,还赖着干吗?此处不留爷,自有留爷处!

他忽地站起身,继续在人才市场里闲逛。令他没想到的是,很少有公司需要石油化工专业,而他看上的公司一听他的专业,要么直接拒绝,要么要他留下简历,话都不和他多说一句。

最主要的是没有更多的时间给他思考,因为他买行头已经花费了两个小时。最后几家招聘单位离开的时候,李小白才发出去三份简历。

离开人才市场的时候,那种巨大的心理落差将他施展才华的梦想击了个粉碎。他突然想起辅导员在招聘前的班会上说的话:"这是你们就业的最好时机,学校花了很大的代价才把这些精挑细选的石油企业聚在一起。如果你们第一天没有投出简历,第二天还有一次机会,如果第三天没有接到录用通知,你们未来只有先去非本专业的公司了。"

他终于意识到辅导员说那些话的意思。反正第二天还有一次机会,那干脆下午再在人才市场碰碰运气,指不定真的有公司发现他这块巨大的宝藏呢!

匆匆地吃过午饭,匆匆地在人海中沉浮,一天的搏杀下来,他只感觉头晕目眩。这不是在找工作,而是在打仗。他投出了八份简历,但他能感觉到这些公司对他一点兴趣都没有。

第3章 自己做主

李小白回到寝室的时候，谁都没注意到他的西装，兴奋的舍友反而说道："哈哈！老天爷！招聘会刚结束，我就收到工作录取电话了，那个姐姐的声音就是天使！你们知道我去哪儿了吗？我要去大庆！铁人王进喜的家乡！"

"你自豪什么呀！"另一个舍友说道，"我在招聘会现场人家就把我签下了，我去中海油，天津！大麻花咱先不说了，煎饼馃子咱也不说了，单说出海，哎！那就是个爽！等我工作闲了，给哥儿几个钓鱼，什么大龙虾都不在话下！"

李小白很烦躁。他觉得明天将是安排他命运的时候，但他并不喜欢。其实他不知道自己到底喜欢不喜欢，他只是不知道自己要去干什么，这是一种恐惧，也是一种迷茫。

他将西装脱了丢在床上，那皮鞋磨脚，已经把脚磨出了个大水泡，还是运动鞋穿着舒服。

他换好衣服，抱起篮球打算去球场将一天的不爽全部释放掉。

刚出门，正巧遇到隔壁宿舍的同学韩笑。这家伙个头不高，平时在球场上属于贼有心眼的家伙，打球时夹带小动作不说，还喜欢耍帅。所以，一般李小白组队便与他组成一队，反正这小动作的对象不是自己就行，两人倒也算是配合得上。

"干吗呢？打球去吧！"李小白说道。

"你今天双选怎么样？"韩笑问道。

李小白说道："我没去，不稀罕。"

"啊？"韩笑两眼放光地看着他，说道，"哥们儿，真的假的？

为什么呀？"

李小白说道："不是说了嘛，不稀罕，我要的工作他们没有。"

韩笑一把搂住他，说道："哥们儿，我有一个想法，咱们合计合计？"

韩笑拉着李小白到了校门口的烧烤店，要了几瓶啤酒，点了些烧烤，吃着聊着。

"哥们儿，我打算开一公司。真的，给别人打工，不如自己干！苦是苦了点，但至少不看人脸色。"韩笑说道。

李小白心头一动，这不是打瞌睡来了枕头吗？他忙举杯说道："韩笑，你哪儿来的钱呢？创业可不是说说就成的事。"

韩笑说道："我没给你说过，我家就是开公司的，我爸让我回家继承他的公司，我看不上。我就想自己干出一番事业来，证明给他们看，我不比我爸差！"

最后这句话说到李小白心里去了，他想起他爸说过："你现在不如我，将来你要超过我。"

可父亲每次打生活费给他的时候，还总说："儿啊，以后工作了可要给爸多买点好东西啊！"

他想象着自己再次出现在父亲面前，那必须开着跑车，带着茅台，去最好的馆子。

回过神，他说道："兄弟，你打算怎么干？"

"我一个人肯定是干不了的，如果你有心，我们一起，我给你干股。"韩笑咬了一口串儿说道。

李小白说道："可是干什么呢？这买卖不是说干就干的呀。"

"我们是学石油化工的，你可知道我们国家每年要进口多少原油？"韩笑说道，"三亿吨！"

"这和我们公司有关吗？"李小白心头那叫一个激动。

韩笑说道："当然有关啦，如果我们能参与到这三亿吨里，你想想我们可以赚多少？这做生意就是调余缺、夺远近。我们刚开始肯定干不过大公司，那我们就从小的来嘛，无非就是找路子、进货、找买家嘛，你知道我们从哪个国家进的原油最多吗？"

李小白摇摇头，韩笑仰着脑袋说道："俄罗斯，我们就去俄罗斯！"

震惊，无比震惊！对一个没出过国的大学生来说，提到国外，多少有点向往。李小白说道："行！兄弟，如果你信得过我，我们就一起干！"

"我给你三成干股，我拿三成，剩下四成作为股权，找投资人。只要渠道打通，我相信捡钱的生意不会没人做，你说对吧？"

"对！对！那咱们什么时候开始？"李小白急切地问道。

韩笑说道："就明天！咱们成立自己的公司！"

"一言为定！来，干杯！"李小白举起酒杯一饮而尽。

这一晚，李小白喝得有点多，他拿所剩不多的生活费买了这次单。他不爱喝酒，却不得不喝，因为明天他和所有的舍友都不一样了，他们不过是去给人打工，而自己则成了企业创始人。

第二天一早，他就去找了韩笑。这家伙还在床上睡得正香，磨磨蹭蹭地起来，已是中午，两人草草在食堂吃了饭，便去了蜀都。韩笑带着李小白找到了一座写字楼，李小白觉得这里很奇怪，对面一排的汽修一条街，孤零零的写字楼一楼还全是做餐饮的。

韩笑说道："哥们儿，这就是咱们发家致富的地方。"

"你为什么不去大的写字楼？这地方……"

"兄弟，咱们做的是外贸，地方在哪儿重要吗？重要的是我们能撬动多大的市场。等有钱了，北上广什么地方不能去？而且这里吃喝拉撒都不愁，对吧？"韩笑兴冲冲地走进了写字楼。

写字楼里一个保安都没有，倒是有两家做生意的挂着横幅，一家是"老板娘跟人跑了，所有商品五元"，另一家是"皮革厂倒闭了，所有皮革大甩卖"。

货物丢了一地，到处都是，也没有顾客，两家老板正在打牌。

李小白皱眉跟着韩笑上了楼。这幢楼一共六层，没有电梯。爬到顶楼，李小白倒是没问题，韩笑却气喘吁吁起来。

韩笑指着还未装修的一大片空间，说道："兄弟，这就是咱们崛起的地方。"

李小白见地方果然大，也笑着说道："兄弟，装修可能不便宜，你打算花多少钱？"

"这里……我打算先投资二十万，你投多少？"韩笑说道。

李小白一下愣住了，说道："我没钱呀。我只是帮兄弟。"

韩笑说道："啊？那我们钱可能不够，现在这里一个月租金四千元，装修我出，租金你出，咱们这就算纳了投名状了。如何？"

李小白想了想，一咬牙说道："行！五万，我出！"

"那可能不够，押金还要一万。"韩笑继续说道。

"行！六万，你得保证装修在交付押金后立刻开始。"

韩笑拍着胸脯说道："那当然，我也想着赶快赚钱呢。"

第4章　煎熬等待

回到宿舍的李小白问了所有能问的兄弟借钱，可他们都是即将毕业的人，谁都害怕毕业后大家天各一方，这账也成了死账，纷纷拒绝。

舍长走了过来，见李小白一副愁眉苦脸的模样，问道："小白，面试结果怎么样？"

李小白依然硬气地说道："我没去，我要自己创业。"

"啊？你……你没去双选？"舍长大吃一惊，不可思议地看着还在想钱的李小白，叹了一口气，拍拍他的肩膀，走了。

李小白琢磨到了晚上，也不想吃饭，终于拿起电话拨了过去，说："爸，我要钱。"

"你怎么又打电话来要钱？是不是毕业了花销很大呀？"

李小白最烦这样，早晚都要给，还如此话多，他说道："不是，我想创业，我要六万。"

"啊？这么多！你没事干，创什么业？早点给我回来！我可以让你在外面玩一个月，但日子到了，你必须回来！我最多给你一万。"

啪！电话挂了。电话那头的李父长长地叹了一口气，他拿出了存折，上面只有两万块。他穿好厂服，看了看桌子上妻子的遗像，说道："老伴儿啊，这儿子大了，心也野了，不知天高地厚的时候到了。你放心，这小兔崽子，还飞不起来！"

他说着，便出门打钱去了。

傍晚时候，钱到账了，而李小白依然是眉头不展。

双选结束的第二天，是大多数同学开始摆散伙饭的日子，他则是跑到了那个梦想开始的地方，找到了写字楼的老板。他说道："老板，我打算租你的写字楼，不过，钱，我不能一下给你，你要知道我装修、买家具都需要钱，我们创业没那么多，我只能先给你一万。你要知道我装修好了，就算是跑路了，你也不亏呀，而且我们是打算放开手脚大干一场的！"

老板并没有心动，反而说道："别说那么多，我这儿是不见兔子不撒鹰，一码归一码。"

李小白也是倔脾气，把一万块钱往桌子上一拍，说道："老板，我们申请了五十万的创业贷款，审批在路上。你的钱我一个月，最迟两个月就给你凑齐，你要是不租，错过了，那是你的损失，大不了我再去找别家写字楼，就是麻烦点。我这儿将来可是呼呼啦啦好几十号人！"

老板也不知怎么的，或许是看到了李小白的气势，竟然鬼使神差地同意了。他们两人一共签了两份合同，一份是租赁合同，另一份是欠款合同，李小白将欠款合同慎重地塞进了包里。

老板伸手说道："李老板，祝愿你发财！"

第一次被人叫老板的快乐，那是李小白做梦都没想过的，竟如此容易地实现了。他回到学校，找到了在球场上依然小动作不断的韩笑，说道："兄弟，地方我已经租下来了，该看你的了！"

韩笑吃了一惊，马上大喜道："行！我明天开始张罗！"

这一晚，李小白去参加了一个一起玩了四年的哥们儿的散伙饭，吃得那叫一个爽快；这一晚，李小白有些醉了，他感觉离开校园的那一天注定是非凡的开始；这一晚，李小白睡得很香。

早晨起来，李小白去找韩笑，同学说他一早就出去了。李小白给他打电话，开始没人接，后来接起来，那边似乎很忙碌，说："兄弟，我这儿跑采购呢，特别忙，我得加班加点啊！"

李小白很感动，他认为这就是兄弟。这一天，他鬼使神差地没有去打球，而是买了一本《管理》杂志看了一天。

一连三天，李小白都没见到韩笑的人影。他特意跑到了写字楼，一问老板，才知道这三天压根儿没人来。终于在晚上的时候，他堵上了韩笑，说道："兄弟，你这几天跑哪儿去了，人也见不着？"

"买东西呀！你以为装修什么的不需要人谈吗？"韩笑一屁股坐在床上。

"那什么时候开始装修啊？"李小白这时觉得可能上当了，他问道。

韩笑说道："哥们儿，你真不了解一个公司开起来有多麻烦。我这几天如果只为了这点事跑，那我还真就轻松了。我跑的可是工商局，注册什么的，麻烦着呢！"

李小白知道错怪了韩笑，说道："哎，那咱们公司叫什么名字啊？"

"我回来就是和你商量这个事，你觉得叫什么好？"韩笑问道。

李小白皱眉想了半天，说道："飞跃？远东？东升？"

"你是本科生吗？怎么起的名字像极了草台班子？"韩笑不屑地说道。

李小白急忙掏出手机查了起来。两人折腾了一晚上，终于定了一个名字：双友好运。很简单也很好记，意思就是两个好朋友永远好运连连。

李小白躺在床上，反复默念着这个名字，甜甜地睡去了。

接着的第四天和第五天,他只是照例打电话询问了公司的进展,还提出如果需要帮助,他可以跑一跑,可韩笑却让李小白安心地在网吧玩,等待他的惊喜。

第六天,除了舍长还陪着他,其他同学已经握手道别了。李小白送走了他们,祝福对方,却毫不羡慕。

舍长见李小白依然跟没事人一样,与他畅谈了一夜,终于知道为什么李小白一点都不着急了。舍长皱眉说道:"哎,韩笑家的事你真的了解吗?"

"当然!我兄弟,我能不了解吗?"李小白看着那本已经翻皱了的《管理》说道,"他爸是做大生意的,他想自己创业,证明自己,我这边必须帮衬一把。"

舍长说道:"哎,那装修和注册公司这会儿应该已经开始了呀!要不明天我陪你去一趟?"

李小白突然感觉到有些不对味儿了,这一晚,他失眠了。第二天一早,他带着舍长吃了份米线,急匆匆地去了写字楼,一问才知道根本就没有任何人来看过。

李小白觉得自己似乎天真了,他立刻给韩笑打了电话,可电话没人接。舍长说道:"小白,我觉得你可能被骗了。"

"不可能!那是我兄弟!"两人急匆匆地回到了学校,可韩笑的宿舍门却关得紧紧的。舍长陪着他一直等到晚上,韩笑依然没回来。

李小白忽地站起,搬了一把椅子朝着宿舍门口走,舍长急忙拦住他,说道:"小白,你要干吗?这快离校了,你别搞事啊!"

第5章　租房风波

舍长以为李小白要用椅子砸门，却见李小白将椅子搬到了韩笑宿舍的门口。他站在椅子上，朝里一看，整个宿舍空空如也，韩笑的床上只剩下一张床板。

他失魂落魄地下了椅子。他不敢相信之前还信誓旦旦告诉他自己去办理各种手续的兄弟已经离他而去，泪水在他的眼眶里打转。舍长忙安慰道："小白，要不你去找下辅导员？或许他可以帮你想想办法。"

李小白猛地甩开舍长，跑到了操场。他一圈一圈地跑了起来，一直到精疲力竭地倒在操场上。

回到宿舍的他见到舍长给他打了饭放在桌子上，且已经收拾好了行囊。他一句话都没说，躺在了床上。

舍长走到他的床边，说道："小白，咱们一起四年了，你是我的兄弟，我不能看着你这样。如果你需要我帮忙，我现在就退掉火车票，陪你渡过难关！"

李小白笑了笑，说道："哎，你走吧，我没事，过几天，我也会走的。"

舍长皱皱眉，说道："那你先照顾好自己，再见！"

"再见！"

这一晚，李小白又失眠了。他想过无数种可能，唯独没料到会是这一种。

他拿起手机，开始一遍又一遍地给韩笑打电话，可就是没人接。他就抱着手机睡了过去。

第二天一早，他接到了一条信息，是韩笑发来的，上面写道：

兄弟，对不起！我家人要我出国留学，我也是刚刚才知道消息。等我到国外稳定下来，立刻就叫你一起来创业。走得匆忙，未来得及和你道别，你的投资算我欠你的，将来我一定归还。

李小白绝望了，整个一层楼只剩下了他。他默默地打包好行李，最后看了一眼宿舍——这是陪了他四年的地方。他做梦也没想到他堂堂李小白离开学校的时候竟然像一条无家可归的流浪狗。

李小白的性格中有一样优点，那就是不认输。他扛着铺盖卷到了写字楼。老板见到他一个人将铺盖卷放在了空荡荡的楼层，一点点地铺好，还没去问，李小白却先开口了："老板，我的公司开不起来了，我想要回我的押金。我知道我对不住你，你要我做什么弥补都行，但请把我的押金还我，可以吗？"

老板睁大了眼睛，看着他，说道："哎，你这是毁约啊！我可以拿着合同告你的！"

李小白说道："我知道，我错了。我爸说挨打要立正，犯错要承认，我可以给你打工。我是大学毕业生，我能吃苦，也会动脑子。"

老板愣住了，说道："哎，我不需要大学生，我给你开不了工资！你哪儿好哪儿凉快去，如果你不租了，我这边就租给别人了。"

李小白直接躺在了铺盖上，说道："老板，这儿现在还是我的，我没地方住，就先住在这里。我想赚回我的押金，你要是不答应，我就绝食，饿死了，你这儿肯定得上新闻，那样你就会因为一万块钱，丢了一栋楼。"

"你还威胁我,那你饿着吧!"老板没好气地走了。

李小白很干脆地躺在了铺盖上,盖好了被子,手里拿着的依然是那本《管理》杂志。

第一天,老板没来,李小白一口饭都没吃;第二天,老板没来,李小白又是一口饭没吃;第三天,老板上来看了看他,发现他还躺在被窝里,人一点精神都没有。

"哎!你还真绝食啊?为了一万块,值得吗?"老板问道。

李小白有气无力地说道:"这钱也是我借的,我必须想办法还。"

"那你可以出去给别人搬东西呀!找个工作慢慢还啊!赖我这里干吗?"老板气笑了。

李小白说道:"我爸说在哪儿跌倒就在哪儿爬起来。所以,我来了。"

老板点了一支烟,抽了一口,说道:"好!你小子有种!先下去吃饭,上来后我们聊聊。"

李小白说道:"我不吃,你先告诉我怎样才能还我押金,我再去吃。"

老板无奈了,说道:"简单!你把这儿给我租出去,新人进来,你的押金我一分不少地给你。"

李小白爬了起来,饿得有些头昏眼花,看着他说道:"真的?"

"真的!"老板觉得这难于上青天,却也以实情相告,说道,"我可告诉你,我这里已经空了一年了,想找人来,很不容易的。"

老板见李小白饿得没劲了,把他扶下楼,见他摇摇晃晃地去了饭馆,这才放心地回去睡觉。傍晚,也不知道李小白在那儿忙什么,只见他上上下下地跑了十几趟。

第二天一早，李小白便去了印刷中心。他印了七八米长的大型海报，几乎将他所租的这一层外墙全部占满了。他和印刷中心的人谈好，价钱多给一百，但要印刷中心的人帮忙把海报挂好。

大约到了中午，来了几个人，见了老板便问道："你们这里免费租的那一层怎么租啊？"

老板丈二和尚摸不着头脑，却见李小白冲了下来，说道："哦，你们租下下面一层，上面这一层免费租给你们一年！"

"才一年啊！"

"可以了！这么大的地方，第二年给优惠价！你们也可以看看第一层，旺铺啊！"李小白堆着笑容说道。

送走了来询问的人，老板问道："李小白，你搞什么鬼？这些人又是谁呀？"

"你没看到外墙上的海报吗？"李小白说道，"租一层旺铺送一层。"

"啥意思？"老板的这栋写字楼，实际上是他家的地，只是后来见周围都开发起来，为了保住地，他自己筹资建起来的。但他不懂运营，一直荒废着，他心里也发愁。

李小白说道："书上说这叫引流，来的人多了，鱼群中自然会有上钩的鱼。"

话音未落，又来了一群询问的人。老板这一天下来，就看着李小白上上下下地跑着，带人参观。忙碌了三天，竟然租出去了四间房。

老板这几天也算是摸清楚了李小白的套路。来参观的人先看上层，那价格几乎让所有人掉头就走，接着参观下层，价格非常便宜。

他告诉别人上层是大型购物中心，下层拿到就是赚到云云。

就这样，还真有人带着现金陆陆续续来谈合作。

忙了一天的李小白和老板终于坐到了楼下的苍蝇馆子里，李小白说道："老板，我虽然没能把我那一层租出去，但我帮你把下面几层租出去了，这收益能抵我的押金吗？"

第6章　家的温暖

老板嘿嘿一笑，说道："先吃饭，其他的明天再说。"

"那不行，这是咱们商量好的！"李小白不动筷子，看着老板说道。

老板从怀里摸出了一个纸包，说道："弟娃儿，你是碰到了我，换个心眼儿坏点的人，我们之间没有合同，又没有个见证人，你这钱哪，绝对打水漂了。"

说着，他将纸包递给了李小白。李小白急忙接过，打开一看，里面有一沓钱和之前签的欠款合同。他用心地点了一遍，松了一口气，将一千块钱递给老板，说道："钱给多了。"

老板笑了笑，说道："这是你的劳务报酬啊，傻小子，你要是愿意，就留在这里跟我干吧？"

李小白将钱小心翼翼地揣进了包里，说道："不了，我犯了个很大的错，这不过是弥补。我想去大公司施展抱负。"

"弟娃儿，你聪明得很。我想了一年的招儿，钱没少花，广告没少打，来的人却没几个，你一个点子就解决了我的心头大事，当真要得。"老板说道，"你这都是跟谁学的啊？"

李小白从包里取出了一本书，上面写着两个字"管理"，说道："这个案例在第二十六页写着呢。"

老板吃惊地看了一眼，拿起书翻到第二十六页，正是讲述一个年轻人如何将写字楼推销出去的案例。他看完不禁哈哈大笑起来。

李小白第二天便辞别了老板，尽管老板再三挽留，他还是打算出去闯闯。只不过，他发现这个城市似乎对他并不友好，他希望得到的施展才华的大平台遥遥无期，而老板多给的那一千块钱也花了个精光。

父亲的电话已经打过无数次，尤其是这几天，几乎每天打来三次，非要李小白先回去。就在刚才，李父打来电话，说道："儿啊，回来吧，我要住院，我好难受呀！"

李小白也是到了山穷水尽的地步，一咬牙，买了一张火车票回了远宁。他看着这个偌大的城市，心头一酸，眼泪竟掉了下来，这是他人生中第一次觉得这个城市不属于他。

远宁是安西的一个小城，这是一个石油城市，如果当年没有发现油田，那么也就不会有这个城市。后来，油田要留给后世子孙，不挖了，这个城市便成了石油深加工基地。小城在天山脚下，很美，被誉为天山下的明珠，有美丽的朝阳，也有璀璨的夕阳。

李小白到家的时候是下午五点。他拖着老大的行李箱出现在了家门口，看着这个熟悉的地方，他没来由地觉得很踏实。想起过去一个月发生的种种，他竟然又想哭了，可终究没哭出来。

李父正在家里收拾屋子，看着妻子的遗像，点了一炷香，说道："老伴儿啊，你可要好好地看着咱的儿子呀，我已经给他打过电话了，可他就是不回来，我都说我病了，也不知道他到底想不想我呀！"

正说着，门口有人敲门。李父最不喜欢他和妻子交流的时候有人敲门。他依然打算先把想说的话说完，再去看看是谁，可刚开了个头儿，门又响了，害得他几次都没办法静下心。他干脆将香插上，不悦地去开门。

门才开了一条缝，李父就见一个大行李箱先甩了进来，吓了他一跳。接着，他看到儿子一脸疲倦地进了门，他大喜过望，说道："哎呀！好小子，你终于回来了！哈哈！"

李小白见到两年没见的老爸，内心其实也是欢喜的，但不知是不是代沟问题，他只淡淡地说道："哦，回来了。"

"回来了就好，回来了就好啊！你快去洗澡，我给你买烤鸭！咱们父子吃顿好的。"说着，忙四处找鞋子，接着，又像是想起了什么，急如星火地走到了亡妻遗像前，拜了又拜，念念有词道，"还是老婆厉害！我去忙了啊！"

李小白洗了个澡，躺在沙发上，靠枕上熟悉的味道让他觉得之前受的委屈消散了不少。

或许，人就是这样，在外受了伤，家才是养伤的最好港湾。李小白是在几年后才明白这个道理的。

晚饭时间，李父以为气氛会很融洽，听儿子讲讲他在大学的见闻，两人相谈甚欢，在亡妻面前上一炷香，圆满结束一晚上的父子交流。可他想错了。儿子只吃了十分钟，他做的汤还没端上来，儿子已经吃饱进屋了。

"小白，出来喝点汤！"李父端着现买的活鱼熬的汤，"小白，多喝鱼汤对身体好啊，来喝点！"

说话间，李小白房间的门打开了，他已经穿着球衣打算出去打球。他走到桌边，将一个纸包放在了桌子上，说道："老爸，钱我没用，还给你。我出去打球了。"

李父有点吃惊。他本以为这钱花完了，李小白就会回来，没想到这臭小子竟然没花。

"哎！把汤喝了。"

李小白端起碗，吸溜吸溜喝了个精光，说道："我出去打球了。"

"好喝不？"

"嗯！"人已经到了楼下。

李父看着桌子上的纸包，打开一看，的确是一扎崭新的红票票。他喃喃地说道："老伴儿啊，儿子懂事了，不像我，年轻的时候大手大脚。"

话说李小白已经跑到了球场上，正和一群篮球爱好者挥汗如雨。就在这时，一个人在球场外大喊："哎！哥儿几个，加个人，我擅长三分！"

李小白觉得这声音很耳熟，回头一看，竟然是自己的高中同学蒋云飞。他矮胖矮胖的，上学那会儿爱惹是生非，倒是和李小白关系很好。主要是因为李小白个子高，成绩也不错，人还比较仗义，见不得自己班的同学被欺负，年轻气盛之下，但凡遇上这样的事，就必会出面管管。上学那会儿，李小白没少因为这挨老师的骂。

李小白嘿嘿一笑，边走边说："飞飞，来！让我来扣几个帽儿！"

"你谁呀？飞飞也是你叫的吗？"待蒋云飞看清楚来人，马上喜笑颜开地吼道，"李小白！小李白！我的天哪！这是大白天见了鬼了！你回来怎么不告诉我一声？我去接你呀！"

"少废话！来，打球！"李小白将球抛给了他。

蒋云飞的大厚巴掌摆得像拨浪鼓，说道："难得重逢，打个屁的球！走，哥们儿请客，喝酒去！"

第7章 再遇熟人

烤肉摊上，二十串烤肉，一箱啤酒，两人喝了起来。

"哎，上了大学，你就断了联系，哥们儿以为你去了国外呢。"蒋云飞说道。

"哪有，只是不想回来。家里催得紧，想着回来看看，不合适了再走。"李小白干了一杯，说道，"哎，你大学在哪儿上的啊？"

"别提大学，我上大学就是混了张文凭，读大专还多读了一年，家里也是催着回来。没办法啦，先混着呗，在哪儿不是吃一口饭？老天饿不死瞎家雀儿。来！干了！"李小白觉得蒋云飞这大学上得嘴巴溜了不少。

这一晚，两人吹着各自在大学的见闻，喝光了啤酒，这才又是拥抱又是握手地告别。李小白摇摇晃晃地回了家，才发现李父还在沙发上看着电视等着他。

李父忙说道："天热，怎么玩得这么晚？快，吃点西瓜！"

李小白摆摆手，径直回到了屋里。李父在门外说道："哎！好歹把脸和脚洗了再睡。"

李小白虽然喝了酒，但还是乖乖地去洗了，不过心中却有些烦躁。

第二天，李父买了早餐，等李小白起来一起吃。李父说道："小白，明天可是咱们远宁石化公司双选，你得去啊！我看你包里有西装，你穿上，让我看看。"

"我打算在家待一段时间就走，我想去外地。"李小白没头没脑地说道。

李父却说："哎！那不行！你好歹回来了，把心收了，好好在这儿上班！"见儿子又不说话了，忙换了个口气，说道，"你先去看看，把简历投了，再说去不去的话，好吧？要是真不喜欢，我不拦着你。"

李小白点点头，继续吃着油条。早饭还没吃完，就听见楼下蒋云飞的吼声："李小白！快下来！打野啊！"

李父一听楼下的喊声，眉头皱了起来，说道："你这一回来要打谁？"

"打野，游戏啊！"说罢，李小白丢了碗筷就要往外跑。

李父一把拉住他，说道："这双选可是要考试的，你不复习一下？"

"昨天我问过同学了，他说那些题谁都没见过，考的都是这么多年的积累，复习了也没用。"他已然穿上了球鞋，推门准备下楼。

李父叫道："你等等！"说着塞给他五百块钱，说道，"省着点花。"

李小白眼前一亮，嘿嘿笑着接了过来，下一秒，人已经朝楼下冲去。

这一天的快乐让李小白觉得回家也挺好的，至少同学都在身边，想找好朋友也是一个电话的事。人在外地，有时候连个说话的人都没有。

第二天风和日丽，阳光刚好，夏天剩下的最后热量还在散发着，远宁石化公司招聘会即将开始。

远宁石化公司的招聘很简单，主要针对的是职工子女，只要专业对口，交了简历，人事部审查通过，就可以参加考试。只有考试通过，才能成为公司的职工。

招聘会的门外已经站满了大学毕业生。蒋云飞瓷实的身体让他在这个夏末秋初显得有些油腻，一双大凉拖和一件大裤衩子让他在周围穿衬衣西裤、打领带的应聘学子中显得有些格格不入。

李小白一米八五的身高在人群中倒是很显眼，但他同样显得很另类：一双球鞋配着篮球短裤和速干衣，手里还抱着一个篮球。

蒋云飞瞟了一眼四周的人，嘿嘿一笑，说道："李小白，你今天不像是来应聘的，我感觉你是来打球的！"

李小白打了一个哈欠，说道："今儿就是交个材料，离面试早了去了。烦死了！这企业做事就没个思路，这么多人等着，好歹提前开始啊！我还约了人打球呢！"

蒋云飞一把抢过他手里的档案袋，快速打开，一瞅，啧啧地说道："哎哟！你这专业对口了嘛！咱职工子女的合同工里面，我听说专业对口的可不多啊，你这条件进主业那是没问题啊！"

"别扯那些没用的，我就不想回来！"李小白说道，"我好歹正儿八经大学毕业，在外地就是送个外卖一个月都赚个八九千。守这儿拿个五千块的工资，还得看人脸色，我亏不亏啊！"

蒋云飞嘿嘿怪笑，说道："我是机电专业，别人想要就要，不想要准把我一脚踢飞，比不了啊！早知道高考填志愿时我也选个石油化工专业。"

"你就这点出息！保持平常心，要是应聘不上，走就是了。此处不留爷，自有留爷处！"李小白四处看着。

突然，他看到了几个熟悉的身影。

蒋云飞神秘地将脑袋朝李小白身边凑了凑，说道："哎！我可听说这次招聘专业不对口的不要，应聘考试不及格的不要。这么算下来，这站着的人里面，至少一半都得另谋高就啊！你家就没点本事给你疏通一下？"

"多余！我还盼着把我刷掉呢，天大地大，哪里去不得？守着这十八线外的城市图个啥？"李小白不屑地说道。

蒋云飞还想说些什么，却被李小白打断："哎！我看到几个熟人！走，去聊聊！"

不远处站着一个怀抱档案袋的女生。她样貌清秀，忽闪的大眼睛显得很有灵气，一头过肩的秀发扎成了两条可爱的马尾辫，白色的T恤配着一条背带牛仔裤，显得青春又清纯。她叫霓裳，是李小白和蒋云飞高中时的同班同学。

还没等李小白靠近，一个男生快步地从他身边走了过去，肩膀不知有意还是无意地撞到了李小白的胳膊。

"嗯？"李小白眉头皱了皱。

只见那个男生走到了霓裳身边，递给她一瓶水，说道："霓裳，那边有个商店，我给你买了一瓶水。"

这个男生戴着一副金丝眼镜，穿着笔直的西裤，米色衬衣烫得很展，只是灰色的领带显得有些不搭。这个男生李小白认识，他叫毕渊，可以说是与霓裳一样的学霸。高中那会儿，每次考过了霓裳，他都要去她面前炫耀一番。

有意思的是李小白很讨厌他，上学那会儿就因为讨厌他，李小白纠集了几个同学找碴儿揍了他一顿。时隔多年，也不知道毕渊还记得这些不。

李小白当然不在乎这些。他径直走上前，笑着说道："霓裳，多年不见啊！"

霓裳回过头，一看是李小白，眼神更加明媚，笑着说道："小白，居然是你！我以为你不回来了呢。太好了！你真是的，大学四年跟谁都不联系。"

第8章　师徒相见

李小白挠挠头，说道："唉！高考没考好，当时也没心情，随便报了个大学，混了个学位证。"

毕渊并不惊讶，似乎早就看到了李小白。他说道："李小白，我觉得你应该在外地发展，你回远宁，感觉远宁又要不太平了。呵呵！"

这句话看似普通的打哈哈，但那股轻蔑之意李小白听得出来。

李小白无所谓地说道："我回不回来，关你什么事！你祈祷吧，不要和我分到一起，不然，你不会太平哦！"

霓裳拉了拉李小白的衣角，说道："小白，你怎么对待招聘一点都不重视？你看看他们，可是很看重的。"

李小白笑了笑，说道："我约了人打球，赶不及，这都是顺道来的。"

"哈！看来李小白早就找好关系了，有恃无恐啊！"毕渊站到了霓裳的身边，说道。

李小白脑袋一偏，说道："毕渊，这么多年，你是不是皮还痒痒？"

蒋云飞看出这两人不对付，正要帮腔，就听远处一人喊道："各位学子，拿好你们的档案，准备交材料啊！往届生先不着急，应届生先交！"

人群一下聚拢过去，李小白看毕渊瞪了他一眼闪进了人群。他倒是无所谓，没有讨厌的人在身边，就是开心的事。

李小白无所谓地说道："霓裳，要不你帮我交了？我就不进去了！"

霓裳吃了一惊，说道："那怎么行？这可是人生大事，你不能这样儿戏啊！"

蒋云飞也拉了他一把，说道："哥，我的哥哟！你就当给他们面子，去一趟！"

李小白无奈，只得跟了上去。

李小白拿着资料走到收资料的人面前，将资料递了过去，之后大大咧咧地坐了下来，等待审查。

就在这时，资料室的后门开了，一个男子走了出来。这人皮肤白皙，浓眉大眼，戴着眼镜。他叫严栋，是远宁石化公司人力资源部部长，他一眼就看到了吊儿郎当的李小白。

他皱眉说道："这名学生，你没看到你旁边的同学都是正装吗？怎么你就穿成这样来面试？"

这话的意思就是李小白对这次面试不重视。李小白说道："我不穿是因为太热，而且我不穿不代表不重视。"

严栋没想到这小子歪理一堆，说道："你叫什么名字？态度怎么这样！"

"我骂人了吗？我打人了吗？请问我态度怎么了？"李小白忽地站了起来，一米八五的他与一米七五的严栋形成了鲜明的对比。

严栋却是盯着他的眼睛走到资料员身边，拿起了李小白的资料，看了几眼，得知专业是对口的。他什么都没说，放下了手中的资料，径直出去了。

资料员说道："孩子，那可是我们的领导，你的态度有问题呢。"

"我又不求他办事，找工作彼此都是平等的，人五人六的，"李小白又笑容可掬地说道，"哪像姐姐一样和蔼可亲，下次我穿西装就是了。"

资料员笑了笑，接了资料。

交了资料后，李小白拿到了一张考试安排通知书。他随手往口袋一塞，就要去打球。

蒋云飞穿着大拖鞋走不快，老远吼道："小白！晚点给你打电话一起喝酒啊！"

李小白拍着篮球，也吼道："行啊！我打完球，一会儿吃鸡啊！等我电话！"

霓裳看着李小白远去的背影，有些担忧，那隐藏在心底的一丝悸动一晃而过。记得小时候，霓裳在水渠边玩，一不小心掉进了水渠里。她不会游泳，刚想喊，水灌进了嘴里，终是李小白水性好，将她救了上来。

上岸后，李小白叉着腰，冲她说道："你这妮子不好好去玩过家家，到水渠边作死啊？"

霓裳记得自己当时只是哭，李小白见状不说话了，将自己的车推了过来，说道："别哭了！我带你回家！"

李小白因为救她，将兜里的钥匙弄丢在了水渠里，被家人打了一顿，可他却没提救她的事。

……

"霓裳，有空我们多聚聚！同学一场，以后可能还是同事！"毕渊也从人群中走了出来，冲霓裳说道。这话打断了霓裳的回忆。

话说李小白这几天压根儿没有看发的材料，有了蒋云飞，那自然是玩得忘乎所以。

花开两朵，各表一枝。在人力资源部的门口，一个身材曼妙的女孩子提着精致的小包，手里拿着一张纸。她叫秦美鸽。她想起以前走进这里都要敲门，但今天不需要了。她直接走了进去，将纸放在桌子上，干脆利落地说道："我辞职！"

她没有遇到预想中的挽留，工作人员拿出一摞表格，说道："哦，想好了就填表吧。"

秦美鸽愣了一下，却是拿起笔唰唰地写了起来。

"好了，你的离职申请已经填完了，保持手机畅通，我们会给你打电话。等所有手续办完，你就不是安西石油的员工了。"秦美鸽冷哼一声，听这职工的口气似乎还在为她惋惜，当真是不明所以。

这一晚，秦美鸽叫了几个姐妹去酒吧庆祝解放，从此自由天天有，年轻人永远都能玩得忘乎所以。

秦美鸽举起酒杯说道："姐妹们，我在安西石油待了一年十个月，这是我人生的第一份工作。今天我辞了，我要自己干！这破地方，钱不多，事儿多，上班和坐牢一样，晚几分钟到还算迟到，那工资扣得跟不要钱一样。姐我不干了！来！干了！"

说罢，她昂起头，喝了个精光。音乐渐起，一群年轻的女孩子开始摇摆。

一旁桌子边的几个穿着时髦的小伙子相互间挑挑眉，朝着秦美鸽她们待的桌子靠了上去。

"小姐姐很漂亮啊！一起喝一杯，交个朋友，可好？"一个男子走上前说道。

秦美鸽何等骄傲！她的父母都是做生意的，当年，她毕业那会儿，父母一心想着不让孩子像他们那样风风雨雨，所以让她进了石化公司。上班的时候，秦美鸽是看不上倒班工人的，一天天按部就班，这样的日子过一辈子，何其无聊！而这个小城市几乎全部是职工，这里的男孩子，她自然也不会高看一眼。

秦美鸽并不理会。喝了酒的男人大多数有胆，男子说道："妹子，你们的酒，我请了。赏脸加个微信吧？"

见秦美鸽一行人根本不搭理他，男子的朋友在一旁起哄地哈哈大笑。男子的面子挂不住，啪地将酒杯摔在地上，说道："妹子，你答不答应，好歹给句话呀！别扫了哥们儿的兴！"

第9章 英雄救美

几个女孩子并不多见这样的场面，纷纷站起来要走，秦美鸽却是一把拉住她们。她挑衅地看着男子，说道："喂，你想喝酒，是吗？"

说着，她挨个儿将几个杯子拿起来，并倒满了啤酒，说道："来呀！一人一杯，看谁先扛不住。"说罢，举起一杯啤酒仰头喝了个精光。

男子却毫不畏惧，也仰头喝了个精光。

正当秦美鸽要喝第二杯的时候，突然，一只手抓住了她的胳膊。秦美鸽吓了一跳，急忙转身，却看到一个高高帅帅的男子站在那里。他一把抢过秦美鸽手中的酒杯，直接把酒倒在了地上，说道："哥们儿，喝酒就喝酒，下药的事可不是男人干的。"

这朵花还是要落在李小白身上。半个小时前，他和蒋云飞来到酒吧，坐在离秦美鸽不远的地方，正巧看到那个男子端着酒杯去了秦美鸽的桌子边。

"嗨！远宁什么时候有这么一号人渣？你看看摇起来跟个万兽园里的妖精似的。"蒋云飞说道，"哟！那姐们儿真不错，好酒量！"

秦美鸽喝下第一杯酒后，李小白却忽地站了起来，快速地朝着秦美鸽走了过去。他看到那男子手里握着一个小药丸，借着拿酒的机会丢进了秦美鸽的酒杯里。他当即上前一把夺过了酒杯，这才有了刚才的一幕。

"哟！是谁的裤裆没关紧，把你给露出来了？"那男子满嘴的脏话。

李小白朝前一步，说道："哥们儿，大家都是成年人，咱俩打可以，但你欺负我朋友，这不行。"

"你英雄救美，是不是选错了地方呀？"男子依然不客气地说道。他身后的朋友也纷纷站了起来。

李小白说道："哥儿几个人多，想以多欺少吗？行吧，都是出来玩，扫黑除恶不知道哥儿几个能不能轮上，你想怎么解决？"

这男子一见李小白毫无惧怕之色，又见另外几个女孩子拿出了手机，听到李小白给了他一个台阶下，忙说道："简单，你把眼前的酒都喝了就成。"

李小白笑了笑。秦美鸽正要发作，却被李小白拉了一下，他低声说道："我看到他在酒杯里下药了，不知道剩下几杯里有没有。你别管了。"

说罢，他拿起酒杯，咕咚喝了个精光。十几杯啤酒下肚，李小白只觉得天旋地转。他喝掉了最后一杯，直接拉着秦美鸽出了酒吧。他对秦美鸽说道："姑娘，你还是走吧，他们不像好人。"

蒋云飞早已跟着出了门，一把扶住李小白，在他背上拍了一把，说道："小白，好样的！这表现，我为你点赞！"

没想到这一拍，直接让李小白趴在路边哇哇吐了起来。秦美鸽都看傻了，不知道该怎么办。

李小白吐完，觉得很不好意思，急忙拉着蒋云飞摇摇晃晃地走了。大醉之后必然大错。

秦美鸽还傻傻地站在原地，她没见过这么奋不顾身的男人，正想着要不要去打个电话什么的，几个姐妹已经出来了。

"哎呀，你朋友可真帅！你快把他介绍给我吧？"

"啧啧，人美运气也好，能有这么好的朋友！"秦美鸽的朋友纷纷赞美道。

秦美鸽不觉间，脸羞红一片。

早晨，李小白还躺在床上，蒋云飞的电话已经打了五六个。就在这时，敲门的声音响起。李小白的父亲李国清买了早餐正在家等李小白起床吃饭，就听到蒋云飞在门外气喘吁吁地说道："伯父，李……小白，在不在啊？快！……今儿考试，要……要来不及了！"

李国清一听，一拍大腿说道："哎呀！死小子！我记差了时间！快起来！前途考试啊！"

说着，他一把将睡眼蒙眬的李小白从床上拉了起来。可怜李小白还穿着拖鞋，一头长发如同鸡窝，就被父亲和蒋云飞裹挟着出了家门。

"老爸，不急！不急！"李小白终于回过神来说道。

老爸没好气地一边开车一边说道："这是你终身大事，还不急！叫你这几天看书，你倒好，天天喝酒到半夜，没工作，我看你怎么办！"

李小白不吭声了，半晌后说道："那个……考试是不是要带个笔什么的……"

李国清站在考场门口一根接一根地抽着烟，看着儿子进了考场，才算是放下了心。

"师傅！您怎么在这儿？"

说话声让在考场门口抽烟的李国清回过了头，他惊讶地说道："小栋子！哎呀，好久不见啊！我那儿子今年毕业，这不是有招聘考试嘛，我陪着他来瞅瞅！"

"哦，这样啊，师傅，退休生活还好吧？我这边忙得都没顾上过去看您！"说话的人正是严栋。

"退休在家，我就逗逗鸟，和我那帮子退休的哥们儿聊聊微信！"李国清看严栋胳膊上的"巡检"两个字，若有所思，说道，"小栋子，你这是忙啥？"

严栋扶了扶眼镜，说道："我调到总公司人事上了，这次招聘我负责。"

李国清眼睛中亮光一闪，忙掏出烟递上，说道："是吗？哎呀！我那儿子叫李小白，小栋子，看在师徒一场的情分上，多关照一下啊！"

严栋说道："师傅，您不记得了？我不抽烟的。"

李国清一拍脑门，说道："哎呀！退休老得快，看我这记性！行！你快去忙，别误了正事！"

严栋点点头，说道："师傅，得空我去看您。"

李国清忙点头，说道："哎！哎！好！咱们师徒喝点，能喝才是石油人嘛！哈哈！"

秋高气爽，天空湛蓝，一只雏鸟飞过，停在枝头，四下看看，又扑棱棱地飞走了。

考场中，李小白看着题目。说实话，这题说难不难，说简单不简单，换句话说就是会的扫一眼就能填出答案，不会的想破脑袋还是不会。

李小白的做法很简单，先把会的做完，再算一下分数，差不多离及格还差几分。考试时间一个小时，半个小时后，李小白只觉得眼皮子直打架，昨晚和蒋云飞喝得太多了，这会儿竟然开始犯迷糊。他努力地想睁开眼睛，好歹检查一遍，可事实是考卷都在他眼前飘了起来。

第10章　酒后成绩

昨晚对李小白来说是快乐的，这就意味着今天是痛苦的。喝了不少酒，这会儿瞌睡是一阵接着一阵。

不知不觉，李小白眼皮越来越沉，竟然很快昏昏欲睡起来。监考人员只管你作不作弊，却不管你打不打瞌睡。

严栋作为巡考，正一间考场接着一间考场地转着。转到了李小白所在的考场时，他看到李小白口水都快流到桌子上了。他记得这小子正是自己师傅李国清的儿子。

严栋皱了皱眉头，这么重要的考试这小子也能睡着？他走进考场，走到李小白的身边，瞥了一眼考卷——还有十几道题空着。

严栋拍了拍李小白的肩膀，李小白一个激灵从昏睡中醒来，一看眼前的人正是昨天和他起了争执的人，着实吓了一跳，但看到两边的监考老师都没管，只能吐吐舌头。

严栋说道："时间要到了，赶快做题！"

李小白一看时间，还有十分钟。这十几道题立刻成了催命符。现在的时间也只够他扫一眼题目，直接填答案了。

交卷时间转瞬即到。李小白交了考卷后，却又无所谓起来，心想大不了此处不留爷自有留爷处。

"小白，考得怎么样？"蒋云飞像个小炮弹一般推开人群飞奔过来。

李小白打了个长长的哈欠，说道："老天知道我考过没，会做的都做了，不会的就看老天帮不帮我了。"

霓裳走了过来，说道："小白，这次题目不难，你应该没问题吧？"

"霓裳！"身后一个熟悉而又讨厌的声音响起，来人是毕渊，"这题目我都不用检查，太容易了！你考得怎么样？"

李小白一看毕渊气就来了，他侧过身，在蒋云飞身上拍了一把，接着一只脚狠狠地踩在毕渊的脚上。蒋云飞半蹲下身子，人群中传来了一声杀猪一般的惨叫。

李小白也半蹲下身子，捂着脚冲蒋云飞说道："飞子，你推我干吗？我的脚崴了！哎哟！快扶我一把！哎哟！"

毕渊忍住痛，怒气冲冲地吼道："李小白，你故意伤人！我考试时就坐在你旁边，是不是你想偷看我没让你看，你在报复我吧？"

"毕渊，别自作多情！你当自己还是高中学霸啊？低调一点！"李小白搂着蒋云飞站直了身子，说道，"今天就不追究你崴了我脚的事了。"

说罢，他搂着蒋云飞装模作样地离开了考场，剩下脚痛到站立不稳的毕渊咬牙切齿。

出了考场的门，蒋云飞嘿嘿一笑，说道："我的哥哎！你真是杀人不用刀，厉害哪！"

李小白一把推开了蒋云飞，活动了一下手脚，说道："少来！我今儿在考场都睡着了，要不是昨晚陪你喝酒，今天能这样吗？要是这次挂了，你得请我喝两天！"

蒋云飞大吃一惊，结结巴巴地说道："我的白哥，你开玩笑呢吧？那么紧张的考试，你能睡着？"

李小白一撇嘴，说："我刚才说的要是有半句假的，出门被车撞！"

蒋云飞这才相信，上前一步说："得！我现在就请你喝酒，咱们不醉不归！"

李小白哼哼了起来，说道："不行！我得回家安生待几天，我估摸着没考好，老爷子肯定要生气。回去一起吃鸡！"

说罢，李小白不管不顾地朝着角落走。实际上是因为他看到了老爸正在角落一边抽着烟，一边焦急地看着他这边。李小白不想让同学看到他考个试还要老爸陪着。

回到家里，李小白便躲进了屋里。正在百无聊赖之际，电话响了，他一看，火一下上来了。电话居然是韩笑打来的，他一下接了起来，冷冷地说道："你终于不失联了？"

"小白，我的确忙得团团转，今天才有空。我是专门来道歉的，不好意思啊。另外，我还是想邀请你，我不打算去留学了，我还是想自己干。我们在北京开始，祖国的首都。"

"我没钱，钱全部租房子了。你还是可以去那个写字楼，从那儿开始。"李小白说道。

"兄弟，我知道你还在生气，这次我是认真的。我家里人也赞同我创业，不需要你出资，所有钱我出，咱们分账不变。"韩笑说道。

这下反而是李小白没话说了。半晌，他说道："我考虑一下。"随后挂了电话。

昏天黑地的三天转瞬即逝。李小白这厮成了夜猫子，白天睡觉，晚上爬起来玩个通宵。他内心十分挣扎，一会儿那施展抱负的梦想又燃起来，一会儿又觉得是不是还有机会证明一下自己。

这种患得患失的心态一直到了成绩公布的那天。李小白没去，他隐隐感觉到不妙，给蒋云飞打了一个电话，让他帮忙瞅一眼。

半个小时后蒋云飞的电话来了，李小白的成绩是五十九分。这结果让李小白直接将手机摔在了床上，这分数简直是个笑话，要么让自己过，要么干脆给个三十分，断了这条路，干吗弄个五十九分？

对李小白来说，等待他的一定是老爸的狂风骤雨。果然，半个小时后，李国清回来了。一进门，他就咆哮了起来："混账东西！你这么多年学白上了！入职考试这么简单你都考不过！"

李小白只探出头看了一眼，就急忙将门反锁上。李国清将鞋拿在手里，想照着这浑小子的脑袋上给那么几下，解解气。

"叫你回来看几天书，你倒好，给老子醉酒！熬着夜玩！你这是要气死我啊！"李国清对着反锁的门大吼道，他不知道李小白此时在干吗，想一脚踹开门冲进去，却又怕把门踹坏还要自己修。

此时的李小白似乎也不好过，毕竟自己考试失败。他先是拿起手机打开游戏，玩了不到三十秒，又把手机丢在一旁。

他听着门外李国清的咆哮，干脆又用被子蒙住头，可声音还在往耳朵里钻。他干脆堵住耳朵，但似乎也不管用。

李国清继续咆哮着："你妈要还活着，知道你这么不争气，也得被你气死！你这个混账！"

李小白实在受不了老爸一有个什么事，就把他过世的老妈搬出来，他吼道："我本来就不想回来，是你非要我回来试试！我在外地干什么不能活？比这个十八线的小城市好得多！你们这群老石油人，脑袋都坏掉了！"

李国清气极了，一跺脚甩门离开了家。

第11章 宴请领导

屋里安静了下来，本该轻松的李小白却又莫名地烦躁了起来。至少在这一刻，他有一丝丝后悔，是不是自己真的应该拿出书看上那么一眼？

蒋云飞的电话不合时宜地打了过来。

"飞子，你过了没？"李小白问道。

蒋云飞说道："很险！六十三分，进对口专业怕是有点悬哪！"

"好好干！我可能要走！"李小白说道。

"啊？"蒋云飞惊呼，"那……那你有啥打算？"

说起来，李小白的内心也很混乱。他也不知道下一步该干什么，应付道："可能去北京吧，我同学都在那儿。"

蒋云飞说道："别呀！兄弟，让你爸找找关系，你爸是老职工，瘦死的骆驼比马大啊！"

李小白很清楚自己的老爸有几斤几两，他不过是普通的工人熬到了退休，退休前不过是个班长，这人走茶凉，哪里还能有说上话的人？

挂了电话，李小白感觉胸口有一股莫名的气无处宣泄。他感觉自己是个逃兵，一个战败的无耻逃兵。

秋老虎的热量似乎还在无穷无尽地释放着，似乎想霸占这个秋季，屋里并不凉快。李小白看着这个阔别四年的卧室，说不出是留恋还是厌倦，或许都有。

只是在眼下，一切都变得没有意义了。

手机又响了，意外的是这次来电话的居然是霓裳。李小白没有动手机，他看着电话号码不停地亮着。

四年前，李小白高考那天，以他的成绩本来可以上个不错的大学，但高考前一晚，他紧张到感冒，第二天昏昏沉沉地参加考试，结果没发挥好。

得知成绩的那一天，他特别沮丧，连老师都为他惋惜。最喜欢他的老师劝他复读一年，但性格倔强的他只是笑了笑，填报了一个城市的二本大学。他甚至连毕业聚会都没去。

大学四年他感觉就是在混。他似乎一直没走出高考失败的阴影，所有考试六十分万岁，却也风平浪静地熬到了毕业。

李小白捂住眼，过往的一幕幕在脑海里不断地浮现，似乎一切又回到了高考前感冒的那晚，焦虑、紧张、无奈、感慨，各种情绪在这小小的卧室里浮现。

李国清也知道了儿子的成绩，可他觉得还有机会。他将衣柜打开，把自己珍藏多年的茅台拿了出来。

他看着茅台，想起了当年的事。

那时，他是电修车间的班长，收了两个徒弟。这两个人都非常有特点，一个善于做人，一个善于学习，其中善于学习的就是严栋。

好为人的徒弟每天都会给李国清带早餐，而且还不重样，不是包子油条，就是抓饭奶茶；而严栋不善言辞，但在工作中遇到不懂的会马上问李国清，有时候问得他都哑口无言，严栋就自己去找答案，一直到弄懂为止。

很快，两人都过了转正期，而到了提干的时候，却只有一个名额。上级领导是不了解两人的，班长有绝对的发言权，便要李国清选一个成为储备干部，并且将他的意见作为重要参考标准。

这一晚，李国清正在家里给李小白做饭，敲门声传来。会做人的徒弟提着大包小包的礼品进来，笑嘻嘻地说想吃一顿师傅做的饭。

李国清自然留下他一起吃。饭吃了一半，徒弟将一沓钱放在了桌子上，说是感谢师恩，并且希望能够将这次提干的机会留给他。李国清并没有答应或者拒绝，反而是问了他一个生产中的问题，徒弟却是张口结舌面红耳赤地回答不出来。

李国清将钱推到了徒弟面前，说道："国家需要的是有真才实学的管理干部呀，你要好好学呀！"

思绪回来，李国清默默地走到亡妻的遗像前，低声说道："老伴儿啊，我知道这么做不对，可是为了孩子的前途，我想着我这把老脸不重要了呀。你给我个提示吧？"

说着，他掏出一枚硬币，说道："人头朝上，就是答应请客；人头朝下，就让臭小子自生自灭。"

硬币飞起，在照进窗户的阳光下，那么晶莹。

"这次不算，我手抖了。"李国清喃喃自语道。

而此时的李小白终于下定决心，还是去北京见见世面，大不了去当个外卖员，也好过在家天天听老爸絮絮叨叨，烦人不已。

他给韩笑拨了电话，那边很快接了起来，李小白说道："韩笑，你现在在哪儿？我们一起大干一场。"

"啊？兄弟，这都几天了，我以为你不干了，已经另找了一个合伙人。"韩笑的话语中带着惋惜，也带着嘲讽的意味，似乎这一切都怪李小白。

李小白说道："我不是说了考虑几天吗？"

韩笑却是无奈地说道："我这边着急啊，我的公司注册需要法人代表和股东的，我等不起呀。"

"行，好吧！祝你成功！"李小白挂了电话。这下他绝望了，似乎全世界又一次把他放弃了，他抱着脑袋，竟然不知该怎么办了。

无助感让他昏昏沉沉地倒在了床上，不知不觉地睡了过去。

傍晚时，李国清急匆匆地跑了回来，冲还在卧室沉睡的李小白大吼道:"臭小子!快给老子起来!收拾收拾,跟我出去吃饭!"

接着猛烈的敲门声将李小白吵醒。

"啊?我没胃口!"李小白翻了个身打算继续睡会儿。

门外的李国清大吼道:"我约了你将来的领导一起吃饭,你能不能上班就看他的了,你给我精神点!"

李小白有点意外,他这个爸在他眼里一直很窝囊,他还从来不知道老爸有这个能耐。李小白懒洋洋地抓起身边的衣服正要穿,就听门外的李国清吼道:"你别给我穿你那个像裙子一样的大裤衩!"

李小白无语了,此时,他的手里正抓着那条面试和考试时都穿着的篮球运动中裤。

……

晚饭时间,李国清带着李小白在小城最豪华的酒店包厢里等着李国清所说的领导。

李国清有些紧张,说道:"一会儿,你们领导来了,你有点眼色,嘴巴甜一点,要叫人叔叔,别觑个脸就知道吃!你能不能工作就是人家一句话的事!"

李小白皱眉说道:"老爸,生死有命,富贵在天!我不喜欢这送礼的一套!我的同学都在大城市,他们能去,我为什么不能去?"

第12章 酒宴风波

李国清作势要打,瞪着李小白怒吼道:"你知道今晚一顿饭要花我多少钱吗?这不都是为了你的将来吗?你的将来!懂不懂?你这个熊样子，还去大城市，饿死在外头，你就不嚣张了！"

两人说话间，包厢的门被推开了，一个穿着劳保服的男子走了进来。来人不是别人，正是李国清退休前带的徒弟严栋。

李小白愣住了，这个人不就是交资料的时候和他争执，考试那天叫醒他的巡考官吗？怎么是他？那天这个人叫醒他，难道不是出于好心，而是因为是老爸的"关系户"？

各种猜测在李国清的一巴掌拍在他背上时得到了证实。李国清低声喝道："还不叫你严叔？"

李小白忙站起身，结结巴巴地说道："严……严叔好！"

严栋看着李小白，眉头轻轻地皱了一下，目光转向了李国清，道："哎呀！师傅，您说叫我出来聊聊天，就到这儿来聊？这消费可不低啊！"

"唉！退休后，我认识的人也就那几个原来单位的老哥们儿，他们哪，退休了就在农村买了地，养老去了，我连个说话的人都少了，今儿就想找你过来聊聊天。"李国清说道。

严栋说道："那感情好！师傅，我先说一句，今儿的饭菜我来付！"

"小栋子，我是你师傅，还不了解你？来之前，钱我付过了！"李国清嘿嘿一笑，拍拍李小白的背，说道，"儿子，快！叫服务员上菜！"

李小白急忙点头出了门。

李国清说道："哎呀！这退休以后的日子哪，清闲，也不是好事，比不了你们哪！你看你，以前是兵，现在都是大将喽！"

严栋笑了笑，说道："那是师傅教得好！我还记得当年我刚上班的时候，您告诉我做人要圆，做事要方，我就是坚守这一条准则，才有了今天。"

说话间，菜很快上齐了。

严栋却皱起了眉，说道："师傅，这菜太多了，吃不了啊！"

"不是事，这不是事，难得你还能看得起我，来陪我这个老头子吃个饭！"说着，又拍拍李小白的肩，说道，"小白啊！以后可得跟着你严叔叔好好学，他本事大着呢！"

严栋听了这话，眉头更皱了。

李国清从身后摸出一瓶酒，是一瓶茅台酒。严栋看着李国清拿出的酒，却是将筷子放在了一旁，一把按在了李国清正要拧开瓶盖的手上，说道："师傅，今天您找我有事吧？有事您就说，不然，这酒喝了不踏实。"

李国清却是尴尬地一笑，推开了严栋的手，拧开了瓶盖，一边倒酒一边说道："哎！小事，都是小事！咱们先喝酒！这么久不见，我……"

严栋看着李国清倒满了酒，依然不抬筷子，说道："师傅，我了解您，遇到事，您都自己扛着，不问您个十遍八遍，您是不会说的。今儿您打算让我问几遍？不如我猜一下。"

说着，他看向了一旁的李小白，说道："师傅，是为了您儿子工作的事吧？"

李国清有些尴尬，说道："唉！这小子不争气啊！考了五十九分，其实他是考前那一晚被我叫去给亲戚帮忙了，所以……"

"师傅，"严栋打断道，"我记得我刚上班没多久，来了一个新员工，您花了很多时间告诉他什么能做，什么不能做，为了他的前

047

途，您甚至去求主任让他转正，可他就是烂泥扶不上墙。转正后三天两头旷工，班组里没有一个人喜欢他，最后他因为打架被开除了。老鼠屎永远成不了金疙瘩！您都忘了吗？"

李小白听着有些冒火，怎么着？就见了一面，他就得和老鼠屎画等号？

李国清却是苦笑一下，说道："小栋子，我了解你的意思，我家小白会成为一个好职工。你看他的身子骨，怎么都是本科毕业，牌子硬，专业也对口，我保证他能好好干。能不能……能不能给他个机会啊？"

"老爸，我觉得你不是我印象里踏踏实实的男人了，我们家从来没求过任何人，我觉得你这一套不对，你这算不算行贿？做人应该堂堂正正，我考不上那是我的事，我不希望你因为我而低三下四地求人。这班我可以不上，但你这样算什么？找关系，犯不上！"李小白怒了，他忽地站起来，摔门出去了。

包厢里只剩下了李国清和严栋。严栋笑了，说道："师傅，您还不如您儿子看得明白呀！我的答案也可以给您，我不能答应您，徒儿不孝了，师傅！我也有我的原则，不合格的螺丝只会让设备提前老化，我要对全厂负责！"

李国清有些发愣，他看着严栋，眼圈瞬间就红了，他说道："小栋子，师傅一辈子没求过几次人，这次师傅求你，这关系到这孩子的一辈子啊！"

严栋再也忍不住了，他也忽地站起，冲着李国清说道："师傅！您的要求我很难办！"

李国清愣住了，他看向了严栋。

"唉！"李国清长长地叹息一声，抱住了头，一滴浊泪顺着眼角淌了下来。

严栋见师傅如此难受，心头也是非常不好受。他想起以前李国清的事迹，那是铁打的汉子从不落泪，今天居然为了儿子如此这般违反原则。从严栋进包厢开始，他的脸一直红红的，那是尴尬，那是违反一个人的做人原则，却不得不去做的痛苦。

半晌后，严栋一把端起桌子上的酒杯，仰头一口灌了下去。

他忍着那股浓烈的辣味，气喘吁吁地盯着李国清，说道："师傅，他……我……我想想办法！"

李国清听闻，那浑浊的眼圈里已是老泪纵横。他呢喃地说道："谢谢，谢谢！对不起，对不起呀！"

严栋一字一句地说道："师傅，我如果让他进来，并不等于我要他。如果他干得不好，我同样会开除他！"

他说着拿起一旁的茶水，咕咚一口灌了下去，轻轻地缓了一口气，冲李国清说道："师傅，我还有事，先走一步。"说罢，推开门，径直走了出去。

李小白一个人在大街上跑着，他的脸通红。他第一次觉得世界是那么的现实，想要得到的东西必须付出常人不能付出的代价。他从没见过父亲如此低三下四，也从没想过自己的父亲会这般在一个比他小很多的徒弟面前求人，难道这就是生存的法则吗？

第13章　试用身份

李国清一个人坐在空荡荡的酒桌前，他看着手里的茅台酒，狠狠地将酒杯摔在了地上。

第二天，石化公司厂长办公室，厂长岳诚正在批改文件。六〇后的他身材魁梧，干练无比，那种在管理中磨炼出来的稳重让任何人与之交谈都有一种如沐春风的感觉。

办公室的门被轻轻地敲响，岳诚说了句"进来"，却依然头也不抬地批改着文件。

一个脑袋冒了进来，接着身子闪了进来，他松了一口气，还好里面没人。

来人是严栋，他的手里拿着录取人员的资料。他走上前，说道："岳厂长，我们这次招聘结束了。六十二人参加考试，其中专业不对口的三十六个，最终合格了二十七个。"

"哦，放到这儿吧。"岳诚说道。

"领导，我这边着急公布，我想学生们也等急了。尽早公布，也好让学生们有个心理准备，被刷掉的也好赶快去找其他工作，不能耽误应届毕业生。"严栋的手心都出了汗。

岳诚将眼镜扶了扶，说道："嗯，好！我先看一眼。"

严栋急忙将资料递过去，清清嗓子说道："领导，这里面有一个特殊情况，排名最末的这个人叫李小白，他考了五十九分，但这孩子很有特点，篮球打得好，专业也对口，所以，我想是不是给他一个机会？"

"你收别人钱了？"岳诚眼睛没离开签字材料地问道。

严栋马上说道:"我……我没有!我不干那样的事。"

"那为什么不合格的人,你要决定留下呢?你工作做了这么久,不了解我们的制度吗?"

严栋头都快抬不起来了,说道:"我觉得他……他是个人才,希望能给他一个机会。"

岳诚微微一笑,并没签字,反而将签字材料丢了回去,说道:"一个不合格的螺丝钉,你是打算敲打好之后再用吗?那样他就能合格了?"

严栋的手有些颤抖。他接过材料,说道:"那我回去重新做。"接着,像偷了东西的贼一样溜出了厂长的办公室。

他在门口用力地跺了跺脚,擦了一把额头的汗。这大概就是自找麻烦,他不禁暗自责怪自己。正打算离去,他又想起昨晚李国清的表情,站住了。

他又敲了敲门,里面传来了一声:"进来!"

他看看四周没人找厂长,急忙闪身进去,说道:"领导,我还是想给这孩子一个机会。"

"说实话。"岳诚依然头也不抬地说道。

严栋此时有些扭捏起来,半晌才说道:"这孩子的父亲是我师傅,他求到了我,我没答应,但我忘不了他走时的表情。我做了一晚上的思想斗争,还是想给这孩子一个机会。可以让他暂时不算入我们的编制,如果他表现不合格,那么我会亲自辞退他,但这一年,我会……我想为这孩子担保一下,就当是报答师傅了。他父亲是咱石化公司的老同志了,还上过英豪榜。"

严栋的声音越来越小。岳诚说道:"好!那我倒要看看你招进来的到底是个什么料子。你的担子很重啊！"

严栋急忙将签字材料递了过去。岳诚一笔一画地签完字，严栋的心里总算是放下了一块大石头。他急急忙忙地跑出门，此生，他还没这么不稳重过。

他想了想，似乎觉得还有话没说到位，又返回了岳诚的办公室，说道："领导，我是真的没收礼，我不是那样的人。"

岳诚此时又好气又好笑，他重重地把笔一放，说道："出去！把门关上！"

严栋吓了一跳，急忙关上门，心这才算是放回了肚子里。这时他发现背上已湿透。

录取榜很快公布了。

这一天，李小白也去了。他看着那张大红榜单，找着自己的名字，一直找到最后一行，终于看到了自己的名字，但名字后面却有个括号，括号里写着"试用"两个字。

李小白惊诧了，这"试用"两个字是什么意思？难道还是个临时工？不对啊！被国企录取了的都是带编制的，怎么可能按临时工录用？那他的身份是什么？

正在他惊疑的时候，蒋云飞从人群里冒了出来，说道："我的哥哟，家里背景硬啊！这都能录取，啧啧，太牛了！"

李小白却哼哼道："牛个屁，没看到那还有个括号吗？"

"哎！不能这么看！你先把坑占住，再图进取嘛！"蒋云飞拍着他的肩膀笑道。

李小白看着蒋云飞那张笑嘻嘻的脸，问道："看你笑得眼睛都看不到了，是不是你也被录取了？"

蒋云飞挑挑眉毛，说道："我的哥哟，你真不关心兄弟，我就在你前面三名，哈哈！咱兄弟俩那都是垫底，不过嘛，这垫底又怎么了？那可都是响当当的职工身份！"

李小白不想待下去了，他觉得那括号里的"试用"两个字就好像自己是下等人一般，感觉高考看榜单的那一幕再次上演一般。

李小白正转身要走，霓裳却从人群中出现在了他的眼前，但看到李小白那无所谓的样子，她秀眉微皱，想说什么，却最终没有开口，只是咬了咬下唇。

不知何时，毕渊出现在她的身后，也看到了李小白，他笑着对霓裳说道："哎！那不是李小白嘛，啧啧！考了个丢人的成绩，还好意思来看！混成待定，我要是他早都没脸来了！"

霓裳没有看毕渊，说道："他很聪明的，可能是没发挥好。"

"他聪明？没看出来。"毕渊撇撇嘴，不屑地说道，"霓裳，我这次和你考的成绩一样，都是九十三分。你好厉害啊！"

霓裳礼貌性地笑了笑，说道："这题目不难。我还有事，先走了！"

"我送你啊！"毕渊在她身后说道。其实，毕渊这次考了九十四分，如果霓裳关心他的成绩，多半会说："咦？我看了成绩榜，你是九十四分啊！"

那毕渊就会挠着头说："啊？我记得是九十三啊！可能是我记错了吧！"

在毕渊看来，这是一种大度，也是一种谦逊，在女孩子面前，那就得低姿态。可是，霓裳没有这么说，或许是她不好意思承认自己没考过他。

毕渊却是从没想过霓裳根本没有关注过他的成绩的可能性，毕竟上学那会儿，他们之间就一直在比成绩。

第14章　参观风波

话说三天后办理入职手续，这一天，对所有进入安西石油的年轻人来说，都是令人激动的。尤其是从后勤部领到了工作服和安全帽的那一刻。

但对李小白来说，却是难忘的，他原本不错的心情却被人力资源部的人给毁了。

办公室里，接待他的是一个比他大不了多少的小姑娘。她戴着一副眼镜，冲着李小白说道："李小白，是吧？你的篮球打得不错，是吗？你也知道你的成绩并没有达到我们的要求，从公司的要求来说，你现在还不能算试用期的安西石油员工。我们给了你一年的观察期，如果干得好，我们同意你入职；如果干得不好，那么我们便会辞退你。当然，你的社保等我们会照常给你缴纳，但奖金是没有的。"

李小白感觉公司非要给人分个三六九等，气不打一处来。

人力资源部的小姑娘继续说道："我前面说了，你的篮球打得不错，希望你多参加一些单位组织的活动，给你所在的工段拿上一些好名次，那么你一年后的观察期结束，你的正式入职会更容易一些。"

李小白不知道自己是怎么从人力资源部走出来的，他拿着和其他入职的人不一样的劳保服。别人都是深蓝色的工作服和黄色的安全帽，而他却是一身红色的劳保服和红色的安全帽，感觉自己似比旁人

第14章 参观风波

低了那么一个档次一般。

回到家中，他碰都不想碰那身工作服，闷头抽了一支烟，却又忍不住想看看自己穿上工作服后是个什么样。

终于是按捺不住，穿上了工作服，还戴上了安全帽。镜子中的李小白身姿挺拔，像个战士。他活动了一下手腕，看衣服是不是得体。

就在这时，李国清推门进屋，一看到李小白，脸上当即露出了喜色。他高兴地一把拉过李小白，看着他说道："哎呀！小白哪，快让爸瞅瞅，像！真像我年轻那会儿！"

说着，他帮李小白调整起了安全帽。他一边调整一边说道："这安全帽就是你的第二条命。这帽衬必须与帽壳连接好，而且衬与壳不能紧贴，间隙是二至四厘米，要是有东西落到安全帽壳上，帽衬会起缓冲作用，保护颈椎的。这安全帽戴在头上，不左右跑，那就差不多了！"

李小白听不得老爸说教，加上今天在人力资源部受的气，更是不愿意面对老爸。

他一把将安全帽脱下，解开工作服的扣子，说道："这破衣服，外面穿短袖都热，这还是一个长袖，穿着不舒服！"

"傻孩子，你懂什么！"李国清笑着骂道，"这衣服防紫外线、防静电、防油污，热是热点，但是安全啊！"

李小白一把将衣服脱下，丢在沙发上，说道："什么嘛！你干脆说这是高科技不就完了？要是有东西砸下来，是不是还能保证不断手断脚？"

李国清依然笑眯眯地说道："安全！一定要注意安全！高高兴兴上班，平平安安回家！哎！这才对！"

055

李小白抱着衣服回到了自己的房间，他看着工作服胸口那红黄相间的标志，一时间也不知自己在何处神游。

第二日，新员工在厂门口集合，据消息灵通人士说，今日参观安西石油博物馆。

李小白看着四周刚入职的新人还带着兴奋和憧憬的样子，竟有些无聊。他穿着的制服是红色的，与周围的人格格不入。他觉得有些鹤立鸡群，干脆蹲在马路牙子上和蒋云飞聊天。蒋云飞一边掏出香烟一边说道："哎！这衣服可真是……穿上以后身材都看不出，你看看那群女生，胖瘦都看不出来。"

李小白接过香烟，说道："呵呵，我爸说这衣服防静电、紫外线，老牛了！"

蒋云飞拿着烟头对着衣服，说道："你说防烫不？"

话说严栋今早要负责审计部门安排的工作，可负责新入职的这几十号人参观博物馆工作的下属去了医院，那这个工作也只有他做了。到了厂区门口，他刚停好车，就远远地看到李小白穿着红色的劳保服，安全帽挂在背上，蹲在地上和另一个胖子在那儿抽烟，一点样子都没有。

李小白正和蒋云飞哈哈大笑，严栋冲两人喊道："哎！你们两人怎么回事？厂区门口一百米之内不允许烟火，你们是石化公司的职工，你看看你们两个像什么样子！"

两人急忙灭了香烟，站起身摇摇晃晃地走进了人群。

"别走！"严栋站在原地说道，"你们还没有上岗，就没有工资，我今天也不做考核，一人去捡五十个烟头，算是小惩大戒！"

李小白和蒋云飞站在原地很是尴尬，却是一动不动。

第14章 参观风波

"怎么？还要我去请你们两位吗？"

李小白一咬牙，弯腰在厂区门口的草丛里捡起了烟头，蒋云飞也只能跟上。不一会儿，两人捡回来了，蒋云飞捡了五十个，李小白却是一大把，看上去有一百个。严栋心里冷哼一声：这小子接受惩罚倒是做得让人说不出话来。

"归队！"严栋大声地说道。

待两人回到队伍，霓裳靠过来，小声对李小白说道："你还抽烟？"

李小白瞪了严栋的背影一眼，说道："是啊！有四年了。"

"抽烟不好！你怎么不戒了？"霓裳说道。

蒋云飞插话道："男人抽了就不要戒，否则，这和结婚了之后离婚有什么区别？"

毕渊这次没过来，只是远远地看着李小白。他很享受李小白受排挤的模样，嘴角的笑容越来越盛。

霓裳秀眉微皱，正要开口，却听到严栋喊道："来！来！都来集合！"

人群呼啦聚在了一起。

严栋却眉头皱了起来，喊道："你们都是大学生，怎么和菜市场买便宜菜的大妈一样？你看看你们像什么样子！按大小个站好！"

蒋云飞阴阳怪气地说道："我的哥哎，这货是早晨起来没刷牙还是吃枪子儿了？这么大火气！"

一群人很快按大小个站好。严栋沉默了几秒，说道："我叫严栋，负责你们这次参观。我先说一说你们犯的错误。第一，无组织、无纪律，不但有人大声喧哗，还有人在厂区门口抽烟，没看到那边

'禁止烟火'的牌子吗？还大学生，什么素质！"

第15章　英豪榜前

　　李小白除了他爸还没被人当众这么说过，加上他个子高，在人群中很显眼，此时，脸上尽是火辣辣的感觉。

　　蒋云飞个头矮，并不以为意，他低声说道："这货就是看笑话来的，我们掏烟的时候，他咋不说？"

　　严栋接着说道："第二，站没个站样儿，我们安西石油的职工站要站直，坐要坐好！你看看你们刚才，蹲的蹲，坐的坐，是不是要我给你们搬个床来？"

　　人群中沉默，严栋也沉默。半晌后，他说道："今天上午参观，下午每人交一篇参观心得。我希望你们在参观中见证老一辈石油人的奋斗过程，并且牢记使命，不忘初心！将来，我们才好放心地将这么大的厂交给你们！都听清楚了没有？"

　　"听清楚了！"

　　"听清楚了！"

　　……

　　这一问来得突然，只有零星的几个回答。

　　严栋的脸色再次阴沉了下来，说道："你们早晨吃饭了没有？嗓子被堵住了吗？听！清！楚！没！有？"

　　"听清楚了！"

　　这一次倒是喊得很整齐。

第 15 章　英豪榜前

博物馆在厂房不远处。那是一排老式的苏联式建筑,外表看得出几经粉刷,巨大的白色立柱显得巍峨无比。

这地方李小白熟悉。小时候,老爸经常带他来这里玩,看门的老大爷都记得他。每次来,老大爷都会从树上给他摘一些沙枣子,那沙枣子,沙沙甜甜,他一次可以吃好多。

如今这一排老式建筑蛀了虫,里面有踩上去咯吱咯吱响的木地板和老掉牙的木桌,以及一股子许久没有人来过的灰尘味。

或许还能见到那个看门的老大爷,李小白如是想着。

只是让李小白失望的是,这里已经没有了看门的老大爷。这一排建筑不但外表被重新粉刷一新,而且里面更是现代化得厉害。

地面是大理石的,安了空调,一旁穿着职业装的讲解员站得笔直。

一进博物馆就看到一面巨大的铁质雕像,一侧写着"大国黑金",另一侧写着"石油精神",正中间是三个铁人。他们穿着上个世纪的棉袄,脚踩在沙地上,身上带着手电筒和绳索,如刀刻一般的面庞神态坚毅,目光深邃地看向远方。

李小白是第一次看到这些雕像。看着三个铁人的表情,他第一次在内心中有了那么一丝触动,他想起了他的父亲李国清。因为在过去的相册里,他似乎看到过这样的照片。

那些人穿着粗布的中山装,营养不良的身子骨透露着艰苦岁月带来的痕迹,但他们每个人都神态坚毅,似乎受苦不算什么。

蒋云飞看着那些铁人,突然说道:"小白,我爷爷也是这样的。你不知道咱这地界以前可是戈壁滩,鸟不拉屎的地儿!啧啧!不容易啊!"

李小白听着蒋云飞的话，内心中那一丝触动在一点点地放大。

李小白看着那些老物件，仿佛看到了当年发生的一切。听父亲说，爷爷就是从那段艰苦岁月走过来的，他们那一辈的人见证了远宁的发展，见证了这座城市从无到有的过程。这种感觉很奇妙，仿佛父亲从爷爷手里接过了枪，如今父亲退休，枪又交到了他的手中。

李小白沉默了，仔细地看着。他是学石油化工的，那些简单的物件他都认识，但他没想到先辈们原来就是用这样的东西从地下打出油来的。他突然很喜欢这个地方，他觉得好像打开了新世界的大门。

每一个展厅的展品都不同，从穿着大棉袄、拿着大锤、住在地窝子里的工人，到从国外引进的老设备，再到远宁石化公司建成"千万吨炼油、百万吨乙烯"工程，每一次的巨变仿佛就在眼前。

"各位职工，请注意我这里。"年轻的讲解员说道，"这面墙我们叫作'英豪榜'，这上面的人有的已经过世了，有的依然健在；有的已经退休了，有的还奋战在一线，但他们都在不同的领域做出了杰出的贡献，得到了所有领导与职工的认可。我个人希望未来有一天，你们的照片也能在英豪榜上出现。"

"李小白，快来！我看到你爸了！"蒋云飞一脸惊喜地冲李小白说道。

李小白吃了一惊，急忙跑了过去。可不是嘛，照片上的确是年轻时的李国清，下面附着一行字：建设"千万吨炼油、百万吨乙烯"工程时，李国清同志在厂奋战一百八十七天，其间他的妻子意外出车祸身亡，他未能回家看上一眼，一直到设备开车成功，才将悲伤重提。

李小白惊呆了。那时候，他记得他被放在了亲戚家里，一直过了很久，他才知道母亲车祸的情况。见到父亲的那一天，父亲的头发很长,胡子也很长,瘦了很多,双眼通红。他抱着李小白,说道:"我的妻子没了。"

那时候的李小白只有五岁,他只是懵懂地知道妈妈回不来了,他哭了,更多的是因为父亲的胡子扎痛了他的脸。

往事一幕幕地在脑海中浮现,他看着这张父亲年轻时的照片,竟然有一种说不出的感觉。

"你爸可真牛!"蒋云飞说道。

李小白回过神来,不屑地说道:"喊!老古董,都不知道拼个什么劲。"

李小白如是说,眼睛却没有离开过英豪榜,那上面每个人的照片下面都有简单的介绍,他知道每个人的背后都有一段可歌可泣的故事。

第16章 忆往昔事

毕渊悄悄地在一旁站着,他总觉得没有挖苦一下李小白,难以弥补交材料那天的憋屈。正在这时,看到霓裳走了过来,他计上心头,说道:"霓裳,李小白的什么人的照片好像在墙上。"

霓裳有了好奇心,说道:"咱们去看看吧。"

这正中毕渊下怀。他们去了才发现是李小白父亲的照片,霓裳笑着对李小白说道:"小白,你父亲好厉害呀!我没想到我们身边就有石油人的英豪。"

毕渊说道:"嗯!就是,可人家都说虎父无犬子,你怎么像个犬子呀？"

李小白刚还在自豪中，被毕渊如此一说，转过脑袋，斜着眼说道："毕渊，你家谁在榜上？没有啊？那你不是连做犬子的资格都没有？"

毕渊正要开口，蒋云飞一下站到了毕渊的面前，说道："哟！刚穿上一身皮就以为自己是石油人了？"

李小白则是上前一步，一把扶住了蒋云飞的肩膀，说道："哎哟，飞子，你又要绊倒我了。"

毕渊吓了一跳，急忙退后，消失在了人群中，惹得两人哈哈大笑。

霓裳说道："李小白，我相信你，将来你一定可以榜上有名。"

这一次，李小白倒没有否定。他伸手摸了摸父亲的照片，挑挑眉说道："我爸是卖苦力，我不一样，我是动脑子。我要上榜，那一定是因为我李小白攻克了某项技术难题。"

"我相信你。"霓裳看着李小白英俊的脸庞，如是说道。李小白站在霓裳的旁边，霓裳的目光看向了照片，她的目光竟然有些迷离起来，她仿佛回到了孩童时代。

那是一个盛夏。大家都是在一个楼里长大，在楼边有一个人工湖，孩子们没事就喜欢去湖边看鱼。那时候，李小白是个孩子王，带着一群小伙伴上蹿下跳；霓裳的性格比较腼腆，想和小伙伴们玩，却不知如何表达，干脆独自在河边玩。

她看到河边有一只蝌蚪，想捉住它，刚伸出手，脚下却站立不稳，扑通一声，栽进了河里。她一下慌了，张口想叫，却一口水灌进嘴里。她开始胡乱地扑腾，想扑到岸边，却是离岸边越来越远。

就在这时，她恍惚听到了另一声扑通，接着，她感觉一双小手在她的背上用力一推,她开始朝着岸边漂过去。接着,又是一下,她的小脚竟然挨到了地面。她急忙站稳,待她回头才发现水里冒出了一个小脑瓜儿,正是李小白,他嘿嘿地冲着她笑。

霓裳却是哇的一声大哭了起来。李小白急忙伸出手,拉住霓裳的手。霓裳却是一把抱住李小白,像是小舟找到了避风的港湾,李小白说道:"不哭,不哭!我们都是坚强的孩子。"

李小白将霓裳送回了家。霓裳的母亲开门的时候,李小白却鬼头鬼脑地跑掉了。她换了衣服,趴在窗口朝外看,正巧看见刚下班的李国清看到李小白一身水,顿时就发怒了,揪着李小白的耳朵回了家。

因此,这个男孩在霓裳的心里留下了无法磨灭的印象,可没等她表达感激之情,她就搬家了。上学那会儿再遇到李小白时,她很庆幸两人分到了一个班,只是李小白依然像个孩子王,上蹿下跳,加上学业忙碌,她将那份感激之情放在了心底。

毕业之后,又见这个男孩子,霓裳心中的情愫在一点点地活络起来。只是她依然有些内向,不知该如何表达。

参观结束,李小白回到了家里。

"回来了?今天都做什么了?"李小白看着这个穿着围裙的男子正准备做晚饭,他的脑海中满是今天在博物馆看到的照片上的父亲。

"参观博物馆,我在英豪墙上看到了你的照片。"李小白说道。

"哦……"李国清愣了一下,笑了笑,说道,"当时像爸爸这样的人很多,只是这个荣誉领导给了我而已。"

"老爸,你给我讲讲当时你们都干什么了,连回家的时间都没有吗?"李小白问道。

李国清搓搓手,说起了当年的往事。

原来，那时候，远宁石化采用一流技术，按照一流标准，选取一流设计院，引入一流施工队伍，全力建设一流工程"千万吨炼油、百万吨乙烯"。这使得远宁石化一跃成为当时国内最大的炼化一体化企业，迈开了向国际一流现代化石化基地前行的步伐。

所以，整个乌海石化上下一心、全力为项目早日启动铆足了劲，而李国清所在的供电公司负责抢修和布设电源，领导甚至立下了军令状，确保一百八十天内完成任务。

于是，一场和时间赛跑的工程开始了，作为班长的李国清几乎每天都在现场忙碌。因为企业整体上人手不够，他们常常还要干临时布置下来的任务，加班成了常态。更主要的是为了又快又好地完成工作，每天到凌晨一两点下班，第二天早晨九点又要到现场忙碌。但工程并不会因为人而减缓速度，有的设备凌晨四五点便被运到了现场，势必需要人去拆卸。

一工作起来，便没了准点儿，电的使用在任何时候都是谨慎和必需的，超负荷的工作量让像李国清这样的人根本无法回家，甚至刚扒拉两口饭，那边便催着供电。

恰在那时，李国清的妻子、李小白的母亲一个人带着娃，意外就这样发生了。李母下班去接还在幼儿园的李小白回家，在路上发生了车祸，送到医院时人已经不行了。

李国清赶到医院，大哭了一场，但"千万吨炼油、百万吨乙烯"工程已经到了关键时刻，现场的确需要人手，领导希望李国清能够克服困难，坚持到设备开车。李国清一咬牙，将李小白送到了亲戚家里，毅然返回了公司，一直到工程顺利试车。

第17章 关于承诺

李小白听完,他能清楚地感觉到时间的紧迫,可内心却有点说不出的味道。他看着母亲的遗像,说道:"我想不通,工作重要还是家庭重要啊?那是我妈,你心里只有工作啊?"

李国清愣住了。他沉默了半晌,然后说道:"我这辈子最对不起的人就是你妈,但你必须有信仰,石油人对待工作要的就是一种拼劲。要知道,当时'千万吨炼油、百万吨乙烯'工程在推进过程中,一旦一个环节掉链子,那就意味着几万人在等你,每天造成的损失都是百万计,你不能……"

"可那是我妈呀!你的妻子呀!你不觉得自己大公无私反而做了自私的事吗?"李小白的话可谓是一把刀,深深地插进了李国清的心里,这让他内心这么多年来的歉疚更加深了。

他长长地叹了一口气,说道:"孩子,我对不起你妈妈,但是如果再让我选一次,我还是会选择回到我的工作岗位,我不能让国家因为我而造成巨大的损失,或许……你以后会了解石油人就是这样的。"

说罢,李国清的眼圈竟然红了。他默默地转身回到了厨房,做起了饭。他木讷地切着案板上的土豆,想起了那一天,工程结束,试车成功了,所有人都在庆祝时,他去了太平间,看着妻子冰冷的遗体,积压在内心的痛苦终于爆发了出来。

他直接昏倒在地上。清醒过来的时候,他发现他的领导都陪在他的病床边。领导语重心长地说道:"国清同志,请你放心,我们一定会把葬礼办好的。"

也是从那一天起，李国清将这种愧疚转移到了儿子身上，对李小白可谓宠爱至极。每次李小白做错了事，他都觉得是自己做得不够好。这么多年来，他吃过的苦多得让他都不知道什么是甜了。

土豆切好了，他也从回忆中回过了神。他笑了，现在好了，儿子也长大成人，开始有了自己的事业，终于，自己可以轻松一些了。

其实这一次的谈话使李小白震惊，他不知道一个人有信仰是什么感觉。如果换了是他站在父亲的角度，他会不管不顾地离开工作岗位去看自己的妻子。在他看来，那是陪伴他很久的人，那是到了退休的时候，一起在秋千上看着夕阳、双手相握的人，怎么会有人铁石心肠到返回工作岗位呢？

可要说不爱吧，这么多年，李国清每天都要在妻子的遗像前说一些琐碎的事，从不间断；要说爱吧，有什么能比自己妻子的生命更重要呢？

他想不明白，但不知为什么，他的脑海中老是浮现出博物馆前的铁人。那些穿着中山装、面庞消瘦但目光坚毅的形象，会不会就是李国清说的信仰？

就在这时，电话响了，他拿起来一看，居然是韩笑，接了起来，电话那头问道："小白，你忙什么呢？也没你的消息。"

李小白说道："我进了石化公司，准备上班。"

"啊？我以为你自己创业了呢，我这边公司开张了。哎！兄弟，你应该来呀，我这边在对接一个大项目，五十多万的项目，如果成了，我的利润大概有十几万呢！"韩笑说道。

李小白说道："那恭喜你！"

"小白！吃饭了。"屋外李国清说道。

李小白情绪又一次不稳定了起来，他说道："我这边还有事，就不和你聊了。"

"哦！你在家住吗？我听到你爸叫你吃饭。"韩笑问道。

李小白说道："嗯，是的，先挂了。"

他想起了韩笑的话语，觉得有些刺耳，似乎一个大学生还在家里住，还吃父母的饭，跟米虫差不多，这让他很郁闷。

坐在饭桌上，他吃得很快，似乎是在拿着饭碗撒气。李国清说道："吃慢点，没人和你抢。"

李小白咽下嘴里的饭，说道："我……我也会登上英豪榜，但我绝对不会以你的方式上榜。"

李国清愣住了，半晌后他却笑了，说道："好！那爸爸就和你打个赌，如果你能上榜，你说什么我都答应。"

吃过饭，李小白出了门，他不想玩游戏，不想去喝酒，只想自己走走。他的家一直没搬，出了门过了马路还是那个人工湖，夕阳下的人工湖显得波光粼粼，光仿佛碎在了湖面上。

"李小白，你怎么也在这里？"李小白吃了一惊，转头一看，发现是霓裳。她穿了一身洁白的连衣裙，在湖边散步。

李小白笑了笑，说道："我……消消食。"

"今天我看到伯父的照片了，你也会成为他那样的人的。"

"我？其实我到现在都没想好要不要留下来。我不像你们有编制，我是个编外人员，不如去外地闯一闯，或许会闯出一片天地。"李小白从没有对人说起过这些，但今天他想说。这话不能对蒋云飞说，那家伙不靠谱得厉害，霓裳作为老同学，倒是一个很好的倾诉对象。

霓裳却说道："小白，你父亲能上英豪榜，你也可以的，你学的又是石油化工专业，为什么不把你学的东西学以致用呢？否则，会不会对不起你过去四年的时光呢？"

"谁说学了石油化工，就不能干别的了？我如果回到大城市，不行就先跑外卖，先就业再择业嘛。"李小白又搬出了他的无赖理论。

霓裳咯咯地笑了，说道："我倒建议你先踏踏实实地拼尽全力在石油行业试试，说不定可以有一番作为。各行各业的人才那是很多的，但专业对口的比专业不对口的更容易做出成绩呀，要是给你一个企业管理，你肯定没有学管理的上手快。"

"我可以学呀，我又不是草包。"李小白狡辩道，但内心却是认可了霓裳的说法。

"那你为什么不一边在石油行业上班，一边自学管理？当你有一天学成了，再走，那不是很有把握？"

李小白没想到霓裳看待问题居然是这样的角度。他猛地想起了自己双选的时候去人才市场应聘游戏软件公司职位的一幕，那些专业对口的和招聘者侃侃而谈，甚至表现出如狼似虎的模样，这让他突然意识到自己其实只懂得石油化工，其他的还真的一窍不通。

他看向了霓裳，说道："我不知道自己行不行。"

第18章 迎新大会

"你肯定行！你是李小白呀！"霓裳鼓励道。

李小白调皮地一笑，一猛子翻上人工湖的栏杆，坐了下来，他转头对霓裳说道："我也觉得我可以！"

"哎！那个小子！从栏杆上下来！不要命了你！"不远处的保安大叔冲着坐在栏杆上耍帅的李小白吼道。

这一晚，是欢乐的。夕阳散尽。一切的美好，抑或是残酷都在发生。

第二日，召开迎新大会。按照手册上所说，石化公司组织的迎新大会在领导讲话结束之后，必须做一些团建的小游戏，这不但可以加强员工与领导之间的关系，还可以加深团队凝聚力，更能让新员工有一种归属感。

公司副总站在台上讲话："各位新员工，你们就是我厂的新生力量，是我们这百年老企业最需要关爱的群体，你们的成长也是我们企业最需要关心的问题。人生嘛，总要扣好第一颗扣子，才能扣好所有的扣子，所以，我们一直秉承着感情留人、事业留人、待遇留人、环境留人的理念，让你们安下心、扎下根，真正地成为新生力量。那么，剩下的将交给你们，一分耕耘一分收获，希望在座的青年员工们尽早地完成从学生到职工的转换，融入企业，爱上企业，干好本职工作，用业绩说话，在岗位成才。"

李小白和蒋云飞坐在一起，他说道："哼！这些大话说得真漂亮，我们要的是什么，他们并不知道。"

"嘿嘿！大企业的领导嘛，你小李白总要给个面子嘛！"说着，挑挑眉，两人相视一笑。

可一切没有逃过一旁严栋的眼睛，他知道在台上看台下，那是清清楚楚，尤其是李小白穿着一身红，相当扎眼。

领导讲话结束，该是严栋讲话了，他不客气地说道："我在企业已经十四年了,我是八〇后,你们是九〇后,我们之间应该没有多大的代沟,所以,我想分享一些我个人的心得。我在厂里学会的第一点,叫制度,说白了就是规矩,比如台上有人讲话,我懂得应该聆听,这也是尊重。刚才我看到台下有人讲话,那我想问问,你们是有什么好玩的、好笑的、好乐的要跟我们在场的人分享一下?今天是迎新大会,那么就一起说说吧。李小白,刚才你在说话,我想知道你在说什么。"

从上一次在博物馆门口开始,李小白便感觉到严栋似乎总是在针对自己,没想到他今天又在这么多人面前把自己揪了起来。

李小白也不纠结,站起来说道:"我们刚才在说未来。"

"哦?那说说吧,年轻人说未来那是好事啊。"副总经理笑眯眯地说道。

"我学的专业是石油化工,所以我对石油行业也算了解。我觉得人愿意留下的原因是这个企业值得留下,在不断的学习和提高中产生归属感。如果一个企业设备老旧,人员奔波仅是为了维护老旧设备的正常运转,那就太没意思了。"李小白侃侃而谈,继续说道,"我知道美国的重工业和德国的重工业都有值得我们学习的地方,高度的自动化,让机器代替人进行复杂操作。人的作用是让机器更快、更好地运转,工作是为了提高效率,那样的工作才会有意思。如果单纯为了感情、环境什么的,那不如直接去北上广,环境更好。"

李小白又将最近从电脑上找出的资料说了一遍,严栋不觉眼前一亮,这小子口才不错呀,这算是他的一个闪光点。有的话还会让周围的人若有所思、哈哈一笑。

严栋点点头,说道:"嗯,用心了!能不能问一下,你为什么去查这些资料呢？"

严栋想当然地认为，李小白会顺杆爬，说一些为了更好地工作、为了祖国的石油事业发展做出自己应有的努力和准备什么的，皆大欢喜，却没想到李小白的话让他差点从台上栽下来。

李小白想都没想，说道："石油行业从新中国成立到现在都叫作民族支柱性产业，设备好了，效率高了，产能自然就高，国家就会认可，那肯定要给很多钱留住人才，那我们赚得多了，自然会留下啊。"

李小白的话瞬间让整个会议室安静了下来。严栋汗都出来了，他都不知道该怎么去接话。副总经理轻轻地咳嗽一下，说道："这位同志说得有道理，但是我希望你们爱上的是企业，而不是企业的钱。我们是给国家培养人才，虽然来去自由，但我希望你们若干年后感觉企业才是你们的家，我们把这个叫作石油魂。我希望你们能在工作中去体会石化公司的企业文化，前辈们用鲜血和汗水在这一片不毛之地上建立起了偌大的基地，你们应该去想想这是为什么，我们又能从中学到什么。"

领导的讲话结束后，严栋送领导离开的时候，领导笑眯眯地说道："严栋啊，还是要让这些孩子们加深学习一下企业文化。要注意方式，别看你是八〇后，不一定有我了解九〇后呢！"

严栋都快气炸了，他脸色尴尬至极。送走了领导，他回到了会议室。本来接下来该是迎新节目，他直接取消，找了人力资源部的培训员，说道："节目就不要搞了，提前给他们讲讲石化公司的企业文化，如果还有时间，再说！"

于是，就在会议室里，几十个人开始学习石化公司的企业文化，培训员专门给每个人发了本子，开始讲解。

一众新员工也是郁闷不已。会议休息时,培训老师出去了,毕渊站了起来,说道:"李小白,看看你干的好事,你这是一颗老鼠屎坏了一锅汤。"

"我说得有错吗?如果不为赚钱,你别要工资,奉献给企业呀!别站着说话不腰疼,要是我现在拿一万,你拿一千,你愿意继续在这儿干不?"李小白毫不示弱地说道。

毕渊知道和李小白吵架,那是找错了对手,便恼羞成怒地说道:"你还赚一万,这辈子你都吃不上四个菜!"

李小白说道:"所以,你脑子没钱的概念吗?是不是你在企业干了十年,连房子首付都交不起,你觉得你成长了?你告诉我你收获了?"

李小白没想到的是其他的员工竟七嘴八舌地起来反驳他,蒋云飞一拍桌子,说道:"哥儿几个什么意思?我远宁本地的,怎么着?强龙压地头蛇?试试啊?"

第19章 车上矛盾

一众新员工不再说话,默默地等待再次上课。这次学习企业文化也让李小白有了更多的困惑。

"忠诚石油,埋头苦干,精细管理,勇创一流"作为远宁石化公司核心内容的精神理念他能理解,可是在他看来,为什么是忠诚石油而不是忠诚于技术?为什么埋头苦干就不能停一下看看天?埋头苦干的是老黄牛,人是要抬头看天的。为什么是精细管理而不是重点环节重点抓呢？做到了前三点，那自然就是一流的，何必非要告诉别人你是最好的呢？

他虽然在参加培训，心头却是将这些话批判了个遍，以至于培训结束时他还在那儿批判，但最终，也没个答案。

第二天，他们又在厂门口集合，据说是军训，但大家都没什么准备。李小白这次学乖了，经过培训，他知道厂门口一百米以内不能抽烟，于是专门和蒋云飞跑到一百米开外的马路对面去抽烟。

没想到烟刚点着，一辆车在旁边停了下来。车窗摇了下来，又是严栋那张臭脸，他说道："把我上次说的话当耳旁风吗？进厂区不能带打火机等易燃易爆物品，如果产生爆炸，你们就是灰飞烟灭也挽回不了损失！把你们的香烟和打火机交到保卫中心去，一会儿在新员工面前做检查！"

车开走了，李小白郁闷得要死。蒋云飞朝着严栋车的方向吐了一口口水，说道："嗨！小爷怎么招惹他了，处处刁难我们？还灰飞烟灭，老子让他灰飞烟灭。"

李小白却说道："我昨天看过厂区的规定，的确不允许带明火。交吧。"

"打火机还能自己打着吗？我抽烟是从高一开始的，这么多年，口袋里都装着打火机，也没把我自己点了啊！坐牢也没这么严吧？"蒋云飞嘟嘟囔囔地一路走一路说着。

李小白将打火机和香烟交给了门卫，他拿出来的时候，门卫眼睛都直了，说道："你们敢进厂带打火机和香烟！疯了？"

这一刻，李小白觉得事情似乎闹大了。果然，不到半个小时通报便下来了，李小白与蒋云飞带明火，念其主动上交，口头警告一次。

所有人站齐，李小白和蒋云飞站在所有人的前面，做起了检讨。李小白这次倒是没有狡辩，说道："我带了明火，这是由于对制度的不了解。从今往后，我会好好学习制度，争取不违反任何制度。"

李小白回到家本想清静一会儿，没想到李国清怒火中烧，指着李小白说道："你怎么能带打火机进厂呢？儿子，你知不知道静电都可能引起闪爆，糊涂呀！你最好把烟戒了，上班不是儿戏啊！我给你讲个真实的案例。"

当年在建设"千万吨炼油、百万吨乙烯"工程时，施工人员对一个地上储油罐进行维护，里面是密封的，需要对储油罐的外层进行清理后重新涂层。两个施工人员躲在没人的角落里抽烟，没想到下一秒油罐爆了，整个顶子被炸飞，死了不少人。尽管整个储油罐是密封的，但气体的挥发是这次爆炸的间接原因，主要原因就是抽烟。幸好是空罐，没有影响到旁边的油罐，如果都爆了，那不亚于一场惊天灾难。

李小白不以为然，说道："那是施工人员脑子有坑，谁都知道储油罐是不能见明火的。"

李小白毕竟是石油化工专业的本科生，相关的知识也是了解的。李国清却不依不饶地说道："安全事故，不能掉以轻心！小白呀，你什么都可以慢慢学，唯独这安全知识不能慢慢学，还要学了记在脑子里，随时警惕着，不要犯安全错误，那都是血的教训呀！"

"我知道了！你烦不烦！我就知道厂区一百米内不能抽烟，谁知道不能带明火啊！"李小白狡辩道。

李国清更怒了，说道："哎！厂区一百米范围内烟都不能抽，还能带火进厂？"

两人大吵一架，李小白气呼呼地冲回了房间。他虽然没有责怪严栋居然给李国清打电话告状，但觉得这是不是有点小题大做了？他感到迷茫，似乎真的如蒋云飞说的那样，这里比坐牢还严格。

第二天，新员工接到通知，军训正式开始，他们全部被划到了预备役，一众人被拉上了车，朝着部队所在地开拔。安西的部队大都在山区，一路景色的变化让李小白的心情好了起来。

来接新员工去部队的是预备役的连长，名叫塔布尔。他曾经是特种兵，驻守过海拔最高的西藏，也到过云南，后来因跳伞时受伤来到了安西。在这儿当兵像是回家了，但多年来的军人素养让他一举一动都保持着战备的状态。他的眼光很犀利，一眼就能从人群中分辨出谁是好兵，谁是刺儿头。

众人上了车，他只安排了座位，便耐心地等到预备役团部再收拾新员工。正在这时，蒋云飞和一旁的人发生了争执。

"哎！我胖怎么了？我吃你家大米了？你要觉得不爽，就给我滚到后面去，我就喜欢两个胳膊挎着，碍着你了吗？"蒋云飞愤怒地冲身边一个新员工吼道。

那人忽地站了起来，说道："你还讲不讲理？你大腿一叉，我已经让开了，你还挨着我，你不热，我还热呢！"

人高马大的李小白见不得兄弟受欺负，从后排站起来，走了过去，说道："哥们儿，找事啊？"

"你们两个要干吗？欺负人啊？"那名新员工早就看这两人不爽，说道。

后排的毕渊说道："李小白，你真当自己是山大王吗？什么都要管一管。我劝你不要胡来，小心你连这身红衣服都穿不住。"

李小白和蒋云飞都站了起来，反而坐在蒋云飞旁边的新员工没人理了。实际上毕渊敢挑事，那是因为他知道坐在最前面的塔连长肯定不会坐视不管，那不如直接先将军，杀杀李小白的锐气。

李小白说道："毕渊，你小子永远嘴欠，是吗？"

说着，他的手已经捏到了毕渊的肩膀。就在发难之时，塔连长走了过来，说道："你们是要干吗？你们要一起训练半个月，都是战友，如果在战场上，你的后背安全要交给你身边的人，你们是自相残杀，还是一起去死啊？"

蒋云飞八面玲珑，说道："是这小子先挑事的。"

第20章 打扫厕所

李小白松开了毕渊的肩膀，朝后走去，路过的时候，弯起中指，一个爆栗子弹到了毕渊的脑壳上。毕渊哪里能忍？直接哎哟一声叫了起来。

塔连长是眼睛里揉不得沙子的主，立刻说道："站住！当我没看到吗？欺负人有理吗？来，我们练练！"

李小白转身说道："你光看到贼吃肉，没见贼挨打，他嘴臭，我教育他一下。"

"道歉！"塔连长只说了这两个字。

李小白挠挠头，走到毕渊的旁边，猛地一扶头发，毕渊被吓了一跳，以为李小白又要打他，眼睛下意识地闭上了。

李小白却嘿嘿一笑，说道："对不起啊！吓到你了！"

他说着大摇大摆地回到了座位上。塔连长看着李小白那模样，已经在心底将他列为刺儿头。其实他一点都不讨厌刺儿头，到了团部，就拿刺儿头练练，也是一种杀鸡儆猴的常规手段。

下了车，众人领了作训服，换好后站成了三列，倒是整齐。塔连长一个个地检查，却没从李小白和蒋云飞的身上找到不对。他哼了一声，走到了队伍的最前面，一个标准的军姿站好。

"我叫塔布尔，我的兵都叫我托塔天王。你们是不是觉得自己是职工，半个月以后就要走，听不听话没关系？那你们知不知道半个月的时间，我可以让你们掉一层皮？另外，我这里有淘汰权，如果你们无法适应军训的生活被劝退，那么你们的工作也同样会丢掉！所以，我希望你们能团结、努力，在你们军训结束的时候，像一个真正的兵！"塔连长的每一句话都底气十足，"我不希望你们是一群贪生怕死的人，更不希望你们让别人看到后，笑话远宁没人！"

说完，他看着李小白。李小白面无表情，直视前方，塔连长接着说道："整洁的内务是我军一贯的优良传统，我希望每个人能够继承并保持，也希望大家一心做好！现在分配一下打扫工作，除保持内务卫生外还要打扫公共区域。第一列，三层楼的楼道，要求无浮尘、无垃圾、无水渍、无涂抹；第二列，楼外卫生，要求无树叶、无垃圾、无积水；第三列，跑道，军区大门外五百米，要求无垃圾、无烟头、无积水、无树叶。其中李小白、蒋云飞负责卫生间卫生，要求无异味，马桶周围无污渍，水池内无积水，水桶边保持干净，拖把等洗刷用品放在指定位置，卫生间的门保持关闭。"

他看了看两人，就看见蒋云飞的嘴抽了一下，而李小白还是一副无所谓的模样。他问道："都清楚了吧？"

"清楚了！"所有人还尽量保持回答整齐。

"在部队回答问题,只能回答'是'或者'不是'!都清楚了吧?"

"是!"所有人回答道。

"解散!"

李小白和蒋云飞凑到了一块儿。

"哎!这托塔天王是不是针对咱俩?"蒋云飞没好气地说道。

"那肯定的!看来车上让人记仇了!"

蒋云飞苦着一张脸说道:"唉!想我堂堂蒋云飞,却要去打扫厕所,我在家都不打扫厕所的,真是命苦啊!"

李小白却说道:"怕什么!没听过一句话吗?上有政策,下有对策!我自有办法,我们不会永远打扫厕所的。"

蒋云飞眼前一亮,说道:"我的乖乖,你小李白就是牛!快给我说说。"

李小白嘀嘀咕咕了一阵,蒋云飞一听哈哈大笑,说道:"就一个字,绝!"

中午,两人把卫生间打扫得干干净净,之后也不休息,就像两个门神一样,左右站好。这时,走来几个上厕所的新员工。

正要进去,蒋云飞伸手拦住,说道:"哎!你大的小的?"

新员工见上个厕所还遇上巡查,内急,说道:"大的!我要上大的!"

"嗯!上完了,别走,我们要检查,弄到外面了你要自己收拾干净!"蒋云飞说道。

进去了三个人,第四个人又被拦下了,李小白说道:"行了,厕所饱和了!你排队等着!"

"哎！我上小的！里面有位置啊！"那人内急说道。

李小白却正儿八经地说道："塔连长说了要保持卫生间卫生，人多了，就有异味。你坚持一下，等里面出来了你再进去！"

那人不管这些，硬是冲了进去。李小白也不拦着，冲后面的人说道："你们排好队！当兵就要有当兵的样子，上厕所也不能丢掉军容！"

后面两三个人的脸都气青了，但见他们两人高高壮壮，也不敢吭声，还真就排起了队。

里面的人方便结束，打开门刚要离开，却被李小白叫了回去。他捏着鼻子打开卫生间检查了一番，把刷子递给他，说道："你把卫生间弄脏了，打扫一下再走！"

那人气得不得了，却听李小白说道："怎么着？我负责卫生间卫生，这块地方我管！我还告诉你，当兵的人要有素质，卫生间体现一个人的品行，你家人没教你弄脏了要打扫干净吗？"

那人是一句话都说不出来，拿着马桶刷清理了一遍，放水走人。

"等一下！"李小白又把那人叫住，说道，"卫生间的门要保证闭合，你尾巴没拿出来吗？"

那人狠狠地瞪了李小白一眼，用力地将门关上，气呼呼地走了。

蒋云飞看到眼里，笑眯眯地说道："好！下一个人可以去卫生间啦！"

下午，军训操场便炸了锅，大家纷纷斥责李小白和蒋云飞的行径。这个消息很快传到了女生营地，惹得一众女生哈哈大笑。

这个消息也钻进了塔连长的耳朵里。他正在帮女生调换大小不合适的作训服，接到了班长打来的电话，正愁找不到理由震慑一下这群

079

无法无天的新员工。

"又是李小白和蒋云飞吗？好！我安排他们的领导过来，把这两人接走！"塔连长不客气地说道。

恰好霓裳正带着女生换作训服，听塔连长这么一说，被吓了一跳。她知道如果李小白被赶回去，人事部的严栋跟他也不对付，那他的工作肯定是要丢的。

她急忙走上前，说道："塔连长，我想如果您打电话让李小白和蒋云飞回去，并不能够让大家信服，他们也只是害怕您，但不会认同您。"

第21章　辩论大赛

塔连长没想到这个小姑娘竟然给他来了这么一手，说道："哦？那你觉得怎么样才能让大家信服呢？"

霓裳很郑重地说道："我觉得可以搞一场辩论赛，题目就叫……嗯……'服从命令是正确还是错误？'。这样不但可以加深战友之间的情谊，还可以让员工们了解军队。至少，给大家一个批评李小白和蒋云飞的平台，也让他们认识到自己的错误。"

塔连长眼前一亮，辩论会这个想法的确很妙，对军队来说，这样的事可以多搞搞。他郑重地拿起小本子记了下来。

晚上例会一结束，他将所有新员工叫到了会议室，说道："今天晚上，咱们不学习，来一场辩论赛，题目是'服从命令、听从指挥是正确还是错误？'。反方是李小白和蒋云飞，那么谁来做正方？"

他没想到的是下面人齐刷刷地举起了手，大家都是大学生，参加辩论赛那都是小儿科。塔连长甚至选出了三个梯队。

第一梯队，队长霓裳，副队长毕渊。

"我方认为服从命令是军人的天职，如果不服从命令，在战场上便会让敌人钻空子。军人以服从命令为天职，没有服从，就没有军队。这也是我们石油企业能够出现铁人精神的根本。"霓裳说道。

毕渊说道："打扫厕所也是服从命令，阳奉阴违不是服从命令，给所有职工上卫生间造成了困扰，那是一种变相的抗拒命令。当职工也好，士兵也罢，都应该视完成任务为天职，做好本职工作，而不是设无数障碍。"

李小白反驳道："人类不可能'无条件服从任何命令'，这种事只有机器人能够做到。当然，还得假设不出故障。美国所有军人只需要服从'合法的命令'，可以拒绝无理要求，起兵造反、屠杀平民这些明显不对劲的命令，不需要服从。当然，你服从了，说不定也没啥屁事，关键还是看有没有人追究到你头上；不服从，说不定当场就被其他乱兵杀死，只能说遇到这样的命令，真是倒了八辈子的霉。"

李小白的强词夺理一下引起了公愤，整个会议室相当热闹，这大大出乎了塔连长的意料。而辩论现场也是越来越热闹。

蒋云飞说道："《亮剑》看过吗？李云龙接到的命令是突围撤退，而他却正面和敌人拼杀，干掉了坂田联队长，这是什么呀？士兵应该服从正确的命令，而不是愚蠢的命令。"

"我希望对方辩友认识到什么是正确的命令，什么是愚蠢的命令。谁告诉你打扫厕所就是愚蠢的命令？难道负责打扫厕所的都是愚蠢的命令？还是你们两人从内心就排斥打扫厕所，认为你们就该去干别的,把打扫厕所让给其他人?那请问对方辩友,按照你们的逻辑,如果需要你们当先头兵,或者打仗冲锋在队伍的最前面,那么这也是愚蠢的命令?"说话的正是今天上卫生间被李小白叫回去重新打扫厕所的人。

这人的愤怒简直像是要把李小白拉出去枪毙,李小白惊呆了。他认为自己只是觉得好玩,或者说是无声的反抗,没想到竟然引起了如此大的公愤,难道自己真的错了?

辩论赛还在继续。李小白反驳说:"我没说打扫厕所是错误的。服从命令是不是应该有所选择?服从正确的,拒绝错误的。"

"对方辩友可谓巧舌如簧。你是打扫了厕所的卫生,服从了命令,但你做的效果如何,我们有目共睹。在我看来,打扫厕所卫生是为了给大家带来方便,可两位的所作所为,让大家感觉到了不便,甚至是阻碍,这可以理解为违抗命令。在平时违抗命令可以按军纪处理,战时违抗命令是犯罪行为,会受到军事法庭的审判。我们不用往大了说,就是我们职工,如果领导要你把输气阀门打开一圈,一个小时后再打开一圈,而你觉得麻烦,不如一次性打开两圈,我想你也是学这个专业的,那么结果会如何?往小了说,会造成物料生产不合格;往大了说,会给国家造成巨大的损失;说严重点,你给地球造成了无法挽回的浪费。"说话的是今天排在最后等待进厕所的新员工。

这场辩论赛到了最后,李小白只能从侧面迂回进攻,说道:"我说一个案例,是我在大学军训时发生的事。点名的时候,班长把一名同学的名字叫错了,这个同学的名字是三个字,班长把他第二个字念错了,没人回应。当他本人确定点的是他时,他先响亮地答声'到',接着喊声'报告!是×××',也就是他正确的名字。班长抬起头说声'抱歉',接着正式地点了一下他的名字,但继续点名时又有一个同学的名字被叫错了,这个同学就是不应声。最后班长连续点名,一旁的人提醒班长念错了名字,班长重新念了一遍,他才应声。我想说的是,同样是在执行一个命令,不同的人有不同的解决办法,对方辩友能说第二个人的方式就是错误的吗?他违抗命令了吗?"

霓裳笑了,她知道李小白开始狡辩了,便说道:"没有错!但是为什么不选择第一种方式呢?你已经意识到第一种方式更容易让人接受,我觉得你已经说出了服从命令最好的办法,可你却偏偏选择了最差的办法。同样是服从命令,好的不选,却选差的,这应该值得我们每个人反思。我认为你的第二个同学就是没有很好地服从命令,因为他在工作中带着情绪、带着对抗、带着拒绝,这样的兵不是好兵,这样的职工做不长久。"

霓裳的话让李小白愣住了,他突然意识到或许自己的确是没有顾及他人的想法,这是他成长到现在一直忽略的问题,他想起了很多。他从来没有站在别人的角度去想问题,甚至包括他的父亲。这似乎打开了一道闸门,先是小小的溪流涓涓地流出,接着如洪流决堤一般。

蒋云飞双目放光地看着霓裳,他今晚感觉爽爆了,舌战群儒,尤其是李小白开场之后不落下风,说得一众新员工面红耳赤。他正要站起来,却被李小白一把拉住了。

第22章 午夜操场

李小白站起身,说道:"这次辩论赛,我们输了。我们愿意无条件打扫厕所。"

李小白的性格不是那种知道自己错了还不认错的人，他会及时地调整自己的状态，这是他的优点。可在塔连长看来，孬兵就是孬兵，再怎么塑造永远就是孬兵，带不好。

回去的路上，蒋云飞说道："小白，咱们真就天天打扫厕所？"

"服从命令，我觉得没什么不好。既然做就要做好，做到别人没话说，你敢不敢？"李小白说道。

蒋云飞苦着脸说道："一想到别人拉完，我们去打扫，我就想骂娘。唉！这是什么事啊！"

李小白说道："那就别让它臭！"

出乎塔连长的意料，第二天，他检查内务，发现整个楼道香气四溢，顺着味找了过去，发现香味是从卫生间传出来的。进去一瞧，好家伙，镜子光洁如新，旁边的清洁剂、手套、抹布摆放得整整齐齐，打开厕所门一看，好家伙，架子上摆了卫生纸，空气清新剂也摆上了。

不过，在塔连长看来，李小白和蒋云飞就是在哗众取宠，让大家以为他们改过自新，但其实就是孬兵，以至于发生了另一件令人啼笑皆非的事——女生营要求李小白和蒋云飞顺便打扫女生厕所，甚至政委知道了这件事，也过来瞧瞧，还要求正规部队的班长过来参观学习。在晚上集合例会的时候，还要求塔连长对两人进行通报嘉奖。

打扫厕所不过是训练的一个小儿科，与军队不同的是，军训时每天除了内务工作以外，训练是少不了的，只是比军队少一点。塔连长发现这李小白还真不是孬兵，体能全班第一，因为这是舟船营，架设铺路、打绳结各种技能都需要学习，他又是学得最快的。

很快，李小白成了班长。这小子玩归玩，却仍是把这个班带成了全连体能最好的班，塔连长对李小白的态度也渐渐发生了一百八十度的改变。

"小白兄，我是好久没喝可乐了，你出公差，能不能帮忙带一瓶呀？"说话的正是第一天被李小白要求回去打扫厕所的新员工。

李小白嘿嘿一笑，说道："小事，晚上给你！"

"三米之内！"塔连长在车上吼着叫李小白快点。现在塔连长有什么跑腿的活就大喊"三米之内"，被喊的人自然是李小白，谁叫这小子跑得快呢。

话说毕渊也是班长，他的班员每天就看着李小白他们班在操场嗷嗷叫，或者别出心裁地进行各种体能训练，而毕渊最大的本事就是带着他们踢正步、列队跑步。问及原因，毕渊就是一句话："别看他们玩得欢，等半个月结束进行汇报表演的时候，他们肯定没有我们强。结果说明一切。"

有的班员说毕渊这是做表面文章，却被毕渊叫去加强训练，弄得他们是敢怒不敢言。他们看着李小白带人跑前跑后，忙得不亦乐乎，还和塔连长好得跟兄弟似的，那是羡慕不已。

说起来也是可笑，李小白班上有一个新员工得了阑尾炎，不得不提前结束军训离开队伍，于是班里空出了一个位置。毕渊班上的新员工晚上都悄悄找到李小白，希望李小白把自己调到他的班上去，这一算下来，几乎毕渊的整个班"哗变"了。

李小白也是很无奈，讨论结果，只能抽签决定。中签的那个小子高兴得手舞足蹈，当晚请大家，又是喝饮料，又是许诺军训结束那天请大家吃烤肉。而李小白只是给塔连长说了一声，塔连长二话没说，马上同意，这偏心得简直要把毕渊给气炸了。

因为一直在忙碌各种公差，李小白班上的众人也是操课生疏。还有十天，军训就要结束了。考核在即，上了操场，众人的表现马马虎虎，这让李小白也是没想到，急急忙忙练了一个上午，效果还是不行。

晚上熄灯前，整个班的人坐在一起商量对策。

"小白班长，要不你给塔连长说一声，到汇报表演的时候，安排咱们出公差？那毕渊班上每天踢正步，他们去就行了，反正，咱们不是什么都没落下嘛。"

"对！对！那天，咱们领导来看咱们，少不了要带些水果什么的，让塔连长安排咱们班洗水果、布置会场，少一个班踢正步，没事。咱们班其他方面那是没说的，要是来个五公里越野，咱们班那可是能和正规军比一比的。我是这辈子的步都在这两个月和哥儿几个跑完了。"蒋云飞摸了摸日渐结实的胳膊，胖肚子都瘦了一圈。

众人七嘴八舌，李小白却是摇摇头，说道："半个月还是要有点收获，咱们看电视里的仪仗队，他们是怎么做到的？咱们做不到他们那样，至少差不多就行。现在的问题是踢腿都踢不到一起，手臂摆动还有错的，这是心不齐的问题。要不这样，现在正好是晚上，咱们出去练练，反正大家都看不到彼此，正好练练心有灵犀。"

都是年轻小伙子，也觉得李小白说得有道理，一个班的人还真就摸黑去了操场。正好这一次轮班值哨的就是李小白的班员，对上口令，然后放行，让他们到了操场。

黑咕隆咚的晚上，众人摸黑地琢磨着怎么把步调练一致，还真让这帮小子找到了办法，那就是声音。大晚上的没有杂音，每一步的调调如果踩准了,那就是一声"啪"。

很快,李小白的班员开始了踢正步,啪啪啪的声音不绝于耳。谁要踢得不对,马上就会被听出来,然后所有人在那儿纠正这个人,这进步可谓神速。

"口令!"黑暗中一个声音传来。

众人下意识地说出了口令:"沙漠大灰狼!"

手电光亮了,一个身穿军服的人从黑暗中走出来。李小白一看,吓了一跳,来人竟然是政委,他急忙喊道:"敬礼!"

众人急忙敬礼。

"首长好!"李小白说道。

政委哭笑不得,回了礼,说道:"你们这些人大晚上不睡觉,在这儿干吗?"

李小白不好意思地说道:"我们踢正步踢得不好,想着晚上多练练,吵到政委休息了,对不起呀!"

第23章　男人告别

"那练得怎么样了?"政委很欣喜,军训队员有这种不服输的精神实属难得。

李小白立刻招呼众人踢了一遍正步,那齐刷刷的声音着实有点意思。政委说道:"嗯,不错!你是班长吧?叫什么名字?"

蒋云飞嘿嘿一笑,说道:"政委,他叫李小白,为人豪爽得很。"

政委再次哭笑不得,军训队员还是赶不上正规部队,还有代回答问题的。他说道:"行了!稍息!立正!带回!"

李小白煞有介事地低喝道:"向左转!跑步走!"

等跑远了,众人才松了一口气。蒋云飞说道:"我的天,吓死我了!半路杀出个程咬金哪!"

"哈哈!走啦!走啦!睡觉去!"

这是一个秋高气爽的晚上,秋天的蚂蚱只能唱出最后的歌谣,美梦在这样的夜晚,无比的宁静和多彩。

第二日,政委又对李小白的班进行了嘉奖,政委说:"我军的优良传统,就是不认输、不服输、不怕输,正步踢得不好,那就多练!全营指战员要学习李小白班的这种精神,但同时也要注意劳逸结合。"

这又让毕渊心里不舒服,怎么什么好事都让他李小白给占了?还惹得毕渊班上的新员工心里憋屈。

男孩子军训时最大的期待就是能摸一摸枪,打上几枪;但女孩子则不同,扣动扳机时免不了有几个胆小的会吓得哇哇大叫。

塔连长大声地说道:"我给大家提几点要求:第一,大家要严格遵守训练场的纪律,令行禁止;第二,严格遵守武器操作规程,在训练过程中,严禁枪口对人;第三,在持枪行进过程中,手指离开扳机,射击距离一百米,目标固定胸部环靶,一次射击使用弹数五发,五次单发射,命中四十五环以上为优秀,三十五环至四十五环为良好,三十环为及格,三十环以下为不及格。"

靶场上,李小白标准的卧姿让塔连长很好奇,作为特种兵的塔连长眼光很毒辣。他走到李小白身边,替换下一旁的教官,说道:"来!听我口令!检查枪械!"

李小白居然对九五式自动步枪很熟练，这让他很意外。李小白说："检查完毕！正常！"

塔连长说道："动作要领重复一遍。"

"左肘贴地尽量里合，外撑，托握下护木，大臂紧靠左肘，小臂尽量里合于枪下方；右肘着地尽量里合，外撑，右手紧握握把，大臂自然抬起，两手正直向后用力，使枪托抵于肩窝外侧。"李小白说道。

这李小白莫不是神人？说的话和他刚才讲的一字不差。

"检查弹药，打开保险。"塔连长说道。

咔咔声响起，李小白做得也很正确。

"准备射击！"指挥员的声音响起，一声明亮的哨音响起，旁边已经响起了啪啪啪的枪声，李小白还在瞄准。

塔连长正觉得有些失望，李小白开枪了，嗒！嗒！嗒！……五声枪响，节奏非常好。

塔连长拿起望远镜一看，嚯！好小子，五发全部命中，全部八环以上，这个成绩和正规部队的士兵不相上下。塔连长说道："检查枪械，闭合保险。"

李小白做完一切，起身端着枪站好。

塔连长拍拍他的肩膀，说道："你小子是蒙的还是练过呀？"

李小白嘿嘿一笑，低声说道："我在大学就是预备役，摸过好几次枪。"

塔连长很是满意，趁人不注意，在他屁股上踢了一脚。

很快成绩出来了，李小白的射击成绩最高，正好四十六环，一旁的女生都在为他欢呼。

汇报演出同样成功。石化公司很快收到了每个人的军训情况报告,李小白名列前茅。离开前夜,塔连长和李小白坐在营房门口,塔连长说道:"你知道不?我第一天见你,就觉得你是个刺儿头,我还想着把你赶回去。现在觉得你是个人才,但是性格太过于张扬。你要是在部队,那得碰到好领导,能看出你是个好苗子,要不然,你得吃很多苦。"

李小白嘿嘿一笑,说道:"是金子在哪儿都会发光的。"

塔连长说道:"我从特种兵退下来的时候,其实挺难受的,接触的人和事都不一样,但我很快调整过来了。我是一名职业军人,祖国需要我去哪里,我就去哪里,就像带好你们,就是我的工作。你回到单位也是一样,我挺看好你的。"

李小白摸摸头,说道:"谢谢塔连长,其实我一来也觉得你针对我,我就觉得如果我干好了,你就拿我没办法了。还好,哈哈!"

"好好干!坚持!"两人的手重重地握在了一起。

花开两朵,各表一枝。话说秦美鸽正在冲保姆发火。

"你是怎么收拾的?我的化妆品必须分开。都是名牌,怎么可以堆在一起?我找都找不到!"秦美鸽愤怒地将一桌子的化妆品丢得到处都是。

秦美鸽的妈妈走了过来,说道:"你一天待在家里,怎么尽给我们找事?让你好好在石化公司上班,混总可以吧?你倒好,直接辞职,现在天天待在家,还给我们找事,我们也很忙的啊!这个地球不是为你一个人转的啊!"

"妈!你少说一句,我这儿烦着呢!"

秦妈无奈地摇摇头,说道:"你还是找个男朋友,让他好好管管你！老大不小了，一点样子都没有。"

秦美鸽都快疯了，胡乱地穿了一件衣服，拿起小包包咚咚咚地下了楼。

她开着车在街上无聊地瞎逛。她的小姐妹们都还在上班，要玩也要等她们下班以后。这会儿还早，她打算去咖啡厅坐坐，玩会儿手机，等小姐妹们下班去吃火锅。

正在闲逛，突然，她的心头怦怦直跳，她居然看到了那晚在酒吧里替她挡下了药的酒的高高帅帅的男生，而且他身边那个胖子也在。她一脚刹车停在了路中间，摇下车窗大喊道："男神！你去哪儿啊？"

此时的李小白和蒋云飞正好军训结束被拉回远宁，刚下车，准备各自散去。被这么一叫，李小白还没意识到是叫自己，甚至看了过去，也没认出是那晚他救下的女孩。

还是蒋云飞眼尖，一下认了出来，说道："哎！那不是那晚你英雄救美的妹子嘛！"

蒋云飞正愁没人送他们回去呢，这想睡觉来了枕头，高兴地大喊道："美女！你是特意来接我们的吗？"

第24章　分配单位

秦美鸽头点得如同小鸡啄米，说道："上车！上车！"

李小白犹豫了一下，还是跟着上了车。蒋云飞一上车，揪着李小白那红艳艳的厂服说道："美女，你可知道我家李小白那次为了你，差点工作都丢了。他第二天早晨参加双选考试，头天喝大了，考试差点迟到，考场酒都没醒，题都没做完哪！要不是他爸找了关系，这身红衣都穿不上哪！"

李小白皱了皱眉，他不喜欢把责任推给别人，戳了蒋云飞一下，说道："别胡说八道。没有的事，没考好是我自己的原因，和其他人无关。"

秦美鸽听完不好意思起来，说道："行！我送你们回家，晚上请你们吃饭，算是答谢，咱们也顺便认识一下。"

送完两人，秦美鸽开着车一路狂奔，去奢侈品店挑选起了东西。

"我该给他送什么好呢？"

买东西从来不犹豫的秦美鸽在琳琅满目的奢侈品商厦中像个无家可归的孩子，选不出一样满意的礼物。她突然想起自己上班的时候，那些男职工忙碌起来，浑身散发着的汗味，心里一下有了主意。

我看上的男人必须香喷喷的，否则，跟我出去会被人看笑话的。秦美鸽如是想。

很快，她选了一款香奈儿的男士香水，这味道让她闻了都沉迷其中。正要付款，却又犹豫了。不行！不能是这一款，其他女人闻了这味道也会心动，万一他被抢走了，那我不是很郁闷？

于是她又开始挑选，最终选了一款宝格丽的男士香水。这个香味没那么迷人，但清爽，名字也好听——大吉岭夜色，闻起来就是大自然的味道。

"不行！我还得做个头！"遇到喜欢的男生，打扮必须庄重。

"哎呀，我还要回去换身衣服！"说着，人已经一脚油门跑回了家。

第 24 章 分配单位

秦美鸽约了他们晚上七点半吃饭，可到了八点半，菜肴已经上齐了，她人还没到。

"要不我们先吃吧？她可能遇到什么事了，大不了我们结账吧。"李小白说道。

蒋云飞咽了一下口水，说道："小白，这儿吃饭可贵了，我没带那么多钱。"

"啊？这咋办？这……这一桌子，没多少钱吧？"李小白也郁闷了起来。

蒋云飞小声说道："我看了一下，怎么着也得一千二三的样子，粗算啊！"

李小白吓了一跳，说道："啊？我身上还有三百多，这也就是个零头。"

"唉！被这丫头害死了！"

正说着，门哐当一声开了，秦美鸽站在门口。她穿了一身漂亮的连衣裙，一看就价格不菲，新做的头发回头率也很高，本就好看的面容在灯光下，更是尽显妩媚。可李小白和蒋云飞已是饿得前胸贴后背。

"哎呀！不好意思，我迟到了！女生嘛，多多包涵呀！"秦美鸽笑盈盈地走了过来，说道，"自我介绍一下，我叫秦美鸽，李小白，很高兴认识你！"

"我叫蒋云飞，叫我飞飞或者飞子都可以。"蒋云飞胖乎乎的模样，让秦美鸽扑哧一下笑了起来。

李小白见秦美鸽伸出了手，也急忙伸手握了握，下一秒，一个小巧的礼盒递了过来，秦美鸽说道："感谢你那晚救了我，这小小礼

093

物，算是感谢了。"

"啧啧！哎哟，这个牌子我见过，虽然叫不上名字，但我知道很贵呢。"蒋云飞啧啧地说道。

这话说到秦美鸽的心里去了，她说道："嗯！宝格丽的大吉岭夜色，好莱坞的男星比较喜欢的一款。"

李小白吓了一跳，说道："哦！秦美鸽小姐，我还是不要了，太贵重了。我想任何一个男生在那晚都会出手相救的。"

"叫我美鸽就行。哎呀！我都饿了，快吃吧！"

这一晚，秦美鸽很开心，她觉得自己今晚发挥得很好，绝对能在这个帅气的男生心目中留下印象。她很喜欢这个男孩子，以往她送给别的男生礼物，对方都是来者不拒，那眼睛中放出的光都是贪婪的，李小白却像是一块美玉，让人心生喜欢。李小白其实有心事，明天就要分配岗位了，他不知道自己会被分配到哪里。

一天前，严栋拿着资料再次犯难了，问题还是出在李小白身上。尽管他接到了部队对李小白的嘉奖令，但他却不知道该如何分配李小白。按理说根据他的专业，把他放在主业上一点问题都没有，但一想到岳诚厂长说的一颗不合格的螺丝钉的话，严栋便很犹豫。可要是不放到主业而放到副业上，又觉得这样一个人多半会毁了。

思来想去，他一咬牙，还是将李小白放进了主业里。

严栋拿着资料进了厂长办公室，岳诚厂长看着分配名单，说道："哎！这个李小白你放进主业了？"

"嗯，我觉得他专业对口。另外，我和主业厂打交道比较多，我可以盯着他，毕竟我担保了……"

"不行！"岳诚说着将资料丢了过来，打断了严栋的话，说道，

"我们厂对不合格产品的出厂要求是次一赔十，严格的品控才是我们百年大厂的标准，你把一个不合格的人放在如此重要的岗位上，无异于埋下了一颗定时炸弹。你不要把人情放在第一位。"

"我没有这样想过，我服从领导的安排，可是我还没想好把他放在哪儿。"严栋低着头说道。

岳诚想都没想，在李小白的工作单位上画了一道杠，又唰唰地写了几个字，说道："去那里吧！"

酒局结束的第二天，就是李小白等众人的分配日。各个厂的人事员拿着名单纷纷地点起了名。众人兴高采烈地离开，最后只剩下了几个人，李小白和蒋云飞都在其中。

最后的一个人事员走了过来，喊出了他们的名字，说道："你们被分配到了我们包装厂，希望你们在这里可以快速成长起来。我们的工艺并不复杂，但要的是细心。"

"啊？包装厂？"蒋云飞吃惊地叫了起来。

包装厂的人事员好奇地看着蒋云飞问道："有什么问题吗？"

李小白拍拍蒋云飞的肩膀，说道："没问题，走吧！"

第25章　包装厂记

包装厂的工作其实是石化公司生产工艺的最后一个步骤，就是给物料打包，打上批号，再封口。一般的物料有两种，即块料和粒料，要说工艺流程，那没多难，更多的是要求细心，像批号没打全、袋子封口不好等这样的情况很容易出现。

李小白和蒋云飞这两个死党都被分到了包装厂。刚进厂区，巨大的轰鸣声和不断从输送带上传输过来的料带，让李小白觉得很开心，至少人生第一次要开始上班赚钱了。

人事部的人说道："我们包装厂的乙苯橡胶工段一直缺人，你们来得正好，顶上缺口，我希望你们尽快适应。年轻人嘛，有时候想法多，是好事，不过这里最重要的是耐得住性子，总有机会的嘛。"

这话说得好生奇怪，蒋云飞问道："姐姐，我问一下，咱们包装厂有几个部分哪？"

"哦，你问的是工段吧？我们有五个工段，每个工段负责人叫工段长，下面是班长，再下一级就是安全员，最后是班员，当然，工段长上面还有主任、副厂长和厂长。"人事部的人说道，"你们不用担心，工艺不难，我看了你们学的专业，上手应该很快的。"

进了包装单元，李小白觉得很奇怪。原本站在一起说笑的两人一见到人事部的人进来，立刻收敛笑容，一个故作检查线路，快速地走开了，另一个则是装作在写什么东西，显得忙碌了起来。

更远处，两个员工依然在聊天，但也看到了他们一行人进来，那两人便陆续走开，各忙各的。李小白觉得这就是标准的人前一个样，人后一个样。

还没等李小白细看，厂房门口一辆车停了下来，来人正是严栋。

他正好撞见李小白，走上前，说道："我是特意为你来的，我这个人喜欢把话说明白。你自己应该了解自己的情况，我帮你不是因为你是合格的，而是不希望我的师傅——你的父亲一世英名毁在你手里。我希望你好好学，早点顶岗、转正，也好让你父亲放心。"

李小白正要搭腔，却听见里面传出了一声嘿嘿的笑声，一个尖嘴猴腮的中年人走了出来，看年纪和严栋差不多，只是这人身子很单薄，肚子却大得出奇，好像是怀孕女子营养不良似的。这人笑嘻嘻地说道："哎呀！严部长，好久不见哪，什么风把你给吹过来了？"

严栋说道："聂震，原来你在包装厂，你过得怎么样？"

"还能怎样？上班好好上，下班好好玩呗，过日子嘛，开心最重要。"这个叫聂震的人说道。他一边说还一边打量着李小白和蒋云飞，尤其是李小白一身的红色劳保服。

"还天天喝酒打牌？"严栋皱眉说道。

"偶尔，偶尔！现在就发这点钱，不经造！"聂震说道，"我在领导那里没什么关系，爬也爬不上去了，就在这儿混着。哪天要是有好去处，记得提拔一下兄弟嘛，我绝不给严部长丢人。"

李小白听着这样的话很是反感，总感觉话里溜须拍马还带着讨好的味道。

严栋似乎也很反感，说道："嗯！我还有事，今天分新人，我来办事，正好遇到他们。这两个人看来是分到你这里了，好好教，别把人都带成老油条。"

"哪儿能呢？我你还不了解吗？带人又不是第一次了，放心。"说着拿起对讲机说道，"沙和尚，到门口来一趟。"

还有人叫沙和尚的，这名字倒很少见。不一会儿，一个小个子男生飞快地跑了出来，他一见聂震，马上笑道："聂老大，什么事啊？"

"来了两个新人，分你们班了，记得感谢我啊！"聂震说着冲李小白和蒋云飞说道，"自我介绍一下，我是乙苯橡胶工段的工段长聂震，这是你们两人的班长沙和……沙永尚，好好学吧！"

沙和尚笑嘻嘻地说道:"那敢情好!正缺人来着,谢谢老大!"

李小白很不喜欢这样的氛围,开口闭口老大,弄得像黑社会一样。这个班长叫沙永尚,外号沙和尚。工作中给同事随意起外号,这……好吗?那他又该如何称呼班长的名号呢?

还没等李小白细想,沙永尚说道:"行了,别站着了,跟我去班里吧。"

"你还是喜欢给同事起外号,这样不好。还有,你现在多大呀?都叫你老大。"严栋皱眉问道。李小白也觉得不好,却见蒋云飞朝里走了进去,也听不到两人接下来聊了什么,因为厂房里的噪声实在太大了。

聂震嘿嘿一笑,说道:"我这不是工友情嘛,这样叫不见外,团队精神,哈哈!我改,以后不叫了。"

严栋还想说什么,但似乎还有很多事需要忙,也没时间在这里耗下去,只能转头看了一眼进了厂房的李小白,转身上了车。

聂震挥手道别,见车开出去老远,原本嬉皮笑脸的目光变了,冷哼了一声,一口浓痰重重地吐向了严栋离开的方向。

"飞子,你觉得这里是不是很奇怪?"李小白问道。

"啊?你说什么?"蒋云飞被噪声吵得只能扯开嗓子喊。

李小白无语了,沙永尚还在前面带路,这样问话,恐被听了去,只能闭口不言。

一进办公室,沙永尚便将胸前的扣子解开三颗,里面的背心露了出来。他一屁股坐在了椅子上,说道:"你们都在哪儿上的大学啊?都是远宁本地人吗?"

李小白异常吃惊,这态度怎么跟刚才来了个一百八十度的大转弯呢？此时的沙永尚头也扬着，仿佛是在审问。

蒋云飞说道："班长，我和小白都是本地的，以后还希望你多多帮衬，让我们早点顶岗啊！"

"嗯，不错啊！不过呢，在哪儿都得有规矩，没有规矩不成方圆哪！我们这里是整个包装厂最重要的单元，包装线十条，生产的物料多达二十种，学好了，上岗，学不好，那我可是一句话就让你们走人的。"沙永尚悠哉地喝了一口茶说道。

蒋云飞马上说道："那必须懂规矩，只要班长给机会，我们就一定学好！"

沙永尚很是满意地点点头，说道："行呢！先填表，一会儿我给你们安排师傅。"

第26章　习惯班组

班长扣上扣子，说道："我先去线上走走，你们写好了，就在这里等我。唉！这鬼天气，真要热死人！"

门哐当一声关上了，屋里安静了下来。

李小白对蒋云飞说道："哎！你觉不觉得这里怪怪的？"

"啊？没有啊，我觉得挺好的。跟大哥嘛，只要大哥开心了，就能让我开心啊。"蒋云飞说道。

李小白皱眉说道："哎，这和我理解的上班不一样啊，不是应该彼此称呼姓名和职务吗？"

"哎！这都什么时代了，你怎么还活在老皇历中？这工作就是生活，生活就是工作！新人嘛，必须了解的。我挺喜欢的，认大哥这事我以前没少干。"

李小白很无语，只能耐心填表。聂震晃晃悠悠地进来了，他一坐下，便说道："李小白，我刚看资料了，你父亲叫李国清？是原来供电公司的那个李国清吗？"

"是的。"李小白答道。

聂震说道："嗯！好！好！给你爸说，我是他徒弟聂震，你一提我名字，他就知道了。你好好干，早点转正，也好换身工装。"

李小白心中惊喜，没想到这么大的厂区还能遇到父亲的徒弟，这也算是好事，莫不是时来运转了？

李小白重重地点了点头，说道："我一定会尽快熟悉岗位的。"

"表填好了，是吗？让班长带你们到岗位上走一圈，然后到办公室学习岗位安全什么的。"聂震打了一个哈欠说道。昨晚他喝到了两点，这会儿精神有点不太好。

两人前脚刚离开，班长沙永尚走了进来，说道："老大，我安排师傅带这两个人。他们能不能提前上岗？"

"你觉得行不行？"聂震问道。

沙永尚说道："那个叫蒋云飞的小伙子，感觉挺会来事的；李小白嘛，还嫩点。"

"李小白，你亲自带。为什么要提前转正？按照标准流程走，再缺人都不能将不合格的人放到岗位上去。"聂震说道。

沙永尚好生意外，说道："老大，我这儿真缺人，以前咱们不都是可以提前转正吗？"

"沙和尚，你要造反吗？"聂震说着，抬脚在沙永尚屁股上踢了一脚，说道，"蒋云飞可以提前，李小白不行。"

沙永尚立刻知道了聂震的意思，忙说道："老大，我懂，交给我好了。"

沙永尚出去了，聂震那细小的眼睛里冒出一股子狠辣之色，嘴角却泛起了一阵嘲讽。

回到家，李小白对李国清说道："爸，我被分到乙苯橡胶工段了，没想到工段长是你的徒弟。"

"哦？是谁呀？"李国清到退休时已带过很多徒弟，他也觉得运气很好。

李小白答道："聂震。"

李国清的手没来由地颤抖了一下，他的思绪陷入到了回忆中。

李小白说道："爸，不许你给人家打电话要什么照顾，也不许请人吃饭。我觉得我可以堂堂正正地干好工作。"

李国清这才从回忆中回过神来，淡淡地说道："小白，你要记住，任何时候，只要自己做好了、学精了，做得让别人无可挑剔，那任何人都不能把你怎么样。"

李小白重重地点点头。

一周的时间里，李小白和蒋云飞就蹲在办公室里学习安全规章制度和设备的操作规程，但同时也发现了这个班长的不对劲。他和其他班长都不一样，比如六点半，李小白所在的班来接班的班组员工陆陆续续地来了，六点四十人已经到齐了，他却非要磨蹭到六点四十五去查上一个班组的卫生和生产情况，再回来开交接班会议到七点。

等上一个班组与李小白的班组换岗结束，离倒班接送车发车只有五分钟了，总是弄得上一个班组急急忙忙地跑去赶车。

李小白始终搞不明白，为什么不能人到齐了之后，立刻组织检查卫生和设备运行情况、生产情况，积极地进行交接班会议，如此，可以把更多的时间留给上一班次，让他们赶车不用那么着急。

而另一个情况，就是别的班交接沙永尚的班。他可是对时间斤斤计较得厉害，但凡对方拖延一分钟，那交接的时候他必然要与对方班长大吵一架，似乎自己吃了多大的亏一样。

还有一个李小白看不明白的地方。很多时候，上级传达下来的文件，那是需要学习的，其中有的只需要了解一下，他却要求每个员工必须学会。最初，李小白觉得这是好事，毕竟带班班长希望大家用心学习，可后面他发现，如果是需要掌握的资料，即使背下来了，班长仍让大家全部抄写五遍，有的交得晚了，还要抄十遍。

李小白觉得这有点对领导的要求层层加码了。这种事似乎贯穿了这个班的点点滴滴，这让李小白一直都不习惯，却也说不出来为什么。直到有一天，他吃饭的时候，无意间问到了蒋云飞，蒋云飞却哈哈大笑了起来，说道："小白哪，你知道什么叫个性不？这就是有个性！你想啊，我们上一个班永远都是被我们接，我们却从来接不上他的班，对吧？"

李小白点点头。蒋云飞继续说道："也就是说，我们早或者晚接班，上一个班是要看我们脸色的。别小看这看脸色，那全看沙和尚的心情。要是以后工作中遇到问题，那都靠看脸色的，想早点下班，那就要把我们沙和尚供着。再说这看脸色，下一班是永远接我们的，那必须他们班害怕我们，否则也给我们玩一出延时下班，那我们不是多干了五分钟？"

"那层层加码呢？"李小白问道。

蒋云飞说道："嗨！这还不简单？攘外必先安内，咱们班里谁要带头造反，那得掂量一下班长会不会让他抄二十遍。这是管理，最高的管理境界。"

李小白听完，差点没气晕过去，他说道："换了我是班员，就是不干了，我也要把这样的班长告领导。"

"嘿嘿！那你要告领导什么呀？你说是耽误别人交接班的时间？拜托，人家上一个班的班长都没管，你狗拿耗子多管闲事？"

李小白听完蒋云飞的话愣住了，他说道："那让我们多抄写呢？这总能告了吧？或者民主生活会上也可以提啊，自己的事可以关起门来解决。"

第27章　不同的酒

"哈哈！我的傻兄弟！"蒋云飞哈哈大笑，"你告了，领导会怎么想？他最多批评几句，这算好的；那有没有这种情况——领导一笑了之，因为他认为这是对工作认真负责的表现呢？最多是方式欠考虑。你可要想想以后，你还要在人家手里混呢，人家会不会给你穿小鞋呢？"

李小白眉头皱得很深，蒋云飞拍拍他的肩膀，神秘地说道："哎！有不抄的办法，你要不要学？他们都知道。"

说着，他将自己的本子丢给了李小白。李小白接过一看，除了必须抄的东西，其他要求抄写的他是一个都没抄，这让他很吃惊，"怎么每次检查你都没事？"

蒋云飞笑嘻嘻地从兜里摸出了一包烟，李小白定睛一看，是一包中华烟。蒋云飞说道："这包华子，管三次不抄写，嘿嘿！"

"行贿？"李小白瞪大了眼睛。

蒋云飞却是捂住了他的嘴，说道："哎！别胡说啊，行贿那是有金额的，我这是……这是交朋友。"

很快，发工资的日子到了，李小白领到了两千六百元的工资，蒋云飞领到了三千一百元的工资。蒋云飞看着李小白的工资条，笑嘻嘻地说道："嘿嘿！兄弟，看到没，我比你多了五百块，这是优秀实习生嘉奖。"

李小白小心翼翼地将工资条装进了口袋，说道："我不是正式职工嘛，没你那么多。"

"扯淡！咱们现在都没顶岗，拿的都是一样的。"说着，他将自己的工资条拿出来，指着扣除的五险一金金额说道，"你看，我们扣的没区别，发的钱却不一样，你看不懂？"

李小白摇摇头，说道："我不明白。"

蒋云飞一脸惋惜地说道："这就是华子的魅力。我这一个月比你多五百，一年呢？可就比你多六千了。"

李小白一下明白了过来，但他对蒋云飞的行为很不屑，认为自己靠能力赚钱，为什么要给别人送礼？他说道："你送出去了多少？折算下来，也没那么多了吧？"

"那能一样吗？以后有好事了，人家不想着我？"蒋云飞得意地说道。

但这几百块并不影响李小白领到第一次工资的心情。他特意取了出来，数了一遍。本来已经想好晚上出去喝酒，却没来由地停在了门口的烤鸭店前。他买了一只烤鸭、两个小菜和一些卤牛肉，走到家门口，却又想起什么，跑到商店，买了一瓶伊力老窖。

他进了家门，看到李国清正要做饭，他将这些放在桌子上，说道："爸，我发工资了。"

"哦？是吗？发了多少？"李国清兴奋地说道。

李小白从兜里摸出钱，说道："不多，两千六。"

说着，取出两千块放在桌子上。他本来想给一千，可鬼使神差地只留下了零头，说道："爸，都说第一次发工资要交给父母，你收着吧，也别天天做饭，有空去海南玩玩，一辈子了也没离开过安西。"

李国清老怀大慰，用围裙擦擦手，拿起两千块，走到妻子的遗像前，点了一炷香，说道："老伴儿啊，儿子发工资了，两千多呢，都给我了！孩子长大了，有本事了，这都是你在天有灵保佑的啊！"

这炷香上完，李小白愣住了。他看到李国清眼中噙着泪花，他一时竟然不知该怎么办了。李国清将钱全部放在李小白的手里，说道："孩子哪，你大了，钱自己存着。将来买房子，爸砸锅卖铁给你交首付，剩下的，你自己来！"

"我有住房公积金，房子我自己买。"李小白说着将钱又递给了李国清，"你拿着吧，我有钱。"

李国清哈哈大笑起来，说道："行啦！以后我有给以前工友吹牛的资本了，我儿子孝顺！来！就吃你买的东西，今晚，我不做饭了！"

李国清很少喝酒，今晚却和李小白喝了一瓶。其间，他不让李小白多喝，怕影响了第二天上班。

第二天，班组聚会，又是酒局。这似乎是这个班的传统，每次发工资的第二天，便要一起聚聚。按照班长的话，那是为了建立班组成员间的感情。上班的时候，虽然天天见，但各自负责各自的单元，没有办法聊天，就借着聚会加深一下彼此的感情。

李小白有一个习性，就是和自己看不上的、不喜欢的人坐在一起就很烦。在他看来，自己一辈子都不会和严栋再坐在一张桌子上吃饭了，理由是严栋不喜欢他，他也不会喜欢严栋；而班长沙永尚便是他看不上的人，从管理的角度讲，粗暴，还想着法子收礼。

但蒋云飞的话使他多少受了些影响，倒酒的时候便给自己倒了一半。沙永尚班组聚会的时候，永远都会叫聂震来。聂震的酒量之好，也是李小白此生仅见的，只要是敬酒，他来者不拒，管你是多人一起敬，还是车轮战，酒瓶几乎就没离开过他的手。

李小白只是吃饭，喝酒能躲就躲。聂震看到了，举起杯对李小白说道："小李白，你写诗应该很不错吧？要不以后你把班组交给领导看的文案都包下？要对得起你李白这个名字嘛。"

李小白愣了一下，只能举起酒杯说道："我叫李小白，不是李白。"

聂震嘿嘿一笑，说道："行！李小白。哎！还是小李白好听，以后就叫你小李白，来吧！干杯！"

毕竟是别人敬的酒，李小白正要喝，班长却说道："等等！"

李小白吃了一惊，看向了沙永尚。

"你敬酒就喝一半啊？不知道什么叫酒满敬人吗？"沙永尚声音很大，引得周围的人都看了过来。

蒋云飞急忙拿起酒瓶，给李小白倒满，说道："班长息怒啊，李小白是真不能喝酒，一喝就醉，这明天还要上班嘛。"

"规矩就是规矩，敬酒哪有不倒满的？我们是谁？我们是石油工人，不怕流血，不怕流汗，更不怕喝酒！干掉！"沙永尚的话带着一种命令的口吻，让李小白很是不爽。

他还没开口，桌子下面，蒋云飞却踢了他一脚，还一直冲他挤眼睛。他无奈，毕竟都是班员，抬头不见低头见，他说道："谢谢工段长敬酒，先干为敬！"

说着，一口干进了肚子，却见聂震手里始终拿着酒杯，并不喝，似乎忘记了他的存在。

第28章　香烟风波

李小白的目光几欲喷出火来。他真想一走了之，或者找个地缝钻进去。

酒过三巡，班长沙永尚突然拍拍李小白的肩膀，说道："小李白，走，陪我上个厕所。"

李小白无奈，只得跟了去。他其实一点都不想去，但只能跟着。卫生间里，班长很响地小便，说道："小白哪，我今天吃饭的时候说你，其实是为你好。你大学才毕业，没见过什么是社会，这该有的礼仪你得学呀！怎么样？最近工作有没有什么困难呀？"

李小白想了想，将他认为抄写只需要了解的资料的事说了出来。班长嘿嘿一笑，说道："嗯！说得对啊！不过，你是新人嘛，抄抄没坏处。你也可以不抄嘛，只不过我要替你担待着点，万一人事考核部门下来查掌握的情况，你要是一问三不知，那扣的钱可不是一百两百，而且扣的都是工段的钱，平摊到每个人身上，那谁能高兴？"

李小白说道："我不会答不出来的。"

"话不能这样说，咱们是一个班，那都是相互的，出了事，只能帮着自己人去扛事，你总不能让别的班的人帮你扛吧？你也扛不住。说白了，就得我帮着你扛，明白吗？"沙永尚笑眯眯地提着裤子说道。

说实话，李小白听得云里雾里。班长手也没洗就拍了拍他的肩膀说道："你还年轻，要懂得尊重领导。我给你说，我刚上班那会儿，单位给我安排了师傅，我那时非常想早点顶岗，可是单位不允许呀，说没有这样的先例，那怎么办？如果师傅帮你去给人事上说一声，那就有可能提前顶岗啊！所以啊，从那一天起，我师傅的袜子，我洗；早饭，我买；烟，我管；他过生日，我跑得比他儿子都快。最后，我比所有人都早地提前顶岗了。"

李小白一下听明白了班长的意思，他的脸一下红了，他没想到可以把索要贿赂说得如此清新脱俗。

沙和尚见李小白似有所想，也觉得说得差不多了，忙说道："现在时代不一样了，不用给师傅洗袜子了，还能坐在一起喝酒、吹牛。走！陪师傅喝两杯。"

这一顿饭，李小白吃得非常不爽。蒋云飞可谓是李小白肚子里的蛔虫，知道他今天在饭桌上受了委屈，陪着李小白朝着家里走时，他说道："小白，你知道今天聂震为啥难为你吗？"

"知道。"

"那你打算怎么弄？"蒋云飞点了一支烟递给了李小白。

李小白说道:"我的钱都是我辛苦赚来的,我才不会给别人送礼,我有我的原则。"

"哎呀,你呀!怎么这么固执?好歹你的生杀大权握在别人手里,男子汉大丈夫,能屈能伸,对不?"蒋云飞继续劝道。

可无论他怎么劝,李小白就是不为所动。蒋云飞说道:"行了!行了!你给我两百,我没钱了!其他事你别管了!"

"不是昨天才发了工资?"李小白问道。

蒋云飞却直接将手伸到李小白的口袋里,摸出他的钱包,从里面抽出两张红票子,然后将钱包丢给了他,说道:"你就是个榆木脑袋。"

第三天上班,班前会,李小白准时到了,班长手里拿着一条中华烟走了进来,说道:"开会!"

所有人站成了一排,班长简单地说了一下这几天的产量,正说着,聂震走了进来。他的嘴角挂着笑,一直盯着李小白,那笑很玩味,看得李小白很不舒服。

班前会结束,沙永尚说道:"我们工段是石化公司出厂前的最后一道关卡,不论是成品的表面还是成品的质量,都是非常重要的一环。我们如果没有自己的核心竞争力,那么很可能被石化公司外包出去,在站的列位都得下岗。所以,更要求我们对知识、安全做到心中有数,做到全部掌握。"

说着,他扫了一眼众人,接着,他话锋一转,说道:"昨天我收到了来自咱们班的某一位员工的礼物。"

他扬了扬手中的中华烟,说道:"这是什么意思?这说大了叫行贿!你想干什么呀?想从我这里获得什么呀?这礼物是送给我们工段长聂震的，咱们老大是那种贪小便宜的人吗？不是！绝对不是！送礼的这位，我会在咱们工段通报，咱们班自建班以来，从没有发生过这样的事，你就是我们班的耻辱，是我们班的蛀虫！我希望某人好好反省一下。"

李小白觉得很可笑，怎么这苍蝇不叮蛋，狗不吃屎，狐狸不吃鸡，太阳从西边出来了？

正想着，聂震走了出来，说道："各位，我是什么样的人，你们是知道的，这事发生在你们班，我也不想闹大，这个事情非常恶劣，我不希望有下次。李小白，我是给足你面子了，你自己也要心中有数，不要做一些下三烂的勾当！"

这话让李小白差点昏过去，原来，说了半天，是说到他身上了。他看着那条中华烟，实在是不知道和他有什么关系，他明明什么都没做啊！

他看向了周围的同事，那表情精彩极了，有的鄙视，有的偷笑，有的无奈，有的无所谓。

会后，他正想上去问清楚是怎么回事，却被蒋云飞一把拉住。蒋云飞把他拉了出去，说道："小白，哎呀！这次是我把你害了呀！"

李小白一下想起蒋云飞两天前问他借了两百块，他问道："你什么意思？"

"我拿你的钱给聂震买了一条烟，希望他对你好点。你这样不开心，兄弟我心里也不是滋味。"蒋云飞说道。

李小白十分愤怒，可转念一想，说道："你平时不也送烟吗？怎么他就收了？难道他就是针对我？"

蒋云飞低下了头，支支吾吾地说道："那个……那个，两百块买不了什么好烟，拿不出手。所以，我找了一个我认识的哥们儿，从他手里倒腾了一条假中华烟，他给我说保真，抽不出来是假的。我想人家肯定是抽出来了，那自然是要生气嘛……"

说着，蒋云飞在自己脸上抽了一巴掌，说道："怪我！这个事我尽量帮你周旋，你千万不要再让这个事发酵了呀！"

第29章　学习之路

"你！你！你怎么能干这样的事？我说过我绝不送礼，你怎么能够这样？"李小白愤怒地说道，"不行，这件事我必须给聂震说清楚！"

蒋云飞却是一把拉住了他，急了，说道："哥们儿，你是不是要我死？我这边刚有起色，咱们还是不是兄弟？我是不是也是为了帮你？谁知道我那哥们儿骗了我！你要相信我，这个事我来解决，我早晚还你清白。"

李小白愣住了，这些日子蒋云飞的确一直帮他，尽管方法不对，但的确是出于一片好心。他重重地一拳砸在墙上，说道："以后你能不能做什么事先告诉我一声，你这不是把我害惨了？"

蒋云飞拍得胸脯啪啪响，说道："放心，兄弟，明天我正好和聂震打牌，我把这事告诉他，吃亏不了，兄弟！"

"你还和他打牌？"李小白惊讶地说道。

蒋云飞笑嘻嘻地说道："我这不是为了加深感情嘛！放心吧，兄弟！"

111

花开两朵，各表一枝。

霓裳去了主业，在乙烯厂上班。同样是上班的第一天，她的遭遇与李小白完全是天壤之别。

"你好，我是负责带你顶岗和转正的师傅。你需要了解安全和工艺流程，最好带个本子，这一个月，如果没有我带你，你不能出去，只有你了解了所有的工艺流程，掌握了安全知识，才能出去。"

霓裳看着师傅胸前的党员徽章，重重地点点头，说道："好的，师傅，我一定尽快顶岗。"

"嗯！顶岗三个月，一年后转正。这三个月，我希望你尽快掌握知识，一年后掌握整个工段的知识，这并不容易，但只要用心，多背，理解着背，以你的专业能力，没什么问题。"

于是，霓裳开始了学习。不巧，她和毕渊这对高中时就是对手的两人再次被分在了一起。

毕渊笑呵呵地说道："霓裳，看来我们的比拼又要开始了。我向你发起挑战，我要在顶岗考试中名列前茅。"

霓裳也笑了，说道："好！我不会输。"

一旁的师傅笑着点头，说道："年轻人就该这样。你们两个加油，如果都顶岗、转正了，我请你们两个人吃饭。"

可在不断的挑战中，男生掌握与机械设备相关知识的能力，的确是比女生强一些。很快，毕渊超过了霓裳，在几次的比拼中，毕渊明显地走到了前列。

安全考试，毕渊一百分，霓裳九十九分；岗位知识考试，毕渊九十九分，霓裳九十六分；应知应会，两人倒都是一百分，但霓裳却无比郁闷。

"师傅,我太笨了,也太粗心了。"霓裳对师傅说道。

她的师傅笑着说道:"很好了,对自己不要要求那么高,你已经非常优秀了。"

最后一次测试,等待发卷子时,她看着意气风发的毕渊,突然很想念李小白。自从上次在人工湖边见过李小白后,一个多月来,她上班不停地学,回到家吃了饭,便把自己关在屋里,忙忙碌碌地继续理解知识,一点他的消息都没有。

也不知道这个家伙是不是又惹事了,他还好吗?霓裳如是想。此时,卷子已经发下来,她收拾心情,开始答卷。

"阿嚏!"此时的李小白正在翻胶块,包装厂的工艺与霓裳所学的工艺比起来,那简直是云泥之别。李小白很快就掌握了,他虽然没有顶岗,但干的却是正式员工的工作。说起来,他也是命苦,在沙永尚的授意下,正式员工在一旁休息,监督李小白工作,而李小白则在线上操作。美其名曰:岗位实习。

一旦看见领导远远地走来,正式员工就急忙把李小白换下来,自己上。

李小白的工作在块料线。输送带会将一块块重约二十五公斤的胶块输送到操作台上,李小白需要六面翻检胶块。这些胶块里可能会含有水胶附着在胶块表面,需要拿锯子或者铲子将水胶挖掉,再将一旁的配重胶块填充进去,最后将胶块推向工作台,确保胶块裹上薄膜,进入料袋中。

说起来,人就是这运输带上的一部分,工作简单而枯燥,人的作用也只是挖水胶、换薄膜。当然其中也存在危险,比如重量超重或者不够的情况下,剔除装置会将胶块剔下来。这钢铁机器就在操作台的旁边，一不小心，手就会被夹上，那就是粉碎性骨折。

还有，如果没有停机，那么更换薄膜的时候，热合机的包夹板会落下，九十摄氏度的高温加上液压杆的重量，足够让胳膊断掉。这样的事故曾经发生过，由此可见安全操作尤为重要。

两个月很快过去了，霓裳的压力很大，李小白也是如此。

抽查考试前一天，霓裳约了李小白见面，两人再次到了人工湖边散步。

霓裳故作轻松地问道："小白，你们的工艺流程难吗？"

李小白无所谓地伸了一个懒腰，说道："我们那儿很简单，我去了半个月就全部学会了，我想顶岗考试，我应该没问题。你呢？"

霓裳叹了一口气，说道："我们的很难，需要记的工艺流程非常多，我特别害怕自己过不了。"

"嘿嘿，你们在前岗，我们在后面处理，你们不生产了，我们才能休息。不过，你要好好学，确保生产的产品合格，那样我可以少切两块水胶。"李小白笑着说道。

霓裳说道："我倒真想和你换换，如果你在乙烯前岗，肯定比我优秀。"

"我教你一个方法，可以快速地学会，而且非常有效。"李小白神秘地说道。

霓裳睁大了眼睛，说道："啥？你快说！"

"你看工艺图的时候，一定要在脑子里反应出来每一根管线的位置，然后记住管线的开关在哪里。要知道，工艺图就是根据实际图纸演化而来的，无非是在其中增加了很多安全措施。如果你把安全措施全部摘掉，它就是我们所学的一个化学方程式，再根据化学方程式去寻找你所涉及的每一个设备，很快就记住了。"李小白的话让霓裳一下找到了突破口。之前，她的记忆是根据流程对照设备，很容易被安全防护措施带跑思路，只能死记硬背。现在她找到了方法，很是开心。

第30章　考试艰难

"哈！请我吃饭！"李小白看出霓裳懂了，笑着说道。

霓裳不服气地说道："应知应会可是我们都会的哦！我考考你，作业过程中，凡是涉及有毒有害、易燃易爆作业场所的作业，作业单位均应按照相应要求配备什么东西，并监督相关人员正确使用？"

李小白觉得这道题似乎见过，又似乎没见过，一时间竟然死活想不起来。他尴尬地说道："这是一道选择题，咱们的答案我记下了，应该是选A。"

霓裳惊呆了，说道："不是吧？这个内容你都没记下来？安全题目啊，答案是个人防护用品。你想啊，相关人员正确使用的肯定不是别的物品，你这一块儿问题很大啊。"

李小白嘿嘿一笑，说道："不大，我们那里这些东西都用不上，记了也是白搭。"

霓裳终于知道这小子这段时间肯定没好好看书。说实话，这倒是冤枉了李小白。原来该给他看书的时间，都被沙永尚安排去给老员工顶岗休息去了，只让他把岗位上的安全和操作规程背了个滚瓜烂熟。

霓裳说道："不行，你不重视细节，一到考试就会露馅。今晚，

115

我帮你把应知应会过一遍。"

时间已是晚上十一点，霓裳才抽问了一半的知识内容，就发现李小白只会其中的三分之二，填空很大一部分都靠猜，选择题靠蒙，加上他的脑回路清奇，倒能对个百分之八十。在霓裳的担心中，一晚上的抽查结束了。

多亏霓裳的帮忙，第二天的抽查考试，李小白考完，估摸着自己可以考个八十分，倒是很开心，估计再过一个月的顶岗考试没什么问题。

可是通报下来的分数却是五十九分。

办公室里，刚批改完卷子的沙永尚正在统计分数，聂震问道："哎？沙和尚，小李白考了多少分？"

"六十分。安全知识我还没让他背，他居然答对了三分之二。"沙永尚不解地说道。

"他爸就是老职工嘛，私下里教教也能混个差不多。把卷子拿来。"聂震接过卷子细看了起来。说实话，这份卷子的正常批改就是八十多分，可沙永尚却把大题扣得一分没有，理由也很简单，说是与正确答案不符。其实李小白只是按照自己的话将意思表述了出来。

聂震掏出笔，将一个画钩的正确答案直接打了一个叉，丢给了沙永尚，说道："统计吧，五十九！"

沙永尚一看，说道："这个答案就是A啊？"

聂震冷笑道："那是A吗？好好看，那是D！"

"哦！老大说得对，那就是D，我看成A了。"

班前会上，沙永尚说道："这次新员工的成绩已经出来了。蒋云飞，八十二分，还需要努力啊，不要沾沾自喜，安全题目还有错的，你要知道安全题目必须全对，否则，后面的考试就不用考了。"

蒋云飞嘿嘿笑着接过卷子，连连点头，低声说道："谢谢班长，我一定努力。"

"李小白，成绩五十九分，还有一次摸底考试，不到九十分，延迟顶岗。"沙永尚说着，将卷子放在了桌子上，继续说道，"你平时都在忙什么呢？我们班就没出过你这么低的成绩，你好歹混个六十分，也不算给你自己丢脸。"

李小白看着自己的成绩，手握得紧紧的，他不相信自己连蒋云飞都考不过。下了班，他直接要过来蒋云飞的卷子，一比较果然发现了问题。大题蒋云飞答得还没有他多，多少还给了分，而他却全部被扣光。

他气呼呼地说道："飞子，把你的卷子给我，我要找聂震理论一下，凭什么一分不给？"

蒋云飞吓了一跳，急忙夺过卷子，说道："哎！小白，咱不能这样，你去找他，他肯定给你一堆理由，何必呢？好好看书，下次再来就是。"

"不！我李小白考过就是考过，考不过那是我自己没本事。"李小白气鼓鼓地坐了下来。

"哎，小白，你这道题和我选的选项一样，怎么你是错的，我是对的？到底谁的才是正确的啊？"蒋云飞指着被画叉的选择题说道。

李小白一看，果然，他的应该是对的。他说道："这道题如果算对，那么我就是六十分，错误明显在工段。我要去要个说法，大不了我再往上告！没有王法了吗？"

第二天，乙苯橡胶工段办公室，李小白站在聂震跟前。

李小白说道:"工段长,这个题目改错了,我的是正确的,却打了一个叉。"

"你那是D,D是正确的吗?"聂震说道。

李小白气得差点昏过去,说道:"这是A呀!"

"A?你大学白上了吗?A的第二笔可以拐弯吗?"沙永尚在旁边说道。

李小白知道无法解释,继续说道:"那我的大题为什么一分都没拿到?我的表述与正确答案是一样的呀。"

沙永尚冷哼一声,说道:"是吗?表述一样不代表正确,要一字不差才算正确。厂里的要求,那是要精益求精,马虎不得。在我看来,你马虎还不用心,所以一分不得。"

"这不公平!"李小白几乎咆哮了起来。

聂震一拍桌子,吼道:"你是说沙和尚不会带徒弟吗?你看看你的分数,就算我再给你十分,你不过是六十九分。安全题目错那么多,你还想考试?我告诉你,你过不了的话,我们整个工段都要扣钱。你不好好学,就给我滚出厂子去。"

李小白气得浑身发抖,聂震却忽地站起来,一把将他的测试卷子撕了个粉碎,揉成一团,狠狠地丢在他的身上,说道:"你!自己不去反省自己的错误,还要来找工段的事,是不是觉得我好欺负?反了你了!"

李小白看着自己被撕碎的卷子,一句话都说不出来,默默地捡起,走了出去。

话说秦美鸽这几天感觉十分爽,她跑到国外玩了一圈,因为舍得在免税店花钱,被售后要了联系方式。她平时只是看了看对方的朋友圈，便直接将钱打给对方，要对方寄给她。

看着一地的"战利品"，便开始了挨个试用，果然皮肤更加水嫩光滑起来，惹得小姐妹们都很羡慕嫉妒恨。她便将一些产品送给小姐妹们，没想到一些小姐妹用完觉得不错，纷纷想让秦美鸽帮着买一些，这让她找到了商机。

第31章 延迟一月

秦美鸽也胆大，直接订了三十万的化妆品，一时间整个家里堆满了包装盒，偌大的别墅里满是盒子。

秦美鸽的母亲问："你用得了这么多化妆品啊？"

"这都是我拿来卖的，你看这是韩国最好的化妆品，叫'后'，国内买至少贵八百，从我这里买就贵三百！"接着又把另一个包裹拿了起来，说道，"你看，小魔瓶，国外便宜到哭，我那几个小姐妹爱死了。"

"那你也不能堆在家里啊，我连下脚的地方都没有。"秦妈像踩地雷一般在屋里跳来跳去。

"别踩着那个！那是韩国弹力素的赠品，很贵的！"秦美鸽吼得秦妈心跳都加快了。

秦妈终于站到了墙角，说道："我给你一天时间，你给我把这些都搬出去，要不然，你也给我搬出去。这里弄成什么样了！"

她却一把抱住了秦妈，笑呵呵地说道："妈咪，你是个天才！"

说着，她风风火火地跑了出去，又开始逛街。这一次，她不买东西，而是看起了商铺，就经商这一点，她的确是遗传了家人。她看好一个正在转让的店铺，一头扎了进去。对方也是一家做化妆品的，经营不善，打算转让。

秦美鸽三言两语就拿下这家店铺。对方的东西还没有搬完，她找的施工队便进了店铺。五天后，看着焕然一新的店铺，秦美鸽感觉人生真的很充实。

接下来的日子，她便开始给所有小姐妹打电话，不是带一份炒米粉，就是带一份凉皮子。她也不提让小姐妹们买化妆品，只是和她们聊天。小姐妹们看了化妆品都很喜欢，说："美鸽，这瓶我买了，给我打包。"

"哎呀！不行呀！我这里的货都是国外发来的，上面的都是人家订了的，万一一会儿人家来拿，我怎么办？"秦美鸽似乎根本不想卖，无奈地说道。

小姐妹不管这些，说道："哎呀，你那里那么多，你让他们等下一批嘛，来！付款！"

"下次看到什么提前告诉我，要不是看你是我姐妹，打死都不行哦！"看着小姐妹蹦蹦跳跳地拿着化妆品走了，她内心那叫一个得意。在秦美鸽看来，卖东西和拴住男人一样，都需要吊胃口。

秦美鸽的店铺生意那是好得不得了，小姐妹们也是帮着宣传，一天总能赚不少。

这个晚上，她主动给李小白和蒋云飞打了电话，约两人一起吃饭。李小白似乎没什么胃口，一边吃饭，一边拿出纸来瞅一眼，连秦美鸽和他说话，他也是答非所问。

蒋云飞一边大口地吃着，一边说道："小白哪，他是魔怔了，每天拿着应知应会什么的背,他要一个字不差地背下来。"

"哪有这样的?我当年背书背个差不多,该答的点答到了就可以了,谁说要一字不差?"秦美鸽也当过石化公司的职工,自然是知道顶岗考试的要求。

蒋云飞也只能撇撇嘴。秦美鸽见李小白再次掏出纸,一把夺了过去,说道:"别看了,陪我吃个饭,还在那儿不专心,对我好不尊重哦!"

李小白笑了笑,说道:"哈!我再看一会儿,今天任务没完成。"

秦美鸽就是不给他,拿起酒说道:"喝光!不然不许你看!"

李小白二话不说,咕咚一口喝了个精光,又拿起纸背了起来。

秦美鸽说道:"这破工作有什么好干的?你是五班三倒,是吗?连正常人的睡觉都保证不了,这样老得快。你要不别干了,过来姐养你啊!"

所谓五班三倒,就是一天之内会有三个班次,一个班次八个小时,机器不停人不停,所以有时候午夜两点正当所有人睡觉的时候,石化公司的职工便要爬起来,坐倒班车去厂里上班。

秦美鸽说的也是实话,她现在一周的收入,就是当时一个月的工资加奖金,说话自然是有底气的。只是李小白并不领情,他依然觉得自己可以拿下。

很快,到了顶岗考试前三天,李小白再次接受工段的考试。他这一次可谓是信心满满,拿着卷子,那些题目就仿佛答案已经填在了上面,唰唰地写了起来。

卷子很快批改完,结果出来了。这次的成绩聂震和沙永尚看到都傻了眼,九十八分,大题的回答简直是标准答案。

聂震冷哼一声，说道："这小子绝对作弊了，把他给我叫来！"

沙永尚急忙去岗位上将李小白叫了过来。李小白刚进门，聂震便问道："你给我说说，石油化工生产过程中火灾爆炸的主要预防措施有哪些？"

李小白简直是脱口而出，与卷子上的答案一个字都不差。聂震不甘心，继续问了下一个问题，李小白的回答依然是一字不差。

李小白回答完，静静地看着聂震，半响后说道："工段长，我能参加顶岗考试了吧？"

"理论过关不代表实操能过关。"聂震淡淡地说道。

李小白昂着头说道："现在咱们员工能干的，我都能干，我相信我实操没问题。"

"不要你相信，要我相信！我觉得不行，延迟一个月。"聂震说完，看向了沙永尚，说道，"沙和尚，你回头去岗位上看看他实操怎么样，如果不行，延迟两个月。"

李小白皱起了眉。如果没有参加顶岗考试，他只能拿基本工资，奖金什么的全部和他无关。

他说道："行！请师傅和我一起去岗位上，我保证能够合格。"说着出了门。

沙永尚冲聂震挤了挤眼睛，那意思是"放心吧，交给我"。于是，岗位上，沙永尚一边看李小白干活，一边将工作中的题目向李小白提问。

工作过程中一心二用本就容易出错，于是李小白有些手忙脚乱。

"你看什么呢？胶块六面翻检，你速度快点！"

"哎！哎！工具处理完胶块后必须马上归位！"

"你搞什么？配重胶块能随意放吗？"

一连串的提问加上操作，让李小白压力陡增，一时间，出错频繁。

沙永尚笑了，上前拍拍他的肩膀说道："李小白，业务非常不熟练哪！你这样的状态到岗位上，我都不知道你能不能坚持住不出安全事故。延迟一个月！"

第32章　工作见闻

收拾完了李小白，沙永尚回到了办公室，看到聂震正在玩手机，上前说道："老大，李小白这个状态下去，我这儿的东西都快教完了，指不定到了顶岗考试前，他要向人事部提出考试，万一过了，那以后可就不好收拾了。"

"你傻啊！他就学了一个块料线，咱们又不止一条线，之后让他去粒料线学，怎么都能折腾他到转正期。只要到了转正期，就这个进度，完全有理由延迟，这小子那身红衣可等不了，一旦转正不了，自然是要他滚蛋的。"聂震头都没抬地说道。

沙永尚仿佛得了天大的机密，忙笑嘻嘻地说道："老大说得是。唉！我还是太年轻了。"

相比块料线，粒料线就轻松了许多。每个小时抽样检查一次，只要产品的颜色和外观没问题，剩下的不过是包装袋的打印和缝口，李小白没到一周，便掌握了个七七八八。

三天后，蒋云飞参加了顶岗考试，磕磕碰碰地算是过了关。

人事部本不想让他通过，冲聂震说道："这个人的知识技能掌握得很不扎实，嘴巴倒是会说，见了面，一口一个姐姐长姐姐短的，可说起业务知识，还需要别人提醒，你确定让他顶岗吗？"

"是吗？这么不成器吗？我回去收拾他，这是给我们乙苯橡胶丢脸嘛！"聂震话锋一转，说道，"还是让他过吧，我这里缺人得厉害。"

"哎？你们不是有两个新员工嘛，另外一个呢？"人事部的看着资料说道。

聂震马上说道："领导，我这边带的人那都必须完全合格的，对于不能参加顶岗考试的，我是绝对不会允许的，我宁缺毋滥。"

李小白被分到粒料线的那一天，也是蒋云飞被提拔成线长的那一天。线长就是负责一条包装线生产的员工，级别要比班长低两级，比普通线员高一级。李小白恰好被分给了蒋云飞，他们所看的一条线就两个人，一个蒋云飞，一个李小白。

说白了，这是沙永尚故意恶心李小白，让李小白在这条线上感受一下被自己同学带的滋味。

今晚，沙永尚晃晃悠悠地巡线到了蒋云飞这条线，蒋云飞笑嘻嘻地跑了过来，说道："班长，我柜子里有烟，想抽了，自个儿去拿，为了兄弟你，我不锁柜子的。"

"嗯！"沙永尚很受用蒋云飞这样的态度，说道，"好好教教你同学，你都顶岗了，他还是个试用员工，这不好啊！你用点心。"

蒋云飞嘿嘿一笑，说道："班长放心，保证完成任务。"

沙永尚瞟了一眼正在打扫卫生的李小白，满意地走了。

蒋云飞走过去，说道："小白，别干了，就这点地方有啥干的？

下班前打扫一遍就行了！"

"咱们操作流程上不是说要积极打扫包装线周围的卫生吗？块料线地上一旦有胶，不积极打扫就会黏在地上。"李小白好奇地问道。

蒋云飞四仰八叉地坐下，说道："那是你们块料线。知道我为啥来粒料不？就是因为轻松，干这活拿得不比块料的少，可活的量那叫一个少，也不用多干，差不多就行了。人嘛，要学会让自己轻松。"

李小白皱皱眉说道："不行！我还想着下个月能顶岗呢，你给我好好讲讲。"

蒋云飞拉着李小白坐到了监控看不到的地方，说道："我的小白哪，人生难得轻松，来！我教你！"

说着，将他拉到了桌子前，说道："你要记住这个角度，之后，坐下，拿好笔，注意，笔尖不能按下来。"

李小白照做，蒋云飞又把扫把和簸箕放在了一旁，说道："行了！你就看着打印机，眼睛不要转。来了领导，你就说在写记录，马上打扫卫生。"

"你动都不动，那不是很快就累了？"李小白好奇地说道。

"哎！累了就对了，累了就坐着睡。不过啊，你记住，这个点只能睡四十分钟，之后会有前岗的来签字，必须醒来；之后可以继续睡一个半小时，那时候班长来签字；之后还可以睡一个半小时，起来换明天的批号。接下来最幸福的时刻来了，你可以睡两个小时，之后起来打扫一下卫生就行。"蒋云飞如数家珍。

李小白却说道："可万一被抓住呢？这可是会直接丢掉岗

位的。"

蒋云飞说道："我这不是告诉你时间线了嘛，你照着做，没人会抓住你。"

"就没有领导突然袭击吗？"李小白问道，"而且你不看着，万一批号打错了，或者缝口不好，那岂不是质量事故？"

蒋云飞嘿嘿一笑，说道："所以啊，每生产完一垛，必须细心查看一下，只要外面看得过去，你管什么里面嘛，少一点多一点无所谓。"

蒋云飞说着将李小白拉到了下料口，又随便讲了几句："看到二楼了吗？如果累了，你直接上去，躺在料袋上睡。你戴好耳塞，我保证一晚上都没人能发现你。"

李小白皱眉说道："岗位安全知识和操作规程呢？你把你的给我。你小子全给我讲如何偷懒，我可是想着怎么能够学扎实呢！"

蒋云飞大手一挥，说道："哎呀！干活嘛，这又不是给自己干，过得去就行。放心吧，出了事算我的！我保证没问题。"

在蒋云飞看来，这么简单的东西，懂操作比把操作规程一字不差地全记在脑子里重要。不得不说粒料线的确比块料线轻松得多，在李小白打扫完卫生检查完线路后，他有了大把的时间，就又开始将粒料线的内容一字不差地往脑子里记。

这是李小白来到乙苯橡胶的第四个月，对他来说新鲜感过去了，更多的是对这个岗位的理解和发现问题、解决问题的过程。

这天上三班，也就是大夜班，从凌晨两点上到次日上午十点。还没上班，蒋云飞跑了过来，神神秘秘地说道："小白，今天如果沙和尚让你去块料线，你千万别去。"

李小白好奇地问道:"怎么了?"

"唉,今天有人请假。本来人员刚刚好的,但那个员工找到了聂震,给聂震送了东西,聂震就同意了,这一下上岗人数不够,违规了。反正我知道沙和尚是没从其他班借到人,谁愿意去?他那么爱得罪人。"蒋云飞说道。

"你们关系不是挺好的吗?怎么你这么说他?"

第33章　安全事故

"呸!本来今天是我请假,我给沙永尚买了一包华子,他同意了。没想到另一个请假的直接找了聂震,这假便不给我了,你说气人不?"蒋云飞愤懑地说道。

果然,班前会上,沙永尚安排工作,说道:"李小白,今晚你就别在粒料线了,临时调到块料线,我们人手不够。"

李小白举手说道:"班长,按照安全规定,未取得顶岗资格的人员不允许单独上岗,如果发生了安全事故,上面追查下来,这个责任我是不是也要被追究?"

"你是死人吗?你为什么会让安全事故发生?你已经学了四个月,怎么就不能岗位学习?"沙永尚怒道。

李小白说道:"我可以调到块料线,但必须有人跟着,否则,我是违规操作。根据安全规定,领导提出的要求有违安全操作规程,我有权拒绝并上报。"

沙永尚没想到这小子如此不开窍,却又不好发作,说道:"大家

127

看到了吗？干活拈轻怕重，没有丝毫的团队意识，这就是这样的人无法顶岗的原因。"

李小白说道："我没有拈轻怕重，只是严格遵守安全管理条例，我不希望在岗位上出现安全事故。我的建议是向上级汇报，尽快调来一个人手解决现状。"

沙永尚眼里都快喷出火来，说道："我需要你来教我怎么做吗？行！你就留在粒料线，一、二线并线，一人看两线！翻胶的员工下线继续看打印批号。别瞪着我，要怪的话，就怪李小白不帮你们。"

李小白脸色绯红，还没来得及解释，沙永尚便一挥手，让大家上线。李小白想上前理论，却被蒋云飞拉了出去。蒋云飞举着大拇指，说道："我小白太威风了，我还没见过沙永尚气成这样呢，哈哈！"

"我没打算气他，只是按照要求做了我应该做的而已，我坚持我的原则！"李小白说道。

蒋云飞的大巴掌拍在李小白的背上，说道："哈哈！对的！你是人中龙凤，眼中容不得沙子。就冲你的这个举动，今晚，你好好看线，我去砸冰！"

安西的冬天很冷，最冷的时候有零下三十多摄氏度。厂房外有很多巡检点，尤其是反应炉的旋转楼梯，热气释放出来，便会在旋转楼梯的扶手、楼梯间挂上冰柱。

厂区职工在大晚上气温最低的时候，拿着铁锹和锤子出去砸冰，一圈下来，眉毛和睫毛上都是一层白霜，手脚都会冻得冰凉，但这是一项必须做的工作。李小白没顶岗，这样的活一向是安排给他干的，蒋云飞觉得今晚很解气，那帮忙砸冰便是最好的报答了。

李小白皱眉说道："其实两条线并线也是不允许的，明文规定，不允许并线超过半个小时。否则，设备很可能出问题，这已经接近饱和数据了。"

蒋云飞嘿嘿一笑，说道："我的小白大人言之有理，回头你要是写匿名信告沙和尚，我帮你投递。"

李小白有些哭笑不得。

清晨五点，正是人精神的极限，也是最可能出现打瞌睡的时间段，危险有时就在人麻痹大意的时候降临。

突然，块料线一片喧闹，砸完冰回来的蒋云飞一边急忙跑去凑热闹，一边大叫着对正在写记录的李小白说道："嗨！小白，你还真说对了，出大事了！我去看热闹了！"

话音未落，他便如箭一般地跑了过去，过了没多久，又风风火火地跑了回来。

蒋云飞说道："哎！设备接近饱和运转了三个小时，出问题了。送料口卡了一块胶块，A线的人不敢停车，怕一条输送带堵胶块，自己拿着工具上去处理，没想到处理不及时，后面的胶块堵上来，顶在了撬棍上，把那哥们儿从设备上轰下来了。"

这就是典型的违章作业。在安西石油的六大禁令里，其中有一条：严禁违反操作规程操作，同时涉及安全管理规定中要处理解决的问题应先停机操作。

这个员工之所以不停机，是因为怕停机后更多的胶块堵在输送带。不停机状态下处理之后，会忙碌将近半个小时，那可是连坐下喝口水的时间都没有。节省时间的后果就是造成人身伤害。

沙永尚急了，这时候喊停车已经晚了。人倒在地上，有员工上前将人扶起来，还没说话，一口血就喷了出来。

一旁员工说道:"班长!快!打120!"

"不!不!等一下,120一来就是公司级安全事故,这考核……"沙永尚知道后果,一时犹豫不决起来。

现在的厂区管理非常严格,119消防车和120救护车任何一个出动,这个事故就压不住了;上报到石化公司,那包装厂就会被重罚,这后果谁能承担?

沙永尚拿起电话直接拨给了聂震,没想到聂震却没接电话,谁知道他又在和哪个班的班长喝酒。沙永尚没有停,又拨给了包装厂的主任,接着拨给了厂长。

包装厂厂长毫不犹豫地说道:"拨打120,人命关天!"

很快120来了,将受伤的员工接走了,而现场堆积了大约两吨的胶块。这一晚可谓热闹,到了下班时间,块料线的人还在处理胶块。

蒋云飞说道:"我的小白哪,看到没?有句话怎么说来着?听人劝,吃饱饭,但凡他听了你李小白一句,也不会造成今天这个局面,就看聂震保不保他喽!"

李小白却不这么想,说道:"都是一个班的员工,人员受伤其实是可以避免的。人员不够,就得逐级上报,一直到人员问题解决呀,这才是问题的关键。"

"这你就不懂了,但凡要人要到聂震那儿,被骂一顿都是轻的,而且在聂震那里,你就是一个合格的劳动力,他沙永尚连你都指挥不了,他这个班长也就别干了。我估计沙永尚也没想到,你会拒绝得如此有理有据,指不定后面要收拾你。"蒋云飞如是说道。

李小白心里也开始犯嘀咕,自己已经预料到事故的发生,而且在班前会已经提了出来。如果领导查下来，他就是英雄，说不定这个事还可以帮他参加这次顶岗考试。退一万步来说，领导知道了他的做法，至少没理由不奖励一下。

但这一切不过是李小白的幻想。

第34章　意外发现

第二天，交接班会议上，聂震一进班便破口大骂："你们是一群猪吗？为什么不停机操作？平时学的东西全部喂狗了吗？你们每人把安全操作规程给我抄五遍！"

他越骂越起劲，沙永尚却像没自己什么事似的，看着班里所有人。聂震终于是骂累了，斜着眼看向李小白，说道："还有，咱们班的某些人少拿管理规程说事，服从班长安排，很可能就避免了昨晚的事。如果你给我强调管理制度，那我就严格按照管理制度来，咱们都不要有好日子过。"

李小白突然品出他是在说自己，说道："工段长，我已经预判了风险，如果我上，很可能出事的就是我。班组人员不足，应该补齐人员，而不是并线，我觉得我没错。"

"哼！没错？好一个牙尖嘴利！你是没错，可你的同事现在还躺在病床上，你一点都没有责任吗？你们班组的团结精神哪儿去了？"聂震说道。

李小白觉得这就是强词夺理，难道他拒绝错了吗？一时间，他坚定的内心有些动摇了。他沉默了片刻，聂震却是挥手说道："你们班这个月的奖金每人扣五百，好好反省。你沙永尚扣一千，怎么带的班？"

沙永尚恶狠狠地盯着李小白，似乎昨晚的错都在李小白身上似的。

接班后，蒋云飞说道："这简直是颠倒黑白！小白，他们不知感恩，你别往心里去，工作就是这样，下班，我们去喝点。"

其实这个事令李小白非常震撼。包装厂的工艺流程在他看来非常简单，可就是这么简单的工作，差点有人搭上性命，安全绝对是工作中的重中之重。他再次拿起安全试卷，第一次觉得里面讲的东西看似要记到脑子里，可运用到实际操作中却又不一样，一个小小的疏忽，或者看似没什么问题的操作，危险就隐藏其中。

话说霓裳和毕渊进入笔试，而且成绩都合格了，接下来就是面试答辩环节。他们的工艺流程有一百多个内容，考试形式也很有意思。桌子上都是扑克牌，参试人员随机抽三张，对应的就是考题，这就保证了每个人抽取的考题都不一样，但对于有准备的人来说，那不过是一点小花絮而已。

霓裳和毕渊答辩结束之后，考核师傅说道："嗯！这两个人非常不错，关注一下，可以重点培养，以后什么技能大赛、大练兵都可以考虑一下他们。"

另一个考核师傅点头说道："这两人都是好苗子，师傅和徒弟全部嘉奖。"

两人顺利通过了顶岗考试，而且成绩优异，张榜公示。

毕渊看着红榜，对霓裳说道："这只是我腾飞的开始。我现在是外操，接下来转正之前，要冲击内操，还会冲击班长，一直到车间主任。"

对一般员工而言，外操全名叫作外部操作工，内操叫作内部操作工，二者之间有很大区别。内操通过监控和数据判断某个点需要打开某个阀门，或者关闭某个管线，会用对讲机通知外部操作工去执行，以此来确保生产的有序进行。相比之下，外部操作工的考试内容比较简单，内部操作工所掌握的知识更加全面。

这之上便是装置班长、运行工程师、负责一整个工段的值班长，往上还有技术员和安全员，成绩优异者便会被提成副主任工程师，然后是车间副主任，最后是主任，再往上便是副厂长、厂长级别。

路漫漫其修远兮。霓裳笑了笑，然后说道："我也不会停下的，加油。"

这句话让毕渊十分舒坦，说道："你可能会是我最大的竞争对手呢，我也很看好你。"

"也不知道李小白考得怎么样，他也很用功。"霓裳说道。

毕渊撇撇嘴，说道："他？他如果不能顶岗转正，那在厂里这一年就是他的最后一年。我觉得他不适合厂里，可能也只有打篮球比较适合他。你呀，还是离他远点好，近朱者赤近墨者黑嘛。"

霓裳心里一直想着李小白，毕渊的话她根本没听进去。

安西的十二月，是最寒冷的季节，拿一杯热水，用力地洒向天空，瞬间便成了冰雾，煞是好看。对厂区的职工来说，砸冰这项工作从安全的角度讲是重中之重。

经过之前的事，李小白被沙永尚安排将所有巡检点的冰全部砸了，这一圈走下来就是两个小时。回来休息的一个小时，还得帮着蒋云飞看线，之后又要去砸冰，回来还要打扫现场卫生。

这在别人看起来很辛苦，可对李小白来说，却是有了大把的时间。他每天都会将安全题目拿出来反复背、反复理解。背累了就换换脑子，继续背岗位的操作规程。

这天，他砸完冰，推着手推车将现场的垃圾倒进垃圾站，却远远地看到了聂震和沙永尚正和收废胶的人密谈着什么。过了一会儿，收废胶的人从兜里摸出一沓钱放进了聂震的手里，聂震笑得眼睛都快眯成一条缝了。

看着收废胶的人走了，聂震从那沓钱里摸出了几百块，给了沙永尚，沙永尚笑嘻嘻地接过，两人开心地回了工段。

回来后李小白觉得很怪异。可以说他已经将整个工段所有的流程都掌握了十之八九，算是标准的门儿清。他开始琢磨回收废胶的人为什么要给聂震钱，他们之间能接触的点只有一个，那就是废胶，可收废胶是早与石化公司签了合同的。废胶虽说有很多杂质，但还可以继续加工成很多其他东西，比如说塑料袋、矿泉水瓶子。只是石化公司看不上这些废胶，也没有相关的厂房放置，所以，卖给可以回收的公司，也算是废物利用。

从这天开始，他便留意起了垃圾回收站的垃圾箱，没几天便找到了其中的猫腻，他确定这是一个严重的盗卖国有资产的案件。

原来，块料线有一个不成文的规定，那便是每天下班前打扫卫生，并将没用完的配重胶块全部丢掉，而一般的块料线职工具体操作时会从线上取下一块完好的胶块，分解当作配重胶。

下一个班交接班的时候，必须保证台面整洁，而且胶块冷却以后也很难用锯子切动，只能丢掉。

第35章　交锋时刻

　　李小白借着砸冰的时间，顺道去看了一眼。更令人惊讶的事被他发现了，里面居然有完整的优等品胶块。他又有些纳闷起来，这是怎么运出来的呢？

　　突然，李小白想起每天刚交接班的时候，沙永尚都要替换块料线员工吃饭，时间也就半个小时。他利用这半个小时，将完好的胶块直接丢进垃圾桶里，当作废胶丢掉。

　　剩下的就好理解了。收废料的人将废料拿走，从垃圾中将完好的胶块拿出来，自己打包卖掉，不论卖多卖少，肯定比废胶要划算得多。

　　李小白知道，这件事说出去怕是没人会信。他必须有证据，而且这证据必须翔实。

　　他皱眉回到了岗位上，蒋云飞正在那儿打瞌睡。他走过去，轻轻咳嗽一声，蒋云飞迷迷糊糊地醒来，说道："领导，我正在看批号，打算打扫卫生。"

　　李小白说道："哎！是我！"

　　待看清楚是李小白，蒋云飞松了一口气，说道："嗨！不早说，差点没吓死我。"

　　"哎！如果你发现有人偷东西，你会怎么办？"李小白问道。

　　蒋云飞想都不想，说道："打他啊！这过街老鼠哪有不教训的理由？"

　　李小白气笑了，说道："别老打呀打的，肯定要有证据啊。"

　　"这样的人犯罪肯定是老手，你不会拍个小视频吗？这就是最

135

好的证据呀。"蒋云飞说着，见沙永尚走了过来，忙笑呵呵地迎了上去。

李小白觉得的确应该拍个小视频，可是每天上班时手机都交了，那如何是好？

他一咬牙，决定第二天不交手机，这实际上违反了规定。上班期间，必须将手机上交，防止员工在工作中玩手机，导致出现安全和生产质量问题。如果被班长抓到没交手机是小，但很可能导致他真的无法顶岗，甚至可能转正都要受到影响。

但李小白还是决定这么做了，他在疾恶如仇这方面倒是传承了李国清的优点，只是这次不同的是，他要拼上的可能是他的职业生涯。

第二天，在交手机的时候，李小白说道："我手机忘带了。"

其实，不交手机这个事是个可大可小的事，班组内部完全可以解决，但李小白知道聂震和沙永尚一直盯着他，肯定要在这件事上大做文章，这是一次赌博。

他的心不免有些怦怦跳，去砸冰的时候，一溜烟地跑到了他们班的垃圾堆放点，果然发现了完好的胶块。他急忙掏出手机拍了下来，拍完见四下无人，像做了贼一般跑了。

证据到手，李小白算是松了一口气，开始琢磨后续，可他突然发觉这事不对。目前证据不足，就算这事报上去，聂震完全可以说是自己检查不力，让好的胶块进入了垃圾桶里，所以必须拍下他们交易的画面。

这次砸冰，他足足耽误了十几分钟。等他回去，便耐心地等着聂震，他知道收废胶的人来运走废胶的时候，需要工段长在场。

临近下班，聂震叫了沙永尚摇摇晃晃地朝着大门外的垃圾点走过去。李小白急忙拿着铁锹从侧门出去，一路狂奔，绕着厂房跑到另一边。他早就物色好了地方，正好看到聂震和收废胶的人有说有笑，只是不见沙永尚。

李小白蹲了下来，心跳得厉害，他感觉自己就像是特工007。他颤抖地取出手机，将摄像头对准了聂震和收废胶的人。废胶收完，那人似乎和聂震说了几句话，掏出钱塞进了聂震的口袋。

证据到手。

李小白丝毫不敢停留，猫着身子朝着厂房跑去。他觉得自己即将阻止一件盗卖国有资产案，他是英雄，他为国家清理了蛀虫。

只是他没想到，沙永尚正好接了个电话，没有及时赶过去，而他准备拍摄视频时正好被沙永尚看到了。沙永尚还在琢磨这小子要干吗，却看到他拿出手机，沙永尚也拿出手机，将李小白拍了下来。

沙永尚正琢磨着怎么好好利用一下这个视频，不但让李小白吐出点钱来，还能把他赶走，可当他看向李小白拍摄的方向时，就看到聂震收了收废胶人的钱，他的寒毛都要竖起来了。

见李小白离开，他几步跑了过去，说道："老大，要出大事了！"

说着，将李小白拍摄视频的画面递给了聂震。聂震看完，勃然大怒，说道："这个小兔崽子！吃里爬外，这是想干吗？想蚂蚁吃大象吗？"

"老大，怎么办？这要是交上去，上面来人追查，那边会很麻烦。"沙永尚皱眉说道。

聂震说道："让他交出手机，软硬兼施！"

两人快速地回到了工段，直接将李小白叫到了办公室。聂震开门见山地说道："把你的手机交出来！"

李小白吃了一惊，说道："我……我没带手机。"

聂震说道："少废话！要我去搜吗？厂里明文规定上班期间不允许私带手机，你已经严重违反了包装厂安全生产规定。你如果不老实交代，那你的顶岗还要延迟一个月。"

沙永尚说道："哎！老大，这是我带的徒弟，我好好教育一下他。李小白最近的表现还是可以的，任劳任怨，我推荐他参加顶岗考试。"

说着，他看向了李小白，说道："你被人举报带手机了，交出来，给老大认个错，这个事就过去了，咱们大事化小、小事化了。"

李小白说道："你们盗卖国有资产的事就在我的手机里，你们是想要里面的视频吧？"

李小白想，既然他们将矛头直接指向手机，那一定是他拍摄时被人发现了，与其隐瞒，不如直接说出来，看聂震能把他怎么样，他决不向恶势力低头。

李小白内心的大义凛然之气连连爆发，甚至有一种英勇就义的感觉。

"谁？"聂震冷笑道，"我不过是接了他手里的烟，你有什么证据说我盗卖国有资产？"

沙永尚说道："咱们老大可不是那样的人啊，你李小白别胡说八道！快点，认个错，这个事就过去了，手机上交，赶快上班去。"

"不！这里面有你盗卖的证据，我不交。如果交也是交给公司，是不是盗卖，公司说了算。"李小白毫不退让地说道。

一时间，整个屋子里落针可闻。

第36章 威逼利诱

聂震说道:"我不管你将来要干什么,但是现在我命令你把手机上交!否则,我现在有权叫你滚回家去,然后计早退,一次早退你就别想转正。"

李小白的手在发抖。的确,他违反了规定,于是他一点点地将手机掏了出来。

沙永尚不失时机地说道:"老大,李小白其实和刚进厂那会儿比变化很大了,你给他个机会,也给我个机会,我再好好教教他,争取让他参加顶岗考试嘛。"

李小白将手机放在桌子上,他的手松开了。

"你们两个都给我滚出去!"聂震说道。

李小白涨红了脸,回到了包装线上。

沙永尚一直跟着,说着些安慰他的话。其实李小白很清楚,这不过是个唱白脸的。蒋云飞嬉皮笑脸地迎了上来,沙永尚却冲着蒋云飞怒道:"你好好去上班,不该问的别问!"

"那是,那是!老大抽烟不?"蒋云飞说道。

沙永尚瞪了蒋云飞一眼,转身走了。

半个小时后李小白正要出去敲冰,沙永尚跑了过来,说道:"李小白,我真的给聂震说了半个多小时的好话,他同意看你以后的表现,允许你顶岗,只要你不惹事,转正没问题。"

之后,小声地说道:"你就不要把事态扩大化了,与人方便,与己方便。"

其实,李小白也很挣扎,毕竟聂震是他爸的徒弟,如果这件事宣扬出去，可能也会影响李国清的声誉。但是如果不上报，他的内心始终不通畅，总是憋着一口气，感觉非常难受。

时间熬到了下班，交接班会上，手机被还回来，沙永尚说道："李小白，刚才我拿手机的时候，一不小心将手机摔了下来，哎呀，给你弄坏了，真不好意思。你这是个旧手机，我给你赔五百块。"

李小白一下火从心底升了上来，原来什么好言相劝不过是个缓兵之计，目的就是废了他的手机。他看得出手机屏幕中间那里被尖锐物一下扎了进去。

他势必要与这件事死磕到底。

傍晚，蒋云飞冒着大雪到了李小白家。蒋云飞没进屋，将李小白叫到了楼下抽烟，他神神秘秘地说道："今天你是不是出什么事了？"

"嗯，是的！我抓住了聂震和沙永尚盗卖国家资产的证据。"

蒋云飞恍然大悟，说道："乖乖！我到现在还看不出个门道，你李小白却是看得门儿清，厉害！"

"你找我啥事？我心正烦着呢。"

蒋云飞马上说道："哎呀，你的运气来了，刚才沙和尚给我打电话，他让我来找你。他说只要你愿意归附，他们愿意接受你，并且保证在两天后的顶岗考试和大半年后的转正考试中给你帮助，这是好事啊！你最大的心事不就解决了？"

李小白说道："不！我不需要帮助，我靠自己也可以通过，而且我保证是高分通过，但这个事我不能不报。"

说罢，他转身上了楼。李国清看着李小白怒气冲冲地走了进来，知道儿子肯定是遇到事了，便走过去说道："小白，有什么事我们可以谈谈，或许我可以给你点帮助。"

第 36 章　威逼利诱

李小白说道:"爸,我跟你打听一个人,聂震,你和他关系怎么样?"

李国清的手抖了一下,说道:"是不是他难为你了?"

李小白说道:"不止!我就想知道你怎么看他。"

李国清说道:"当年,他和严栋一起分到了供电公司,都是我的徒弟,我对他们两人都很好,但严栋好学,聂震却只喜欢走捷径。所以,在提干那天,我选择了严栋,可能这是聂震的一块心病吧。"

接着李国清将当年的事一点一滴说了出来,李小白听完大吃一惊,他终于知道为什么那天严栋到了包装厂门口会与聂震有那般对话了。

他也想明白了为什么聂震自从知道他是李国清的儿子后,一直对他横挑鼻子竖挑眼。一切的根源就在李国清当年没有把提干的名额留给他。如果当年李国清选择了聂震,或许,今天就真的不一样了。

李国清说道:"他没被提干后,工作也不好好干,供电公司后来合并,他决定换个环境去发展。没想到去了包装厂,还是你的领导。真是造化弄人啊!"

李小白也不藏着掖着,将自己拍到了聂震盗卖国家资产的事情说了一遍,李国清听傻了。他猛地一拍李小白的肩膀,说道:"儿子,你做得对,老爸支持你!如果单位因为这件事开除你,我豁出这张老脸,也要去石化公司厂长那里说道说道。"

第二天是休息日,李小白上街买了一个手机,随后便窝在家里将整件事原原本本写了出来。中午,他接到了蒋云飞的电话。刚一接起来,蒋云飞便说道:"哎!小白,我约了霓裳一起吃午饭,咱们一起去,我请客。"

李小白决定换换脑子，也想听听霓裳的意见，便一起去了。

在一家小馆子里，蒋云飞点了四个菜，三人便聊了起来。

"小白，你顶岗考试准备得怎么样了？"霓裳先问道。

李小白笑了笑，说道："我全背下来了，包括大题一字不差。"

"啊？这么厉害？"霓裳笑了，急忙考了他一道安全题，没想到李小白对答如流，一字不差。

霓裳拍着手，说道："我就知道你很厉害。"

"别说我们了，我们那边简单得很，你呢？霓裳，听说你拿下了外操？"蒋云飞说道。

霓裳点点头，说道："可惜我拿了一个第二，毕渊拿了第一。"

"嗨！那是个学习机器，你和他比什么呀？你已经很强了好不好！"蒋云飞笑呵呵地说道。

霓裳说道："我们那边特别有意思，我们负责产品的主要生产线，如果我们那边控制不好，生产次料是小问题，很可能还会发生爆炸的。"

说着，霓裳将自己的工作内容和李小白、蒋云飞说道了起来，甚至说到了她的师傅。李小白很羡慕她有这样一个负责任的师傅，比起他的师傅沙永尚可是好了不止一倍。

饭吃了一半，蒋云飞喝了一口茶，点了一支烟，抽了一口，说道："小白，沙和尚让你考虑的事怎么样了？还有两天就要参加顶岗考试了，这可一个月又过去了，你现在参加考试的资格落在了聂震和沙和尚手里，我觉得该低头的时候，就低头吧。"

第37章 对决之时

李小白说道:"考虑好了,斗争到底。"

"啊?胳膊拧不过大腿啊,小白!"蒋云飞说着看向了霓裳,说道,"你劝劝他,他是赌上了前途要把人干掉。"

霓裳吃了一惊,忙问发生了什么事,蒋云飞一五一十地说了一遍后依然劝道:"小白,后天就是你的顶岗考试,能不能参加的权力握在人家手里,人家还答应给你一个线长的位子,还是粒料线的,这不香吗?见好就收吧,没必要鱼死网破呀!那样,你什么都捞不着。"

霓裳皱眉说道:"不,小白,拿国家的东西中饱私囊的人,我同意你和这样的人死磕。你都不知道我们为了原料合格,有多么小心,为的就是给客户生产出合格的产品,哪能把优等品当作垃圾处理?"

"不就两三块胶嘛,最多也就是五十公斤,你知道我们一个班次生产多少?十吨哪!"蒋云飞说道,"而且小白如果当了线长,至少也缓和了和人家工段长的矛盾,稍稍做点人情世故,未来可期啊。"

李小白说道:"不!我如果没发现也就算了,但我已经知道了,如果我还瞒着,过不了自己的心。"

"小白,我再劝你一句,就算你把聂震和沙和尚都送进监狱,你又能得到什么?他们判几年出来,不会恨你吗?平白无故结下两个死敌,何必嘛!"蒋云飞说道。

霓裳说道:"不能因为害怕报复就不去惩恶扬善,你胸前挂的是宝石花标志,你就要对得起它。"

"你们高大上,我就是为了讨口饭吃,玩命的事不是有领导嘛,领导不够,不是还有党员嘛。天塌了有个子高的顶,咱们小老百姓,过好自己就可以了，最主要是活得舒服。"蒋云飞说道。

李小白斩钉截铁地说道："不！明天我就把这件事报上去，就算我不在这儿干了，我也要把这个事管到底。"

霓裳说道："嗯！按照厂里的规定，遇到违规的事，如果上一级没有管，或者处理不满意，你可以越级上报。"

蒋云飞说道："小白，你的证据呢？你的手机都被人砸碎了，空口无凭谁信呀？不要偷鸡不成蚀把米啊！"

李小白愣住了，半晌后还是说道："我来想办法，你千万不要参与这件事。飞子，所有的一切，我一个人来就行。"

第二天是上报顶岗考试名单的最后一天，工段长聂震见昨天找蒋云飞带话给李小白结果一点回应都没有，也很是犹豫。他看着李小白的资料，嘴角有些狰狞，说道："当年你老子断了我的前程，现在你还要断我的活路，我要不发怒，你就不知道马王爷有几只眼！"

他决定了，将李小白的资料丢在桌子上，拿起笔唰唰地写下延迟李小白参加顶岗考试的报告。这是李小白最后一次参加顶岗考试的机会，如果他得不到这次机会，将被列入不合格员工中。李小白本就是待定状态，这一次的报告可谓一招定乾坤，他必然没有了转正的机会。

写完报告后聂震将沙永尚叫了进来，说道："这几天你把他稳住，只要我把报告交上去，批下来后他再咬我，我就可以以对领导安排不满伺机报复为理由，有了这个理由，领导就算知道这个事，也得掂量一下。"

沙永尚点点头，说道："老大，这你放心，大不了今晚上班我就给他一个线长让他稳下心来。"

一大早，李小白便穿好他的红色防护服，站在镜子前。他看到衣服上有一根头发丝，便小心翼翼地摘下，拍了拍衣服。他将手里的报告又检查了一遍，确定没问题便去了包装厂厂长办公室。

厂长正在接待其他员工，他只能在办公室门口等着。

好巧不巧的是聂震正拿着报告走过来，他也是吓了一跳，这就叫冤家路窄。聂震扫了一眼李小白手里拿着的资料，眼睛都直了，标题赫然写着《关于乙苯橡胶工段长聂震盗卖国家物资的情况调查报告》，虽然这个标题李小白用得十分不对，但任谁看了都得吓一跳。

聂震的冷汗一阵阵直冒，他将李小白叫到了一旁，说道："兄弟，没必要把事情做绝吧？我手里拿着的是你的顶岗考试资格，如果你非要鱼死网破，我进去了，你也要离开石化公司。我可以保证让你做上班长，你的顶岗考试、转正考试我统统可以帮你。再说，你没有证据，你觉得你的一面之词，有人信吗？而且我就算进去了，也罪不至死，等我出来，我一定会弄死你，信吗？"

李小白咬着牙，手也握得很紧。聂震看出李小白内心其实很纠结，忙趁热打铁说道："小白，我们之间没有深仇大恨，没必要弄得你死我活。我知道你现在的工资拿得少，这没什么，我干的这个事分你一份。两年，哦，不，最多两年，我保证你能在远宁买一套房。年轻人嘛，少走点弯路，这不好吗？"

李小白抬起头，一字一句地说道："谁说我没有证据？你以为你把我的手机砸了，我就没证据了吗？我录的时候，就担心手机会出问题，所以视频已经上传到我的邮箱里了。"

说着，他扬了扬新买的手机，又将被砸坏的手机拿出来，说道："这手机是你弄坏的，这同样也是你销毁证据的证据。我和你没仇，但我就是看不惯你盗卖国家物资的事。至于你会不会进去，这不是我该管的，咱们让领导处理。"

"狗东西！你造反也要找对人！"聂震怒火中烧，狠狠地推了一把李小白，李小白整个人被撞到墙上，生痛。李小白也不是吃素的，站稳身子猛地冲向聂震，两个人竟然在厂长办公室门口扭打了起来。

"住手！你们两个在干吗？"严栋喊道。今天也是巧了，几大厂的顶岗人员名单该报上去，唯独包装厂的人员名单迟迟没到。上一次考试成绩下来，严栋都没找到李小白的成绩。这次，他专程过来问问是怎么回事，没想到一下车，就看到聂震和李小白扭打在一起。

严栋的声音很大，在里面办公的包装厂厂长被惊动了，急忙出来看看。

第38章 新的开端

"都是老大不小的人了，怎么回事？要不要我给你们每人一副盔甲，再给把刀啊？"包装厂厂长皱眉说道。

李小白喘着粗气，聂震却说道："是他先动手的！"

"放屁！我为什么要打你？"李小白毕竟是年轻气盛。

聂震冷笑着，说道："因为我不让你参加顶岗考试，你怨恨在心，专门到我这里威胁我。"

"我是威胁你，但和顶岗考试没有任何关系。"李小白说道。

门口的人越来越多，厂长已经看不下去了，说道："吵什么？让人看笑话，都进办公室。"

"不！我要单独见您！此事不是小事。"李小白说道。

聂震也说道："我也要单独见您。"

厂长倒没想到这种情况，看着严栋说道："小严也在，那正好，我一个一个来，希望你帮着安抚一下外面。"

严栋说道："行！您处理您的事。"

李小白进去了，聂震站在门口。他见门关上，急忙将严栋叫到一旁，说道："栋，我比你大，当你一回哥，问题不大吧？"

严栋听出他话里有话，感觉到他可能有事，说道："你说吧，到底什么事？"

聂震说道："我不是管着乙苯橡胶嘛，我没注意，几个员工将收拾不了的胶块直接丢了。那天，收废料的来了，正好我在，我说这几块料都是好的，你这样拉走可是赚了，要么你给我点钱，要么我找人拉回去。"

"然后呢？"严栋看着聂震继续问道。聂震很是聪明，他知道这件事不能坐实了自己连续盗卖胶块，最好能把它当成是偶发事件，就这么一次，那么便有了大事化小小事化了的机会。

"我收了一百块钱，正好被李小白看到了，这小子还拿手机把我拍下来了。他啊，上班经常不交手机，我都管不住，唉！"聂震说道，"这事你得帮帮兄弟啊，我承认是我不对，一时鬼迷心窍。帮个忙，我这里有情后补啊！"

严栋皱眉看着聂震，说道："就这一次吗？"

"真的就这一次，我正好巡检到那里。"聂震信誓旦旦地说道。

可严栋的话却让他心凉到了谷底，他说道："这个我没办法帮你。如果你是一次，单位会给出合理的处理意见；如果是多次，那么也会给出合理的意见。"

聂震说道:"看在我们都是李国清徒弟的分儿上,你就不能帮我一把吗?做事咱不能这么绝情啊!"

"盗卖国家物资这是什么性质,你不知道吗?你觉得要是我帮你,又该怎么帮?帮你把这件事抹过去吗?"严栋冷冷地说道。

聂震以为有戏,忙说道:"哎,这本来就是小事,我愿意接受厂里的处分,但不想把事态扩大嘛。"

办公室里,李小白一屁股坐在椅子上,说道:"厂长,我今天是来越级举报的。"

厂长说道:"什么事呢?"

李小白先是将自己撰写的报告递过去,接着将自己被砸坏的手机和新手机里保存下来的照片和视频一并交了过去。

深冬进入了最嚣张的时刻,厂区门口的树枝上挂了一层白,人在室外,不戴帽子,分分钟耳朵被冻得通红。

一辆警车停在了门口,聂震被戴上手铐的时候,还有点不相信眼前发生的一切是真的。

李小白有些累了,他出来的时候,聂震进去了,他以为结束了,却还不时地被叫进去。李小白第一次进去的时候,聂震还气定神闲地斜着眼看着他;再次进去的时候,聂震便像霜打的茄子。

严栋因为有事并没有陪同很久,他只问了李小白一个问题:"你这次顶岗考试能过不?"

李小白只说了一句:"闭着眼都能过。"

严栋不喜欢李小白说话的口气,仿佛永远不着调,永远在说大话一般。问完问题,他便开着车去办事了。

第38章 新的开端

一天后，发生了两件事。班长沙永尚没来上班，由其他班的班长代为负责。据说，他也被警察带走了，很多人以为只是例行询问，但他并没有被放出来。

第二件事是李小白接到人事部门的通知，允许他参加顶岗考试。人事部门还是很谨慎的，提前将他叫到办公室，让他做了一次模拟卷子。李小白只用了半个小时就答完了所有题目。

包装厂的人事部负责人是个老同志，他看了一眼李小白的答卷，便把他叫了回来，说道："交出来吧。"

李小白吃了一惊，说道："什么啊？"

"小抄！"

"我没有小抄啊！"李小白的回答并没有让人事部的同志满意，对方微微一笑，说道："好！那你把这三道题给我背一遍。"

令他吃惊的是，李小白一字不差地背了出来，这倒让他觉得不好意思。他笑了，问李小白："你能一字不差地背下来？"

李小白笑了，他的笑容很灿烂，好像这冬日的暖阳。

半年的时间转瞬即逝，李小白过了一段难得的欢乐时光。他每天和蒋云飞上班斗嘴，下班喝酒，发工资了给家里置办一些新鲜玩意儿，日子倒是逍遥又快乐。

霓裳和毕渊之间的竞争一直没有停过。新员工岗位大赛是他俩所在的工段每半年就要搞一次的，也是为了检验新员工的学习情况。两人也是铆足了劲。

只是这一次，在霓裳看来很重要的竞赛中，她再次以三分之差落后于毕渊，她的心情自然十分郁闷。霓裳的母亲见女儿吃了饭便躲进屋里，躺在床上抱着小熊看看手机又看看书，自然知道她心情不佳。

当她知道是因为在和毕渊的竞争中落败，嘴上是安慰她、鼓励她，内心却对这个毕渊多了几分好感。更重要的是，她是认识毕渊妈妈的，两人退休之前都是厂里的职工，毕渊的妈妈是采购上的，而霓裳的妈妈是供应上的，两人之间多有工作上的往来，早些年还一起聊过如何教育孩子的话题。

于是，霓母的心思也活络了起来，她摸着霓裳的头发，说道："哎！裳儿，你觉得毕渊怎么样？"

"学习太厉害了，烦死了，我怎么努力都慢他一步！"霓裳说道。

霓母说道："哎，你也大了，人生不是只有工作，还得有生活之外的事要琢磨琢磨呢。比如，你也老大不小了，该找个男朋友了。"

第39章　又起风波

霓裳吓了一跳，怎么好好地说起这个事来了？

霓母继续说道："我觉得毕渊这孩子就很不错。"

"啊？你什么意思？他只有学习好，你想什么呢？"霓裳将怀里的小熊一下塞到霓母的手里，咚咚地跑出了屋。

这在霓母看来是因为孩子比较害羞，不好意思说，那不如约了一起吃饭，加深一下感情。

说干就干。毕渊的母亲接到了老同事的电话，也是很高兴，热聊了一个多小时。当她知道毕渊和霓母的孩子都在一个单位且在一个班的时候，心思也活络起来。两人当即心照不宣地约定晚上一起吃饭，还把两个孩子都叫到一起，再去KTV唱个歌。

话说秦美鸽的生意越做越大，她感觉自己做代购生意总是让那免税店的服务员代为发货，其实也是在其中扒了一层皮。现在没人做这个生意，但是只要网络再发达一点，就会有人和她抢生意，那自己的优势也就没了。

　　干脆自己再跑一趟韩国，一来增加一些品牌，二来打通厂家渠道，拿第一手货。这几个月来秦美鸽忙得脚不沾地，难得回国闲下来一阵，就想起了李小白。她给蒋云飞打电话才知道他顺利顶岗了。于是，她借口为他庆祝，将两人叫了出来，一起吃饭。

　　李小白不好意思总让秦美鸽请客，自己也打算请客，秦美鸽却说她请客吃饭，李小白请客唱歌好了。

　　于是，酒足饭饱后，三人去了KTV。说来也巧，毕渊一家人和霓裳一家人也是前后脚进了这家KTV，只是没有遇上，进了各自的包厢。

　　蒋云飞和李小白正吼得起劲，秦美鸽的电话却响了。总是生意上的事，她不得不到门口接了起来。

　　几个喝多的男子从洗手间出来，看到妖娆可人的秦美鸽在那儿拿着手机发着信息，便上前索要联系方式。秦美鸽肯定是拒绝的，但她的性格却使她不马上拒绝，因为她喜欢男人像蜜蜂围着花儿一般在她身边转悠。

　　蒋云飞喝得肚子溜圆，出了门，正看到四个醉汉将秦美鸽围在椅子上，他急忙回头冲还在狂吼的李小白说道："小白！出来！有人挑事！"

　　说罢，自己便上去了。他从四人之间挤进去，站到秦美鸽的身前，说道："哥几个，几个意思？我的朋友也要欺负吗？"

　　四人也是喝了酒，说道："我们聊天呢，你哪儿冒出来的？"

秦美鸽笑了笑，并没有说话，这无疑是告诉四人，蒋云飞很可能也是垂涎秦美鸽的姿色，假模假样地进来英雄救美的。随即，其中一人直接推了蒋云飞一把，但他胖，硬是没被推动。蒋云飞那是不吃亏的主，也是反手推了一把，还没用力，那人便被推倒在地。

这下好了，整个楼道热闹了。剩下三人冲着蒋云飞拳脚相加，而李小白出门便看到了眼前的一幕，急忙上去劝架，没想到后脑瓜子也被人一拳砸中。李小白人高马大，那人是跳起来砸了一拳，李小白随即也怒了，加入了混战。四人对战两人，硬是没讨到便宜。

一旁的秦美鸽开心至极，她不时地惊呼几声，却是惹得两拨人打得更凶了。她觉得很刺激，看着李小白为她打架的模样，像极了一个斗士为救公主不顾一切与恶魔搏斗。

这时楼道里的人越来越多，服务员全体出动，上前拉架。霓裳的母亲听到外面好不热闹，也打开门想看个究竟，没想到她刚走出门，一个小伙子被人忽地推了过来，撞到她的身边。她吓了一跳，哇地大叫一声，这一声可谓惊天地泣鬼神，吓得两拨人都停了下来。

被推过来的人被这惊为天人的嗓门着实吓了一跳，他回过头，看了一眼，说道："你喊什么呀？吓我一跳。"

"报警！快报警！"说着，霓裳的母亲关上门，躲回了包厢。

这被撞过来的人就是人高马大的李小白，而此时，两拨人也被分开了。

毕渊此时正在包厢里，他知道今天来吃饭的意思，其实也是对霓裳爱慕已久。这种情况，他作为唯一的男士自然不能尿，这也是留下好印象的机会，说道："伯母，我在呢，我去看看发生了什么。"

说着，推开门出去，正巧和李小白又对上了。毕渊说道："哎呀，李小白，怎么又是你？这么阴魂不散吗？"

李小白被人从战场推出来，正有火没处发，可身前已经被服务员挡着，只能原地站着。蒋云飞也过来了，说道："这小子是不是刚才也过来欺负咱们了？"

李小白说道："他敢！"

霓裳的母亲觉得这样下去肯定要出事，干脆叫了毕渊的母亲拉着霓裳赶紧走。

霓母一出门正看到李小白，她狠狠地瞪了他一眼，心想就是这个小子坏了他们今晚热烈欢乐的气氛。霓裳一出门也看到了李小白，说道："小白，你怎么在这儿？"

李小白揉了揉被打痛的脑瓜，说道："有人欺负我朋友。"

秦美鸽见李小白身边突然多了一个娇小可人的美女，自然是靠了过来，说道："小白，那群人太可怕了，吓死我了。"

恰在此时，一队民警出现在楼道里，这自然是霓裳的母亲打电话叫来的警察。

霓母直接拉着霓裳的手和毕渊母亲的手，头也不回地走了。

霓裳回头看了一眼李小白和他身边的女孩子，心中也大概猜到了几分。

派出所里，李小白正和蒋云飞靠在一起醒酒，一个民警走过来，说道："你是李小白吧？"

李小白听着声音熟悉，抬头一看，居然是老邻居家的大哥袁志。他急忙站起来，说道："袁志大哥，怎么是你呀？"

"怎么不能是我？你看看你们干的好事！多大的人了，还天天惹是生非。"袁志严厉地说道。

蒋云飞见有了关系，马上说话就硬了，笑嘻嘻地说道："袁大哥，我们在包厢喝酒，我们的朋友出去打电话一直没回来，我出去一看，原来是被那四个小子围着，你说这是人干的事吗？"

袁志说道："我们会调监控的，你们老老实实待着。"

李小白、蒋云飞坐在椅子上，另外四人则是进了班房。

没过多久，李国清居然出现在门口。他虎着脸，见到李小白，正要上前询问，袁志走了过来，说道："李叔，你来了？"

李国清急切地问道："他……这是怎么了？没事吧？"

袁志说道："哦，没事，他们和别人在KTV发生了点争执，对方先动的手。"

李国清怒了，说道："这个死小子，在外面给我惹是生非！"

说话间，他的手已经举起来了，但终是没落下，只是轻轻地拍在李小白的肩膀上。但在李小白看来，这是在派出所，众人都在看着这边发生的一切，那是相当没有面子。

李小白怒道："我是拉架，对方先动的手，难道要我被人打不还手吗？"

蒋云飞也急忙劝道："伯父，真的是这样，我可以做证，对方先动的手。"

"你就不能让我省省心吗？去KTV干什么呀？每天安生在家待着，跑出去干吗呀？你这不是要把我吓死吗？"李国清的声音也大了起来。

于是，令人尴尬的一幕发生了，父子两个人在警察局大吵一架，袁志只得上前劝说，将两人带出了派出所。

回到家的父子俩是一句话都不愿多说，一个气呼呼地回了屋，一个在客厅生闷气。

只是,他们之间的矛盾又加深了一分。

工段长聂震和班长沙永尚的处理决定很快下来了:两人被开除,并移交公安机关。李小白的嘉奖也很快下来了。

通报很有意思,李小白因成功举报盗卖国有物资有功,但其上班期间擅自脱岗,并使用手机,有过,因此,一功一过,功过相抵。

李小白着实郁闷,连带着蒋云飞也很郁闷。两人上班的时候,蒋云飞气愤地说道:"这厂里可真够混账,你发现了盗卖行为,那自然要搜集证据啊,拿什么搜集?自然要用手机啊!既想牛产奶,还不让牛吃草,这是什么道理?"

李小白最郁闷的是他的英雄梦,如果嘉奖下来,或许他一步便成了英豪榜上的一员,这个梦他不是没想过。他以为英豪榜上会写下:李小白在岗期间,发现盗卖行为,不惧威逼利诱,赌上自己的前途也要举报不法行为。

哪里想到会功过相抵!

蒋云飞说道:"哎!小白,我觉得这个事吧,只是打死了小苍蝇,大老虎跑掉了。你想他聂震哪来那么大胆子敢吃里爬外?上面多半有人罩着。现在聂震出事了,断了别人的财路,这该奖励的时候,那大老虎心中自然是不爽的,势必要难为一下你。"

李小白笑了笑,说道:"哎!没事,不要把人想得那么坏,我们这才开始,总有机会的。"

说起来,还有一人很郁闷,那就是严栋。当报告出现在总公司领导面前的时候,严栋被叫到办公室,领导说道:"严栋,进出厂的门卫也有参与吗?"

严栋说道:"我了解了一下,并没有参与。"

"那为什么会出现优等品当废品被人如此轻易带出厂区的事情?"领导问道。

严栋说道:"我们的管理制度是没问题的,问题出在检查的人身上,习惯性思维导致只是看一眼,忽略了深层次的检查。"

领导的手啪地拍在桌子上,说道:"你少胡说八道!任何问题出现都是有原因的,我对你说的原因不满意。这件事充分说明了我们对基层的工作细节不了解,你作为人事部部长,是不是太久没下基层了?制度执行不到位,管理责任不到位,检查力度不到位,你在这件事上必须负连带责任。你下去基层,再去回炉。"

严栋咬了咬牙,说道:"我服从安排。"

严栋去乙烯厂成了设备部副主任,同时主抓安全,看似平级调动,实际上已经从石化公司办公大楼的人事部调动到了基层,着实让他郁闷。

不过,李小白要是知道严栋因为他的举报被下放基层,多半会笑得在地上打滚,但他此时此刻却在无忧无虑地上班。

对蒋云飞而言,他是苦恼的,因为会议增加了。平时下班后,他还需要返回厂里接受培训,还时不时要参加考试,这样杀伤脑细胞在他看来,无异于要了自己的命。

第40章 节外生枝

过年前,气温回暖,积雪有些消融,但昼夜温差极大,化了的雪很快结成了冰，路面有时候有些湿滑。

这天两人上班，刚下倒班车，蒋云飞正在跟李小白抱怨："现在日子简直没法过了，一边培训一边上班，我觉都睡不够了，还要考试。"

李小白说道："多学习安全知识没坏处，你早晚都会掌握，掌握了便只是巩固，也就没那么多会议了。"

"扯淡！"蒋云飞不满地嘟囔道，"这个月又增加了一次安全学习，有本事石化公司将培训算加班，那样我天天都去上班。"

李小白笑了，说道："你每次培训时都在玩手机，你听进去了没？"

"我听进去个屁！"蒋云飞看着李小白倒起了苦水，哪里想到一脚踏在冰面上，脚下一滑，人四仰八叉地摔倒了。

惹得李小白哈哈大笑，上前扶他，没想到蒋云飞却是一脸的痛苦，吼道："别动我！别动我啊！我胳膊好像折了！"

李小白以为他在开玩笑，一把拽在了他的衣服上，蒋云飞却是痛得大叫起来："妈呀，痛死我了！"

李小白再看蒋云飞，这家伙额头上豆大的汗珠都下来了，知道他可能真的受伤了。

李小白急忙招呼一起下车的员工，将蒋云飞扶了起来。蒋云飞的半个膀子用手扶着，刚挪一步，便痛得龇牙咧嘴。

李小白知道这是安全事故，他急忙拿起电话，打给带班班长，将蒋云飞的情况汇报了一下。班长已经提前到了工段，急忙跑过来，一看蒋云飞的状况，立刻上报给了工段，逐级上报便到了包装厂厂长一级。

蒋云飞被送到医院，认定结果是骨折，这也让李小白没想到，摔一跤竟摔出个骨折来。

李小白下了班跑去医院，看到蒋云飞正躺在医院的病床上打着点滴。

"小白啊，我突然想吃烤肉了，能不能给买点啊？"蒋云飞一副气若游丝的模样。

李小白二话不说，跑出去买了烤肉回来，却发现这家伙还在用完好的手玩着手机。

李小白哭笑不得，说道："你小子也真行，摔一跤都能骨折。"

蒋云飞丢了手机，说道："唉！命苦啊，领导刚才来过了，说算工伤，这考核是一定要下来的，咱们工段还指不定把我恨成什么样子呢。"

"别胡说，制度是死的，人是活的，这事又怪不到你头上，他们干吗不及时把地面的冰清掉啊？谁要敢处分你，我第一个不答应。"李小白说道。

蒋云飞嘿嘿一笑，龇牙咧嘴地咬了一口烤肉，说道："还是我小白兄弟仗义，这烤肉可真香！"

没过几天，蒋云飞的处理结果出来了。认定工伤，结果判定是蒋云飞违章，上班途中，安全意识不强，注意力不集中，导致路过湿滑地面时摔伤骨折。

代班长说道："各位，走路还是要多看看周围呢，旁边立了那么大一块牌子明明白白写着'小心路滑'，都干什么去了？非要把自己弄伤才满意？"

代班长也是象征性地说完，以便警示大家注意安全，本以为没什么了，却见李小白举手，说道："哎，这个判定不对吧？地面湿滑，不应该只挂一个牌子警示吧？问题源头在于屋顶滑雪，温度过低结冰。既然发现了问题，为什么不重新设计屋顶？把屋顶改造了，让地面不再湿滑，那样不就彻底解决这个问题了？我认为单位一纸处理决定就认定为蒋云飞没注意安全，这不合理吧？"

代班长没想到这时候跳出来一个刺儿头，说道："你要觉得不对，跟上级领导说，现在赶快去接班！"

"班长，你这不是把问题推给了领导吗？你总得给大家一个合理的解释呀！"李小白继续说道。

代班长说道："你有完没完了？这个事和你有什么关系？少替别人操心，管好你自己。"

下了班的李小白听到这话十分不爽，他干脆打开电脑给领导写了第二份报告，将他的想法完整地写了下来，署上名字，送到了包装厂厂长办公室。

厂长看完报告后大发雷霆，叫来人事部的人说道："你们的培训很有问题，这员工的认识完全错误，人防物防技防这是相互一体的，怎么就认为可以分开看待？"

人事部的人看完，立刻看出了其中的原因，说道："领导，我们会加强学习。他是新员工，可能掌握得还不够充分。"

厂长说道："你把这封信拿到各工段去给大家读一读，也让大家评一评，看看为什么会有这样的认识。学习是一件长期的事情，学习是要理解和融会贯通的。"

于是，一场轰轰烈烈的安全学习活动便在整个包装厂展开了。从冬季"九防"到HSE管理体系，又到包装厂的管理制度进行了一系列培训，培训之后又是考试。

李小白在这次学习中，收获很大。他终于理解了什么叫作HSE管理体系，只是这种理解还处于理论阶段，与实际的结合依然需要一段时间。

说起来，他学习的方式与所有人都不同，他喜欢假设。假设蒋云飞摔倒受伤之后，依据HSE管理体系中要求对照，找出答案，之后提出反对意见，再回到HSE体系中寻找答案，如此反复，一套理论被他学得透透的。

在课堂上，他反复向培训老师提出问题，有时候那些问题培训老师都需要想想，下课之后再作答。

这一次培训之后，李小白的收获可谓空前，但他在班里也被逐渐孤立了。因为在所有人看来，他的做法让所有同事陷入了麻烦中，大概整个班除了蒋云飞外，没有人喜欢搭理他，有时候对他的态度还有些阴阳怪气。

李小白倒不觉得有什么，反正在他看来，大不了离开，依然抱着此处不留爷自有留爷处的想法。

"小白，大检修马上要开始了，这对新员工来说都是很好的崭露头角的机会呢。"蒋云飞下班后和李小白在班车上说。

"我可能没机会参加吧，毕竟我还不算石化公司的正式员工。"李小白有些尴尬地说道。

蒋云飞说道："谁说的？谁要不让你去，我第一个不答应。"

第41章 检修到来

李小白笑了笑,没说话,他只是看着巨大的设备发呆。

大检修对每一个远宁石化公司的职工来说都是大事。一般生产过程中,人停机器不停,可机器也是有损耗的,那势必需要更换零件和设备,大检修由此而来。

四年一次的大检修包括炼油厂、乙烯厂、热电厂共一百多套装置,三千六百多个检修、技改和环保项目依次上马。当百万吨乙烯装置一号裂解炉停工退料,标志着四年一次的大检修正式启动。

对于包装厂来说,这可谓最幸福的时候了,不用上班,打扫完卫生,便没什么事做了。厂区对这样的生产单位当然也是有要求的,便会组织多种多样的比赛,比如新人比武大会、技能大赛。

对于乙烯厂来说,他们的大检修可是最忙碌的,各种设备拆下来不容易,安装上去也不容易,但外操的霓裳和毕渊因为还没有转正,被师傅报名去参加新人比武大会。

这一次的比武大会实际上很有深意,成绩拔尖的会被重点培养,很可能影响到以后的干部晋级。

毕渊抱着一堆比武材料冲同样抱着一堆材料的霓裳说道:"这一次我要拿下冠军。你呢?"

"不知道,这一次比武是和整个远宁石化公司各个厂的精英去比,我没什么信心。"实际上,霓裳已经下了决心。

毕渊说道:"没关系,要不你来我家,我们一起复习吧?这荣誉落在我们两人谁的手里都是一样的。"

霓裳说道:"不用,有人在旁边,我看不进去书,我习惯一个人。"

"哦，那你可要注意身体，别累着了。"毕渊说道。

霓裳笑了笑，说道："你才是应该多注意身体，你一直都很拼。"

毕渊感觉跟喝了蜜浆似的，但在霓裳看来，不过是随意的聊天和鼓励。

"霓裳，我能追你吗？"毕渊潇洒地抬了抬头，他认为两人共事这么久了，她应该能看到他的优秀，没有女人不喜欢和优秀的男人在一起，霓裳肯定也是如此。他很优秀，霓裳肯定不会拒绝。

霓裳其实也看出了他的心思，却压根儿不喜欢他，说道："谢谢了，只是我觉得我们并不适合，你可以找到更好的。"

毕渊惊呆了，这是人生第一次有人拒绝他。他呆呆地站在原地，压根儿不相信刚才那话是从霓裳嘴里说出来的。

"我需要一个理由！"毕渊走到了霓裳身边说道。

霓裳说道："不喜欢就是不喜欢，没有理由的。"

说着，霓裳继续往前走，毕渊是死活想不明白这算哪门子的理由。突然，他感觉自己顿悟了，因为那天他看到霓裳在班长面前捂着嘴偷笑，那笑容看得他很不爽。

他几步走了上去，说道："霓裳，是因为我还不是班长，是吗？我还不够优秀，是吗？"

霓裳都无奈了，她觉得已经说得很清楚了。她看了毕渊一眼，说道："对不起，我还有事，先走了。"

毕渊傻了，这不回答算是还是不是呢？他深吸一口气，说道："我会变优秀的，我会拿到班长一职的，我会让你喜欢我的。"

霓裳已经走远了，厂区内的声音很大，也不知道霓裳听到了没。

不知道是不是霓裳的拒绝让毕渊感觉人生还不完美，他于是更加刻苦地开始背书，他暗暗发誓一定要在比武大会上拿下第一名。

严栋站在了包装厂厂长的办公室里，厂长给严栋倒了一杯茶，说道："小严啊，你在乙烯厂还习惯吗？"

严栋笑了，说道："挺好的，重新回到基层，让我感觉和以前有很大的不同。"

"那可要多到我这里来指导一下工作呀。"厂长笑了笑，说道，"唉，上次盗卖国有物资的事让我现在选班长都很谨慎，要从下面提一个上来，但我还没有合适的人选。管理和做一个普通的职工是不一样的，一个好班长有时候比一个厂长都重要，育人和带队伍也是不一样的。"

严栋点点头，说道："您的意思是……"

厂长说道："有没有合适的班长人选？这个班几个月了，我都是安排代班长，而且这个班目前情况很复杂：第一，班组刚被考核完，士气不稳；第二，班组成员间也出了问题；第三嘛，这个班也是新员工最多的，而且其中一个还是盗卖国有物资的举报人，我这边管理人才也是奇缺。"

"呵呵，厂长，你是让我帮你去前岗挖墙脚啊。"严栋笑了笑说道。

厂长哈哈大笑，说道："你原来是人事上的，方方面面接触的人多，肯定有能入你法眼的人，我这边摘个桃子不过分吧？"

严栋想了想，说道："我倒是真有一个人可以推荐给你，你等我把他叫来。"

很快，一个五十多岁的男子走了进来。他的头发整齐地梳在脑后，一身劳保服的扣子扣得整齐，一枚党徽戴在胸前，粗壮的胳膊让人看不出他五十多岁的年纪，面容慈祥。

他声音洪亮地说道："厂长，你好！小严，你好！"

"老班长，快来坐，我们等你很久了。"严栋说道，"我给你介绍一下，这位是包装厂的厂长。"

几人互相寒暄了一下，严栋便进入正题，说道："老班长，我从供电公司调到乙烯厂的时候，您就是我的班长，您马上也要退居二线了，包装厂有一个班，现在缺班长，那里工作压力没有乙烯厂的大，您想去吗？"

老班长笑了笑，说道："我服从领导安排，对我来说，干了一辈子石油，在哪儿都是一样的。"

厂长听了很满意，说道："这个班问题很多，前任班长刚刚进监狱。你来了，可谓是临危受命啊，最先需要解决的就是士气问题。"

严栋想了想，说道："这个班的新员工也问题多，尤其是一个叫李小白的，惹是生非，不安分，上次听说他们班一个新员工摔倒，考核了，他还不服，说什么要厂里把屋顶改造成化雪不会流下来的，那样才符合HSE管理体系。"

老班长听完，愣了一下，随即哈哈大笑起来，说道："小严啊，怎么听上去他和你年轻的时候很像啊？"

第42章　班长尹军

安西的春天和秋天很短，雪消融之后，一场雨便意味着春天的

第42章 班长尹军

到来，要不了四五天，温度陡然上升，这就造成了晚上穿棉衣、白天穿短袖的奇怪场景。对于石化公司的职工来说，不过是将厚厚的棉衣脱去，换上了深蓝色的春装，不论炎热还是寒冷，一件劳保服便可以搞定。

这天班会，李小白所在的班代班长没来，来的却是一个快退休的男人。他进了班也没有做自我介绍，只是看着交接班记录，之后拿着安全手册和规章制度到各个设备面前看了起来。

康复之后来上班的蒋云飞问道："哎，工段是不是给咱们空降了一个工段长啊？"

"不像，工段长这个时候早下班了。我看像领导来检查。"李小白说道。

"没听说过来新领导啊！"蒋云飞很是好奇。

很快，众人检查完现场，等着接班。这人数了数人数，说道："嗯！交接班吧。"

其中一个员工说道："你是谁呀？我们都等整点交接班的。"

他笑了笑，说道："按规矩站吧，人齐了就早点交，也让上一个班的早点回家休息，都干了一天了。"

众人互相看了看，也只能站起来接班。李小白却是对这个老师傅有了莫名的好感，至少他懂得上下班交接时考虑别人的心情。

"自我介绍一下，我叫尹军，我之前是裂解车间装置班长，我已经五十多岁了，还有一年就要退了，领导就把我调到了这里。希望未来的日子，我们都能把工作干好，老员工就多干一点，新员工就多学一点。来吧，说说今天班上的情况。"尹军说得不紧不慢，却让李小白听得很舒服，这才是他心中班长该有的样子。

165

这次交接班用了十分钟，还不到整点便交接完了。尹军看看表，说道："该打水的打水，该上厕所的去上厕所，一会儿接班，多跟人笑笑，都是同事。"

这简直是破天荒，李小白敢肯定乙苯橡胶工段从没有哪个班交接班如此之早。果然，上一个班的员工看着已经来接班的人简直不相信自己的眼睛，像中了五百万似的欢天喜地。

上一个班的班长看到尹军，说道："哎呀，老班长，您这是给咱们工段开了一个好头啊！"

尹军还有些莫名其妙，说道："怎么？你们不是这么交接吗？"

上一个班长那是咬牙切齿，说："原来的话，就现在这个点，再过十分钟，他们才晃晃悠悠地出来，我们去赶班车都是用跑的。"

很快，尹军与沙永尚的不同管理方式也体现了出来。沙永尚到各个点签字完了便回到屋里，人都找不到，而尹军却除了喝水几乎不去办公室，整个人都泡在现场；以前哪条线忙不过来，沙永尚便用对讲机喊休息的人去帮忙，尹军却是自己上，让员工充分地休息。

最开始，班上还看不习惯，似乎认为尹军在监督他们，可慢慢地大家发觉他是一边熟悉流程，一边给职工提供便利，觉得很好。唯一觉得不好的是蒋云飞，他那一套记录时手上拿笔、身边放扫把、人在那儿睡觉的计谋算是彻底抓瞎了。

他那样一晚上会被尹军叫醒几次，弄得睡意全无，最后也只能瞌睡了站起来走走，强忍着上完大夜班。

"哎！这老头可比沙和尚鸡贼多了，我现在都不敢睡觉。"蒋云飞不满地说道。

"你可小心，别再摔倒了，骨头再裂开，你真就再被考核一次了。"李小白说道，"我觉得挺好的，该是什么就是什么，一切都有规矩。你没发现咱们班现在一切按规矩来之后，彼此之间不像防贼一样了吗？"

大扫除很快结束了，这意味着乙苯橡胶工段即将进入培训时间。尹军叫来了李小白和蒋云飞，说道："你们两个都是大学生，相比其他人，你们的学历是最高的，也是最年轻的，脑子肯定好。马上要进行大比武了，你们考虑参加一下，有没有荣誉都不重要，体会过一次便知道其中的滋味了。"

李小白心动了，蒋云飞却笑嘻嘻地问道："班长，咱们是不是要放假了？"

"不，我们会暂调到前岗，帮助他们停车大扫除。"尹军说道。

自从沙永尚被警察带走后，李小白的师徒协议便到了尹军手里，他说道："师傅，我听说您是从前岗调过来的，那很多设备您应该很清楚了？"

尹军笑着说道："我是裂解装置的装置班长，这边是乙苯橡胶的生产线，大部分都能明白，有的还是不确定。"

"太好了，那师傅能不能到时候给我讲讲？我有兴趣。"李小白说道。

尹军点点头，他的眼光不可谓不毒辣。他已经从李小白身上看出李小白绝对是一个可造之才。

很快，前岗已经完成停车，并且将余料清理完毕。李小白的班组被调了上去，帮助前岗停车后清理胶块，尹军便陪在李小白身边，一边干活一边讲解。

"师傅，这压块机的构造是什么呢？"李小白看着压块机不明白

167

地问。

尹军说道:"你看,把设备先拆分,分为两块,电气系统和液压系统,再逐步区分。如此,一旦遇到事故,你就知道第一时间冲到电气部分,停车是第一步,第二步是冲到液压系统,将压力卸掉,你就可以顺利地处理事故,并且保证你不受伤。"

李小白听得津津有味,蒋云飞却在旁边嘟囔:"哎呀,我说小白哪,快干吧,早点干完,咱们好休息呀,这工作跟咱们屁关系没有,研究它干什么呀?"

尹军也是笑笑,并不反驳,在他看来,梦想不同,前进的道路也必然不同。

"好了!去吃饭吧!"尹军拍拍浑身粉尘的李小白说道。

李小白正要吹扫,却听尹军说道:"粉尘是怎么进入人体的?"

李小白想也不想地说道:"粉尘通过呼吸道、眼睛、皮肤等进入人体,其中以呼吸道为主要途径。"

尹军点点头,说道:"那你为什么吹扫的时候不戴口罩和护目镜?"

蒋云飞说道:"班长,他没事,咱又不是天天接触这玩意儿,嘿嘿!"

看似帮李小白说话,可李小白却没有领情,他说道:"师傅说得对,我现在就去戴。"

第43章 练兵前奏

看着满身粉尘的李小白跑远，蒋云飞不明白了。这小子宁可顶着浑身的粉尘，跑一身臭汗去拿护目镜和口罩，也不会灵活变通一下，屏住呼吸、闭上眼睛不一样吗？

李小白吹扫完毕，蒋云飞接过了仪表风。正准备吹，班长尹军说道："哎！把护目镜和口罩戴好！"

蒋云飞说道："我不像他，怕死！"

正要开始吹，却被李小白一把掐住脖子，一下给他扣上了护目镜。蒋云飞正要说话，口罩也被李小白戴上了，看着李小白在那儿哈哈大笑，他也只能作罢。

大检修期间的午饭向来是最好的。平时一餐的标准大概是在二十元，职工只用掏五元，超出的部分石化公司会当作福利补到职工的伙食里，所以那伙食是相当好。食堂的大骨面一直是李小白的最爱，打饭的阿姨见这个小伙子高高大大，也是心生喜欢，每次打大排骨都能给一块最大的。

大检修期间，领导知道员工的辛苦，一顿饭的价格便成了一元，而且吃得还很好。据说四年前的大检修，食堂还弄出了个千人抓饭，那老大的锅，一人一只羊腿，吃得职工满嘴生香。

这一顿饭李小白打的是米饭菜，刚吃两口，一个大鸡腿便放到了李小白的碗里。李小白吃了一惊，一看是尹军给的，尹军说道："我快退休的人了，吃多了不消化，你多吃点吧。"

李小白很是感动，他感觉这个师傅更像是父亲。蒋云飞说道："哎哟，班长偏心！李小白，分一半鸡腿！"

李小白眼疾手快，一口上去，鸡腿已经大半个塞进了嘴里，惹得众人哈哈大笑。

对于好学的人来说，在任何地方都找到学习的机会。前岗的几天帮忙，李小白算是把物料如何生产出来摸了个透，甚至前岗的操作手册也可以看明白了。

也正是这种好学，李小白觉得包装线其实还有很大的改造空间。他对尹军说道："班长，我觉得咱们的设备，我可以让它运转得更加平稳。"

尹军笑了笑，说道："很好，但是这不只是说说，这需要完善的图纸，需要评估，需要合适的时机。"

尹军没想到，李小白第二天便拿出了图纸，那图还画得像模像样。当他告诉身边的同事要对设备进行改造的时候，他才发现自己的班员并没有因为尹军的到来而有所改变。

一个职工说道："小白，别瞎琢磨了，上次你突发奇想拯救你哥们儿蒋云飞，咱们可都连带着学了好长一段时间管理条例。"

另一个职工也说道："哎呀，你不用这样赚感情分，你就好好表现，到你转正的时候，那绝对是没问题的。"

李小白却没听进去，他依然满脑子琢磨的是改造设备的事。

在帮完前岗的那一天，尹军找到李小白和蒋云飞两人，说道："之前让你们两人考虑参加大比武的事，你们考虑得怎么样了？"

蒋云飞挠挠头，说道："班长，你是知道我的，你要让我吵架，那我在行，如果是大比武这样费脑细胞的事，我真不在行。小白可以，你和他聊聊，他要不去，我帮你劝他。"

李小白却有点信心不足，他说道："师傅，我不知道自己行不行，不过，我想试试。"

尹军满意地点点头，说道："别怕输，试了可能没机会，不试永远没机会。"

李小白咬了咬牙，点点头，说道："师傅，我去！"

李小白参加大比武才知道需要比试的东西之多超乎他的想象，厚厚的资料看一眼都头晕，更何况要全部背下来。这让尹军也没想到，他说道："哎呀，早知道这么多资料，帮前岗的时候我就不让你去了，你就在工段好好看书就行了。"

李小白说道："师傅，我加加油，应该可以。"

"嗯！好好比，拿出成绩，只要你能进前十，我去给领导说，让你提前转正。"尹军说道。

李小白大喜过望，如果提前转正，他将一雪前耻，这身红色的劳保服也可以不用穿了，而且能比当年正式招进来的那一批学生还要早地成为正式职工。

虽说资料多，看似一切都晚了，但一切也都不晚。李小白开始看书，可谓没白没黑。

蒋云飞约了他几次出去喝酒，统统被拒绝。李小白回到家便开始将自己关进屋子里，在他看来，高考那会儿都没现在用功。李国清也是看在眼里，吃喝方面也是早早准备好。

话说蒋云飞一直叫不出来李小白，便给秦美鸽打电话。秦美鸽正忙着接收从韩国发来的货，加上李小白才是她想见的人，李小白不到，她自然是拒绝的。

这天，正百无聊赖的蒋云飞接到了聂震的好朋友的电话。说是好朋友，其实就是聂震的牌友，也是跟着聂震打牌认识的。

"飞子,最近也不来找哥哥打牌了,工作那么忙吗?"

蒋云飞眼前一亮,跳了起来,说道:"哎呀,老哥,我正没事干呢,你怎么突然想起老弟了?"

"三缺一,来不?"

蒋云飞已经出了家门,说道:"哎呀,打麻将有什么意思?打牌呗,刺激一点。"

"现在查得有多严,你不知道啊?"

蒋云飞咂巴咂巴嘴,说道:"咱们自己人娱乐一下,还能让警察知道了?难道你那里有卧底啊?"

"哈哈!来吧,玩啥都行。"

挂电话的时候,蒋云飞已经跳上出租车,一溜烟地走了。

这一晚,李小白在书海中沉浮。他发现要记的东西多到吓人,并且毫不重复,要求对各个工段的操作都要有所了解,而且很多的基础知识也是大学不曾学过的。他忙着分类和做笔记。

霓裳也同样如此,她已经进入背诵阶段。毕渊更快一些,他已经开始巩固知识。

反观蒋云飞,正蹲在一个小小的房间里,里面坐着几个人,一屋子的烟味呛人至极。他拿着三张扑云海牌,眼圈通红,说道:"五十!一手!"

对方淡淡地说道:"一百,一手。"

"两百!一手!"牌局开了,蒋云飞一巴掌重重地拍在桌子上,他输了。

夏天在不知不觉中到来,路边的草早已绿油油一片。对石化公司的职工而言,不过是将春装换成夏装,很快炎热的夏季将会彻底带走早晚的寒冷，那时的夜晚凉风习习，将会令每个职工下班后感到安逸。

第44章　第一轮败

李小白很快发现如果正常记忆，时间肯定来不及，而且很多东西是要在工作中总结和认知的。在包装厂的时候，他所接触的工作内容十分有限，而且与生产相关的除了安全便是一些基本的规章制度，与大比武比，那是小巫见大巫。

于是，他决定只记重点内容，剩下的靠自己的话去说，多少会得分的。这样一来，的确加快了速度，但他紧赶慢赶也只来得及看了两遍，很多选择题他只有记答案。

这一次大比武很有意思，所有选手站在桌子后面抢答，而且还有电视台的跟着拍摄。这不免让李小白紧张起来，倒不是因为有电视台拍摄，而是因为他看到了霓裳和毕渊。他知道自上学阶段开始，毕渊便是学霸级的人物，他没有信心能抢过他。

果然，开局毕渊便抢了五分题目，答得很漂亮，一旁的评委连连点头。终于，李小白抢到了一个三分题，却答得结结巴巴，但好歹是拿到了三分。

正在比赛最激烈的时候，李小白口袋的手机振动起来，他吓了一跳。他之前已经将手机调成振动，他急忙按掉，继续听题，可电话又一次震动了起来。大比武的规定是比赛中不允许接打电话，否则会被取消考试资格。抢答题中他才抢到了十分。

173

接下来是必答题，每个人必须抽签，对题目作答。这其实是送分题，要的是大家都能够得到基础分。前面几个人顺利拿到分数，可到了李小白这里，他的手机又响了，他的汗都出来了，他不知道是谁在这个时候找他，还如此急迫，他只能按掉，调整心情继续作答。可抽到的题目，他怎么都想不起来答案，硬是看着分数从他手里溜走。

这一轮下来，全部的参赛人员只有他没有拿到分数。

一旁围观的人中有人说道："哎哟，乙苯橡胶工段大概率要淘汰了。"

"哎！他们是后岗，不过是负责包装的，学的东西就那么点，能来参加都是很不错的，别指望太多嘛。"

"哦！有道理，还是得看主业，你看拿第一的那人，真不错，对答如流，回答基本上都是标准答案了。"

"嗯！听说这个新人顶岗考试是第一名。"

"啧啧，厉害呀！此人将来不可小觑。"

这一轮结束，明天接着第二轮笔试。李小白低着头看着周围的参赛选手离去，恨不得找个地缝钻进去。

一个围观的班员走过来，说道："我就说吧，李小白，你就为了不培训，装模作样参加什么大比武，这下闹笑话了吧？整个远宁石化公司的人都知道咱们有几斤几两了。"

"就是就是，李小白，反正都是淘汰，你倒不如直接弃权呢，保留一份神秘感，那不挺好的？至少不丢脸嘛。"

尹军却是勃然大怒，说道："你们两个站住！说什么呢？李小白是咱们班的一员，不论比赛成绩结果如何，他都是我们班的一员，在这个班，你们在一起的时间甚至超过和你们家人的，怎么可以这样说自己的同事？你们应该为你们刚才的话感到羞耻！他至少有勇气代表我们工段，你们呢？有什么资格嘲笑别人？"

两个班员吓了一跳，他们从没见过笑眯眯的班长居然发如此大的火，忙说道："班长别生气呀，我们也是希望能拿到名次嘛。"

"你们两人必须给李小白道歉！一个班要的凝聚力什么时候体现？就是现在！我不管你们以前是如何维护自己的利益的，但是我到了这个班，你们就必须相互关心，彼此支撑。"尹军的话说得很不客气。

两个班员低下了头，说道："对不起，李小白，我们错了。"

另一个说道："对对！李小白，希望你好好考！再接再厉！"

两人离去了，尹军说道："李小白，你抽到的题并不难答，以你的脑子再想不起答案，也可以说出来几条，为什么一句话都不说？"

李小白的手死死地握着手机，却是一句话都说不出来。尹军也知道李小白很难受，说道："好了，这不过是一个开胃菜，后面还有笔试和实际操作，这两样只要能拿到好成绩，基本上还是可以保住名次的。"

话说志得意满的毕渊走出了赛场，又遇到了霓裳，他笑着说道："你的成绩很不错呢，和我一样都是二十分，这一轮，我们都拿满了。"

霓裳说道："不，你比我高两分，因为你多抢答了一道题。"

"哈哈，两分而已，我都没往心里去，笔试两分不过是一次大意便会丢了的。"毕渊说道。

霓裳笑了，说道："你从来不会大意的。"

毕渊却是不回答，说道："如果我拿到新人比武大赛第一名，你可以给我一个追你的机会吗？"

霓裳吓了一跳，她不是已经讲清楚了吗？他怎么还问？她说道："对不起，我还不想谈恋爱，而且你并不合适。"

正好霓裳看到李小白和尹军告别，她今天在赛场看到李小白的时候，其实很高兴，这证明李小白的心其实不飘忽，而是有心在石化公司发展的，但今天他的确是没有发挥好。她想着上前安慰一下，便急匆匆地走了，毕渊却是毫不放弃，他心里认为可能车间主任才对霓裳有最大的吸引力。

李小白走出厂区，急忙拿出手机，想看看是谁在这么重要的时候给他不停地打电话。还没看到，便听身后有人叫他。

"别在意今天考试的结果，其实你能来已经很不错了。"霓裳说道。

李小白点点头，说道："你今天很棒，拿到了最高分。"

李小白一边说一边低头看手机，发现是蒋云飞打来的，他的火噌一下上来了，他倒是要问问这胖子到底有什么事是非要在他比赛的时候打个不停。

他说道："霓裳，我这里还有事，我就先走了，我们下一轮再见。"

霓裳还想说什么，却见李小白已经一溜烟地跑了，她远远地喊道："晚上记得看看书呀！"

李小白回拨过去电话，还想着怎么狂吼一顿，却没想到那一头蒋云飞吼了起来："小白啊，你怎么才接电话啊？你在哪儿啊？救救兄弟啊！我这边出大事了啊！"

第45章 不顺的人

电话那头，蒋云飞大声地说道："小白啊，快来救救我啊！我需要钱！"

"你在哪儿？到底怎么了？"李小白问道。

蒋云飞带着哭腔说道："我和朋友打牌，手气太臭了，一直输，便借了朋友的钱。我说借一天，以为能翻身，没想到全部输光了，现在人家要我拿钱，我拿不出啊！"

李小白自上班以来也没存下钱，不到月底就捉襟见肘了，还好刚发了工资，还有点闲钱。他问道："你欠了多少？"

蒋云飞说道："十万。李小白，你可要帮帮我啊！不然，我可能就出不去了！"

"你被限制人身自由了吗？"李小白皱眉问道。

蒋云飞说道："是的！我说把工资卡给别人，月月扣，人家不干，说我工资还抵不上利息，呜呜呜……"

蒋云飞竟然大哭了起来。

李小白说道："别急，我帮你想办法。"

李小白是一个仗义的人，他不能见自己的兄弟出事，但十万对于一个刚上班的人来说，哪有那么容易拿出来？他知道跟父亲开口没用，他一定不会帮别人去还赌资。

一时间，也没了思路。

话说秦美鸽这段时间也是非常不顺利。她从韩国进了一批面膜，买了的客户拿着面膜过来要她赔偿，说是用了之后脸上起痘痘，这个痘痘特别痒，一碰就烂，这等于破相了。客户将她堵在店铺不让离开，并且声称如果不赔偿便去工商局、公安局告她。

秦美鸽答应必会帮忙解决，她能说会道，终于将人暂时安抚住了。

累了一天的秦美鸽回到家里，还没进门，便看见秦母已经穿戴整齐要出去，一见秦美鸽进来，马上上前说道："哎呀！我的小祖宗，你可算回来了，我还打算去找你呢！我朋友给我说你在卖假货，还被人堵在了店里，是吗？"

秦美鸽十分心烦，也不愿和她多说，一下坐在沙发上，说道："是的！但我的面膜都是从正规厂家进来的，不可能出问题。"

"哎呀，我当时就告诉你不要瞎折腾什么化妆品，老老实实跟着我干，现在哪有这么多事？这下好了吧，以后叫我还怎么在朋友面前抬起头啊！"秦母搓着手，来回地走着。

秦美鸽看着心烦至极，说道："你就别在我眼前转了，我正在想办法嘛！"

"你小孩子家家哪有什么办法？我的意思是你把店铺里的东西全部赔给人家算了，那个店铺你就别干了。如果你实在想干，就跟着我干。"秦母说道。

秦美鸽忽地站起，吓了秦母一跳，她说道："我自己想办法。"

说着，她回到了楼上，将供货商的电话找出来，拨了过去。对方倒是很快接了起来，秦美鸽说道："你们的产品是不是有问题？为什么我们的客户用完脸上出现了痘痘？"

对方倒是回答得很干脆，说道："我们的产品没问题。这个产品的功效就是排毒，痘痘就是身体的毒素，排出来就好了。我们的产品里面可是用了韩国的人参和其他很多药材。"

秦美鸽说道："那你能不能把你们公司的地址和产品批号全部给

我？我需要调查一下。"

"公司地址当然可以给你，我们韩国的产品想上市是必须通过药物认证的，比起中国严格更多。"对方很笃定地说道。

这倒是让秦美鸽稍稍安心，只要产品没问题，那么问题就在客户身上。她知道根据不同肤质所用产品的效果可能是不同的，这可能是一个偶发事件，恰好几个不适合用该产品的人用了，导致了该产品的使用效果不佳。

对方很快传来了公司地址和产品的药物认证，她也清楚韩国的认证并不一定能被国内的检测机构认可，要想证明产品没问题就必须拿去化验，但秦美鸽不想这么做。即便产品没问题，自己的店铺因此所受的影响也不会轻易抹去。

于是，她做了一个大胆的决定。她将所有买了那款产品的人加到一个群里，说道："各位，我至今仍然相信我的产品。我知道大家肯定认为我的产品有问题，我可以保证的是这些产品都是我的一手资源，从厂家直接发到我手里的。我也知道这样说各位肯定不信，那么我可以追根溯源。我打算邀请两位使用过该产品的朋友跟我一起去韩国，来回的费用我全部出。我们就去厂家看看他们的生产基地，看看他们的产品，也让你们看看我的渠道，证明我说的话是真的。"

原本气势汹汹的客户们倒是没有大吵大闹，觉得这是个办法，不能冤枉了别人。接着秦美鸽将公司地址和产品医药许可证发了上去。

秦美鸽接着说道："各位可能会觉得这也可以做假，那么待我们找到公司，我全程直播，将我们看到的、听到的全部让朋友们知道，如此，也证明我没有卖假货。大家同意吗？"

现在秦美鸽将问题丢给了客户们，没过多久，大家纷纷同意，很快两个人也选了出来。秦美鸽也毫不迟疑，当即买了飞机票，带着两人去了韩国。

秦美鸽不愧是做事大胆的人，她的计策倒也简单。如果要给每一个人赔偿，那她砸锅卖铁也是赔不起的，不如展示一下自己的实力，让客户眼见为实。到时候，至少去韩国的两人不会再继续纠缠，如果还有人闹，那么她将直接把所有信息发出来，让客户自己去韩国看。而她相信一路上的照顾是可以让一同前去韩国的两人站到她这边的，他山之石可以攻玉，这一招也算是她经商的天赋。

不过令人没想到的是，韩国之行却是秦美鸽噩梦的开始。她们顺利抵达韩国，也找到了公司，可这家公司的规模让秦美鸽没想到，如此之小，只有一间办公室。拥挤的办公室里，每一个人缩在小格子里，资料堆得乱七八糟。她发现这家公司不是只有一款面膜，而是至少生产着上百款不同种类的化妆品。

秦美鸽随便找了一个人问，她这时才发现语言不通让她根本无法与对方交流。视频以直播的形式传回了国内，这一下让所有客户的情绪都开始反弹，认为这就是一个制假贩假的公司。

第46章　赌博的人

秦美鸽带着两个客户离开了公司，马不停蹄地找了翻译再次返回。一聊之下，对方甚至都记不得自己公司生产了哪一款化妆品。当秦美鸽将产品拿出来的时候，对方翻了很久才找到这款化妆品的样本。

对方坚称自己生产的产品没问题："女士，我们是韩国人，我们的产品不仅面对你们，还要面对大韩的民众。"

这让两个客户不愿意了，纷纷将脸上的痘痘展示给对方看。对方却很是无礼地说道："如果你们不相信，可以向法院起诉我们，我们有完善的法律体系，比你们国家，我们更加注重客户体验，请你们不要无理取闹！"

说着，将三人赶了出去。秦美鸽倒是很有办法，花了一笔钱找了私家侦探，调查这家公司的生产线，当天便有了消息。私家侦探带着三人到了所谓的厂房，一看之下也是傻了眼，厂房在韩国乡下的近乎家庭作坊的地方，有很多的国内务工人员在那里生产加工产品。

秦美鸽简直要晕倒过去，原本想得高大上的生产基地压根儿都没有，就这个生产水平还赶不上国内的某些品牌，想起来那一款产品的价格比起国内正规生产厂商的面膜还要贵一些，一股无名火从心头升起。

她拿着拍摄下来的证据，找到了那家公司，没想到对方却是矢口否认，再次将三人赶了出去。

无奈，原本计划好的一切不但落空，反而是偷鸡不成蚀把米。秦美鸽回到了国内，她能做的只有假一赔十，但还是有人不满意，认为她毁了自己的脸，要她赔偿更多。

还好，大部分人都非常理智，也觉得这个女孩不容易，纷纷接受了她的赔偿，但也有人要和她死磕到底，一时间弄得她焦头烂额。

恰在此时，她的电话响起，一看是李小白打来的，她接起电话听到他说："能不能麻烦你一件事？"

李小白的客气让秦美鸽很是意外，她问："怎么了，小白？"

"我想问你借点钱,我朋友出事了,他需要十万。我帮着筹措了一点。"李小白此生第一次向人借钱,脸都红到了脖子根。

秦美鸽说道:"谁出事了?胖子吗?他怎么了?"

秦美鸽知道李小白只有蒋胖子一个朋友,以李小白的性格,如果不是蒋胖子出事,他绝对不会借钱的。

"是的,他赌博欠了钱,还不起,被人扣下了。"李小白说道。

秦美鸽此时也是心烦,正好可以借给钱的机会,见见这个可爱的大男孩,于是说道:"你在哪儿?我现在来找你。"

"嗯!你能借我多少?我慢慢还你。"李小白忙问道。

"五六万没有问题的。快说,你在哪儿?"李小白随即将他的地址告诉了秦美鸽。

按照秦美鸽所说借的钱数,李小白还差点钱,这可如何是好?正好看见了霓裳,他急忙跑过去。发现霓裳在等车,他急忙将霓裳叫到一旁,说道:"霓裳,你存了多少钱?能不能借我两万?"

"啊?你要钱干吗?"霓裳吃惊地问道,这家伙大白天要钱做什么?

李小白说道:"蒋云飞出事了,欠了别人很多钱,我得帮他想想办法。"

"他是打牌欠的吗?"霓裳直接说了出来。

李小白吃了一惊,说道:"你怎么知道?"

霓裳知道这件事的原因说来也巧。上班的时候毕渊告诉她:"霓裳,你知道蒋云飞现在在干什么吗?他在外面和人打牌,玩得还特别大,我估计哪,他和李小白关系很好,李小白也绝对跟着一起打了,一个男人一旦沾上赌,那和沾上毒没区别。"

霓裳当时并未放在心上，她认为李小白不会把时间花在赌上，没想到居然真就发生了。霓裳问道："你参与了吗？"

李小白摇摇头，说道："我哪有时间去赌博呀！这是犯法的。"

霓裳松了一口气，说道："小白，我不建议你帮他还。蒋云飞打牌被人控制了，他有没有可能是被人利用了？这么大的数额，你帮他还，就算还了这一次，他下次又去赌，怎么办？"

李小白是急过了头，此刻也冷静了下来，说道："那我该怎么办呢？总不能看着他被人抓着吧？"

"报警！让警察去处理，他如果是被人设局了，那么警察会帮他想办法。"霓裳笃定地说道。

恰在此时，一辆跑车停在李小白面前。秦美鸽又看到了上次在KTV里见过的女孩子，小心思又活络了起来，她笑盈盈地说道："小白，快上车吧。"

李小白却很挣扎，此时，报警倒真的是一个选项。

霓裳说道："小白，这种事可不能犹豫啊！赌博本就是国家所不允许的，而且你要是帮他，他还会继续赌的。"

秦美鸽看出李小白想报警，说道："哎！多大的事，不就十万嘛，弄得那么复杂，给你五万。如果你还借不到，晚点我帮你想办法。"

她说着将一个纸包丢给李小白。李小白下意识地接住，看着钱发呆。

秦美鸽见李小白没反应，低头一看，自己出来得匆忙，穿的还是店铺的小西装。立刻，她觉得自己此刻十分没有吸引力，一分钟都待不下去，说道："小白，你借不到就给我打电话，我先走了。"

说着，一脚油门走了，她也想看看李小白会不会把自己叫住。她开得不快，可李小白却没叫住她。她刚才看到霓裳穿一身厂服，如同一个灰姑娘，想抢李小白，这女子不是自己的对手，但她不允许自己给男人的印象如此不完美。

霓裳也是急了，说道："小白，你不要在大是大非面前犯傻，好吗？蒋云飞很可能陷入了一个犯罪案件之中，你帮他还钱无疑是害了他。"

李小白看看手里的钱又看看手机，此时此刻，又该做何选择呢？如果报了警，蒋云飞会不会丢了工作？如果帮他还了钱，他会不会继续赌博？这真是一个两难的选择。

霓裳说道："你必须做出正确选择，小白。"

此时的远宁正处于初夏，并没有很热，空中的鸟儿扑扇着翅膀，成群结队地飞过。厂房依然十年如一日地冒着白色的烟，化成了云，飘向了远方。

第47章　酒醉蝴蝶

李小白长舒一口气，终于做了决定，他将钱塞进了口袋，拿起了电话，拨给了原来的老邻居、警察袁志。

袁志很快接了起来，笑着说道："小子，怎么突然想起给我打电话了？"

李小白有点结巴，心也跳得厉害，说道："袁叔，问个事啊，如果赌博，这个事……会怎么处理？"

袁志笑了笑，说道："你小子赌博了？"

"没有！我不赌博。那个……我一个朋友赌博了，他……"李小白有点结巴。

袁志作为老警察，一下就听出了其中的问题，直接说道："你现在人在哪里？赶快到我这里来。你不要让我给你家人打电话啊，快点过来！"

挂了电话，霓裳陪着李小白去了警察局。李小白将事情全部说了一遍。袁志说道："行了，你回去吧，剩下的事交给我们。"

李小白说道："哎！袁叔，是不是我朋友要交罚款？我帮他交。"

袁志哭笑不得，说道："有那么简单吗？安西一直在严打黄赌毒，他的事没那么简单，不要以为交了罚款就能出去。好了，别问了，回家去。"

李小白心绪不宁，袁志见他还赖着不走，上去就在他屁股上踢了一脚，说道："你别瞎参与这个事啊，你过来报给我们，是对的，不要想着去帮人还什么赌资。"

霓裳陪着李小白走出了警察局，算是松了一口气，霓裳说道："小白，你做得很对，你这个人就是在兄弟面前丢了原则，这不好的！行了，你早点回去吧，明天还要大比武呢，你得再看看书。"

回到家的李小白完全没心思看书，依然想着白天发生的事。他拿起手机拨给蒋云飞，电话响了半天，却是无人接听，他不得不拿起书看了起来。

正在这时，电话响了，他马上拿过手机，一看却有些失望。来电的是秦美鸽。他接起电话听到："小白，蒋胖子的事处理得怎么样了？"

李小白说道："应该……没问题了吧，我报警了。哦！钱我会尽快还你。"

"你在哪儿？出来陪我喝酒。"秦美鸽最近的确是郁闷至极，一桩桩的事不但让她把之前赚的钱赔得差不多了，而且后续问题还没有解决。

李小白想了想，说道："我在家。"

"我来接你！"说罢，秦美鸽挂了电话。

秦美鸽早已化好了美美的妆，她开着车接上了李小白。两人并没有去酒吧，而是在夜市摊叫了点吃的，开始喝酒。

"你选择报警是没错的，给蒋胖子一个教训，哪有靠赌博发家致富的？"秦美鸽说道。

李小白心里依然不踏实，掏出手机，说道："我给他打个电话吧。"

"不用打，赌博犯法，他这会儿多半在公安局蹲着呢。"秦美鸽说道，"你就不问问我最近过得好不好？"

秦美鸽的话让李小白发现她的眉宇间满是愁容，忙问了起来，这一问让秦美鸽的泪落了下来。李小白最怕女孩子哭，有些手足无措，说道："哎！别哭呀，怎么了？"

秦美鸽一边哭一边将最近发生的事说了一遍，李小白也着实意外。他将五万块还给秦美鸽，说道："对不起，我不知道你也急需用钱。幸好这个钱还没有出去，谢谢你能这样帮我。"

对秦美鸽来说，五万块不过是个小数目，她还真没放在心上，只是心里不爽，总感觉自己是被按在砧板上的肉，任人宰割。

她笑了笑，擦了擦眼泪，举起酒杯，说道："来吧，不醉不归，没有什么是过不去的。"

一杯啤酒灌了下去，见李小白喝完，她想起了霓裳，说道："白天那个姑娘是你女朋友？"

"哦！不是，是我朋友，和我一起长大的，也在厂里上班。"李小白说道。

秦美鸽扑哧一下笑了，说道："我就问她是不是你女朋友，你干吗解释那么多呀？"

"啊？"李小白好生尴尬，他觉得自己并没有解释很多。

酒是一杯接一杯地喝。秦美鸽本就不开心，自然是喝得多了一些，说道："小白，你对我真好。谢谢你陪我喝酒。"

李小白没敢多喝，毕竟明天还有大比武，再不能出现以前那样在考场上睡着的事了。可架不住秦美鸽不停地喝。

没多久，秦美鸽喝多了，一会儿哭一会儿笑。李小白急坏了，马上就要到午夜一点了，可秦美鸽还在要酒喝，这一杯酒还没喝完，便趴在桌子上睡着了。

李小白一下慌了手脚，这可怎么办？他的身后就是酒店，可是他没带身份证呀。

他小声地问道："美鸽，你家在哪里呀？我送你回家。"

"我没有家，我没有人爱。"说着，人又昏睡了过去。

周围的人都看着两人，李小白只能匆匆地结了账，扶着秦美鸽到了马路边，见她似乎好了一些，说道："你能回家吗？"

秦美鸽嘿嘿一笑，说道："你说呢？"

说着人倒了下去，要不是李小白眼疾手快，就倒进绿化带里了。

李小白一咬牙，将她抱了起来。秦美鸽只感觉胃里翻江倒海，也是下意识地搂住了他的脖子，正好一辆出租车过来，李小白抱着秦美鸽钻进了车里。

"师傅，你这是去哪儿？我知道一家酒店，非常不错，去吗？"司机说道。

李小白的脸腾地红了，说道："不！不去！回家，我家在……"

车很快到了家门口，李小白却犹豫起来，这要是让老爸看到自己喝了酒，还带了个女生回家，那绝对是要喋喋不休的。他琢磨了半响，看着秦美鸽已经不省人事，一咬牙，上了楼。

李国清还没有睡觉，正在看球赛等李小白回家，听到敲门声，皱着眉前去开门。这小子喝酒没个时间点，真是气死人，开门正要开口说一两句，却发现李小白抱着个女孩子，到嘴的话硬是憋了回去。

李小白一步进了屋，将秦美鸽放在沙发上，说道："这……这是我朋友，她喝多了。"

第48章　酒后温馨

李国清本来一肚子的怨气，但看到这么一个如花似玉的女生，一下转忧为喜，说道："快！快！给人倒点水呀！"

李小白没想到一向不苟言笑的父亲今天竟然跟变了个人似的，他路上就想好了老爸可能要让他下不来台，甚至可能不让他进家门，还好秦美鸽喝了个酩酊大醉，多半也不会听到父子俩说了些什么，他也不会觉得尴尬。如果老爸要将他赶出去，他会立刻拿了身份证去宾馆。

他没有想到李国清居然帮起了忙,这是怎么回事?他琢磨不明白。

李小白倒了热水过来,正要喂给秦美鸽,李国清却是一巴掌拍在了他的头上,说道:"笨手笨脚,你试试水温呀,别给人烫着了。"

李小白又轻轻地喝了一口,还好,水温刚好,接着一点点地喂了进去。

李国清看着秦美鸽,说道:"哎哟,别着凉了,赶快把你的被子拿来。"

李小白还没把被子拿来,李国清又说道:"哎!你把人抱到床上去,怎么可以让人睡沙发呢?"

好一通忙碌后才算消停,李国清看着秦美鸽可人的面容,心生欢喜,老怀大慰。他这几天还在琢磨怎么劝儿子去找个女朋友,结果今天儿子就领了一个女娃回家。

他看这女娃也是个厉害的主,以后娶进了门,好生管管这个臭小子,省得他每天都提心吊胆的。

李国清如是想着。

李小白算是松了一口气,拿着被子打算去客厅,李国清说道:"你干吗?"

"睡觉啊!"

李国清说道:"你睡什么客厅啊?我们两个挤一挤。"

"哦!"李小白拿着被子去了老爸的房子,李国清搓搓手,看着妻子的遗像,嘿嘿一笑,又拿起一炷香,到妻子的牌位前念念有词。

回到床上,见李小白已经不动了。

他低声说道:"她是不是你女朋友?"

李小白并没睡着,听老爸这么一问,也不知道该怎么回答。要说是吧,事实上根本不是;要说不是吧,老爸多半要跳起来敲打他。他干脆装睡,还真就很快进入了梦乡。

第二天,十一点多,阳光透过窗户洒下一条条的温暖光线,让整个屋子暖洋洋的。

秦美鸽缓缓地醒来,脑袋还有些不舒服,她发现自己正在一个陌生的房间,低头一看,自己的衣服也被人脱了,穿着一件宽大的T恤,一股被侵犯的感觉油然而生。她怒气冲冲地下了床,倒要看看是谁这么大胆,敢脱她的衣服!

刚一出门,就见一个面容和蔼的老师傅在厨房里忙碌。她还没开口,李国清先开口了:"姑娘,你醒了?呵呵!快来喝点热汤。"

说着,一碗热气腾腾的鸡汤端到了她的跟前,这让秦美鸽的无名火发不出来了。李国清看到了秦美鸽的面色不好,说道:"哦!昨天小白扶你回来,你喝多了。你的衣服看着热,我们家没有女人,我就找了隔壁的女邻居帮你换了衣服,也只能把小白的衣服凑合着让你穿了。"

秦美鸽听完,一股暖流在心田回荡,她有些不好意思起来。她想起了昨天发生的一切,只是酒醒后有些断片。现在想来,李小白当真是正人君子,没有去酒店胡来,反而将她带回了家里。

李国清见秦美鸽还愣着,忙说道:"快喝呀,不然头会痛的。"

秦美鸽点点头,小口地喝了起来,说道:"哎呀,伯父的鸡汤真好喝。"

李国清心头乐开了花,说道:"哈哈!那就多喝点。不行就再回去休息一会儿。中午,李小白回来,一起吃个饭。他今天有比赛,一早就出去了。"

秦美鸽"哦"了一声，脸上已经羞红一片，她哪还敢留？喝了鸡汤，回屋换了衣服，看着那大大的T恤，没来由地抱着深深地闻了闻，一种前所未有的幸福感在心头荡漾起来。

"姑娘，你吃得了辣吗？"门外传来了李国清的声音。

这吓了秦美鸽一跳，急忙放下衣服，出了门，说道："伯父，我不吃了，我还有事就先走了。"

"哎，你的身体能行吗？吃个午饭再走吧。"李国清似乎已经认定了这就是他未来的儿媳妇，看这丫头如此懂事，心头更是欢喜。

秦美鸽咚咚地下楼，李国清这才想起还不知道人家的姓名，忙问道："姑娘，你叫什么名字呀？"

秦美鸽吓了一跳，没有回答，便像小兔子一样跑了。

话说李小白进笔试考场前，生怕自己再睡着，在门口的商店买了几瓶咖啡，咕咚咕咚地喝了个精光，还不放心，又买了两罐红牛，正要往里走，一辆车停了下来，一看车上的人是严栋。他看着李小白，说道："李小白，你是不是要参加考试？"

李小白一见严栋，便没了好脾气，说道："是的！"

"好好考！"严栋说完，一脚油门走了。今天是他监考，曾经两人在考场相遇过，也算了解彼此。所以，他有必要提醒一下这小子，不要在这样的考场上犯浑。

李小白没体会到严栋话语的深意，以为依然是瞧不上他，而他现在更想去考场再把书拿出来翻翻，就当是临阵磨枪。

就在这时，身后传来霓裳的声音："小白，复习得怎么样了？"

李小白回头看到霓裳，说道："哦，不怎么样，时间有点紧，就看了两遍。"

霓裳必须安慰他，说道："我相信你，你那么聪明，加油！"

毕渊站在门口等霓裳，正好看到两人走了过来，他笑着对李小白说道："呀，李小白，你这次可不要拿个个位数呀！"

李小白没空理他，直接进了考场。这让毕渊有些郁闷，他觉得这小子今儿有些不对劲。见霓裳在眼前，他只是拉了拉整齐的劳保服，说道："霓裳，你的座位在第三排，我在第一排。"

这一场考试要考一个半小时，李小白是从开头写到了最后。说实话，题目基本能做出来，他估算过，加上大题能考到八十分，只是大题他并不能用专业术语作答，但他可以用自己的话表述，他担心自己写不全，便尽量多写了一些。

第49章　破格批准

一道三分的题目，答案也就三句话，李小白是满满地写了一大篇，严栋几次过来检查考场纪律，见李小白头也不抬，以为是睡着了，过去才发现他在奋笔疾书。

终于，一个半小时的考试结束了，李小白搓着隐隐有些发胀的手腕，走出了考场。

下午是实操演习，就是以安全为主，以主要的设备操作为辅，一共两道题。李小白安全满分，简单设备操作抓瞎，因为他压根儿就没接触过，这也让他再次成了考场的焦点。其他人答不出来，好歹是上去摆弄两下，李小白却直接弃权。

班长尹军见李小白下来，鼓励地说道："哎，这不怪你，你已经尽力了。"

一旁围观的班员说道："小白，你应该上去胡乱弄一弄，得个一分也是得啊！"

"就是就是，小白，你真死心眼，好歹你会设备开机嘛，先给它开开说不定可以得一半分呢。"

李小白却是皱眉说道："师傅，我很不甘心哪，我知道那是简单的设备，可不会就是不会，瞎操作有违安全规程。"

尹军拍拍他的肩膀说道："没事，如果你想学，我教你。"

才回到班里，新任工段长便召集所有人开会。工段长面色严峻地拿出了一份报告，正是蒋云飞赌博被抓的处理决定。工段长读完报告，说道："我不管你们的私生活，但是我们的职工中不允许出现沾染黄赌毒的员工，你们必须引以为戒。今天下午，你们再把治安管理处罚条例都好好看看，再有因为这个进派出所的，决不姑息！"

说完，他将李小白叫了出去。李小白被叫到了办公室，他惊讶地发现车间主任、副厂长和班长尹军都在，他不想见到的严栋也在。

车间主任让他将蒋云飞的事说一遍，他讲完，领导们并没有说什么，只是让他在门外等。不一会儿，严栋拿着包走了出来，正好撞见李小白，他说道："李小白，你是不是觉得靠举报能成为安西石油的正式职工？"

"啊？"李小白很是意外，这人怎么一直针对他？

严栋说道："想在安西石油待下去，靠的不是这些，而是扎实的基本功和一颗积极向上的心。你有勇气去参加大练兵，但什么都不会，和莽夫无异。"

李小白说道:"我准备了,只是给我的时间并不够。"

严栋冷哼一声说道:"时间是挤出来的,为什么别人都够只有你不够?你看看你的同学毕渊,人家吃饭都拿着书在看,你做到了吗?"

李小白发觉不能跟这个正气凛然的八〇聊天,他似乎对九〇后永远带着偏见。李小白打算立刻走人,没想到严栋的手机响了,拿起电话也不说什么地转身回了办公室。

尹军笑着说道:"领导,我今天来是想为李小白打一个申请,我想领导破格批准他提前转正。"

"什么?"严栋没料到自己的师傅居然说了这么不可思议的一件事,"师傅,我觉得您可不能在退休前做老好人啊。"

严栋的意思是在提醒尹军,他以为尹军到了退休前不愿意让人记恨,如果能做个顺水人情,也是一件无伤大雅的事。

副主任说道:"这恐怕不合规矩吧?老班长,我们厂明文规定,员工必须拿到新人大练兵前十,才有机会提前转正。"

尹军说道:"我看了大半辈子人,李小白我不会看错的,他将来一定是安西石油的栋梁。"

"他?你没看到他考试睡觉的样子,没看到他为了成为职工,想了多少点子,现在是把举报当成了家常便饭,在领导这里刷存在感。"严栋不客气地说道。

尹军依然说道:"小严,我是他的班长,我很了解他。你没看到他用心的样子,没看到他学习的样子,我都看到了。我记得我第一次见你的时候,你对知识的执着,在他身上也有。而且就算不破格,两个月后也自然到了转正时间,但提前两个月对他而言是很好的鼓励。"

第49章 破格批准

副厂长说道:"既然老班长说了,那我个人是批准的,我相信老班长的眼光。"

"这个还是要看考试成绩再定,如果相差太远,还是不行的。"副主任说道。

严栋说道:"我保留我的意见,我认为这孩子很可能在那儿玩手段,小小年纪,鬼心眼不少。"

……

成绩最终出来了,三十三个人参加比赛,因工种不同分成了三组,一组十一人,每组取三人。谁都没想到李小白的笔试成绩不错,不知是不是批改卷子的人放水,他的大题基本上没有被扣分,而且他的成绩比其他考生高,只是他在抽签答题和实操方面扣分不少。

最终成绩是李小白的这一组,他得了第五名。

这就很尴尬,有点高不成低不就的味道。李小白能否提前转正便成了一个谜。

大检修恢复生产前一天,职工们结束了培训,纷纷回到岗位,再次打扫卫生,准备开工。

尹军背着手,笑呵呵地对众人说道:"今天,我宣布一个好消息,经领导慎重考虑,破格允许李小白提前转正。这不是你的终点,只是人生新的开始。我希望李小白同志在工作中继续努力,认真学习,早日取得更大的成就。"

尹军说完,一众同事纷纷鼓掌,只有李小白还没反应过来,呆呆地站在原地,当他终于知道自己不是做梦的时候,那种喜悦简直无以言表。

不过，他很快冷静了下来，他知道自己没有达到公司转正的要求，他也不相信自己有进入新人大比武前十的运气。他找到尹军，说道："师傅，是您向领导提议破格录取我的吗？"

尹军笑了笑，说道："是的，我看好你。"

"师傅，我觉得我还不够格。"李小白低下头，说道，"我肯定没到大练兵前十，我觉得我有点名不副实，心里不踏实。"

尹军点点头，说道："那你就在接下来的日子踏踏实实地做些成绩出来，告诉那些质疑你的人，你李小白的确有过人之处。"

几天后，李小白拿着破格转正红头文件的时候，内心是激动的，这意味着这身红色的劳保服可以脱掉了，也意味着他成了安西石油远宁石化的一名正式职工。

第50章　证明自己

当他领着深蓝色的职工劳保服回到家的时候，李国清同样激动得满屋子转悠，晚上还特意喝了点酒，开心得像个孩子。

李小白早早躲进屋里，换上了崭新的工装，对着镜子看了又看。看着床上红色的劳保服，不禁又想起过去的种种，曾经吃过的那些苦，不，曾经做下的荒唐事在脑海中一一浮现。他觉得自己好像有了一个目标，就是要让所有人真正地认可他一次，真正去做自己心中的英雄。

说实话，这并不容易，但李小白没来由地非常有信心，这一天与昨天、前天没有任何的不同，但似乎什么都变了。李小白无意间看到了桌上的改造图纸，他忽地站起来，拿着眼前的图纸，十分兴奋，对！就是应该做成这件事！

实际上，这一刻，李小白的方向出现了偏差，但对于一个富有冒险精神的九〇后来说，没有什么不对。或许吧，正如这句话所说：年轻没有什么不可以，但必须有勇气去承担年轻的代价。

李小白在接下来的两个月内，上班的时候看着流水线，他在一次次地反复评估着自己的方案，也在一点点地收集数据。实际上传输带是固定的，按道理来说，每一个包装袋从装满料袋到缝口，再到打印上批号，应该是前后一样的，只是，如果袋子放的位置靠后，或者装的料不满，缝口便会出现问题，接着打印批号也会跟着起连锁反应，产生错误。

李小白觉得应该有一种方式可以让料袋保持前后一致，如此便可以大大地降低不合格料袋的生产率，这便是他的改进方案。很快，他开始研究下料口，接着研究折边机，再研究缝口机，甚至连运输带都不放过。

李小白很喜欢上网，自从学习HSE管理体系后，他便喜欢去HSE官网上浏览。很快，他找到了一个HSE的贴吧，很多国外的管理者会在上面分享自己在管理中的见闻，这让他产生了极大的兴趣。

其中有一个德国的专家说："如果生产中的错误率大于百分之一，那么这个生产便存在人为管理因素和设备因素的不完整性。"

李小白非常认同这句话，所以，他以这句话为根据，在生产中找缺陷。最终，他锁定了设备的缺陷，以及运输带转轮的速度，还有卡槽的位置。

实际上，这一块数据调整，石化公司已将其外包出去，由外协单位负责，因此出现问题，工段会通知外协单位来维护。维护便要停机，料仓里便会堆积更多的原料。当调试好之后，生产加速，又会导致料袋或者缝口不好，传输带上的料袋太多使得错误频发，导致料袋下线，重新包装。

在李小白看来，这就是一个恶性循环。他希望将错误率控制在百分之一以下，如此，生产完美运行，人也可以轻松很多。

很快，李小白的一套理论形成了，他牛气哄哄地称之为"黄金法则"。他兴奋地将自己的理论拿给班长尹军看，尹军一边看一边听他的讲述，越讲尹军却是听得越迷糊，但他却没有制止。

李小白越讲越起劲，甚至提出如果这个法则可行，只需要停车十分钟，调整数据参数，效果马上就会出来。

尹军吓了一跳，说道："小白，这可不是小事，这需要评估风险的，而且现在刚恢复生产，我们必须将大检修浪费的时间追回来。前岗的产量是满负荷运转的，不能做冒险的尝试，必须等。"

"师傅，如果现在解决了这个问题，那么职工的工作量将大大减少。这还是其次，主要是合格品的生产量也会大大提高，这不但不会阻碍，反倒会提高效率。"李小白笃定地说道。

尹军皱眉说道："小白，这个事，我需要时间，首先我要理解，其次我需要让前岗和外协单位做评估，如果可行，再上马也不迟。"

"师傅，就十分钟，给我十分钟，我就可以完成改造。"李小白继续说道。

"不行！李小白，这不是开玩笑，一旦你的改造失败，生产便会受到影响，一旦料仓爆满，前岗唯一的选择就是停工。这个风险谁都无法承受啊！"尹军说得很真切。

不过，李小白相信自己的选择，他觉得自己的理论是没有问题的。

尹军知道李小白非常想证明自己，拍拍他的肩膀说道："小白，你把你的纸质材料给我，我找前岗技术员去看看。"

可连续一周，尹军并没有给他回复，李小白的心中就仿佛猫抓一般。他问过尹军，其实尹军也给前岗技术员看了材料，只是生产任务太重了，必须要把大检修丢失的时间抢回来，前岗也是玩了命地干，技术员都恨不得把自己劈成两半地忙碌，再伟大的理论也得等闲下来再说。

所以，李小白收到的回复永远是等待。

李小白不愿再等了。这天二班，他们班刚下班，接班的人也是刚刚接班，李小白没有跟大家上倒班车，而是独自留了下来，他要开始验证他伟大的"黄金法则"。

反正运输线上有人，他决定暂时闭合料口，只要十分钟，验证就能结束。

他深吸一口气，戴好口罩和安全帽，关闭了电源，给进料口泄压。此时，所有的原料都堆积在了料仓中，不同的是它正在以极快的速度堆积。

李小白取出工具在下料口开始了操作，这数据在他脑海里早已滚瓜烂熟，很快调试完成。他看看表，用时六分钟，他飞快地跑到运输皮带上，对准转动阀扣开始了转动，看着皮带一点点地变紧，他松了一口气。

他站起身，又跑到卡槽位置，拿出卡尺卡在操作台上，对准卡槽飞快地扭动了起来。

就在这时，前岗的技术员急匆匆地跑了过来，说道："哎！你们这里什么情况？为什么停车？你们不知道料仓要满了吗？"

李小白忽地站起身，大喊道："现在就开车！"

他看看表，正好九分钟，比预想的还节约了一分钟。他重新启动电源，给设备加压，他的心怦怦跳，如果这次成功，这一定能够证明自己。

第51章 爆发事故

李小白完成一顿猛如虎的操作，欣喜地等待着他的改造结果，可就在这时，设备警报灯突然亮了起来，李小白的心咯噔一下，呆呆地站在原地。

他急忙再次关闭电源，再次泄压，重新启动、加压，可设备故障灯依然是亮的，他知道自己闯祸了。他急忙将自己所有调试过的设备在大脑中过一遍，他仔细地观察着，却没有找到任何错误。

"哎！包装的！我告诉你们，料仓最多坚持十分钟，我这边停了的话，原料就得停！这个责任你们承担不起，快给我开车！"前岗技术员已经急得大喊了起来。

李小白一咬牙，决定恢复之前的设定。他手忙脚乱地关闭电源，再次泄压，拿着钳子和扳手开始恢复，可怎么都恢复不了，而如今给他的时间不多了。

他再次打开电源，给设备加压，这次警报灯不响了，他长长地松了一口气。当料袋口撑开的时候，他已是满头大汗。

第一包料袋上了运输线，突然，他听到输送带上传来一阵阵刺耳的摩擦声。他急忙跑过去，发现皮带太紧了，二十五公斤的料袋落上去，使得皮带和滚轴之间的摩擦加大，产生了异响。

此时不能停车，李小白的汗已经流下来，他只能手动将料袋朝前抛，以此来减少摩擦。这一刻，李小白成了机器的一部分。

麻烦只是开始，一股子胶皮味从输送带上传了出来，李小白大吃一惊，他明白这是因为滚轴和皮带太紧，摩擦过程中产生了巨大的热量。

必须得停车了，否则，很可能发生火灾。

李小白按下紧急停车按钮，他必须让皮带保持松弛状态，可就在这时，啪的一声，输送带上的皮带断了，断掉的皮带打着卷进了滚轴中。轰的一声，固定在地面的滚轴被硬生生地挤出了地面。要知道，地面是钢钉深埋地下一米被钢筋混凝土固定住的。

皮带卷入了滚轴之间，那个力量得有多大啊！如果是人的胳膊卷进去，那么此时此刻，将会被压成一张纸片。

李小白的大脑一片空白，可就在此时，下料口再次发出了警报，李小白回头的刹那，哗啦！雪白的粒料从下料口涌了出来。

"为什么下料口没有闭合？"李小白呆呆地站在原地，手不停地颤抖。

一旁接班的员工都吓傻了，接班的班长看着站在粒料中的李小白，吓了一跳，直接冲上去，将李小白从粒料堆中拉了出来。李小白下意识地推开班长，说道："我没事！快！找东西装粒料啊！"

他胡乱地抓过一个料袋，用手将一地雪白的粒料装进料袋中。

伴随着整个包装厂的警报声，前岗刚刚启动的设备戛然而止。在赶工期的时间停车是整个厂的大事，甚至连石化公司的岳诚厂长都被

201

惊动了。

李小白这辈子都没见过这么多领导过来，前岗技术员双眼通红地冲着包装厂厂长吼道："你们到底在干什么？什么故障处理需要十分钟？十分钟之后，为什么又再次停车？你们知不知道这一次停车，损失有多少？"

警报响起的时候，尹军正在班车上，他看到包装厂亮起了警报，而李小白没在倒班车上，一种不祥的预感在他心底浮现。他站起身，喊道："师傅！麻烦停一下车！"

车停了，他刚下去，立刻就站住了。他转身回到车上，喊了一句："包装班的全部下车！"

刚下班的职工们吃了一惊，说道："班长，怎么了？"

"啊？我们下班了呀！班长，累死了！现场是不是出事了呀？"

尹军说道："别说了！快回工段！"

众人回到了工段，尹军一到包装厂便远远地看到前岗技术员在那里吼着，而粒料线上从下料口涌出的粒料已经将整个包装机埋在了下面。

而李小白还在地上不停地用手将粒料装进包装袋中。

他几步跑过去，一把将李小白拉了起来，说道："小白，这里怎么了？"

李小白看到尹军，再也忍不住了，他的泪水从眼角流了下来，说道："师傅，我……我错了。"

尹军愣住了，他知道李小白肯定是自己开始调试起了设备，眼前便是调试后的后果。

尹军说道："先别管了，你去办公室等我。"

李小白失魂落魄地点点头，挪到了办公室。很快，那些大领导都来了，看着眼前的一片狼藉，也是眉头皱了起来。

包装厂厂长进了办公室，说道："正好，你们两个班的人都在，下线的就不要休息了，尽快将粒料全部清理掉。"

李小白听到后立刻站起身，冲出办公室，拿起料袋装起了粒料。

"哎！不要拿优等品袋子，全部按照废料装。"工段长在一旁说道。

李小白说道："工段长，这上面的料都是好的呀。"

工段长瞪了他一眼，说道："废什么话？粒料落地就是废料，生产质量是怎么学的？"

这活从凌晨两点干到了早上八点，整个班的人累得瘫倒在地，这才将包装机从粒料堆里清理了出来。外协单位的人进入包装机，开始忙碌起来。

一直到上午十一点，设备才算恢复了正常。当前岗的设备再次运转起来后，一袋袋的粒料像士兵一样被码垛机抓到了托盘上码放整齐，众人才算松了一口气。

此时的李小白浑身沾满了粒料，双眼通红，脸色苍白地站在原地。同样是一身粒料的尹军走了过来，拍拍他的肩，说道："先回家吧，其他的事等休息好了再说。"

李小白咬着下唇，说道："师傅，这件事所有的损失，我一人承担，我……"

"好了，别想那么多，先回家休息，这都快到中午了，你还没吃饭吧？人是铁饭是钢，快去吃饭。去，先把身上的粒料吹掉。"尹军依然在安慰着李小白，这让他更加不好受。

第52章　关于爱情

　　造成这起事故的原因很快被查了出来，通过监控可以很清晰地看到李小白正在设备上忙忙碌碌，就是他耽误了十分钟；之后开车，设备立刻故障，他再次停车调试设备，结果，传动设备损坏；接着，下料口爆仓，因为无法识别的故障，导致下料口无法闭合，大量的粒料从料仓口涌了出去。

　　这一次事故的评估报告很快下来了，仅下料口的损失就达到惊人的三十万，这还不算前岗停工导致生产没有跟上的损失。

　　接着，工段长找李小白谈话，车间主任找他谈话，副厂长、厂长也找他谈话。包装厂只是乙烯厂下面一个分厂，很快一级一级地到了严栋这里。

　　李小白手里的设备改造图已经被他捏得有些变形，他始终不敢抬头。严栋坐在办公桌后看着他，说道："你知不知道这件事的后果有多严重？"

　　"知道。"李小白说道。

　　严栋说道："李小白，你到底想干什么？你能不能不要害人？你知道老班长为了你，可能会被撤职吗？他一辈子从没有犯过错，快退休有了这样的污点，全是因为你！"

　　李小白的头垂得更低了。严栋见他不说话，说道："李小白，我告诉你，不要看你现在成了安西石油的员工，你就是害群之马！你最好趁早滚蛋，不要再继续祸害别人了！"

　　李小白的脸涨得通红，始终是低头不语。严栋骂累了，吼道："滚出去！我不指望你反省，你能不能好好做一次人？"

李小白含着泪，手捏得很紧，他站起身，深深地鞠了一躬，说道："对不起，是我的错，我愿意承担所有的后果，是我对不起所有人。"

严栋没想到这小子玩这么一手，倒是让他不知道该怎么继续说了，办公室里的气氛很静默，他淡淡地说了句："出去，我不想见到你！"

秦美鸽最近一段时间算是一雪前耻。她的代购生意一落千丈，但她是聪明的，既然一条路走不通，那就多试试其他路。恰好在进货的时候，她发现韩国的化妆品店里都有一个很漂亮的小女生一边讲解产品，一边给顾客化妆。这个化妆很有技巧，只化一边脸，两边对比明显，顾客自然会买，再把另一半妆补齐，这就让顾客认为既买了化妆品还占了一次免费化妆的便宜。

秦美鸽立刻如法炮制，还别说，一时间门庭若市，产品异常好卖，而她之前的损失也补了回来。不过，和美丽的女孩子待久了，秦美鸽便觉得自己的鼻子不够翘，脸型不够尖，于是动了整容的念头。

要在自己的脸上动刀子，秦美鸽始终下不了决心，她打算找李小白给看看。自上次酒醉之后，她便没见过他，一想到他，便想起了那件大大的T恤和那口好喝的鸡汤。

秦美鸽给李小白打电话，李小白很快接了起来，她高兴地对李小白说道："小白，在哪儿呢？出来一起吃饭。"

"我……我不去，我心情很糟糕。"李小白说道。

秦美鸽从来还没被人拒绝过，说道："哟，出事了？那更要一起吃饭了，我看看谁敢欺负你！"

李小白无奈，只能去了相约的饭店。这一次秦美鸽选择了西餐厅,她故意只化了淡妆,穿着美美的衣服。吃饭的时候,她发现李小白总是一副心不在焉的样子,一问才知道原来是因为设备改造造成了无法弥补的损失。

秦美鸽说道:"小白,要不你跟着我干,做我的助理?我一个人跑韩国也挺没意思的,我给你发的工资绝对比你在什么破包装厂高多了。"

李小白摇摇头,他还是想着改造的事,现在处理决定也没下来,他是一点心情都没有。他倒不是关心自己到底会是什么处分,主要是严栋的话让他很难受,万一师傅尹军真的受到牵连,那他这辈子都不会原谅自己。

秦美鸽只是帮着李小白说说气话,她还是想问问李小白整容的事,说道:"小白,你看看我,快!看看我。"

李小白抬头看着她,觉得和以前没什么不同,说道:"看什么?"

"你有没有觉得我是不是缺了点什么?"

"没有啊!"

"不!我的鼻子是不是不够挺?"秦美鸽指着自己的鼻子说道,"我打算整一下鼻子。对了,你能接受女孩子整容吗?"

"你已经很漂亮了,干吗还要整鼻子?那样多痛啊!"李小白说道。

秦美鸽问了两个问题,李小白却只回答了一个,她说道:"你还没回答我呢,你能接受女孩子整容吗?"

李小白说道:"如果是我喜欢的,我会接受,但我不建议她去整容,会有风险的。"

"可是那样之后,我的鼻子会很挺拔。你看看周围的女孩子没有一个鼻子是挺的，很难看。"秦美鸽的话并没有引起李小白的共鸣。她打开包，取出一条手链，递给了李小白，说道："送你的，这是韩国限量版的哦！"

旁边的桌子有人很吵，这让李小白的心情更加烦躁。他并没有接，说道："我想回家，我的心情实在是不好。"

秦美鸽出生以来便不知道什么叫站在别人的角度想问题，她今天还有一个问题没有得到答案，便说道："小白，你再回答我一个问题，我就让你回家，不然不许走。"

"什么问题呀？"李小白问道。

秦美鸽微微扬起下巴，将手链放在李小白的手里，说道："如果我整容了，不论是成功或者失败，你会不会喜欢我呀？"

李小白以为她在开玩笑，说道："我们是朋友呀，但这和喜欢没关系吧？而且你整容了，不还是我的朋友？"

秦美鸽却将红酒杯一放，说道："李小白，你给我听清楚，我说的是你会不会喜欢我！"

李小白愣住了，看着秦美鸽，说道："我们是好朋友呀，我……"

"那就是不喜欢喽？"秦美鸽反问道。

李小白正烦着呢，这个问题简直让他抓狂。他正想着用什么话来解释，没想到秦美鸽站起身，抓起那杯红酒狠狠地泼在了李小白的身上。接着站起身，拎起她的小包包一句话都不说地下了楼。

第53章　班长的执着

李小白没有追上去,他觉得这个女孩似乎就是老天派来惩罚他的。他任由鲜红的酒液滴洒下来,心头却感觉有千斤巨石压着。

他一口气喝光了所有的红酒,摇摇晃晃地回到家,正打算洗一洗,却听到电话响了。他拿起一看,打来电话的竟然是韩笑。他的确需要一个可以说心里话的人。韩笑一听李小白接了起来,说道:"小白,这都一年了,你的新工作怎么样了?"

"不是很顺。"李小白说道。

韩笑说道:"我今年还可以,赚了一百多万,买了新车,哈哈!宝马!"

"那恭喜你发财啊。"

韩笑继续说道:"兄弟,我再劝你一次,待在十八线小城市没什么出息,你不如来我这里,我们一起干。"

李小白在这一刻,内心又开始挣扎了。那个施展才华的梦原本在内心沉睡着,这会儿又像是小草发芽一般地成长着,渐渐地变成了花儿,又成了树。

李小白说道:"你那边需要人?"

"嗨!是啊,我这边打算做新项目,主要做石油化工产品的配套设备。我这里和美国的一家公司谈好了。一起干?"韩笑说道。

李小白想了想,说道:"你容我考虑一下。"

"你又考虑!上次考虑错失了机会,这次还考虑?你可是我哥们儿,发财我不会忘了你呀!"

挂了电话,辞职的念头又冒了出来,但这次他不是为自己,他是为了师傅尹军。如果师傅真的要被处分，那么这个错他愿意背着，他会以他离开为代价。或许真的如严栋说的那样，他不过是个害群之马。

李小白又想到了霓裳，他给她发了一条信息：在吗？

没想到霓裳很快回了信息：我在，你怎么了？

李小白打电话过去，说道："能出来走走吗？我快难受死了。"

霓裳是二话不说地赶去见李小白，他们两人再次来到人工湖边。又是同一个地方，李小白似乎少了一年前的轻狂，手扶在栏杆上，看着水波荡漾。他将自己改造设备的事给霓裳说了一遍。

霓裳听完说道："小白，其实你已经知道自己错了，做错了事最重要的是改正错误，其他都不重要，毕竟你的出发点是好的。我相信你师傅会原谅你的，我觉得他懂你。"

这话说完，李小白却丝毫没有好受一些，反而眼圈又一次湿润了。

霓裳说道："你喊出来吧，不要压抑着自己，过了今天，明天会是全新的一天，去承认错误。"

李小白看着傍晚的人工湖，他扯开嗓子，大声地吼道："李小白！你这个王——八——蛋——"

一直到喉咙嘶哑，李小白才停了下来，他大气连连地扶着栏杆，心头的压抑果然好了很多。这一晚，凉风习习，很舒服，李小白也是这么多天来第一次睡了个好觉。

前几天，他人生第一次晚上睡觉的时候被噩梦吓醒。他总梦到自己站在包装机前，那些设备变成了吞噬人的魔鬼，不是吃掉了他的胳膊，就是将他砸成了肉饼。

这一晚，他睡得天昏地暗。

话说尹军正拿着一份材料和前岗的技术员在一起，他说道："大刘，你给看看，这材料里说的有没有道理？如果有道理，那么咱们能不能这么做？如果没道理，你觉得哪里没道理？"

这个叫大刘的前岗技术员忙了一天，这会儿好不容易吃上饭，见尹军找他，毕竟是石化公司的老师傅，再不济也要给几分面子。他接过了资料，看了起来，开篇不禁让他笑了起来，他说道："这是什么措辞啊？哪有技术报告是这么写的？"

尹军赔着笑，说道："看内容，其他忽略。"

半晌，大刘放下了资料，闭上眼考虑了一会儿，说道："尹老哥，我觉得很可能是对的，里面说的还是很有道理的。但这不是我一个人说了算的，至少要问问外协单位、设计院，看看有没有这个可能性。"

尹军高兴地点点头，说道："大刘，有你这句话，我就踏实多了。"

"哎？这事是不是那个惹事的小子弄的？"大刘问道。

尹军嘿嘿一笑，说道："那是我徒弟，这小子就爱折腾，由着他。"

说着，尹军也不吃饭了，拿着图纸找到了外协单位的工程师，将这份资料交给他看。工程师看完说道："我觉得很有参考价值，如果前岗闲了，我们可以试试。"

尹军这几天也是第一次绽放了笑容，他长长地舒了一口气，说道："我就知道这小子能行。"

他并没有就此满意，直接去找了远宁石化的设计院，那里有他的老朋友。再次将资料交给对方看，设计院的同志拿着设计图纸看了半天，最后就说了一句话："这没什么问题呀，可以列到你们工段的技改技措项目里申报嘛。"

尹军这次是真正地松了一口气，他直接去了厂里，找到严栋，将李小白的报告放在桌子上，他说道："小严，李小白的设计方案我找人看过了，没问题，这绝对可以改进厂里的设备。"

严栋皱眉看向尹军，说道："老班长，你到现在还护着他？你知不知道他做的事，已经牵连到你了。按照规定，要追查你班长的连带责任的，你班长的位置很大可能要保不住了，你现在提这个方案没意义呀。"

尹军说道："我当不当班长都只有半年时间了，这不重要，重要的是李小白的方案管用。我觉得设备改造，它是管用的，那我们完全可以执行嘛。"

"老班长，你不能再袒护他了！如果改造管用，为什么会出现那么严重的设备故障？我们的损失惨重啊！"严栋说道。

尹军说道："这是我的原因，他早就将措施交给我了，是我没有及时跟进这件事，他便自己去尝试了一下。"

"这是尝试吗？这是违规操作呀，老班长！"严栋忽地站了起来说道。

尹军说道："小严，咱们先把这件事抛开来说，技改技措这本就是需要嘉奖的事，我现在来和你谈的是对李小白同志的嘉奖。"

"那你去和你们厂长谈，我负责乙烯厂下面那么多的厂，管不上你们。"严栋说道。

第54章 坚守初心

尹军站起身，笑了笑，说道："我把这份改造方案放在这里，有空你也看看。"

说着转身离去。严栋还想说什么，张了张嘴，却是没说出口，只见老班长出了办公室。他看着桌子上的改造方案，翻开了第一页，刚扫了一眼，正好电话打进来，他便将方案放在了一旁。

很快，尹军到了包装厂厂长的办公室，两人谈了很久。当尹军出来的时候，他的目光看向了远方，长长地松了一口气。

回想起刚才在办公室的谈话，还真有点惊心动魄呢。

"尹师傅，我们做出这个决定，也是制度在前，希望您能理解。"

尹军点点头，说道："我带班不善，这是我的原因，我愿意接受单位所有的处理决定。"

"唉！尹师傅，难为你了，这件事，李小白是必须处理的。违章是跑不掉的。"

尹军说道："一码归一码，他的方案我还是希望厂里能好好研究一下。我相信这份材料的珍贵，这也是一个好员工设身处地地为包装厂去考虑，并且是行之有效的方案。"

厂长看着尹军一脸的笃定，倒是真不知道该说什么，他说道："如果是改造方案，现在不合适提，还是需要……"

"需要外协工程师和设计院还有前岗的一致研究对吗？"尹军打断了厂长的话，说道，"我已经找过了，他们都觉得可行，只是需要一份认可的材料。如果我跑一跑，还是可以跑下来，只是时间问题，如果厂里去跑，会更快。"

厂长想了想，说道："行！如果真的行之有效，这是好事。"

尹军满意地走出了厂长办公室。

很快，李小白的处理决定下来了：违章操作，扣除半年的奖金，待岗三个月；班长尹军负有连带责任，免除班长职务，留岗查看；乙苯橡胶工段工段长负有连带责任，处罚两千元；包装厂车间主任负有连带责任，处罚一千元。

这个处理决定在李小白看来很低了。

这个夜班，尹军还像以往一样站在了班员的前面，新班长在与尹军交接工作。

李小白看着，心里难受得不得了，头一直抬不起来，脸憋得通红。交接完毕，尹军笑了笑，说道："今晚是我带各位的最后一个班，也是我在乙烯厂的最后一个班，能和各位一起共事，是我的荣幸，感谢你们。希望未来有一天，你们在街上遇到遛鸟的我，还能打个招呼。"

没有人发笑，有认可尹军的人说道："李小白，看你干的好事，老班长成了这样，你开心了吧？"

"你能不能安生一点？就不能把自己的活干好吗？非要整幺蛾子！"

李小白简直不相信自己的耳朵，睁大了眼睛看着尹军，他失声道："师傅，这……这不应该，我愿意提高处分！所有的损失我愿意一个人扛，我会请厂长恢复班长的职务。我……"

尹军笑了笑，看着刚才说话的两人，说道："哎，别忘了，我们是一个集体，同事之间遇到再大的困难都会过去，你们在一起的时光会比和自己的家人共处的时间都多，不要相互说些不团结的话。"

说着，他看向李小白，说道："我还有半年就退休了，我这次打报告提前退，也是我的个人意愿，与其他人都没关系。好了，接班吧，我要带你们的新班长熟悉一下工作环境。"

接班后的李小白内心像打翻了五味瓶，他用尽全力将料袋一摞一摞地码放好，可怎么都塞不好。他试了几次，才发现料袋放在贡袋口太多了，他用力地抽出一些，人却一屁股坐在了地上。

泪顺着眼角流了下来，四周设备发出的隆隆声，仿佛是在笑话他的存在。他闭上了眼，泪却不停地滑落，他第一次感觉到心碎般的内疚。

就在这时，有人在他背上拍了拍，他吓了一跳，急忙站起身，发现尹军正戴着安全帽站在他的身后。尹军冲他招招手，将他叫到了码垛区，不远处，机器人抓手正将一袋袋的料袋抓到垛盘上，发出的嗒嗒声不绝于耳。

"哭了？"尹军问道。

李小白说道："师傅，我不想让你走，我错了，我会找领导去说，我走，您留下。"

尹军哈哈大笑，说道："怎么？我想休息了，你就这么不愿意见我休息？"

"不是的，师傅，我知道如果没有我的这次失误，您在退休前也不会有这么个污点，我真没用。我反思过了，是我太想做好，太急于求成了。"李小白说道。

尹军点点头，说道："不对，我觉得是你的初心没找对。"

李小白抬起了头，看着尹军，问道："初心？"

这个词说出来的时候，似乎牵动了李小白心中的一扇窗，他呆呆地看着尹军。尹军说道:"你似乎很想做一件惊天动地的事,这不对。你之前举报聂震的时候,是不是觉得你很英雄?是不是这股子英雄劲让你坚持到了最后呢?还有,你参加技能大赛,你明知道不行却依然坚持参加,甚至忽略了失败,你太渴望荣誉,到底是为什么呢?"

李小白似乎被尹军看穿了内心世界,他说道:"我只是想像我父亲那样登上英豪榜,可是现在太难了。"

尹军也像是找到了答案,他说道:"小白,你的聪明是我所有徒弟都比不上的,你的眼光也是他们所不具备的,但你要知道你的初心是什么。我们都只是平凡岗位上的一颗螺丝钉,可以说我们就是设备的一部分,我们需要做的就是坚守,守护设备不出任何问题,再让设备变得更好。你都没有坚守,又如何让设备更好呢?"

这句话平平淡淡,却一下击中了李小白。是的!他似乎只想着快点登上英豪榜,却忽略了自己到底为什么要在这样一个岗位上,这也是他为什么连等待的耐心都没有的根源。如果他能等到产量平稳的时候,再拿出他的改造方案,有条不紊地推进,那么,这件事或许真的会变成好事。

第55章 害群之马

李小白低下了头,他有一种顿悟的感觉。他之前的反省都是放在设备为什么会出现那些问题上,他责怪的是自己调试设备的时候没有比对安全数据,他责怪的是自己不了解皮带与滚轴之间的接触面积,没有考虑到料袋的重量,他责怪的是自己怎么就不能再快一分钟,但从来没有想过是自己的初心出了问题。

尹军继续说道:"你要回答一个问题:你为什么要成为安西石油远宁石化的一名职工?我们做个假设,如果你这次成功了,如果你真的因为这次改造登上了英豪榜,那之后呢?你会不会觉得这里很无趣?你告诉我,到了那时,支撑你继续上班的动力是什么?"

李小白沉默了,他还真的没想过那么长远。尹军见李小白陷入了沉思,说道:"李小白,我相信你会有那一天的,但是你不能急躁,懂吗?"

李小白郑重地点了点头。尹军嘿嘿一笑,看看厂房说道:"哎呀,我想过很多种我最后一天在厂里的情景,却没想到是这样。呵呵,人生很有意思。"

"师傅,对不起,是我害了你。如果能让你留下,我愿意被开除。"李小白紧紧咬着下唇。

尹军说道:"哈哈!其实呀,我早就想退休啦,只是提前了半年。昨天我和领导去谈,他的意思是让我去质检,说白了就是一个闲差,也算给我这个老家伙一个安身之所。我觉得不好,还是不要给领导添麻烦了。"

尹军不禁想到下午的时候,他见到领导的样子。

严栋和包装厂厂长都在办公室,尹军坐在沙发上,笑眯眯地看着两人。

"老班长,我知道你在为我昨天说的话生气,我收回,好吧?去质检有什么不好?轻松,还不用倒班,您可是倒了一辈子班啊!"严栋说道。

第55章 害群之马

厂长帮腔道:"尹师傅,咱们做工作不能带着怨气嘛,李小白的事,我这边都负了连带责任的。你这都干了一辈子了,去质检权当放松放松,准备休息了嘛。"

尹军却是摆手,说道:"两位的好意,我尹军心领了。我去做员工,班长怕都不敢领导我,那样对其他员工不好,对我特殊关照,让其他职工怎么看?一个犯错的人不但没有降级,反而去了这么好的岗位,你们觉得没什么,我这张老脸可是挂不住。"

"老班长!你的年纪在这儿摆着呢,谁敢说三道四?"严栋说道。

尹军哈哈一笑,说道:"这是我深思熟虑的,请领导批准吧!我在安西石油一辈子了,没求过人照顾,到临了了,需要人照顾,我自己心里也过不去。我申请内退,不也就一年的工资低了嘛。"

严栋忽地站起来,说道:"老班长,可是你还有半年就正式退休了,你何必如此固执呢?这一年的工资奖金拿着,不好吗?内退的话,你的工资只有一半了呀,奖金全无啊!"

内退是安西石油的一种政策,就是干满三十年的职工,可以申请提前退休,这种情况厂里会按时缴纳社保和医疗,只是岗位工资、奖金和各项补贴全都没了,落在个人手里的钱大大地减少了。

厂长也说道:"是啊,这可关乎你的切身利益,你必须好好想清楚,可不要意气用事呀!"

"我真的想清楚了,你们把我放到哪儿都不合适,还是让我提前退了吧,把位置留给年轻人去干。"尹军说完,整个办公室安静至极。

严栋咬牙,说道:"这个李小白,就不干人事!他怎么就没有一点点他父亲的样子呢？"

尹军急忙说道："哎！不能这么说，这个孩子很聪明，很有灵性，对工作也很执着。他只是急躁了一点，假以时日，绝对是块好料子！"

严栋气得冒烟，这都什么时候了，还在护着他的徒弟！他不禁想起了当年。那时严栋刚从供电公司调到乙烯厂，也是老班长的徒弟，尹军是自李国清之后自己的第二任师傅。李国清对他们是严格，尹军对他们是慈爱，有什么都先考虑徒弟，夏天领西瓜，非要从自己的西瓜堆里把大的拿给徒弟，徒弟不接他还不高兴。

"你们年轻人，朋友多，一起吃得快。我在家里，老婆孩子吃不了那么多。"

五一节发电影票，尹军是一定会把票给他的。

"你们年轻人带女朋友去看吧，我老了，坐不住，坐一个半小时不如回家躺在床上来得舒服。"

就是这样一个好师傅，让严栋快速地成长了起来，那种父亲般的疼爱让严栋非常喜欢上班。他了解尹军，知道他是如何对待李小白的。所以，此时此刻，严栋的内心非常难受，在他看来，所有的错误归根结底还是在李小白身上，这混账犯的错都让老班长扛了。

严栋什么话都没说，重重地叹了一口气，离开了办公室。尹军拿着厂长签字的手续，上完这最后一个班便真正地退休了。

回过神的尹军见李小白又快哭出来了，他哈哈一笑，说道："我所有的徒弟里，你是最爱哭的。以后可不许哭了，我希望这件事能让你真正地成长起来。"

李小白重重地点点头，说道："师傅，我一定好好学，我一定找到我想要什么！"

这一刻的李小白应该说有了一种蜕变，他也真正意义上完成了从一个大学毕业生到安西石油职工的转变。他明白了很多事是不能出错的，否则可能会使无数人因为他的错误而承受代价，甚至造成国家的损失。

尹军看着他的目光慢慢地坚毅起来，很是满意，说道："去上班吧，什么都别想了。"

李小白一步一步地朝着包装机走了过去。

尹军突然想起了什么，又把他叫住，说道："小白，我不建议你继续留在包装厂了。"

李小白愣住了，说道："我知道大家都很讨厌我，我不能因为这个就走，我在哪儿跌倒就要在哪儿爬起来。"

尹军摇摇头，说道："不对，孩子，这里不是你的终点。你已经对这里所有的设备很熟悉了，你应该去更大的平台，学更重要的知识，为企业做更多的工作。"

"我……我能行吗？"李小白眼神一亮，随即暗淡下去，"谁会要我这样一个害群之马？"

第56章　告别之日

"你之前私自改造设备的勇气哪儿去了？"尹军皱眉说道，"你刚才还说在哪儿跌倒就在哪儿爬起来，怎么现在就没自信了？"

"我怕我去其他地方也做不好。"李小白说道。

尹军有些哭笑不得，说道："你已经做得很好了，一年时间掌握了一个工段所有的知识，这不是谁都能做到的。我想说的是，你的机会很快就会来了，野外在招人，我建议你去，那里虽然艰苦，但是学的东西很多。你先到那里，去学习一下什么叫粗中有细的管理方式，再回到这里，你会收获更多的。"

李小白莫名其妙地想到了博物馆，他看到了那些微缩图，上面的工人在野外拿着测量工具，一架架的磕头机在不停地上下摆动，地底的石油就这样一点点地被抽了出来。

他能想到野外一望无际的平原上，天空中大朵大朵的云彩，无数的鸟儿和地上跑着的野兔。他又想起了博物馆前面的雕像，其中一个正是采油工人的形象。

突然间，他有点神往，他觉得那里或许真的是一个梦中的圣地。

待他回过神，尹军已经去巡检了。他急忙收拾心情，去检查包装机。

第二天早晨下班时，交接完班，这次老班长要彻底离开这个他待了很多年的厂房了。他将每一个站着的职工看了一眼，他眼中带笑，对每一个人点头、握手。到李小白时，他不敢与尹军对视，感觉很别扭，想找个地缝钻进去。尹军却整了整他的衣服，冲他重重地点点头。

尹军说道："各位，你们还很年轻，在岗位一天，就要做好一天的工作。坚守是一种态度，不忘初心是你们坚守的意义。再见了！"

班里爆发出了热烈的掌声。

下班了，对尹军来说，便要永远地离开。这一刻，他突然有一些不舍，内心好像有什么东西被掏空了，就好像一个正在站岗的士兵，长官告诉他："你的任务结束了，以后也不会有任务再给你了。"

第 56 章　告别之日

那是一种失落感，尹军走得很慢，看着身边的设备。这些设备，他能如数家珍地说出它们的作用，知道它们出了问题该怎么处理。他听着轰鸣的机器，此时此刻，没有任何一种音乐能胜过这轰鸣。

厂房外，是一条铁轨，生产出的产品就由火车拉着运往全国各地。

尹军看到了停在那里的倒班车，这车将拉着他离开。他记得刚上班的时候，那车还是像俄罗斯大面包的公交车，夏天打开窗子都热得够呛，冬天关上所有的窗，还能感觉到寒风嗖嗖地灌进脖子里。他忘了班车是从什么时候换成了现在的大巴车，车里夏天开着空调，凉爽至极，冬天温暖如春。

就在这时，从不远处走过来了两队人，为首的正是严栋。尹军呆住了，来的人他都认识。

他的眼睛渐渐地亮了起来，那是……

两队人很快站好，每个人的脸上都挂着笑容，待尹军走近，掌声再次响起。

尹军哈哈大笑，他说道："小严、张波、小乐子，你们怎么都来了？不用上班啊？"

来的人都是尹军带出来的徒弟，他们知道尹军要走，请了假也要过来送送。

尹军看着每一个人，他没想到这一辈子带出的徒弟竟然有这么多。

"师傅，您退休了，有时间了我们可要过去蹭饭哪！想当年，过年时去您家拜年，师母的饺子我们可是忘不了呢！"

"师傅，您是自由了，我们羡慕哪！"

"师傅，我结婚的时候，可是您给证婚的，现在我儿子都上小学了。"

笑声、打招呼声淹没了周围的一切，尹军看着他们，不禁眼眶湿润了，但他没哭出来，依然笑着，一步一步地朝着车上走去。

这辈子，值了。

李小白躲在了人群的最后面。其实这个时候，他应该过去，他是师傅的关门弟子，可他不敢，他怕那些徒弟会埋怨他。

"都走吧！上班去，不要把时间浪费在我身上。"尹军站在车门口，冲还围在下面的徒弟们说道。

"师傅，保重！"他们挥手冲尹军告别，看着车开动，慢慢地走远，离开。

严栋看着尹军离开，也看到了躲在人群后的李小白，他走过去，说道："刚才他一直在人群中找你，你是他最后一个徒弟，你应该过去的。"

李小白看着远去的车，一句话都说不出来。

一周后，关于李小白改造包装机设备的可行性报告下来了，判定为能够有效提高包装质量，对其进行了口头嘉奖。

这件事其实还有一个小插曲，李小白也是几年后才知道。

包装厂厂长拿着可行性报告有些发愁，这李小白正在待岗期间，按理说可以走技术发明的奖励。如果奖励，这会不会鼓励所有人都冒着给厂里带来巨大损失的风险去搞创造发明？如果不奖励，李小白的这一行为的确是在为厂里考虑。

厂长想起一个人，那就是严栋，他是人事部的，这样的事他处理起来比较有想法。电话拨了过去，厂长将事情说了一遍，严栋想都没想，说道："你们包装厂是非不分吗？如果是要冒着给整个乙烯厂带来那么大损失的风险的改革，我宁可不要。"

"小严，这未免有点太片面了，李小白的行为也是好结果嘛。"厂长说道。

严栋平复了一下心情，说道："那我的建议也很简单，口头嘉奖，不鼓励这种以厂里损失为代价的改革。他还在待岗期间，奖励他我觉得对老班长不公平。"

挂了电话，厂长也是考虑再三，最终按照严栋的说法，给予了李小白口头嘉奖，相关通报也下来了。

李小白看着通报，反复读了好几遍。下线休息时，他走到了厂房外，看着明媚的天空，说道："师傅，我没有给您丢人。"

傍晚，他拿起电话，打给了韩笑。电话那头，韩笑似乎正在KTV，很吵。

"小白，啥事？我这正忙着应酬呢！"韩笑那边似乎出了包厢。

李小白说道："你的邀请，我考虑清楚了。"

"啊？"

韩笑还没反应过来，李小白说道："我不去了，我还是想好好地做我的石油工人。"

韩笑这才想起之前给李小白发出的邀请，他马上说道："兄弟，机会我可是给你了，你自己不珍惜啊，现在可是最好的机会哟！"

李小白笃定地说道："谢谢，我不去了。"

第57章　步入正轨

七月，骄阳似火，云海市传来了一个惊人的消息。那里发现了一座堪比大庆的油田。这消息让全国都震惊了，安西上下皆是一片沸腾。

可问题随即而来，安西石油组建新的队伍开发油田，便需要在系统内调动人员，而最好的人才输出地中便有远宁石化。于是，一纸文件便下到了远宁。

安西石油云海石化需要石油化工、油气储运等各类人才多达一百二十名，于是在远宁定向招聘四十多人。

招聘信息很快下发到了员工手中，消息一出，很多声音便响了起来。

"野外啊？不去不去！你知道他们怎么上班吗？夏天忙死，冬天闲死，那半年，你连个女人都看不到。等回来上了街，你看着人流都觉得心慌。"

"你每天按时回家，陪老婆孩子，不好吗？非要去野外喝西北风？"

"值得去，真的，人家赚多少钱？每个月的野外补助高得吓人呢！"

"去也就去了，现在不像以前了，有车，有保暖设备，就是脏点，苦倒是不苦，还是要看个人。"

李小白接到信息的时候，他便想起老班长临走那晚给他说的话："你应该去更广阔的平台，学更多的东西。"

他很想给老班长打一个电话，却是始终没有拨出。报名有三天时间，回到家的李小白问李国清："爸，你是不是在野外待过？"

那是一段尘封的记忆，李国清想了好一会儿，说道："是的，我刚上班那年就在野外，那时候我们辛苦但也快乐，我写了一段顺口溜，还被班长一顿说，呵呵。"

"什么顺口溜？"李小白好奇地问道。

李国清说道："石油工人黑脖子，腰里别个饭盒子，远看像个逃难的，近看像个要饭的，细看是个勘探的。"

"啊？"李小白听完，不禁哈哈大笑起来。父子二人的关系在这样的聊天中渐渐地缓和起来，李小白发现其实父亲可以给自己提供很多帮助。

当年的李国清一毕业就参加工作了，比起李小白还要早些上班，他当时在云海市油田。那时候的工作非常艰苦，每天都必须背上大水壶去巡查输油管道是否完好。

那时候，没有把汽车配备到员工一级，石油工人大都是靠着两条腿跑，他便与同事商量好，两人相向出发，一人巡检一半的输油管道。本来是一件可以节约时间的事，但提前回来却被班长一顿批评。

当时没有通信设备，但巡检还必须进行，一个人巡检如果出现意外情况，谁能救你？只有你身边的同事，所以，必须是两人巡线，目的就是彼此有个照应。

别以为巡检只是走一走、看一看，很容易。安西多是戈壁滩，路不好走不说，还经常有各种动物出没，大晚上地巡检，遇见蛇、蝎子、毒虫什么的，那都是小儿科，有时候还会出现狐狸、狼。

李国清第一次见到狼时被吓了一跳，站在原地不会动了。同行巡检的是个老师傅，哈哈笑了起来，他只是将手电筒的光照在狼的脸上，狼便像是中了魔咒，不会动了，老师傅大喊一声，丢过去一块石头，狼便被吓跑了。

在李国清离开野外之前，单位终于配了一辆吉普车。这本来是件好事，可是没想到却是痛苦的开始。巡线的路很颠簸，稍微开快一点，屁股就挨不到座位上。

李国清讲了一件趣事。单位一个老师傅被查出来得了肾结石，医生要他没事多跳跳，老师傅便坐车和他们巡线，只跑了一趟，肾结石就好了。从这件事也可以看出野外的路是多么颠簸，生活是多么困难。

这一晚的聊天持续了两个多小时，这也是李小白此生和父亲说话时间最长的一次。他还专门给李国清倒了一杯热水，让李国清很是感慨儿子终于长大了。

晚上，李小白睡不着了，毕竟是人生第一次决定未来之路，辗转难眠。不知为何，老班长的话总是在他的脑海浮现，怎么都挥之不去。

其实他在脑海里反复问自己一个问题，他李小白的初心到底是什么？过去发生的种种在他的脑海浮现：不骄不躁，坚守岗位……

"李小白，你要多学……"

他睡不着，拿起手机开始搜索云海市石油工人到底是一种什么样的生活状况。庞杂的信息开始进入李小白的视野，但始终没有给他任何帮助。

他迷迷糊糊地睡着了，早晨起来，他终于下定了决心：去！真正的石油工人不经过野外的锤炼，怎么好意思说自己是石油工人呢？

很快，李小白交了表格，而整个工段只有他一个人报名。

很多同事劝他。

"小白，咱们石化和石油是不一样的，他们是挖，咱们是生产，你搞清楚啊！咱们可以每天回家，你要是到了那里可是一年半载回不了一次家啊！"

"就是就是，都是倒班，为什么不选一个舒服的地方倒班呢？"

李小白这个人一旦下了决心，谁都影响不了他，他只是笑笑，心中却是决定将一条路走到底。

下班时，正好遇到来巡视的厂长。

"李小白，过来！"厂长看到李小白正朝着倒班车的方向走去。

李小白急忙走了过来，厂长说道："你小子总让我意想不到啊！我们厂就你一个人报名，怎么，我这里就这么不让你待见吗？"

李小白忙说道："厂长，这里的东西我都学会了，我想在别的岗位多学一点。"

"哈哈！"厂长在他的胸口捶了一拳，说道，"我和你开玩笑的！虽然那里很艰苦，但如果你做了决定，那就去。我觉得你能行，多学点没问题的！"

"谢谢厂长。"李小白有些不好意思起来，说道，"我没有给包装厂带来好影响，这是我的不足。"

"谁说的？你给咱们改进了设备，这样的影响还不好？"厂长笑眯眯地说道，"别胡思乱想，要走了，有什么厂里可以帮助你的地方，尽管提，咱们也算是好聚好散。"

李小白摇摇头，说道："谢谢厂长，我没有任何要求。"

"嗯！好小子！加油干！有朝一日，再杀回远宁，我要看看你成长成什么样子。老班长经常说你不是池中物，我也很期待你将来的成就呢！"

第58章　临走之前

老班长始终是李小白过不去的坎儿，他说道："厂长，我不会再给老班长丢人了！"

"嗯！好！男子汉就要有这个气魄，去吧！"厂长拍了拍他的肩膀。

李小白冲厂长嘿嘿一笑，露出了一口白牙。他重重地点点头，朝着倒班车跑去。

李小白并没有回家，他鬼使神差地跑到了博物馆。博物馆此时一个人都没有，他静静地走着。他想起了第一次来这里时和蒋云飞在门口抽烟，被严栋抓个正着，还在门口捡起了烟头。

他不知道自己要看什么，也不知道自己要找什么，就那么静静地坐到了下班。

霓裳在那次大比武之后，与毕渊都提前转正，霓裳的师傅可谓高兴至极，张罗着要请客吃饭。

饭桌上，师傅叫来了全班的人一起庆祝，说道："霓裳，恭喜你呀，你可是我带过的最聪明的徒弟，这都是你的努力换来的。"

全班人纷纷举杯。觥筹交错间，师傅说道："霓裳，这不过是你人生的第一步，更多要学的东西还在以后，好好学。"

霓裳点点头。一旁的班员问道："你下一步准备考什么呢？"

"我要考内操工。"霓裳说道，"然后考技师。我还希望有一天能超过我的师傅。"

师傅哈哈大笑，说道："好样的，希望未来有一天，你真的成为咱们班的骄傲。"

第58章 临走之前

就在这时，霓裳收到了一条信息：感谢好朋友们一直以来对我的帮助，我即将远行，带着我的初心。告别之际，祝愿所有好朋友工作顺心，万事如意。

霓裳吓了一跳，李小白这是要辞职吗？一时间，她有些坐不住了，不知道他的这个决定是一时兴起还是木已成舟。她抽空回复了一条信息：李小白，你不要意气用事，等我来。

如坐针毡、芒刺在背，霓裳终于是忍不住了，她举起杯，说道："谢谢师傅和各位班员的支持和鼓励。我家中突然有些事，我得提前走了，特别不好意思，这顿饭无论如何都得我请。"

说实话，这是非常不礼貌的行为，今晚的饭局主角是霓裳，她倒提前走了。

班员说道："哎！霓裳，你可是今天的主角啊，怎么要开溜了？"

师傅却是知道这孩子的心性，说道："既然家里有事，就快去，别耽误。"

霓裳感激地看着师傅，点点头，说道："谢谢师傅。对不起了。"

说罢，一边往外冲，一边给李小白拨电话，说道："你在哪儿？"

李小白吓了一跳，说道："我……我在家啊。"

"我来找你。"霓裳匆匆挂了电话。

楼下，霓裳劈头盖脸地说道："李小白，你辞职是不负责任的，老班长以内退为代价不是为了换来你的辞职，而是希望你快点成长起来。你这样的选择对得起他吗？"

"我……我没辞职呀！"李小白纳闷地看着霓裳。

"那你发的短信是什么意思？"霓裳也愣住了。

李小白说道："我这是报名去野外了，我的批文已经下来了。"

"野外？"霓裳惊讶地看着李小白。

"是的！我要去云海市，因为云海市发现了大油田，储备量不亚于大庆。"其实到现在李小白都没有仔细看批文，他不是工作调动，而是工作借调，一字之差可是有天壤之别的。他调到了野外，身份却还在远宁石化，工资什么的也是远宁石化来发，将来他还是有可能被调回来的。

霓裳长长地舒了一口气，原来是自己理解错误，但同时她有些失望，这就意味着很可能以后再见李小白一面会很难。

但她还是说道："恭喜你呀，去了这么好的地方。"

"你是唯一一个认为我选择正确的人，我遇到的所有人都说我，好好的厂里不待，非要去喝西北风。哈哈。"李小白说道。

霓裳这才回过味来，说道："你在包装厂工作一年就顶岗了，那去野外，也是很好的锻炼机会。"

李小白说道："霓裳，谢谢你在我最低落的时候安慰我。"

霓裳的脸一下红了起来，她怕被李小白看出来，急忙转身，挥挥手，说道："哎呀，讨厌啦！我走啦！下次发信息的时候说清楚，害人家白操心一场。"

李小白看着霓裳离开，也是觉得想笑。

李小白回到家里时，父亲的饭菜差不多做好了，就等着他上桌吃饭了。李小白进了厨房，端了碗筷出来，这让李国清很是意外，平时让他倒个垃圾都要等个几分钟，今天怎么性情大变了？

饭菜做好，李小白上桌吃饭时，竟然将菜盘里面一块很大的肉夹给了李国清，这让李国清很是疑惑，这小子是不是在外面弄出什么幺蛾子了？

第58章 临走之前

正想着，李小白开口了："爸，我可能很快要去云海市了。"

"啊？单位安排你出去学习吗？"李国清很是高兴。

李小白说道："不，我是去工作。"

"哦！好事呀。"李国清依然没反应过来。

李小白高兴地说道："哎呀，我以为你会反对呢，那我就放心了。"

李国清这下听出了味道，说道："等等，你说的什么意思啊？你要去干吗？"

李小白说道："云海市发现了大油田，需要从远宁抽人去，我专业也对口，我报名了。"

"啊？去……去云海市吗？有没有说你分到了哪儿？"李国清听明白了。

李小白摇摇头，说道："只是红头文件下来了，至于分到哪儿还不清楚。"

李国清皱皱眉，说道："孩子，在那里工作可不轻松，野外危险性很大哪！"

"我是安西石油的职工嘛，国家有需要，我就应该去，这是我的初心。"

"初……初心……"李国清刚想说能不能别去，为什么就不能陪陪他这个老头子，可话到了嘴边，却又说不出口了。

憋了半晌，他说道："那……你想好了，那就去吧。就是要照顾好自己，按时吃饭，无聊了就看看书。有信号的时候记得打电话回来。如果睡在野外，不知道你们是扎帐篷还是露营；如果露营，要离火堆不远不近啊。"

231

第59章 关张会友

李小白笑着说道:"爸,你这都是哪个年代的老皇历了?我在网上查了,早就不一样啦。"

"哦!是吗?那就好,还是要照顾好自己。"李国清的絮絮叨叨第一次没让李小白觉得烦,他突然很喜欢这种亲情。

"哎,对了,你那个姑娘怎么不来玩了?"李国清没头没脑地问了一句。

李小白一下尴尬起来,说道:"哦!她比较忙嘛,闲了也要照顾家嘛。"

"哦!哦!她要是想来了,提前给我说一声,我好准备呀。"

"爸,你别操心了啊!我不在的时候,你还是照顾一下自己的身体。"李小白说道。

就在这时,李小白打了个很响的喷嚏,他吸吸鼻子,说道:"这是谁想我了?"

想他的人是秦美鸽,她同样收到了李小白的短信,她是非常高兴的。其实她的内心是孤独的,一个辞掉工作的人,总有一种与其他人格格不入的感觉,甚至有时候觉得自己与这个城市格格不入。

李小白的辞职,让她觉得终于有了一个跟她一样的人。

说起来,这段时间,秦美鸽的生意每况愈下,一个行业刚有起色,其他同行也会马上跟进。她的这套模式并不复杂,只不过是找了一个合伙人而已,开始是有的店家在模仿,接着她招来的人居然要辞职,她再三询问,没想到是另一家做美妆的高薪把人给挖走了。

她气得上门跟人吵了一架,但无济于事,她能做的只是再想办法。可好运似乎并没有眷顾她，不论她是更新新品，还是降价宣传，买东西的顾客数量依然没有什么明显的提高，反而是在这样的拉锯战中，她感觉身心交瘁。

做生意的人在这种情况下很快会陷入一个怪圈，一旦失去了顾客，想的就是怎么才能把走掉的顾客拉回来。于是，价格战是最好的战斗方式，秦美鸽也决定加入这一场战斗。

她开始全场八折，但顾客只比平时多了一成，卖到七折甚至没有任何变化，干脆一咬牙，五折！这时候，她所有的商品是卖得越多，亏得越多。

这一招的确使顾客多了起来，但自家人知道自家事，每天白花花的银子就在每个顾客进出之间流了出去，还好，办理会员的人多了起来，这才让她不至于血亏。

可好景不长，另外两家美妆店也加入了厮杀的行列。她咬牙卖四折，可这不过是开始，另外一家甚至开始了两折还送大礼包的活动。

秦美鸽知道这样下去，必然会把这一年所有的利润都搭进去。在合适的时机止损才是最佳选择，她一咬牙将这个美妆店卖了。

她本来打算去海南玩几天，散散心，没想到正在打包的时候收到了李小白的信息，看了之后，那小心思又活络了过来。

她急忙给李小白打了电话，说道："你终于想通了？打算辞职？"

"啊？你不生气了？"李小白如是说道。

秦美鸽这才想起来，两个月前在西餐厅因为一个喜欢不喜欢的问题，她拿红酒泼了他一身。她忙说道："我忘记了，你在哪儿呢？我心情不好，出来陪我。"

"我正打算收拾一下东西呢。"李小白不是很想去。

秦美鸽却不容置喙地说道:"我已经出门了,马上到你家楼下,你要是不下来,我就上去。"

"别别!我下来。"李小白是怕了这个女人,要是真上去,老爸随便问两句,那就得露馅。

她开着车快到李小白家门口的时候,正好看到霓裳从小区门口走出来。

难道李小白刚才见了这个女人?秦美鸽立刻愤怒了,一种被欺骗感从心底冒出。但一年的经商经验让她很快将愤怒压在了心底。

李小白站在楼下,未落的夕阳洒在他身上有一种金黄的光泽。见此情景,她有点痴迷,车竟然直直地朝着李小白开过去,幸亏李小白反应快,闪到了一旁。

车窗摇了下来,李小白说道:"你差点撞到我!"

"上车!"秦美鸽二话不说。

李小白说道:"秦美鸽,你怎么了?这么大火气。"

秦美鸽将车开到了一家酒吧,虎着脸,咚咚地上楼,高跟鞋将地板踩得啪啪响。服务员一见来了熟客,忙迎上前,说道:"秦姐来了!快,里面请,老地方吗?"

"嗯!拿啤酒来!"秦美鸽不管不顾地朝里走,李小白也只能跟上。

很快,一些小吃和一提啤酒送了过来。秦美鸽不说话,拿起一瓶给了李小白,自己也拿起一瓶咕咚咕咚地喝了个精光。她说道:"我把店铺卖了。"

"啊?你才开了一年就关了?"李小白吃惊地问道。

"是的!干不下去了,自然要关,你不懂。来,喝酒!"说着,又要咕咚咕咚地喝一瓶。

李小白伸手将那瓶啤酒夺过来，说道："哎，不能这么喝，心情不好，那就出去走走，干吗要喝酒呢？"

"我一点都不心痛，就是不喜欢输的感觉。"秦美鸽看着李小白说道。

李小白说道："人生有很多可能，不一定把把都输啊，不忘初心才是对的。"

秦美鸽却话锋一转，说道："你不也辞职了？"

"没有啊，我打算去野外。云海市发现了大油田，需要人，我报名了。"李小白说道。

"什么？你要离开远宁去云海市？"李小白点点头。她呆呆地看着李小白。一瞬间，她的脑子又活络了起来，自己看上的男人要去云海市，那她必须跟着，绝不能让他被别的女人抢走。

她想都没想，说道："那我也去。"

"你去干吗？"李小白吓了一跳，以为她喝多了，说胡话。

秦美鸽说道："我陪你，我们去云海市发展。那边市场大，我还做化妆品。好不好？"

"你自己考虑清楚啊，我觉得你和我之前一样，不了解自己需要什么……"李小白正想劝说，却再次被打断。

秦美鸽说道："你刚才见了别的女的？"

这都是什么脑回路？李小白说道："是啊！我以前的同学，她也以为我辞职了。"

"她是你的女朋友？"

"我不是说过吗？她是我发小，也是我同学。你怎么东一句西一

235

句的？"李小白不解地问道。

第60章 酒后美事

秦美鸽没来由的郁闷心情变得大好，说道："陪我喝点。"

她说着，拿起瓶子咕咚咕咚喝了个精光。李小白想劝，秦美鸽却是一把抓住他的手，说道："我做你的女朋友吧？"

"啊？你喝醉了吗？"李小白吓得手抽了回去。

"我不漂亮吗？"

"咱们是朋友，而且我还没考虑好找女朋友。"说实话，李小白的心里并没有觉得秦美鸽是自己的女朋友，他感觉与秦美鸽是两个世界的人。

秦美鸽却不给李小白这个机会，说道："那你现在考虑，喝完酒便给我一个答复。"

"啊？"李小白有些不知所措。他上大学时，和室友关系很好，不是打篮球就是玩游戏。他并没有谈恋爱的经验，人生又面临了一个第一次，这让他有些无所适从。

他说道："我……我没有交过女朋友，我觉得我们是不是应该……"

秦美鸽心花怒放，觉得捡到宝了。她忽地站起，走到李小白的身边，又忽地坐下，这举动着实吓了李小白一跳。只见秦美鸽一把揪住李小白的衣领，脸忽地贴上去，吻在了李小白的嘴上。

李小白慌了，身子朝后躲，却又被秦美鸽揪住了衣领。他动弹不得，双手却是一把推开了她，说道："秦美鸽，你喝多了，你不能这样。"

秦美鸽像个得胜的女王，再次举起酒，说道："李小白，从今天开始，你就是我的男人。"

说罢，咕咚咕咚又喝掉了一瓶。秦美鸽醉了，但她很幸福。她知道李小白不会将她丢在这里，便放开喝了个天昏地暗。

对李小白来说，这次的吻绝对是个糟糕的体验，他没想到恋爱原来这样粗暴。尽管这个理科男并没有什么恋爱经历，但他知道所谓的你情我愿、你侬我侬，但在他身上似乎没有这个过程。只是……人家将吻给了你，你就应该对人家负责到底，理科男认为这好像是契约，哪怕强买强卖也好，都已经成了事实。

秦美鸽再次醉了，这一次的她不算是喝得烂醉如泥。她保留着一丝清醒的神志，她还想穿那件大T恤，还想喝那口鸡汤。

李小白是想死的心都有了，只不过这一次，他有了些许经验。他知道李国清不会收拾他，只能再一次打车，却没想到酒店门口的出租车司机还是上次的那个司机，一上车，司机便说道："你们去酒店吗？我知道一家酒店……"

"回家！"李小白说道。

司机没认出来李小白，说道："嗯，家里好，什么都有。"

李小白的脸一下红了。李小白说出了家庭住址，车很快到了地方，司机收了钱还在嘀咕："哎呀，这里好熟悉呀……"

李小白扶着秦美鸽逃也似的上了楼。

李国清已经躺下，听到门口响起了窸窸窣窣的声音，穿好衣服去开门。只见李小白满头大汗地站在门口，还扶着个女孩子，定睛一看，就是上次来的那个女孩子。

他急忙将二人迎了进来。秦美鸽倒在沙发上，竖着耳朵听两人讲些什么。

"哎哟，可累死我了。"李小白正要给自己倒水。

李国清却说道："我说，小白，你成天在外面搞什么？人家一个姑娘家，你老让人家喝成这样，人家家里人知道了得有多心疼啊！谈个女朋友就不能去看看电影、散散步，非要喝酒？"

李小白是一肚子的委屈，他说道："爸，好了！我先把她扶到床上去。"

说着，抱起秦美鸽进了屋。秦美鸽心头窃喜，原来李国清早就把她当成儿媳妇了，心头那个甜。

李小白揉揉发麻的胳膊，李国清说道："我去找隔壁田家婶子来帮姑娘换衣服，你帮着给人家擦擦脸、洗洗脚。"

"啊？这换衣服明天再说，好不好啊？"

李国清举手就要打，突然看到李小白的脸，气笑了，说道："哎，你去擦擦嘴，这要让田家婶子看到还不笑死。"

李小白急忙去照镜子，这才发现嘴唇上还有秦美鸽的口红印，脸腾地红了。

李国清是过来人，当然知道儿子做了什么，心头也是美得很。

"你还愣着干什么？去帮人家洗洗。"李国清说道，"哎！哎！不要用你的臭毛巾，给人家拿条新的，以后来了还可以用。"

"还以后？"李小白发誓，再不和秦美鸽喝酒了。

他只能洗了毛巾过去给秦美鸽擦脸。秦美鸽脸上的化妆品是要用卸妆水的，她想，擦花了，那得多吓人，于是干脆翻身不让李小白擦。无奈，李小白只能脱下秦美鸽的高跟鞋，帮她擦了擦脚，又擦擦胳膊和手。

田家婶子来了，笑眯眯地说："哎，你家啊，也该有个女人，两个大老爷们儿这点小事都处理不了。"

李国清心头正美着呢！他特意叫了田家婶子来就是为了要她明天告诉街坊，我家李小白找了个漂漂亮亮的女朋友，他敢肯定明天街坊间一定会传开。

很快，田家婶子出来了，说道："这个姑娘家家真俊哪！老李家好福气呀，身材也好，将来准生个大胖小子。"

"哎哟，那谢您吉言哪！我昨天去山里采了苜蓿，他婶子不嫌弃的话，就带些回去吃？"李国清脸上笑开了花。

田家婶子说道："你呀，还是留着给你家儿媳妇吃吧，我走了。"

"慢走啊！"门关上的时候，李国清突然就想哼哼几句，可那破锣嗓子刚起了个头，一转身，发现李小白还拿着毛巾站在门口。他立刻收声，说道："哎，你给人家盖好毛巾被没？关上窗户，小心着了风。"

李小白一脸无奈。他做完一切，回到了客厅，李国清说道："她家是做什么的呀？你们在一起多久了？"

"爸！"李小白哪里敢说，只能提高了音调。

"好好！爸不问。哎，你总得告诉我她叫什么吧？总不能明早起来我问她吧？"

李小白以前可没发现老爸这么八卦，说道："叫秦美鸽。"

"秦美鸽……好听，好名字。"李国清似乎还怕自己忘记，反复念叨了几遍，看着李小白还在那里站着，说道，"你赶快睡觉去，这

239

都几点了？记住啊！下次别拉着人家姑娘家家喝成这样。"

第61章　新的征程

　　床上假寐的秦美鸽听得捂着嘴偷笑，她很享受这样的幸福感，心不免怦怦跳。她穿着的依然是李小白的大T恤，她深深地闻了闻，很幸福的感觉。外面已经没了动静，她翻了个身，钻进了被子里，舒舒服服地睡去了。

　　第二天一早，李小白要去开见面会，穿好衣服走了。

　　其实秦美鸽一大早就醒来了，但她不敢动，她不知道见了李小白会不会尴尬，所以故意拖到了李小白出门。他前脚离开，秦美鸽后脚便换了衣服出了门，出门前，她还把被子叠好，衣服叠好。

　　李国清没想到她起来得这么早，鸡汤还在锅里炖着。李国清一见秦美鸽出来了，忙说道："姑娘起来了，再多睡会儿嘛。"

　　秦美鸽有些不好意思，说道："我不睡了，昨天没喝多少。"

　　李国清急忙去拿碗筷，说道："以后呀，还是少喝点酒，如果李小白逼着你喝，给叔说，我收拾他。"

　　秦美鸽抿着嘴，脸有些羞红，但还是点了点头，接着，急忙走进厨房，说道："叔！我帮你。"

　　李国清哪能让她干，急忙说道："不用不用，马上就好了！你的洗漱用品我给你准备好了，你去收拾一下，出来就吃饭。"

　　秦美鸽很顺从地去了卫生间洗漱，不多会儿出来，整个客厅已经弥漫着香喷喷的鸡汤味，桌子上的包子油条还热着。秦美鸽往常不怎么吃早饭，今天早晨竟是胃口大开，吃了个饱，主要是因为鸡汤太可口了。

李国清不动筷子，满心欢喜地看着秦美鸽吃饭。秦美鸽被看得有些不好意思，说道："叔，是不是我脸花了？"

李国清这才发觉失态，忙说道："哎呀，没有没有，好得很！姑娘，有句话，我得给你说，李小白呀，这小子提出申请，去了云海市油田，这样你们就是异地恋呀，这……"

秦美鸽听出了味道，说道："伯父，我跟李小白一起去云海市，放心吧。"

李国清老怀大慰，他问这句话实际上有好几个意思：其一，自然是要确定一下，这姑娘是不是在和李小白谈恋爱；其二嘛，就是要了解一下姑娘的态度，如果是李小白追人家，那调到云海市，很可能两人没办法长久。

李国清一听人家要跟着去，马上放下心，说道："我再给你盛一碗鸡汤，喝酒伤身体，好好补补。"

秦美鸽从昨晚到早晨，那是开心得不得了，店铺关张的不爽也烟消云散。

从李小白家出来，她还觉得幸福满满。

云海市大油田的开发有条不紊地进行着，而云海市来的领导一行人也抵达了远宁。

四十多个职工整齐地坐在会议室里，领导站到了台前，说道："同志们，你们即将离开远宁，去全新的工作环境中继续成长。你们是我们挑选出来的杰出人才，希望你们能够尽快适应新岗位，也希望你们能够在全新的岗位上做出杰出的贡献。"

云海市的领导不像远宁的领导那样有很多话讲，说话言简意赅，却又不容置疑。李小白并没有听进去，他在打量着身边的每一个人，看看有没有他认识的，但似乎都是上班很多年的老职工，像他这么年轻的没有几个。

远宁的领导讲道："同志们，你们是远宁石化的一员，你们出去代表的就是远宁石化的脸面。我希望你们能够展现出远宁石化人的风骨，不怕流汗、不怕流血，把工作做踏实。你们回来的那一天，我给你们摆庆功宴！"

领导的话说得很实在，也很鼓舞人心。动员会很快结束了，他们的行李上都贴了大红花，接他们的大巴车也停在了大楼外，记者拿着摄像机不停地拍着。

李小白走出大楼的时候，阳光正浓，他抬头看了看晴朗的天空，万里无云，这一瞬间，他有一种要奔赴战场的感觉。身边站着的都是人，他便在人群中穿过。一脚踏上车的时候，一种豪迈感从心底升起，他拍了一张自拍照，发给了李国清。

他很兴奋，因为这里他的父亲走过，他的师傅尹军也走过，如今，他也踏上了这条路。他感觉这是一种传承，是力量的传承，也是石油精神的传承。

从远宁到云海市，景色在一点点地变化，高速上，远宁由一个城变成一个点，最后消失不见。一路上，两边的棉花地、玉米地、油菜地不断地倒退到了身后，接着是一望无际的戈壁，还有怪石嶙峋的山，人们叫它魔鬼城。

风大时，风吹过山体，发出呜呜的声音，如同魔鬼在低语。风便是云海市的特点，云海市的风干冷，进入冬季前，老风口的风可以把小轿车吹跑，小货车可以直接被掀翻，风卷雪的日子里，瘦弱的人会被刮走。

云海市就是在这样一片不毛之地上建起的新型城市，如今的云海市，路边的植被、高耸的楼房、宽阔的马路、熙来攘往的人流显示着这个城市的活力，而这一切皆是因为石油。

云海市的石油从新中国成立后便开始被挖掘，时至今日，仍然蕴藏无数，它也为祖国的发展做出了举足轻重的贡献。

车并没有开进城市里，擦着城市的边缘离开了，这让李小白有点失望。他还是上学那会儿来过云海市，很多年没来了，如今的变化倒让他想进去逛逛。

云海和远宁完全是两个模样，远宁很小，属于云海市的一个区，按老人的话讲，一个馕边便滚到了头。相比之下，云海市便是巨无霸的存在，各种设施设备的完善程度更加高，经济发展也呈现着多样化。

大巴车很快下了高速，在国道上跑，开始还能遇到大的油罐车和小车川流不息，不久车拐进了一条崭新的柏油马路上。这条路的路基很新，看得出才修好不久。路的两边便是戈壁滩，风滚草茂盛，石头子儿满地，不知名的草肆意地生长，偶尔能看到小小的烟尘滚动，那是野兔的动静。

更令人叹为观止的是不时有小小的旋风卷着土冲向天空，要不了多久，便会消散。

"你好！我叫田蔚强，我是聚乙烯厂的，你呢？"说话的人是与李小白一起报名去的，坐在他旁边。

他身材魁梧，皮肤有些黑，浓眉大眼，一身的肌肉撑着劳保服。

相比于李小白，田蔚强更像个石油工人。

第62章　残酷野外

李小白笑了笑，说道："我叫李小白，来自包装厂。"

"咦？包装厂的人也能来？"田蔚强有些吃惊。其实他自上车坐到李小白旁边，便想和他聊聊，但李小白却是没有聊天的欲望，满眼都是未来和窗外的景色，他一直搭不上话。见李小白注意到他，这才有了聊天的机会。

李小白皱了皱眉头，说道："包装厂的怎么就不能来呢？"

田蔚强知道自己说错了话，忙说道："我不是那个意思，我是说包装厂的工作比较轻松，那里的人怎么会到这个地方来吃苦？你上班几年了？"

李小白知道他没有恶意，也没往心里去，随口说道："上班一年了。"

"啊？一年的人也可以报名？不是只要老员工吗？"田蔚强不可置信地说道。

李小白不知道他是故意的还是真就如此不会聊天，说道："上班一年就得在远宁当乖宝宝吗？"

"不，不，你误会了，我的意思是工作一年的新人来吃苦的可不多啊，着实让人敬佩。我都上班四年了，想着换换工作环境，我们那里很无聊。"

李小白听出了拍马屁的味道，但并不揭穿，说道："我已经把包装厂的东西学完了，想换个环境，野外挺好的。"

这个牛是必须吹一下的。

"兄弟，咱们可不一定去野外啊，比如采油，比如输油，比如勘探，多了去了，谁说要在野外一直待着？"田蔚强仿佛发现了什么，说道，"你不会觉得野外很好玩吧？就冲着野外勘探这个岗来的？"

这一句话算是说到了李小白的痛处，其实他以为就是要去野外找油，再搬个磕头机过来，弄个输油管道就可以了，现在看来是自己浅薄了。

他说道："那肯定不是，我就是想多见见世面。"

田蔚强一副成竹在胸的样子，说道："哎，跟着我干，没错的，我在聚乙烯厂可是装置班长。"

"你好好的班长不干，怎么跑这儿来了？"李小白问道。

田蔚强挠挠头，说道："庙小，容不下我这尊大佛。我在班里捣鼓出一个测量装置，只要安上，再通过电脑系统，一旦油位下降，立刻就会报警。以前我们是固定时间固定加，用了我的装置，到了报警再加就行，人工成本会下降。"

"技改技措，不错啊。"

田蔚强说道："不过失败了，还损坏了一个油泵，我在领导发现之前，报名跑到这里来了。"

"啊？"田蔚强的话让李小白惊呆了，这世上竟然还有与他一样的人，两个发明家就这样坐到了一起，"那你怎么没上报呀？这可能造成很严重的后果呀。"

"没事，我做了补救的，要是过几天漏油了，电脑上就会有显示，而且我还给班长留了言，他现在应该已经发现了，不过我已经走了。"

李小白无语至极，这就是人比人，气死人。他的改造让整个前岗停产，师傅的班长职位被撤，几个大领导跟着负连带责任，而这家伙屁事没有地跑了。

两人很快熟络了起来，李小白也将自己改造设备的事说了一遍，田蔚强听得目瞪口呆，他说道："你傻啊！大检修多好的时间，你不好好利用，偏要等到开工，大检修时整个包装厂的设备都是你操作，你捣鼓点啥都成。"

李小白苦笑，说道："我那时参加新人比武大赛去了。"

"哎哟，那不就是抓几条咸鱼放在锅里煎一下，拿个没碎的放盘里，大家拍个照吗？哪有一车间的设备都是你的好玩？"田蔚强说道。

李小白听着哈哈地笑了起来。两人算是意气相投，到了目的地也算成了朋友。

本以为新的基地至少有几栋楼，可没想到全部是简易板房，众人傻了眼。田蔚强吸吸鼻子，说道："我的天，这是要我们开荒呀！"

李小白拿着行李说道："挺好的，如果你看着这片不毛之地上，因为你建起了厂房，那应该很开心。"

不多时，几辆皮卡车开了进来，从车里下来一队人。他们风尘仆仆，浑身的泥土，有的人夹着安全帽，显得很不正规的样子。

田蔚强说道："哎，这些人可真没我们那里管得那么多啊。"

李小白不说话，但他看到这些人的额头上有一圈白，鼻子以下比鼻子以上还黑，这是长期戴安全帽戴出的痕迹。

那人走到了李小白等众人面前，说道："你们终于来了，你们谁学过勘探或者石油化工？"

李小白心头一动，平复着怦怦跳的心，朝前一步说道："我是学石油化工的。"

"我本科是勘探，研究生是自动化。"说话的人正是田蔚强。李小白吃了一惊，他没想到田蔚强是研究生。

"嗯，好！你们跟我们走，拿上行李！"那人说完对身旁的一个男子说道，"安排他们去你们宿舍。"

说罢，头也不回地走了。

田蔚强有些傻眼，说道："哎？这是个什么选人的方法？不需要先来个见面会，吃个水果，大家认识一下吗？"

李小白倒是喜欢这样的安排方式，不拖泥带水，早一天开展工作，早一天感受真正的生活。

田蔚强赶上去，说道："师傅，我和他是不是分到勘探了？我有点想去输油系统啊。"

"别想了，我们订的设备目前还在路上，等全部到位也要两个月之后。知足吧，他们还要培训，你们是直接上岗。"这人说道，"这么热的天，那么多的人挤在一起，不热出痱子来，那都不算来了野外。"

很快到了宿舍。这宿舍看上去就像是集装箱改造出来的生活区，散布得到处都是，里面的卫生设施倒是建在了一起。

"看到没有？沼气发电，你们没事就多拉一点。咱们用的太阳能板，晚上可以维持三个小时左右，如果着急用电，就打报告，我们开发电机组。哦！对了，洗澡水还是可以的。这是四人间，你们睡上铺。"

那人说完，转身出门，又像是想起了什么，转身进来说道："再过一个小时到饭点，会来餐车，注意打饭啊，没打上只能吃泡面喽！"

田蔚强突然问道："咱们一直住这里啊？冬天怎么办啊？"

第63章　融入新环境

那人说道："放心吧，宿舍楼正在建，要不了多久，就该搬家了。"

田蔚强挠挠头，说道："我怎么觉得咱们被忽悠来这里，是个错误呢？"

李小白放好行李，拿出了新发的劳保服。有意思的是云海石化的劳保服也是红色，和他之前穿的几乎一模一样，只是在胳膊肘和膝盖部位还有一层布。他不禁想笑，这算不算提前感受过，或者是和红色的缘分很深？

换好了衣服，他打算出门走走，熟悉一下工作环境，田蔚强看着他说道："李小白，咱们第一天来，没必要现在进入工作状态吧？指不定一会儿找个车带咱们去云海市吃个大盘鸡呢！"

李小白说道："我得出去瞧瞧，我觉得他们要人很随意，指不定发现我喜欢的工作岗位，恰好领导在，我就跟着走了。"

田蔚强觉得有道理，也换了衣服，跟着出去了。

茫茫的戈壁滩上，远处一堆堆的设备拉了进来，不时有巨大的卡车进进出出，此时已经是傍晚七点，但似乎并没有要停工的样子。和他们一起来的四十多人已经全部撒了出去，就好像水珠落入了海里。

带他们进来的那人老远地冲他们喊："你们两个，快去打饭！餐车不等人的！"

李小白和田蔚强都没带饭盒，田蔚强说道："老哥，我们来得匆忙，没带饭盒，哪儿能买？"

"不需要，都是盒饭，朝前一直走，就说是勘探二班的就行。"那人说着一转弯，似乎又去忙别的了。

"走！走！咱们看看云海市勘探的饭和咱们远宁石化的饭，有没有什么不同。"田蔚强人已经朝前跑了过去。

餐车很大，外面支着一个帐篷，职工有序地排着队，领饭的领饭，拿汤的拿汤。轮到两人时，他们朝里一看，还没开口，有人就说："你们是新来的吧？"

他们穿得异常干净，人群中一眼就能看见。李小白点点头，那人说道："哦！看上什么就说，有盒饭、抓饭、拌面，水果在那边。"

两人很快打了自己满意的饭菜，却找不到地方吃。

田蔚强说道："哎！好歹应该有个餐厅吧，总不能让我们在马路牙子上吃吧？"

"咱们回去吃，在野外要求那么多，意义不大。"

这一天过得很充实，待勘探队的两人回来，彼此做了自我介绍便上床休息了。

李小白问道："师傅，我们现在用的是什么勘探技术？需要带锤子和放大镜吗？"

"啊？哈哈！"两个老师傅快笑趴了，说道，"那是上个世纪的技术了，我们现在用的是地球物理测井。"

田蔚强说道："常用哪种？电法、地震、重力、磁法还是放射线？"

"电法和弹性波多一些，咱们做的都是初步勘探，大概有个结果就行，之后采集样品回去再深度开发。"老师傅见终于有个懂行的，倒是很放心。

这一晚，李小白失眠了，不是他不想睡，而是野外空旷，卡车似乎就没停过，轰轰地开来，又轰轰地开走，而两个老师傅早就睡着了。

李小白是在宿舍住过的人，舍友打呼噜、磨牙，他都听过，所以也能适应。明天到底会面临什么样的生活呢？他很兴奋，与包装厂里的小心翼翼不同，这里的一切都是粗犷的，自我操作度也很大。

迷迷糊糊便到了第二天早晨。老师傅起床很快，基本上套上衣服便准备出门。一打开门，一夜的寒意便涌了进来，想睡个懒觉都睡不着。

李小白有些哆嗦地起来，穿好衣服，田蔚强还在床上发愣。

田蔚强说道："这两个师傅打起呼噜来吓死人哪，比外面过的卡车还响。你也没睡好吧？翻了一晚上身。"

李小白笑了笑，说道："过两天就适应了。走吧！看看我们到底要做什么工作。"

"还是先吃饭吧，昨晚三点钟我就饿了，要是在远宁，我得爬起来去吃个牛肉面，可是这里什么都没有。"田蔚强揉揉肚子说道。

早饭倒是很丰盛，包子、油条、油饼、牛奶、粥，什么都有，可还是没有看到饭堂在哪里。他们两人想回到宿舍吃，却见昨天那人不知从哪儿冒了出来。

他说道："十五分钟啊！吃完就走，咱们今天跑得远！"

"师傅，您还没告诉我们，您贵姓啊？"李小白笑着问道。

他回答:"我叫张良,就是那个英雄张学良少一个字,叫我良师傅就行。"

田蔚强眼前一亮,说道:"那咱们班长叫什么?"

"他叫李满仓,他会给你自我介绍的。"张良说道。

两人端着饭盒跟在良师傅的身后,一边走一边吃,到了皮卡车旁边,也吃了个差不多。

"垃圾别乱丢,放到车后,出去的时候有大的回收站。班长见不得人乱丢垃圾。"良师傅说道。

这倒是让李小白很认可。还没吃完就来了三辆车,昨天的那个大汉从车上跳下来,拍了拍几辆车的引擎盖子,说道:"哎!开会!"

等众人下了车,站成一排,他说道:"今天把0320查完,可能比较辛苦,同志们有没有信心?"

"有!"声音很整齐。班长的话很简单,任务看上去似乎也很简单。只是在李小白看来,"同志"这个词似乎过时了,除了领导爱用外,自己的班长很少用。

李小白数了数,整个勘探班不过十二个人,就是靠这点人发现了比大庆还大的油田?

正在这时,又有四辆车开了过来,同样从车里走出一队人,领头的一看到李小白他们,说道:"哎?领导给你们补人了?"

"怎么可能!昨天来的四十多个新人被我截下了两个,还不知道能不能带出来呢。"班长说道。

对方班长说道:"再有这样的好事,记得给我找两个。"

班长点点头,转身看向了李小白和田蔚强,说道:"我叫李满仓,你们的资料在我车里,我还没空看,你们叫我满仓就行。记住,把衣服穿好，鞋子扎紧，跟在师傅身后，自己不要有太多动作，不要去危险的地方。"

还没等李小白和田蔚强套近乎，李满仓已经上了车，朝着戈壁更深的地方开了过去。

第64章　勘探见闻

车穿过了一段较为平整的路面，张良转头看向两人，说道："哎呀！你们两人早饭还没吃完？快吃！再过几分钟，就吃不成了。"

李小白和田蔚强两人急急忙忙地吃了个干净。他们以为地方不远，还打算到了地方再扒拉两口，可车却一直朝着戈壁的深处开去，足足开了半个多小时。

司机开得并不快，可颠簸的程度超乎想象，要不是地上有车辆驶过的痕迹，两人真以为他们在戈壁滩上瞎逛。

李小白问道："良师傅，我看到还有一组勘探队，他们也是勘探这一片地方吗？"

张良大声说道："不是的，他们跑得比我们远。我们下车的地方是发现油田的地方，油田有多大，油田之外还会不会有另外的油田，就要问问我们啦。"

车很快到了地方，这里的四周很有意思，一面是光秃秃的山，一面是平坦的戈壁，一面是回去的路，一面是宽度达到十几米的断裂带。

"张良，让两个新人跟着你，你们去山区，那里不太辛苦，别把人累坏了。"对讲机里传来了李满仓的声音。

"收到。"

车径直朝着山区开过去，车身后，翻着滚滚的浓烟，犹如千军万马。山脚下，车停了，张良说道："好了！下车吧，皮卡后备厢里的设备全部带上，上山。"

不知道张良是不是对他们两人说的，下车后，张良提着一个箱子，挎着背包，另一个人也是如此，后备厢里只剩下两个不大的箱子。

李小白和田蔚强两人一人一个，并不感觉重。田蔚强悄悄打开一个背包，发现里面都是吃的，李小白的背包里是笔记本和一些调试装置。

两人以为只用走一会儿便能到达地方，可是走了半个小时才爬到山的中间。两人有些上气不接下气，可看着张良和另一位师傅提着的设备绝不比他们的轻松，却走得面不红心不跳。

田蔚强喘着气说道："唉，要是三年前，我走这点路一点问题都没有，可这几年都没走过这样的路了。"

李小白还好，毕竟刚刚军训回来，说道："你把背包给我吧，我还行。"

田蔚强撇撇嘴，说道："不用发扬助人为乐的精神啊，我还没那么惨。"

话音未落，张良说话了："哎，你们过来扛设备吧，以后独立作业，就得自己来了。"

"啊？"田蔚强差点一头跌过去。

李小白快走几步，从张良手里接过了设备，田蔚强则从另一个同事手里接过了两根重力仪。

走了不到五分钟，田蔚强一屁股坐在地上，说道："哎哟！我不行了，我休息一下。"

李小白也有点吃不消，放下了箱子。张良也坐下，摸出烟，丢给两人，说道："休息一根烟的时间，然后继续赶路，要不然时间来不及了。"

李小白点着烟，抽了一口，说道："咱们还有多远呢？"

"这才走了一半，快到了。"张良抽完烟，说道，"烟头别丢在野外，装回去再丢掉啊。"

再次上路，两人是咬着牙背着设备朝前走。还好走了一半，设备又到了张良的手里。

"哎！那边有什么东西动了一下！"田蔚强大吼着跳到李小白的旁边。

张良说道："我早就看到了，一条蝮蛇。"

"啊？蝮蛇！是蝮蛇！安西最毒的蛇！"田蔚强大叫起来。

李小白也吓了一跳，这要是被咬一口可是会丢掉性命的，他也是不自觉地后退了一步。

张良说道："刚才我们就看到了一条，这一条还没刚才那条大呢！放心吧，它们比你们还紧张，你只要不用手去抓，问题不大的。"

田蔚强吓得躲了老远，只听张良说道："哎！那边是蛇窝，你过去干啥？"

田蔚强哇的一声扛着设备朝前冲出去老远，惹得众人哈哈大笑了起来。

烈日当头，远处的地平线看上去虚无缥缈，那是地面的水蒸气在不断地被蒸发。人走在光秃秃的山丘之间，出汗如同下雨，除非找到阴凉的地方，否则，简直就是在烧烤炉上来回地翻滚。

"抹油！喝水！"张良的声音再次响起。

自从下车，这句话是张良说得最多的话。

田蔚强抖着衣服说道："良师傅，这样的山丘，你们说是最被照顾的地方，那在平地，车开过去，设备拿下来，取上数据，不是更舒服吗？"

"这个舒服要看你怎么理解了，要是有个过不去的大坑，你就得爬下去，万一站不稳滚下去了，你就得到医院躺个把月，要是回援不及时，你大概率要死在那里的。还有啊，这里运气好，你可以碰到阴凉的地方，那叫一个惬意！"张良解释道。

此时的李小白有些吃不消了，他感觉腿肚子有些发抖，只是咬牙坚持着。

终于到了目的地。

张良说道："两个小伙子快过来吧！学习一下，以后自己去野外了，也得这么干。"

几个箱子依次摆好，重力仪插进了土里。开关灯亮起，电脑启动。

田蔚强说道："这是做激电吧？之后是瞬变？"

"对！还要做反演。"张良满意地搓搓手。

说实话，这些术语李小白上学的时候就学过，他此刻有些后悔上课那会儿只是听老师讲，把这作为考试的一个知识点，并没有深入学习。而田蔚强上学时学的就是勘探，自然要精深很多。

他们这次所用设备做的电法勘探，是根据地壳中各类岩石或矿体的电磁学性质和电化学特性的差异，通过对人工或天然电场、电磁场或电化学场的空间分布规律和时间特性的观测和研究，寻找不同类型

255

的有用矿床和查明地质构造及解决地质问题的地球物理勘探方法。

这比起早些时候带着锤子敲下岩石，再用放大镜和设备一点点取样，得到的数据要准确很多。多说一句，那时候的勘探前辈们，就是靠着这样简单的工具在茫茫戈壁中寻找着石油的痕迹，从大庆油田到云海市的油田，都是被这样发掘出来的。如今的设备比起那会儿更加先进，也给勘探工作带来了无数的便利。

但不变的依然是需要人在广袤而又贫瘠的土地上靠着两条腿行进，一双手依靠设备测量出数据，最后评估出几千米的地下有没有石油。

第65章　霞光火红

本以为在一个地方做完数据便可以离开，没想到一个数据提取之后，又朝着另一个地点挪动。

山丘与山丘之间看似很近，却全部是靠着两条腿走过去。午饭很简单，馒头里夹豆腐乳，就着午餐肉、榨菜，配上热茶就是一顿饭。令李小白大开眼界的是，将装在塑料袋里的抓饭放在岩石地面上，等个二十分钟，抓饭就热了，然后就可以吃了。

李小白和田蔚强的饭是队里准备的，午餐打的盒饭，同样放在太阳下晒了二十分钟，两人找了个阴凉地，吃了起来。李小白体会到了艰苦，如果是在平原，车里比外面更热，还不能把外套脱掉，否则，轻的晒脱皮，重的很快脱水中暑。山丘间虽然路难走，但待在一块阴凉地简直就是世间最好的享受。

中午，几人找了个还算阴凉的地方休息了两个小时。李小白脱水不少，坐下便会睡过去，张良走过来说道："哎，哎！别睡，睡了肯定中暑，晚上回去洗个澡再睡。"

田蔚强靠在李小白的身上，有气无力地冲张良说道："哎？良老哥，你们平时这两个小时都干什么呀？"

"我喜欢看小说。"张良找了个阴凉处，点了一支烟，拿着手机看起了小说。

李小白说道："田蔚强，你给我讲讲电法设备的原理和使用方法吧。"

田蔚强说道："哎呀，我现在是一句话都不想说。我带了两本书，你先看着，回去我给你说。我真的想眯瞪一会儿。"

"抽烟，精神一下，睡过去，真就中暑了。"李小白说道。

田蔚强翻了个身，说道："帮我挠挠背，痒死我了，我舒服了，给你慢慢说。"

李小白无奈，帮着拉起了他的衣服，却吓了一跳，只见一只黑色的虫子正趴在田蔚强的背上，这虫子的脑袋已经钻进了田蔚强的皮肤里。更夸张的是，不知何时两只蚂蚁钻进了田蔚强的衣服里，正围着那只黑色的小圆虫上下齐口地想把它吃了。

李小白说道："良师傅，能过来一下吗？我这里有点情况。"

张良很快过来，他看了一眼，说道："哎呀，你小子真是可以呀！这都多久没见到蜱虫了，还真会找人。"

田蔚强见两人都盯着他的背，说道："什么虫？我背上怎么了？"

张良蹲下，说道："嗯！还好，脑袋没钻进去。你别动啊！"

说着，将点燃的烟头对准趴在田蔚强背上的蜱虫，白色的烟雾萦绕在蜱虫的身上，大约过了五分钟，蜱虫受不了，似乎想换个地方。

那小脑袋刚抽出来，张良眼疾手快，用小树枝一拨，蜱虫爬到了小树枝上。

张良将小树枝递给田蔚强，说道："幸亏发现得早啊，要是到晚上才发现，这虫子就在你身体里产卵了。"

田蔚强一见这小黑虫，吓得哇哇大叫，说道："这是什么呀？怎么会在我背上？"

半晌后这小子开始脱衣服，吼道："小白，快帮我看看！我身上还有没有？"

的确是没了，但他不放心，又将内裤脱下，自己检查了起来，终于是松了一口气。可他又神经兮兮地说道："小白，麻烦你帮我看看屁股上有没有，我看不到啊！"

惹得周围的人笑成了一片。

张良说道："哎！那边有艾草叶子，你没事可以搜集一些，以后洗完澡往身上抹点，我保证你百毒不侵啊！"

这件事让田蔚强没了睡意，等折腾得差不多，两个小时就过去了。四人又开始朝前走，去完成勘探数据的测量。

傍晚七点，终于完成了数据的采集工作。众人轮换着拿着工具下山。

到了车上，田蔚强一下瘫软在车上。李小白也好不到哪儿去，靠在车座上，手都在发抖。

张良笑着说道："今天感觉怎么样？哈哈，我保证一周以后，你们就没事了，体力关是一定要过的。"

田蔚强有气无力地说道："我以前以为高科技时代已经不用这样勘探了，没想到还是这样。你们就不能弄个外骨骼机器人之类的高科技设备吗？"

李小白说道："这些数据该怎么处理？"

"我们今天搜集的区域数据会传到云海市，再经过分析中心测试之后存档。如果有发现，那么我们将返回做二次搜集，进行数据确定，剩下的就交给采油部门，他们带着设备来，就是你们之前看到的磕头机。"张良说道。

田蔚强说道："良师傅，我是服了你们了！我今天被蜱虫咬了，是不是该去医院拍个片子啥的？"

"我已经给你用酒精消过毒啦，咱们野外追求不了那么多，就练了个皮糙肉厚。早晨出来的时候，班长不是说了嘛，把裤腿扎紧，那个蜱虫多半是从你腿上爬进去的。"

李小白今天是扎紧了裤腿的。在包装厂的日子，他只学会了一点，就是安全的重要性，如今在野外，没有那么多的要求，但照着老前辈们的说法去做，肯定没问题。李小白见到张良在最热的时候都没有松开裤腿，想必是有原因的，他也没有松开裤腿；相反，田蔚强松开了，感觉兜着风的裤腿里要舒服些，却是让大自然狠狠地给他上了一课。

回到基地，两人打完饭回到屋里，筷子已然拿不起来，只能用勺子颤颤巍巍地吃完了饭。两人勉强洗了个澡，爬上床，没说几句话，便沉沉地睡去了。

他们的工作服已经不再新了，背部有一片的白色，那是汗水流出来之后又被蒸发，最后凝结在衣服上形成的印子。

张良吃完饭，一进屋就发现这两人已经睡了，他笑了笑，抱起两人的衣服，跑去了清理间。新建的基地，有一间小小的屋子，里面放着十几台洗衣机。

傍晚时分，戈壁滩的晚霞尤其美丽，给大地抹上了一层金黄，要不了多久，便是一层火红。宿舍区已经被安静取代，那是忙碌了一天的石油工人恢复体力的最好时候，有的人在和家人视频，有的人则在下象棋，简单而纯粹。

晾衣架上挂着很多红色的劳保服，火红的霞光照在火红的衣服上，水滴顺着衣服的袖口滴落，也染上了火红。

第66章　野外生活

早晨，第一缕阳光照在戈壁上的时候，叶片上凝结了一夜的露水很快变干，野草便准备好迎接一天的炙烤。

李小白和田蔚强起床便发现自己的衣服不见了，推开门就看到带着自己姓名的衣服挂在衣架上，远远地看见餐车来了，两人只能快速地穿了衣服去打饭。

他们端着饭跑着回到了宿舍。

李小白看看表说道："十分钟，看谁先吃完。"

说罢，两人大口地吃了起来。李小白人高马大，吃得自然多。快吃完的时候，张良进屋了，见两人已经快吃完饭，很是高兴，说道："嗯！今天我们换地方了，吃了饭，去餐车拿自己的午饭。这是你们的饭卡，记得装好。哦！对了，中午你们要返回，下午接受培训，咱们这里无培训不上岗。"

"良师傅，我们的衣服昨天是谁帮我们洗的？"李小白问道。

张良转身看着他们笑了笑，说道："记住，以后从野外回来，先把衣服洗了，不然第二天车里都是你的味。万一有个寄生虫，就像那个蜱虫之类的，你就属于非战斗减员之一。"

张良没有正面回答，却似乎已经说了答案，这让两人很感动。

两人还在吃饭，门又被推开了，一脸大胡子的班长李满仓走了进来，他见着两人说道："你们昨天上了一天班，感觉怎么样？"

李小白咬了一口馒头，说道："我还好，觉得挺不错的。"

"被蜱虫咬了一口，吓得半死。"田蔚强说道。

"哦？咬哪儿了？"李满仓问道，田蔚强急忙掀起衣服，将后背亮给了他。李满仓看了看，说道："在野外不要乱靠，靠之前要好好检查一下是不是有虫子。我们这里不小心的还有一屁股坐在蛇身上的，被蛇咬了一口都没注意到，走了一半路，人就不行了。还有，要扎紧裤腿。"

两人点点头。李满仓继续说道："你们都是大学毕业生，我希望你们尽快适应。本来应该把每个人都给你们介绍一下，只是我们今年的工作任务很重，我没办法给你们一一介绍。年底吧，有机会，我们一起出去坐坐。"说罢，站起身，说道，"五分钟以后集合。"

李满仓连珠炮似的说话速度让两人很不适应，张良补充几句，说道："放心吧，咱们再过几天就搬家了，大型设备进来，咱们的日子就好过多了。这大油田的发现，我们要知道它具体的储备，工作的确有点辛苦，但这是为了以后的几十年。"

两人吃完饭，匆匆地跑去餐车。这次两人不约而同地选了抓饭，打饭的阿姨还很贴心地给了两包榨菜。

这一次，他们去的是五公里外的戈壁滩，果然，这里才叫一个辛苦，没有丝毫的遮蔽。他们的皮卡车上带着一个雨棚，可要是支起雨棚，再收起来便会大大降低勘探的速度，于是他们干脆顶着烈日忙碌了起来。

这片戈壁滩杂草丛生，他们这一队不时有人开道，大大小小的石头遍布脚下。

"注意脚下！不要摔倒！"

"擦油！喝水！"

张良的话不时在耳边响起，汗顺着脑门子不停地冒，安全帽一直戴在脑袋上，里面很快被太阳晒透，需要不时地举起，让热量散去后再戴上，要不了几分钟又会被晒透。

"良师傅，咱们冬天是不是就可以休息了？"田蔚强问道。

张良看了看他，说道："嗯，冬天不用跑野外，但是要回厂里上班。我们要配合厂里整理数据，如果有必要，冬天还会进行二次勘探。"

"哎哟！"李小白只感觉手背钻心地痛，他低头一看，手不小心碰到了蝎子草，一排的血点子立刻起来了，一分钟都没过，手背便肿了起来。

张良急忙打开背包，从里面取出了药膏，涂抹在了他的手上，说道："小心一点，既要看前路，还要看脚下。"

到了采集点，采集数据可能算是难得的休息。李小白拿着笔记本，一边记下操作过程，一边问着不懂的问题。汗水不停地眯着眼睛，可他用手背擦掉后，又专心致志地看起了设备。

无疑，李小白是聪明的，两天的操作让他也了解了个七七八八，剩下的就是熟悉了。今天上午，他们的体力也是消耗得极快。在第二个采集点，张良让他们在车上休息，要他们多喝水。

现在，他们的水杯里已经不是茶水了，而是淡盐水。在干旱的地方，出汗极多，淡盐水喝在嘴里不是咸味，而是甜味，这就说明身体一直处于脱水状态，急需要补充大量的水分。

第三个采集点是比较舒服的，就在车下，张良刻意安排两人进行操作。田蔚强按部就班地准确操作了起来，李小白还需要对照笔记本上的记录，一一操作。

很快，完整的数据和样本采集了回来，这让张良很满意，他哈哈大笑，说道："要不了多久，你们就可以单独作业了。"

田蔚强此时手里抓着一条四脚蛇，开心地跑来跑去，像个孩子。

"行了，下午是安全和入职培训，你们必须去参加，吃了饭，我把你们送回去。"张良一边收拾设备一边说道。

这顿饭吃得很爽，抓饭一直处于一种温热的状态，放在地上烤了十几分钟，最下面的饭已然热了起来。这是一种和谐的自然景象：掉落的米粒的香味很快吸引了红头大蚂蚁跑来，吃剩的骨头可以丢在野外，要不了多久，各种小动物便有了它们的盛宴。

下午三点半，车开回了基地。刚进基地，便听到很多人兴高采烈的喝彩声，两人将脑袋伸出窗外看热闹。原来大油田的第一台采油设备到了，要不了多久，油便会从井下喷出，这自然令所有人兴奋。

这意味着他们便在这不毛之地安营扎寨了。

这里的每一天，外面的景色都在变化，李小白记得他们刚到的那一天，有的地方还是光秃秃的，才过了一天半，无数的大型设备便悄然运至。

它们会为祖国挖出更多的黑金——石油。

会议室里安装了空调,将外面的燥热与内部隔开。他们四十多人终于再次见面了,有熟络的便在一起热聊了起来。

第67章 适者生存

"哎,你们分到哪儿了呀?也不见说一声。"田蔚强认识其中的很多人,忙上去问道。

"嗨!我们在适应宿舍生活,我就知道有几个带着监护员证的,已经去现场监护了。看到没?昨天的设备就是我们监护盖起来的。那掌声就是给我们的。"其中一个人说道。

"我在宿舍待了一天,给我发了不少资料,我是自学成才呢。你们呢?"

"我们负责采油机的验收,根本停不下来嘛,以为安完一架可以休息了,没想到第二架又来了。"一个田蔚强认识的人说道,"哎,你们是最先被调走的,去了什么肥水单位呀?"

田蔚强有气无力地说道:"我们去野外了。别提了,苦死了,我差点被蜱虫吃掉。哦!我还养了一只宠物。"

田蔚强的话立刻引起了很多人的关注,忙上来询问。田蔚强慢条斯理地将手摸进口袋,从里面掏出一个纯净水瓶子,里面赫然有一条张牙舞爪的四脚蛇。

"你这家伙是要吓死人吗?快拿开!"众人一脸鄙夷地一哄而散,田蔚强却是哈哈大笑了起来。

下午的培训对于从远宁石化公司来的人来说不难,考试对他们来说都是家常便饭。现在的设备对安全要求极高，验证学习效果的办法就是在工作中学习，在学习中工作，所以下午培训完，当场考试。

考试结果也很快出来了，李小白一百分，田蔚强九十九分，这也让两人知道了彼此的实力。李小白知道田蔚强是属于天才型的人，因为培训的时候，田蔚强不是在玩手机就是在打瞌睡，偶尔看一眼讲台，便能记个七七八八，考试成绩也有九十九分。

傍晚，两人端着盒饭坐在宿舍门口，有一句没一句地聊着，说着在远宁的见闻，好不惬意。

就在这时，地板缝隙中冒出一个圆滚滚的脑袋，接着又缩了回去，接着又冒了出来。李小白推了一把还在吃得津津有味的田蔚强说道："老田，你看那边板子下面是什么动物？"

田蔚强急忙看去，却什么都没看到，他正要说话，突然看到冒出了一个脑袋。他吓了一跳，手里的盒饭也丢在了地上，大喊道："哎呀！是狐狸呀！"

李小白是第一次见到野生狐狸，火红的脑袋，一圈白毛下黑黑的鼻头不停地呼哧着，想来是他们两人的盒饭吸引了它。

李小白笑着说道："你都敢抓四脚蛇却不敢抓狐狸？"

"那能一样吗？这可是狐狸！"田蔚强正要拿拖把出来，却被一个老职工拦住了，他说道："它不咬人的，你只要别摸它就行，我们在这里建厂，那是抢了它的地盘。估计有刚出生的小狐狸在这里，它不会离开，有吃的就丢给它一些。"

李小白将田蔚强打翻的盒饭拾掇了一下，放到地板缝隙间，回到座位继续吃着自己的盒饭。这小家伙再次冒出了头，十分警惕地看着不远处的李小白，接着用嘴闻了闻喷香的饭，一口将里面的鸡腿叼走，消失在洞口，没过多久，便又伸出了脑袋。这次它倒是胆子大了很多，大口小口地将里面的肉吃了个精光。

此时，李小白已经拍了很多照片，他觉得这只可爱的小狐狸算是他的朋友。

躲在门口的田蔚强说道："小白，它没有咬你吗？你琢磨琢磨把它抓了，给你弄个狐狸围脖呀。"

李小白笑了笑，抬头看看天，日头渐落，凉风已起，吹在身上着实舒服。他突然觉得自己远离了城市，远离了喧嚣，这里的人很朴实，只是为了工作。

今天下午，这里通了光缆，他的手机终于有了信号。

他急忙拨给了李国清，李国清马上与他视频。看着自己的儿子黑了，李国清说道："小白，怎么样？你分到了哪里呀？"

"我在野外勘探上。"

"哎呀，那是真苦啊！你能习惯吗？"李国清说道。

李小白笑了笑，说道："呵呵！我觉得挺好的，至少我知道自己的初心是什么。"

李国清没有明白初心的意思，忙说道："哦！好！好！我这里也一切都好，你不用担心，一定要注意安全。"

李小白已经不觉得这是一种唠叨了，他笑了笑，说道："爸，你放心吧，有空你可以出去旅游嘛。"

李国清不接话茬儿，说道："哎，秦美鸽那姑娘，你可是要好好把握呀，人家是个好女孩，多和人家联系，不要因为工作冷落了她啊。"

李小白什么都没说，嘿嘿地笑了起来。他突然有点想家，在远宁的日子，他每天下班回家都能吃到热饭；在这里，吃饭就如同打仗，让他好不习惯。

夜色中的戈壁滩，依然忙碌。当午夜来临的时候，气温已经不能用凉爽来形容了。第一阵风吹在身上，便能让人浑身起鸡皮疙瘩，深秋便在这样的忙碌中到来了。

改变发生在每时每刻，戈壁滩上几栋崭新的大楼拔地而起，这是极具现代化的宿舍楼，办公楼、仓库也在入冬之前到位了。李小白他们搬入了两人一间的宿舍，居住环境大大地改善了。

云海市十月开始供暖，野外地区要早很多。白天还能穿T恤，外面再套着工作服，晚上这一身出去，那就得冻个半死，早晨起床时寒露已经变得亮晶晶。

不过，对于李小白和田蔚强这群野外勘探工作者来说，秋天是最舒服的季节。阳光不晒，风吹在身上，那叫一个通透，干起活来也没有那么多汗。

深秋的戈壁，在某些人眼里是萧瑟的，但在李小白的眼里，那是一片金黄。

"良师傅，能不能停一停？"李小白依然坐在车上。他已经适应了这里的一切，体力也不再是问题。如今的他提着两台设备已经不觉得累，各种操作也已经适应了。

张良一脚刹车停了下来，李小白打开车门，下了车。他大步跑向了一个设备，那是一台巨大的采油机，石油人喜欢叫它磕头机。

来了一个多月，李小白路过这些设备很多次，却都没有停下脚步过去看看。今天，他想去看看。他知道，如果没有他们，这些设备也不会出现在这里。

以前远远地看，只觉得不过是玩具大小，如今走到近前，才发现人的渺小。

第68章　遭遇沙尘

"这可是最新一代的磕头机，液压的。"张良说道。

田蔚强抱着手，说道："哎！你知道这玩意儿由哪些部件组成的不？"

"当然。"李小白把主要部件一个不落地说出来。

田蔚强一看没有难倒李小白，说道："小白！来！我给你照几张相。"

李小白站在磕头机下，比出了一个"V"的手势，他觉得这里应该纪念一下。

这一次跑的地方很远，离基地有十几公里，因为有断裂带，他们需要拿着设备再次爬山。

天气舒爽，几个人有说有笑地走着。现在的两人又一次发现了蝮蛇，只当作没看见一般继续朝前走。

就在他们采集样本的时候，突然对讲机响了，是李满仓打来的，他说："所有队注意，沙尘暴比预期提早抵达，所有人返回，所有人返回！收到回复！"

"收到！"张良回复后立刻说道，"别测了，快点收拾东西撤！"

"这天好好的啊，是不是有点大惊小怪了？"田蔚强说道。

李小白看向了周围，他们所在的这个山谷里，三面被山包围，看不真切，但通过张良的话语能感受出他的急迫。

张良说道："别小看这风，搞不好，咱们要在野外过一晚上，到了平地，全部给我拿着设备跑起来。"

李小白和田蔚强感觉出了不寻常，急忙收拾家伙下山。一到山谷底下，张良便吼道："快跑起来！不要停下！到了车里再说。"

此时，刚才还晴朗的天空中，从远处飘来了大朵的云彩，这些云仿佛是急行军，滚滚而来。更远处的一幕让李小白浑身起了鸡皮疙瘩，天际间似乎多了一道灰色的屏障，从他的角度看过去，不过是一个指甲盖大小。

众人都开始狂奔，李小白提着两个重力仪，奔跑在最前面。他们的车距离他们至少有两公里远，而且在车的前面还有一道宽约两米的沟壑，他们当时都是跳过去的。

才跑了一半路，那道灰色的屏障已经变大了不少，那是沙尘暴席卷着地面的石子和尘土。这场景任谁看到都知道，要是沙尘暴抵达之前没有回到车里，那将是一次刻骨铭心的体验。

风忽地便起来了，刮在脸上，带着一层薄土，眯了眼睛，李小白也只能朝前狂奔，挤几下眼睛，让眼泪带着沙粒流出去。

张良吼道："快点！快点！跑慢了，车都得刮走！"

田蔚强在身后吼道："妈呀！我们石油工人天不怕、地不怕！我要跑不动了！"

"别说话！快跑！"李小白大吼道。

突然，身后传来箱子滚落的声音，再一回头，一同来的另一个班员脚下一软，咕噜咕噜地朝山下滚去。李小白眼疾手快，将手里的重力仪一丢，反手拉住了那人。

这一拉李小白也是猝不及防，竟然感觉一股大力也拉扯着他朝山下滚。壮实的田蔚强在李小白身后，但相隔较远，也是丢了设备扑过来，一把扯住了李小白，三人这才站住。

"我没事！我能走！"那个班员说着站起身，却发现膝盖一片血红，血将红色的劳保服染成了黑色，才迈出一步，便一个趔趄，差点又栽下山去。

张良跑回来了，说道："哎！我背他，你们拿着设备走！"

李小白却将那人的双手搭在自己的背上，双腿发力，稳稳地将他背在背上。张良一看，也不言语，将劳保服脱下来，再将重力仪绑在背上，双手接过田蔚强手里的设备，吼道："田蔚强，你帮助李小白把人抬回车里！快点！"

呼！又是一阵风，这风来得比之前还要猛烈，风滚草像是先头兵，离地半米地飞起，朝前面横冲直撞。

李小白和田蔚强等人已经跑下山丘，眼前是一片开阔地，跑出两百米，李小白已然累得够呛，可他还是小跑着。

他们距离车五百米时，看见几公里外，那沙尘暴仿佛是一道高达几十米的巨浪，裹挟着沙土，隐约可见其中的树枝，仿佛梦魇的触须。

李小白只感觉脚下发软，速度降了下来。田蔚强看出来了，吼道："把人放下！我来！"

"我能行！"李小白吼着，提了一口气，继续朝前猛冲。

于是田蔚强用力地托着班员的屁股，两人继续朝前冲。此时的张良已经冲到了车边，他用力地将设备一股脑儿放在后备厢上，转身飞奔回来帮忙。

李小白不行了，腿肚子在阵阵抽筋。他一步停下，毫不迟疑地放下班员，吼道："快！你来！我在你身后。"

田蔚强二话不说，将班员背上后朝着车猛跑。李小白在侧面扶着班员继续朝前冲。

这连五分钟都不到，地面的小石子有的竟然朝前滚动了一些。

啪的一声，李小白听见安全帽上发出了清脆的声响，他急忙看向沙尘暴，见它距离他们不过两公里，转瞬便会刮到。发出的声音是沙尘暴卷起的小石子从高空落下来，砸在安全帽上，如果没戴帽子，那此时不是头破血流也得痛不欲生。

这阵风令人的呼吸一滞，吸进下一口气，嘴里满是沙土。

车就在眼前，可眼前还有一道约宽两米、深一米五的沟壑。

张良吼道："李小白、田蔚强，你们两人跳下去！扶着人，我在对面接应！"

说话间他已经跳到了对岸。李小白毫不迟疑地跳了下去，田蔚强放下班员，人也下了沟壑，双手扶着班员挪到沟壑边缘。两人同时发力，架着班员到了对岸。

李小白使出了吃奶的劲，将班员架了上去。见人上去的那一刻，李小白浑身如同散了架一般。

此时是下午五点，李小白转头看向沙尘暴之际，原本的晴空万里，如今却感觉仿佛已至黄昏。天空已然是一片昏暗，啪啪啪的声音打在头盔上如同倒豆子一般，打在脸上，那叫一个痛！劳保服被风刮得鼓荡了起来，这力量拉着他像风筝一般地朝前倒。

李小白稳住脚步，把田蔚强送了上去，自己的力气已经到了极限，幸亏他个子高，整个人趴在地上，翻身滚下了沟壑。

第69章 死里逃生

张良刚把班员扶到车里，回头就看到李小白趴在地上，再看田蔚强在扶着车门干呕。他一把抓住李小白的腰带，将他从沟壑的边缘拽进了车里。

嘭的一声，一块拳头大的石头砸在了张良的头上。尽管他戴着安全帽，但这一下硬生生地将安全帽砸飞出去，接着第二块略小一点的石头又砸在了张良的脑袋上，顿时血流如注。

张良却是一把抹掉脸上的血，整个人扑进了车里，并反手将车门关住。

轰！这一声无比巨大，什么东西砸在了后备厢上。身后的景象骇人至极，不知沙尘暴从哪儿裹挟来了一截枯树，正撞在车后。张良用力地关上车门，发动了汽车。

一脚油门朝前冲去，但后车轮发出咯噔咯噔的声音不绝于耳。

"看一看是不是枯树卡在轮胎里了！"张良大吼道。

李小白急忙将门打开一条缝，打算朝后看看，可没想到风的拉扯力巨大，硬生生地将门吹开，无数的沙尘卷进车里，石子拍在车窗上，那声音如同密集的鼓点。

田蔚强吼道："我去！我消耗少！"

此时的李小白已经恢复了一些体力，说道："我去！我个子高，体重大！"

张良吼道:"让李小白去!把皮带解下来,绑在手上!戴好安全帽!"

李小白毫不迟疑地照做,半个身子已经挪下了车。尽管他已经有了心理准备,但原本弓着的腰却硬生生被吹得笔直。他抓着车门,侧身看向车尾,却什么都看不到,滚滚的沙尘瞬间就眯了眼。李小白只能腾出一只手挡在眼前,遮挡住风沙。

他看到一截树枝卡在轮胎间,被轮胎卷到底盘中去了。他一把抓住后备厢,伸出一只脚,用力地踹在了树干上,可树干纹丝不动。

车另一边的门也打开了,张良下了车,硬是挪到了李小白的旁边,他说道:"踹不动,我到后面去,你把铁锹递给我。"

"师傅,我去!"李小白大声地喊道。

张良却已经一步一步地挪了过去,风沙一阵阵地打在身上,犹如小刀子一般锋利。他微微张开嘴,唾液里便满是沙子。

"快!铁锹!"张良大声吼道。

短柄铁锹递到了张良的手里,咔咔声不断传来。李小白也帮着使劲踹着树干。

此时,是沙尘暴的前奏,风更大了,衣服被吹得啪啪作响,此时开始风极其混乱,感觉不是朝一个方向刮,而是从四面八方一阵阵地打在身上。

终于,树干动了,但树干不是停留在原地,而是忽地离开了地面,顶着车的后备厢被刮走。

李小白大吃一惊,吼道:"良师傅!你还好吗?"

那树干既然是顶着车的后备厢被刮走,良师傅若抓着后备厢稳定身形,那么他多半就会被树干击中。李小白再不耽误,一步一步地挪向了后备厢。他大吼道:"良师傅!"

云海市戈壁的风最大的时候,一人大声地喊,一米外的人是根本听不到的。

就在这时,突然有一只手从后备厢后伸了过来,李小白眼疾手快,一把拉住了张良,只见张良满是血的脸上全是灰尘,吓人至极。

两人相互拉扶着回到了车里,张良吼道:"快!打开远光灯,双闪也打开!咱们回家。"

车朝前开去,伴随着咯噔一声,卡在轮胎间的枯树干被弹飞了出去。车如同一个盲人在茫茫的戈壁上飞奔着,没人说话,几人相视一看,都哈哈大笑起来。他们的脸上都蒙了一层灰,车内闷热,汗水顺着额头流下来弄花了脸。

李小白帮着张良查看伤口,还好都是擦伤。摔倒的班员此时脚部肿了一大片,不过应该没断。

原本半个小时的路程,他们硬是跑了一个半小时,因为能见度很差,他们几乎是迷路在了戈壁,也不知跑了多久,终于隐约看到基地上空那暗红色的信标,这才松了一口气。他们已经将情况通过对讲机做了汇报,基地的医务人员已经在等着他们了。

张良说道:"你们两个不错,有点男人的担当,回去以后要好好休息。"

"我们送你去医疗室。"李小白关切地说道。

张良笑了笑,说道:"这是小伤!没事!"

车进了基地,李满仓顶着风如同磐石一般站在屋檐下,他一把拉开车门,看到受伤的两人,关切地问道:"你们怎么样?"

张良嘿嘿一笑,说道:"路上有障碍,受了点伤,不要紧!多亏了这两个小子。"

医务人员将张良和受伤的同事拉进了医务室，李满仓冲两人点点头，皱着眉焦急地转身进了医务室。

两人回到宿舍，口袋里满是沙土，两个人如同泥猴一般钻进了洗澡室，舒舒服服地洗了个澡。饭点早过了，田蔚强端着两桶泡面走了过来，说道："哎！兄弟，谢谢你啊！多亏你托我一把，不然我都不知道自己能不能爬上去。"

李小白不客气地接过泡面，大口地吃了起来，说道："我也没劲了，要不是良师傅拉我一把，我估计就上不来了。"

"嘿嘿！要是这样的事发生在远宁，咱们两个都得上英豪榜。"田蔚强随口说道。

"你也关注英豪榜？"李小白隐藏在内心最深处的秘密一下被击中了。

田蔚强说道："远宁石化的人谁不想上？那代表了最高荣誉，将来我老了，还能拿这个给我儿孙吹吹牛皮！嘿嘿！"

李小白说道："我爸在上面。"

"啊？真的？将门之后啊！给我说说你爸是因为啥上的。"田蔚强来了兴趣，都忘了吃泡面。

李小白说了一遍，田蔚强傻眼了，急忙说道："对不起，不知道你母亲过世了。"

李小白笑了笑，说道："所以，我想上英豪榜，我希望能超过我爸。"

"哎呀！那可不容易，大战才能出英雄，你要是赶上远宁再建设新项目，有这个可能，平时估计很难。"

李小白一本正经地说道:"谁说的?平凡的岗位怎么不能出英雄?我在博物馆看到一个人,这个人很平凡,他的工作就是看一个阀门,每隔两个小时调整一次,这个工作平凡吧?但人家就因为这个工作上了英豪榜。"

第70章 强迫的爱

"啊?他对设备进行改造了?"田蔚强问道。

李小白摇摇头。田蔚强又问道:"那就是他发现了重大隐患?或者像你一样抓到了盗卖国有资产行为?"

李小白再次摇摇头。田蔚强想了想,说道:"那就是他为安西石油拿了个什么比赛的大奖?"

李小白还是摇头。田蔚强急了,说道:"哎呀!你快说吧,还吊人胃口!"

李小白说道:"他在那个岗位坚持了三十五年,工作一次都没有出错,我觉得这种坚守不是一般人能做到的。"

这是李小白临走前去博物馆看英豪榜上每一个英豪的资料时发现的,他也是在那时找到了自己的初心,更懂得了坚守的意义。

田蔚强吞了一口泡面,说道:"我做不到,性格不合适,如果让我从上班第一天到退休那天就看着一个阀门,我一定建议领导上自动化。开玩笑,得给一个人发多少钱啊!不过,他的精神很牛啊!"

正说着,敲门声传来,李小白打开门一看,来人是李满仓,他浑身是土地站在门口。他冲两人略一点头,说道:"你们在野外的事,

第70章 强迫的爱

我知道了，干得漂亮。在野外会遇到各种情况，只有团结起来才能克服困难，如果害怕或者退缩，很可能你们这一车的人都回不来了，你们两个九〇后很优秀。"

田蔚强嘿嘿一笑，说道："老大，我们九〇后遇到这样的事都是这样。"

李满仓笑了。他不太会笑，笑起来，整个大胡子都在抖动。他说道："你们的这次行动，我会上报厂里嘉奖！你们早点休息，今晚风大，关好窗子！"

李满仓走了，两人的内心非常满足，尤其是李小白。虽然他有过那么几次嘉奖，但这一次的嘉奖让他刻骨铭心。

冬天将至，勘探工作进入尾声，勘探队也有了难得的休假时间。他们奉命回到云海市，等待数据分析工作，这对他们来说算是难得的与家人在一起的时光。

李小白给家里报了平安，田蔚强回远宁和同事喝酒。李小白在远宁没几个朋友，便给秦美鸽发了一条信息，说自己回到云海市了。

云海市的宿舍比起野外的宿舍那是好了很多。今天他刚下班，正走到宿舍楼外，就听到一个女子在跟宿舍楼的门卫吵架。

这声音他很熟悉，抬头一看是秦美鸽，他急忙跑过去，说道："美鸽，你怎么在这里呀？"

"我就是来找你的！"秦美鸽指着门卫说道，"我说我要进去找我男人，门卫说我不是石化公司职工，不让我进，岂有此理！我男人在野外拼命，现在回来了，我想见一下还这么多事！"

李小白急忙上前拦住，说道："的确有这个规定。既然你见到我了，那咱们先走吧！"

277

李小白一脸歉意地看着门卫。门卫倒是没有生气，转身回了岗亭。

秦美鸽一上车，便一把搂住了李小白的脖子，说道："你想不想我呀？"

这个举动让李小白的脸腾地红了，他急忙说道："你不能把路堵着呀，你看后面来车了！"

秦美鸽松开胳膊，笑嘻嘻地掉转车头，一边开一边说道："走！吃了饭，带你去看看我的新店铺！"

"啊？你真的在云海市开了店铺？"李小白惊讶地说道。

"那可不，我说了要来陪我的男人嘛！"秦美鸽笑靥如花地说道。

李小白皱皱眉，问道："那你住在哪儿啊？"

"我租的房子，还行，这边物价可比远宁高多了。"

李小白说道："你家人同意你来云海市？"

"我父母都忙，没空管我，我比较自由，想去哪儿就去哪儿。"秦美鸽说道，"小白，我给你说，你那个野外工作就别干了，人家都是越来越好，职位也越来越高，哪有你这样的，天天跑野外啊，你看人都黑了。要不你过来帮我吧？"

李小白笑了笑，说道："我还是想在这里干，挺好的，我还有自己的宠物呢。"

"哦？什么宠物？萨摩犬吗？我一直想养一只。"

李小白掏出手机说道："你看，我养了一只狐狸，可可爱了，只要我吃饭，它就会过来。"

秦美鸽差点气得背过气去，幸亏是到了地方，两人上了楼。李小白是第一次在云海市逛街，哪儿是哪儿他根本就不知道，只觉得这个地方装修异常高档，在远宁都没有一个地方能比得上这里的。

李小白说道："这里很贵吧？要不我们换一家？吃点烧烤也可以，你刚创业，还是把钱省着点用吧！"

秦美鸽嘟着嘴，说道："我不！我就要在这里吃，难得见你一次，给你好好补补！"

说罢，挽着李小白的胳膊上了楼。果然，里面的一切都是李小白没见过的，很大的鱼缸顶到了天花板，各种鲜活的海产鱼虾在鱼缸里游弋。

菜很快上来了。李小白看过价目表，最便宜的素菜都要八十多块钱一份。

这一顿饭，对秦美鸽来说十分甜蜜。她用小叉子叉着牛排喂给李小白，看着李小白大口吃东西的模样，是越看越喜欢。

秦美鸽说道："我有礼物送给你！"

说着，她将一个小箱子递给了李小白。李小白急忙拒绝道："不！我不能收，你送了我很多东西了，有的我没机会用，但我没送过你东西，这样不合适。"

"哼！亏你有良心，这个东西你工作中肯定用得上。"说着，又将小箱子推到了李小白的身边。

李小白只能打开来看。打开外面的包装，里面的箱子是铝合金材料，跟手提密码箱的大小差不多。他打开箱子，最上面是一个工具袋，这个工具袋是牛皮的，可以绑在腿上，下面一整套工具精巧地摆放着。

李小白有些无奈。这些东西的确是好东西，但对于他来说，在野外用不上。可如果拒绝，那未免有点辜负秦美鸽的一片好意。

他有些犹豫，秦美鸽只当他是觉得不好，说道："这是德国重工精造的哦，介绍说每一样工具可以使用一百年呢！"

李小白急忙说道："哦，谢谢！我不是那个意思，这礼物太贵重了，你留着自己用。我们工作有自己的工具的。"

秦美鸽却是杏眼圆睁，说道："你是不是有别的女人了？我就是要你用我给你买的东西，让你用的时候就能想到我。"

第71章　良嫂来了

李小白无奈地说道："好，我收下。"

吃了饭，秦美鸽带着李小白去了自己的店铺。这家店铺叫女人衣橱，里面的装修非常豪华，最外面卖的是衣服，中间是化妆区，后面是化妆品专柜，而且一股好闻的味道弥漫在整个店铺里。

秦美鸽说道："我这里可有讲究啦，我的衣服都是来自韩国东大门的知名设计师设计的，一件衣服的售价都是以万元计的。"

李小白吓了一跳，刚伸手想摸摸，一听价格，急忙收回了手。

"你这里投资了多少钱呀？"

秦美鸽说道："不贵，不到六十万。以后做大了，我要把这周围都租下来，将店铺改名为'女人会馆'，只接待身价高的客户。"

李小白还想说什么，秦美鸽说道："走！去我租的房子看看，这里给你说你也不懂。"

秦美鸽的房子就在店铺的楼上，进了屋里，李小白有些手足无措起来。他长这么大还是第一次进女孩子的屋里，小时候身边的玩伴大

第71章 良嫂来了

都是男孩子，即使在高中谈恋爱的时候，也只是拉拉手，从没有孤男寡女共处一室过。

秦美鸽一边开始捣鼓她的现磨咖啡，一边说道："你看我的屋子怎么样？地毯也是小羊毛的。"

李小白坐在沙发上，却是帮着将昨晚她没收拾掉的饭盒什么的扔进垃圾桶里，顺便将乱放的唱片全部码放整齐。

秦美鸽说道："哎呀，你不用收拾，周末会有保姆来收拾的。"

李小白说道："美鸽，我想问你一个问题。如果结婚了，我可以收拾屋子，也可以给你做饭，但是你似乎一直习惯吃外面的食物，这样……"

秦美鸽却说道："谁说的？我在家的时候，保姆做饭呀。"

其实李小白想问的是介不介意以后咱们在家吃，可以节省很多钱，而秦美鸽却是答非所问。

咖啡端上来了，李小白喝了一口，他品不出味道和雀巢罐装咖啡的区别，只能沉默着不说话。

"对了，小白，我下个月过生日，我想和你一起过。要是在远宁，我还有很多小姐妹，这里我刚来不久，还没有认识的朋友。"秦美鸽说道。

李小白说道："我倒是有很多朋友，我做东，我可以带朋友来一起陪你过。"

"好。对了，我听伯父说你也会做饭。"秦美鸽说道。

李小白点点头，说道："是啊，大学有段时间在学校食堂勤工俭学，我是学了做饭的手艺的。"

秦美鸽一拍巴掌说道："那太好了！就在家里过，你做饭，给我过生日,带上你的朋友。"

李小白觉得这个建议好,来了这么久,也没有和班长他们聚聚,借着这个机会,既可以让秦美鸽满意,也可以和同事们加深一下感情。而他决定要做一件事,那就是当着工友的面正式向秦美鸽表白,算是确定两人的恋爱关系。

"小白,今天你就别回去了。"秦美鸽说着。

正在这时,电话响了,李小白一看,是田蔚强打来的,对方说:"小白,你快回来,我有大事给你说。"

李小白挂了电话,对秦美鸽说道:"糟了,单位可能出事了,我得回去。"

说着,他提着鞋子就要跑。秦美鸽皱皱眉,走上前却是一把搂住了他的脖子,轻轻地在他的面颊上吻了一下,之后,小鸟依人地说道:"那我不留你了,你去吧,注意安全。听你说沙尘暴的事,让我很担心呢。"

李小白笑了,露出了洁白的牙齿,冲她摆摆手,冲下了楼。这一吻,让李小白很开心,他有些喜欢两个人在一起的感觉。

刚回到单位,田蔚强正在收拾东西,李小白好奇地说道:"哎,你干吗呢?"

田蔚强说道:"最新消息,咱们可能要跟着检修采油机。"

"啥时候?"

"不知道,很快,估计就是明天,今晚领导就会来说。"

正说着,楼下一片沸腾,两人以为出了啥大事,急忙跑下去看热闹,却见张良拉着一个女子,一脸羞红地站在门口,而一旁工友的起哄,也让李小白见到了这个平时很直爽的老师傅却难得不会说话的

第71章 良嫂来了

样子。

两人走进宿舍，田蔚强看出了门道，说道："是嫂子！良师傅平时老欺负我们，有嫂子收拾他呀！"

再次惹得众人哈哈大笑。

李小白却看出了不对劲，因为良嫂眼中万种柔情中却带着一丝热泪，他搞不明白了，这是小别胜新婚也罢，还是刚结婚也罢，怎么见了丈夫是这种表情？

田蔚强戳了戳身边的同事，说道："哎，良师傅是多久没见嫂子了？还跟个小伙子似的。"

"怎么，你们不知道吗？"一旁的同事像看外星人一般看着田蔚强。

田蔚强来了兴趣，贼头贼脑地说道："哎！说说呗！"

原来，张良在勘探上班，十天半个月回不了一次家，而他的妻子在云海市最远的泵站上班，他们的班次又恰好错开。张良休息了，良嫂却在上班；而良嫂休息的时候，张良却在野外。二人唯一能见面的时候便是秋季泵站轮休的时候，于是良嫂跑到宿舍来与张良见面。

按照勘探队的说法，这就是现实版的牛郎和织女，他们之间那种感情当真是常人做不到的，而良师傅和良嫂却是坚持了十五年。

所以，在勘探队，良嫂来队里找张良，那就等于是勘探队的大事，晚上吃饭都得加两个菜。

李小白听完了同事的讲述，呆在了原地，田蔚强也是听得张大了嘴巴，说不出话来。

"这……这怎么不找领导给调一下啊？"李小白结结巴巴地说道。

283

同事说道:"怎么调啊?春夏秋都在野外,就算放假两天,最远的泵站到云海市来回就得两天,总不能花了很多钱刚见了一面,便匆匆回去上班吧?"

另一个同事说道:"唉!老良真是为咱们安西石油奉献了自己的爱情呢。"

"嗨!咱们这里这样的事还少吗?勘探三队不也有这样的夫妻吗?石油人,没办法!"

李小白沉默了。他突然很想父亲,他突然有点理解母亲过世的时候,父亲将母亲放在殡仪馆,甚至顾不上他,也要把单位的工作先干完。

良师傅又何尝不是这样的人呢?

李小白觉得像张良师傅这样的人和父亲是一样的,都应该出现在英豪榜上。

这或许就叫坚守吧!

第72章　雪地勘探

李小白和田蔚强目送张良进了宿舍,晚上聚餐的时候,看着张良幸福的样子,两人心里都不是滋味。

李满仓是那种让人一看就是石油人的性子,他举着一瓶啤酒,说道:"兄弟们,咱们弟妹来看良子,一年就这么一次,也是咱们难得坐在一起聚聚的机会,都把酒端起来,喝了!这一年来,也是辛苦了。感谢弟妹啊,给了我们一个聚会的机会。"

说罢，他咚咚咚地喝了一瓶，众人也是喝了个精光。

李满仓随即又拿起一瓶，说道："咱们都知道，我们队来了两个小兄弟，别看这俩小兄弟是九〇后，干活那都是拼命的、认真的、负责任的！之前工作忙，一直没顾上搞个欢迎仪式，现在这么久了，你们也能独当一面了，这是好事，也是喜事！希望你们能够爱上勘探队。来！就当这一杯是欢迎仪式了，干了！"

他咚咚咚地又喝了一瓶，众人又是喝了个精光。

李满仓开了第三瓶，只说了一句："敬天地！"

众人跟着齐声喊了一句："敬天地！"

这一声比起前两声"干杯"喝得都要猛些。李小白和田蔚强有些不明所以，于是问旁边的班员："第三杯酒啥意思呀？是不是让老天保佑我们平平安安的？"

"不是。"班员放下酒瓶，说道，"咱们这支勘探队在云海市都是有名的，我们发现的油田占了安西三分之一。你也知道我们勘探危险系数是最高的，所以，这敬天地，是敬给咱们为石油牺牲的前辈们，他们牺牲了，但精神就在这天地间，这是咱们勘探队的习俗。"

"敬天地！"这句话，李小白默默地说了一遍，此时的他非常理解勘探人的艰辛。在如今这样一个科技发达的时代，他们还能遭遇恐怖的沙尘暴，差点把命交代在戈壁上。在二十世纪五十年代那样一个物资贫乏、吃饭都是窝窝头就着雪融水的年代，那要是发现了油田，都是一批批甘于吃苦、拥有极高学历的人拼着命干出来的成绩。

在当时那个年代，高中生都算是高学历人才，而勘探队大部分都是高中生，他们完全可以在大城市里发光发热，却为了祖国来到了这样一片不毛之地，当真是让人感动。

敬天地实际上是告慰那些英灵们，我们就是接过枪，继续在战场上冲锋的人。

李小白长长地吐了一口气，此时的他感觉自己和英豪们站在一起。他喝了此生最多的酒，他醉了，被田蔚强扶了回去，他的嘴里一直嘟囔着一句话："敬天地！"

冬季第一场雪，在一个起风的下午降临了。那天的风大得吓人，戈壁上，基地已经是半停工状态，而勘探队还是活跃在一线的单位之一。

张良说道："今天分析中心发来了两份数据，必须完成。第一，路上雪大，要保证安全；第二，同一地区报两份数据，确保正确。走啦！"

这一次，张良带着李小白和田蔚强去了其中一个点位。

车开在旷野上，寒风一阵阵地刮到车上，那呜呜声犹如鬼哭狼嚎一般。

张良见怪不怪，轻松地说道："你们两个开春就单独一组，都是远宁来的，我也不会让班长把你们分开。"

"嘿嘿，那不行！"田蔚强说道，"有良师傅在，我觉得安心哪！而且我也要替嫂子看着你，免得你在野外胡来。"

张良气笑了，说道："这戈壁滩还能找到美女啊？还不都是孤魂野鬼！"

惹得一车人哈哈大笑。

很快到了地方。这里一片白茫茫，一阵风吹过，将雪刮走，露出了下面黑乎乎的石头，下一秒又被第二阵风覆盖。

远处灰蒙蒙的天空与雪线已经不分彼此，似乎整个世界只剩下了这三个人。

数据采集对李小白和田蔚强来说已经轻车熟路，也不知是不是老天故意折腾他们，数据采集完，雪也停了。难得的阳光露了出来，照在雪上，亮闪闪的。

李小白看得入迷，张良却是将一副墨镜递给了他，说道："哎，你要是不想晚上啥都看不到就把眼镜戴上，雪盲症是勘探工作者的杀手。"

李小白回过神，正拿着设备朝车的方向走，却见田蔚强一脸惊慌地跑了过来，说道："哎呀，不好了！车打不着了，怎么办？"

张良一拍大腿，说道："哎呀！我忘了告诉你们，冬季采集数据时车不能熄火！"

他急忙冲回车里，用力地启动引擎，可除了嗒嗒嗒的声音外，没有任何发动机启动的声音。

张良说道："别急，打卫星电话！"

很快，卫星电话拿了过来，电话拨通了，张良说了具体的位置后挂了电话。

他下了车，看着周围的一片白茫茫说道："我们现在处在一片低洼地，救援车辆过来也看不到我们呀！必须有人在高地观察救援车辆是否来了！"

张良看看两人说道："现在不是最危险的时候，我们至少要等三个小时，甚至更久的时间，救援车辆才能来。车发动不着，外面温度这么低，别冻伤了，赶快回到车里！"

人们常说下雪后不会太冷，那是在城市里，如果在旷野上，一阵小风吹过，那感觉和小刀子割在脸上差不了多少。

第73章　等待救援

三人钻进了车里，张良说道："咱们挨近点，可以相互取暖。这风再刮一会儿，那可是会很冷的。别睡觉啊！"

田蔚强说道："良师傅，咱们去找点柴火来烧呗，有那个热量，足够挺过三个小时了。"

李小白说道："你看看周围，到哪儿去找能点燃的树枝啊？"

田蔚强看着窗外白茫茫的一片，说道："油箱里可是有油的，弄出来生个火不难吧？要不我贡献一条秋裤？"

"没用的，十分钟的火赶不上一阵风，还不如老老实实在车上待着。"张良说道。

于是，他讲了一个八年前的故事。当时，一支勘探队在返回的时候车爆胎了，车上没有备用轮胎，那时候没有卫星电话，他们只能等待救援。

戈壁上没有柴火可以烧，天太冷了，于是，他们从油箱弄出了柴油，把自己的衣服点着了，以求取暖，可那不过是饮鸩止渴的方法。火很快熄灭了，燃烧物也没有了，反而人体适应了突然的温暖，没了火，众人回到车里，温度和体温都在急剧地下降。

最终的结果就是其中两人的脚指头冻成了黑色，面临截肢的境遇。

张良的话让两人吓了一跳，田蔚强安慰道："嗨！三个小时，多大的事，吹会儿牛皮也就过去了。小白，你脑子好用，咱们现在这个状况，你说说咱们能怎么办？"

李小白说道："其实咱们有可燃物，也是良师傅提醒我的——备用轮胎，把油抽出来，倒在备用轮胎上，至少可以暖和半个小时。"

"那是国家的财产，想什么呢！而且现在的油箱，你自己打开看看，你怎么把油弄出来？都是防盗的！"良师傅说道。

李小白不信邪，下了车，打开油箱朝里一看，顿时像泄了气的皮球。果然如良师傅说的，油箱是防盗的。

李小白回到车上，看看表说道："哎！二十分钟过去了，他们应该出发了吧？"

"肯定已经在来的路上了！"田蔚强急忙说道，"这个事教育我，以后冬天再出来，我一定带上十片暖宝宝。"

时间在一点点流逝，车里的温度也在一点点下降。最开始，车窗上起了一片白雾，很快便看不到窗外的景色，接着，车窗上结出了漂亮的冰花，车内的人开始哈出了气。幸亏冬季的劳保服做得很厚实，三人还没有感觉到冷。

田蔚强看看表，说道："一个半小时了，你说我们是不是快看到他们了？"

李小白说道："两个小时以后，应该就可以看到。再忍忍，要不咱们下去跑几圈？"

"别乱动，如果三个小时之后他们还没到，怎么办？体力无故消耗不可取。"张良搓着手说道，"而且你一身汗地回来，坐下不到五分钟就冻透了。"

田蔚强说道："良师傅，两个小时以后，我和你一起下去。我去找找柴火，指不定老天有眼，咱们勘探队的列祖列宗可怜咱们，赐给我们一些枯树枝呢！"

没人回答他，每个人都在保存体力。其实一切都还好，只是对两个九〇后的孩子来说，没经历过这种绝望，自然是脑筋活络。

两个小时了，张良一把拉开车门，说道："你们在车里，别乱动，我去等救援。"

"良师傅，我想出去走走，不然太难受了。"田蔚强说道。

张良说道："我出去二十分钟，之后换你，接着换小白。大家听我的！"

说罢，他已经跳下了车。车门已经被冻住了，用了力才算是关上，打开车门时风卷走了一些热量，让车里的两人打了一个寒战。李小白说道："良师傅不会出啥事吧？"

"不会的，他有经验，二十分钟，没事的。哎！小白，你说要是救援车没找到我们，我们冻死在这里了，会不会有点冤？"

李小白没好气地说道："放心吧，那样你就上英豪榜了。"

田蔚强呸了一声，说道："我才不想这样上英豪榜，而且是我违章好吧，车是我熄火的，违反了操作规程。"

二十分钟后，张良并没有回来，李小白看看表，说道："我出去！你在车上等着。"

李小白跑下了车，他这才发现他们的车后没有车辙的痕迹，也就是说车辙被风刮得痕迹都不在了。雪不深，刚过脚踝，他大喊道："良师傅，时间到了！换我来！"可是空旷的雪地里并没有任何人回答，他又喊了一声，还是没人回答。田蔚强觉得不对劲，从车里跑了出来，说道："哎！糟了！我就知道要出事，良师傅不会去找柴火了吧？快！快！你去高地找，我去背面找！"

"这地上不是有脚印吗？跟着脚印找！"李小白说道。

田蔚强一拍脑门，说道："快快！我这是急晕了！"

风不大，但呜呜声还在耳边响着，他们深一脚浅一脚地朝着高地上走，很快看到了张良正在高地来回踱步。李小白兴奋地大喊道："良师傅！你可把我们吓死了！"

张良看到了两人，招了招手，说道："你们出来干吗？快回车里去。"

李小白嘿嘿一笑，说道："良师傅，时间到了，换我们来！活动一下也算暖和了。"

张良看看二人，说道："行！记住，别让雪进你的鞋里！尽量把周围踩实，风大的话到背风面躲一会儿，风小了再上来。"

两人点点头，张良一步步地下山，就在这时，田蔚强哈哈大笑了起来，一拳锤在李小白的身上，说道："嗨！我说什么来着，勘探的列祖列宗保佑，你看那是啥？"

李小白顺着他手指的方向看去，在一个雪窝子里躺着一截枯树枝，枯树枝上覆盖着一层雪，半截树枝露出了雪面。

李小白没动，他说道："别去了，木头湿了，点不着！"

"你傻啊！救援的人估计也快到了，但不见得他们能马上找到我们，我把这湿木头点着，必然释放大量的烟雾，他们肯定能看到，对吧？"

说罢，人已经兴高采烈地朝着雪窝子冲了过去，可没想到那截树枝很大，想来是被沙尘暴不知从哪儿刮过来的。田蔚强用了吃奶的力气都没搬动，他吼道："李小白，你赶快过来帮忙啊！"

第74章　生日邀请

李小白说道:"哎,你别让雪进鞋子,你……"

说着,李小白已经跑远了。田蔚强用袖子将枯木上的雪全部擦去,笑嘻嘻地看着木头,如同大灰狼看到了小白兔。他从屁股兜里摸出了餐巾纸,塞进枯木的缝隙中,正要点燃却又停了下来,说道:"要是点不着怎么办?"

他站起身,继续在周围转悠。突然,他一拍脑袋说道:"需要干燥的易燃物。"

接着,他跑到一边,解开腰带将内裤割断,包住了卫生纸。他拍拍手,看着枯木喃喃自语道:"还不行!必须把木头劈开。"

他又兴冲冲地跑回车里,将短柄铁锹拿了过来,照着枯木一顿猛砍。他小心翼翼地将砍下的碎屑包在内裤里,此时的枯木已经被砍断,他对李小白吼道:"看到没?里面是干的!"

终于,田蔚强觉得差不多了,他很有仪式感地蹲在地上,一边点燃餐巾纸,一边念念有词道:"求勘探队的列祖列宗保佑勘探的火种能继续传下去,给我一点星星之火吧!"

火烧起来了,并不大,果然,木头有大量的水分,分分钟便见一道黑烟卷入天上。风来了,两人急忙护住火。火并没有按照田蔚强的设想继续燃烧下去,只是一阵风,便灭了。

田蔚强急忙拿起他的内裤,调整着角度,重新点燃,可惜的是火苗燃烧不足几秒,又熄灭了。

"完蛋了!小白,运气不在咱们这边。"抬头之际,两人已是满脸的黑灰。

恰在此时，远处响起了车的喇叭声，两人互相对视，也顾不得那火苗了，几步跑上了高地，朝着远处大声地吼道："哎！我们在这里！"

远处的车队从几个黑点慢慢地变大，三辆车跑到他们跟前停了下来，班长李满仓走下来，说道："你们怎么不按照操作规程操作？冬季外出不能熄火，忘记了吗？"

田蔚强说道："我的错，老大，我是真忘记了！"

张良走了过来，说道："满仓，是我忽略了，车是我开的。"

"行了！你们也冻了几个小时了，上车去吧！多喝点热水。"说着，凑过去看起了熄火的车。原来，温度太低，电瓶被冻得没电了，勾了电，车发动着，算是有惊无险地完成了此次任务。

田蔚强看着自己和李小白点火的地方，竟然不知道该说什么好。李小白看着那堆他们足足烧了半个小时的火堆，也有一种说不清道不明的感觉。

车依然是张良开着，他看着两个沉默的年轻人，说道："你们觉得今天的表现怎么样？"

"我们还可以，找到了枯树生火，只是没生起来。"田蔚强说道。

李小白说道："我觉得不好，但我说不出来。"

张良说道："对！你们做得不好，你们已经放弃了希望，在心底认为救援来临之前，你们就会死去，所以，你们拼命地想弄出火种，你们没有问问自己到底需不需要火种。工作中，想当然地操作，那可是要出大事的。我希望你们记住，一定要相信你们的同伴。"

张良的一席话让两人似乎找到了问题所在。当时，在雪地里，张良在外面一直站着,他似乎并没有害怕,李小白认为那是因为他久经考验,现在看来并不是如此,他是绝对相信同伴会在三个小时内来救援的。

田蔚强说道:"我们也是特殊情况特殊对待嘛!想着有了火,能让他们更快地找过来嘛。"

"借口!活学活用啊!现在我们有卫星电话,而且是在固定地方进行数据采集,满仓班长怎么会找不到呢?要做的就是耐心等待!"张良的话算是让李小白茅塞顿开。

工作中的彼此信任才是最关键的。他转头看向了那片雪,突然意识到当年老班长尹军说的话:"我们是一个班的同事,我们在一起的日子比和家人在一起的都多,所以,要互相帮助,彼此鼓励……"

回到单位,李满仓并没有处罚他们,只是让他们吸取经验教训,以后不要再出这样的意外。

这一晚,两人躺在床上,都睡不着了。

李小白干脆坐起来,冲着翻来覆去睡不着的田蔚强说道:"说说,你学到啥了?"

"信任!这个词吧,放在远宁,似乎没有那么大的用处,大家都各自干好各自的工作,有制度监督,做得不好有考核处罚,最多一起搭班的彼此工作有了一点信任,可是这里完全不一样。你琢磨琢磨,如果我们两人就那么忙活一个小时,会怎么样?"

"只会越来越失望,最后还得回到车里去,没有了希望,很可能我们会冻坏吧。当然,这是我们已经知道人家会来救我们,但是如果六个小时呢?或者一晚上呢?我们两人怕是已经见你说的列祖列宗了。"李小白点了一支烟,抽了起来。

这一晚，两人一直聊到了深夜。

很快，秦美鸽的生日如期而至，李小白叫了田蔚强和张良，一起去给秦美鸽过生日。他特意去买了一枚钻戒，毕竟一直以来都是秦美鸽请他吃吃喝喝，他也没有什么报答的。他约了田蔚强一起挑选了钻戒，算是表白之时给她的最大惊喜。

不光是这些，李小白还买了很多的菜，又是牛肉，又是老母鸡，提了一堆东西去了秦美鸽的家里。

敲门的时候，李小白便有些紧张。门开了，秦美鸽穿了一身很漂亮的连衣裙，看得出价格不便宜。可秦美鸽见到三人立刻皱了皱眉，她说道："你们把鞋脱在外面吧，我才打扫完房间。"

李小白回头看了看两人，田蔚强穿了一条黑白色的牛仔裤和一件羽绒服，张良是刚下班，还穿着厂服和工鞋，看上去似乎并不干净。上次李小白过来，鞋子是脱在里面的，这次让人把鞋子脱在外面，让人看见门里摆放的鞋子，的确是有点不合时宜。

李小白没说话，脱了鞋子进了屋。秦美鸽一看田蔚强提着牛奶和水果，张良提着老母鸡和牛肉，李小白提着蛋糕和一堆菜，又皱了皱眉，说道："哎呀，这些东西不能放在客厅呀，放在厨房吧。"

说着，她身子还朝后退了退。

第75章　不欢而散

李小白也皱了皱眉，他知道秦美鸽从小娇生惯养，难道看到菜让她不舒服了？

田蔚强和张良也看出了不对劲，田蔚强说道："小白，那咱们赶快给弟妹弄吃的吧。"

两人钻进厨房，秦美鸽凑到李小白身边接过蛋糕，她的嘴却嘟了起来，说道："小白，你买的是不是稀奶油的蛋糕呀？我只吃稀奶油的。"

李小白愣住了，当时，好像订蛋糕的问过他要哪一种，他说都行，的确没注意是不是稀奶油的。李小白说道："这个我没注意呀，我觉得应该是。"

"哦！"秦美鸽有些失望，又说道，"你朋友来怎么也不穿好一点？这是对人的不尊重嘛，你看那个老的，脏兮兮的。"

李小白说道："他才下班，我们上班都穿这个，我的比他的干净不了多少。"

"那一会儿让他坐凳子啊！沙发不许坐！"秦美鸽说道。

李小白说道："这不好吧？要不等他们走了，我来清理？"

秦美鸽嘟着嘴，有些不悦。

"我先去做饭了。"李小白说。

李小白三人在厨房忙碌，秦美鸽进来看了一眼，说道："哎呀，太麻烦了，要不咱们到附近的饭店去吃吧？你看我的厨房都快看不成了。"

李小白听着话里有话，说道："马上就炒菜了，你不是想吃我做的饭吗？"

秦美鸽这才关上了厨房的门。田蔚强低声说道："小白，弟妹是不是有点不高兴？"

李小白尴尬地笑了笑，并没有说话。很快开始炒菜了，李小白使出了浑身解数，七七八八地弄了六个菜，把桌子堆得满满的。

秦美鸽却是走了过来，说道："小白，我不太想吃了，我们还是出去吃吧，我请大家。"

李小白心里有了一些火气，说道："怎么了？"

"就是不想吃了嘛！人家过生日，能不能听我的？"秦美鸽撒娇地说道。

李小白说道："这样吧，你尝尝，要是不好吃，咱们再出去。我同事也在，要是现在走，有些尴尬呢。"

秦美鸽嘟着嘴，坐了下来。

"小白，弟妹过生日，得先吃蛋糕许愿呀。"张良笑眯眯地说道。

李小白急忙端着蛋糕放在了桌子上，这也是他精心策划的激动人心的一刻：秦美鸽许愿之后，睁开眼睛，她将看到李小白送给她的钻戒。

盒子打开了，还没等插上蜡烛，秦美鸽突然说道："小白，这不是稀奶油的蛋糕，这是纯奶油的，吃了会胖死的。"

李小白硬着头皮说道："这是我没注意啦，要不先将就一下？等明天我再给你补过一个生日？"

田蔚强也看出来了，忙说道："就是！弟妹，李小白可是在几百个蛋糕里挑出来的这一个，用了心的。"

秦美鸽却是不客气地说道："蛋糕就不吃了，咱们还是先吃饭吧。"

李小白的手就在口袋里，他紧紧地握了握，本来想取出来的，可还是将手松开了。他拿起筷子说道："来吧，尝尝我的手艺，生日快乐！"

田蔚强和张良是知道李小白的计划的，见李小白没有拿出钻戒，也是知道李小白可能有些……

秦美鸽动了几下筷子，说道："小白，伯父的鸡汤好喝，你做的饭有点咸了。"

李小白忙说道："嗯，我好久不做了，手有些生了。"

秦美鸽像是想起了什么，说道："哦！我那里有好酒，你们肯定没喝过，平行进口的呢。"

说着，从酒柜里取出一瓶红酒放在桌子上。李小白忙上去帮忙打开，正要给众人倒，秦美鸽说道："小白，红酒是需要醒的。你这样直接倒，喝不出红酒的灵魂。"说着，拿了一个醒酒器，"你们肯定没喝过，口感特别醇。"

李小白的笑容僵住了，他再次感觉到和秦美鸽似乎是两个世界的人，他们之间似乎本就存在没有办法跨越的鸿沟。他的手无意间碰到了钻戒，却是没有动一下。

就这样，大家闷头吃了半个小时，秦美鸽说道："来吧！大家都试试我的红酒！"

说着，她给每个人倒了一杯。张良说道："那来吧！弟妹的生日，祝你生日快乐，也希望你能早日和李小白喜结良缘。"

田蔚强赔着笑，和张良两人一口干了红酒。

秦美鸽却是像看外星人一样，说道："这个……这个红酒得小口喝的，你这样喝，品不出它的味道的。"

这话让李小白的面子挂不住了，他急忙说道："美鸽，我们平时在野外大大咧咧惯了，喝啤酒一口一瓶，你不也那么喝过嘛，小口喝不尽兴。"

"哎！小白说得对，我们就习惯一口闷！"田蔚强帮着说道。

秦美鸽嘟嘟嘴。这一顿饭吃得李小白如坐针毡，芒刺在背，如鲠在喉。没想到饭吃完了，李小白却爆发了。

吃完了饭，李小白正要休息，张良却说道："哎！别坐着了，帮着弟妹把碗筷收拾了呀，人家一个女孩子，你还能让人下班了洗碗？"

秦美鸽却说道："哦！不用，你们把碗筷带菜全部丢掉就行了，我不吃剩菜的。"

李小白的怒火已经到了爆发点，他到厨房直接拿来了袋子，将一桌子的碗筷和菜全部倒进了垃圾桶。

田蔚强是了解李小白的，他急忙拉住李小白，说道："哎！哎！这些碗都是好的呀，你怎么那么浪费呀！快。去收拾厨房！"说着把李小白拉到了厨房，其实厨房已经收拾得差不多了。田蔚强低声说道："哎！人家过生日，你别扫兴呀，这难得见一面，你有什么事也得等生日过完嘛。"

李小白咬咬牙，回到餐桌前。他将垃圾桶提到了厨房，打算把碗筷拿出来洗洗。

没想到秦美鸽却拉住李小白，说道："小白呀，脏死了，不要了，这个盘子还怎么用嘛！"

李小白一下火了，一把打掉了秦美鸽的手，说道："美鸽，你应该节约一点，不要这样浪费。如果你这样过日子，恐怕和我在一起不太适合。"

说着，他走到了门口，一边穿鞋一边说道："我们今天还有事，

299

必须回单位，我们就先走了。"

说着，他一把拿起衣服，噔噔噔地下了楼。

田蔚强见状急忙说道："哎哟！弟妹，别生气，我去给他做思想工作。"

张良也说道："弟妹，别多想，单位真的有事，我们都是请假出来的。小白今天是好意，我帮你去把垃圾倒了吧，别让屋子里有味。"

第76章　新的课题

回去的路上，李小白冲田蔚强和张良说道："两个哥哥，我也没想到她是这样的性格。今天不算，改天，我请客赔罪。"

张良笑着说道："小白，女孩子就是需要哄的，没事。"

田蔚强说道："哎，你今天怎么不把戒指拿给弟妹呀？"

"我……"李小白结结巴巴地说道，"我还没想好。"

这一晚，李小白失眠了。他看着手里的钻戒，内心很是纠结。他想起了那天在饭店，秦美鸽给他的吻，他想笑，可笑容刚现，却又挂上了愁容，他忘不了秦美鸽看着田蔚强和张良两人时嫌弃的目光。

李小白第一次因为爱情而失眠，少年心事少年老，辗转反侧辗转醒。他将钻戒锁进了箱子里，翻身之际，天色已是亮了。

这不过是一个插曲。李小白和田蔚强回到矿上，勘探班很快接到了任务，抽调人员去采油两个月，一直到年前结束。这是自愿报名，这正中了两人的意愿，他们兴高采烈地报了名。

两人很快接到了通知。他们可谓雄心勃勃，都希望能够做点事出来。不过后来才知道，自己只是被安排冬季巡线，说白了就是记录几个数据，开车过去看看设备是不是正常运转，之后填写记录，回去交差。

田蔚强靠在车里，说道："哎呀！这是明珠暗投啊！怎么就不能让我们去看看具体操作呢？我可是铆足了劲，想多学点，奈何明月照沟渠啊！"

"咱们可以一点点来嘛，着急什么？你以为谁都能当你是宝？"李小白倒是很安心，"机会是留给有准备的人的！"

田蔚强打了一个哈欠，说道："留给你吧，我眯一会儿，下一个点的数据我来采集。"

这天，他们照例巡检，可老师傅却是一同上了他们的车。两人打过招呼去收集数据，问道："师傅，你们这是去哪儿啊？"

"去注水井啊！估计又堵了，这玩意儿每隔一段时间就要清理一下。"老师傅说道。

油田注水是因为油田投入开发后，随着开采时间的增长，油层本身能量将不断地被消耗，致使油层压力不断下降，地下原油大量脱气，黏度增加，油井产量大大减少，甚至会停喷停产，造成地下残留大量死油采不出来。为了弥补原油采出后所造成的地下亏空，保持或提高油层压力，实现油田高产稳产，并获得较高的采收率，必须对油田进行注水。

所以，有时候在采油的过程中，会将水和油一起采上来。虽说各个炼油厂都有水油分离装置，但使用一段时间后，注水井口来水就会变小，致使注水达不到当日的配注要求。

在工作中就发现过滤器芯子沾满黑色的杂质，查找原因是过滤器芯子网眼很密，注入水经过过滤器芯子进行过滤，时间一长，回注水中的悬浮物就会沉积在过滤器芯子的滤网上，堵塞过滤器滤网，造成注水量减小，影响注水效果。

这时候，就必须人工将这筛子取出来，要么更换新的，要么清理一下放回去。

田蔚强将老师傅送到了地方，打算在车上眯一会儿，李小白则去填写巡线记录。老师傅吃力地拧着法兰凸缘盘。这工作可是非常考验力气，需要用大扳手松开每一个螺丝，再取出其中的过滤器芯子。

李小白做好了记录，看师傅还在撬法兰，走过去说道："师傅，我帮你！"

"哎！那感情好！你握住扳手！"说着，老师傅拿起锤子，咚地敲在扳手上，螺丝松动了。

李小白来了兴趣，想看看那管道里头是个什么样，毕竟他在勘探待了这么久，还没见过石油到底长啥样子。

很快，凸缘盘被拧了下来。打开后，并没有想象中的黑油流出来，但是朝里看去却是黑乎乎的一片。

老师傅说道："嗯！你看吧，这就是被堵住的过滤器芯子，一会儿我取出来，你就知道有多脏了！"

师傅擦擦汗，说道："唉！这过滤器芯子很难取出来，折腾人得很。"

李小白伸过头朝里一看，说道："师傅，你们都怎么取啊？"

师傅说道："简单，用撬棍把边缘砸歪，之后用钩子钩住边缘拉出来，就是麻烦一点。你躲开一点，别弄脏了你的衣服。"

接着就听到咚的一声，管道里传来了金属撞击的声音，不过这一下算是失败了。老师傅调整了姿势，又是一下，似乎还是没有成功，接着，叮叮咚咚地敲了七八下，终于，似乎是可以了。他取出小钩子，朝里一挂，将过滤器芯子取了出来。

这过滤器芯子上面满是油污，每个窟窿眼都沾着杂质。

老师傅见李小白看得津津有味，说道："哎！这上面的东西要不清理掉，污水经长距离管道输送后造成二次污染，那麻烦可就大啦。"

突然，李小白的身后有一个声音响起，是田蔚强。他是左等右等不见李小白回来，下车一瞧，这小子正在看人家清理注水井过滤器呢。看了一会儿，他便觉得有问题："哎！你这个操作可是对过滤器芯子破坏很大啊！"

老师傅一边清理一边说道："哎！就是个过滤器，不妨碍使用就行。"

"难道你们没有定时清理计划吗？"李小白又问道。

老师傅一边清理有些变形的过滤器芯子一边说道："如果注水量小了，那就是堵了，过来换就是了。你要知道，关闭一次阀门，那就意味着出油管道也得关闭一次，等它小了，换个过滤器就是了，没必要有计划。"

田蔚强说道："师傅，你们就没有个特种工具啥的？清理起来也方便。"

老师傅见这两个小子似乎对注水井特别感兴趣，笑着说道："我们每天忙得要死，这事就是一个小时的工作量，不打紧！"

"那要是有工具了，不是半个小时就解决了？"李小白问道。

老师傅挠挠头，说道："你们说得也对啊！那你们搞一个呗？"

老师傅本是无心之言，哪里想到这两人却是相视一笑，找到了突破口似的。从这一天开始，两人一下班就把自己关进图书室，他们约定各干各的，谁先研究出工具算谁赢。

第77章　设计分歧

此后，他们巡线时便多了一件事，就是围着注水井研究半天。两人也彼此交流，却都刻意地回避了研究的方向和细节。

两人的研究方向并不相同。李小白专注于设备改造，而田蔚强则专注于制造取过滤器芯子的工具；李小白是想一劳永逸，而田蔚强则是想解决当下的困难。

李小白的设计初见端倪，他觉得应该在设备上多增加一个过滤器芯子的设备，运用卡扣式设计，方便且人性化，至少不用抡起大铁锤玩命敲打法兰。

为了确保设计行之有效，他还将自己的设计放在了HSE的论坛上，让网上的专业人士帮着讨论。他认真地看每一条评论，接着又进行了设计改造。

那些专业人士的结论更超然，认为这可以运用自动化理念，比如上一套设备，将过滤器芯子的外观用透明材料代替，使得里面的过滤器芯子具体的状态一目了然地呈现出来，一旦发现堵漏超过百分之五十，那便可以更换；如果再上一个流量芯片，这数据可以精确到达到百分之五十的堵漏后自动停车。

李小白似乎找到了突破口，他甚至找到了全球能够提供这种芯子的厂家，还有外部加装的设计图纸也被他画了出来。

这是一个阳光明媚的冬天，李小白在图书馆长长地伸了一个懒腰。此时的他异常兴奋，因为他攻克了这个难关，不但能够从外部看到堵漏情况，还加装了遥感设备，甚至包括卡槽的具体位置也一一设计了出来。

晚上，李小白抱着一大堆图纸回到宿舍，冲正在玩手机的田蔚强说道："强哥，我这儿完活了，你呢？"

田蔚强打了个哈欠，说道："我早在半个月前就搞定了，你好慢。"

"嘿嘿，慢工出细活，我这可是一劳永逸地解决了问题呢！"李小白自信地说道。

"那我们明天就交到厂里，看看胜负吧！"田蔚强笑着说道，"李小白，我知道你的研究方向在于改造，我不觉得是好的。"

李小白说道："改造的目的在于一劳永逸，在于方便，在于可控，这三点，我可是都做到了。指不定我的专利费都能有好多呢！"

"那我们拭目以待吧！"田蔚强拿出了他的图纸，李小白没想到他的图纸就是一张纸。

他说道："啊？你的方法就这么简单？"

"简单的就是好用的！"

第二天，两人将设计图交到了厂里。与李小白不同的是，田蔚强还带着一个如同三叉戟一样的铁家伙。

厂长自然是很高兴，停下手里的工作，给两人倒了杯茶，听着二人的介绍。

这天正在上班，一辆车停在了门口，巡线班长冲田蔚强吼道："小田！来来！快上车！我们检维修的等你介绍经验呢！"

李小白瞪大了眼睛看着田蔚强。很明显，田蔚强的设计被采纳了，而他的设计则石沉大海。

李小白并没有等太久，很快，关于技改技措的表彰下来了，厂里采用了田蔚强的设计，而给了李小白一个鼓励奖，奖金五百元。

厂里的人事部也找过李小白，耐心地听他讲了一遍自己的设计理念。人事员对他频频点头，但最后也是给他说了很多，大体意思就是你努力了、辛苦了，这些厂里都看到了，也认可你的能力，只不过这个设计太过复杂，操作起来非常麻烦，所以，厂里暂时还没办法达到这种设计要求。

李小白说道："这些东西，包括采购渠道，我全部都列出来了，我认为可行。"

"我们也估算过价值，这个改造成本非常高。所以，暂时我们还是保持原来的状况。"说实话，上面的意思已经说得非常委婉了，李小白哪还听不出来？

从办公室走出来的李小白是沮丧万分，他认为改造其实就是一种节约成本的方法，只要改造好了，哪怕多花代价，后期也可以从节约的成本中找回来，怎么就因为价格昂贵不愿意去做呢？

一时间，他如同一个深闺小怨妇，认为领导没有远见，有一种怀才不遇的感觉，这让李小白着实郁闷。这一晚，田蔚强回来发现了李小白闷闷不乐。

他丢给李小白一支烟，说道："小白，你的设计我看过了，真有你的，很惊艳。"

李小白说道："我想不通，我的设计完美地解决了问题，为什么厂里还是偏向于改造工具？难道因为花钱多就放弃先进理念吗？"

田蔚强却是一本正经地说道："其实，你从一开始就找错了方向。对于现在的注水井来说，最简单且行之有效的改造就是给它装一个工具，能够提高效率、降低损耗才是改造的关键。"

"我是解决问题，我的做法难道没有提高效率吗？"李小白不服气地说道。

"我的成本不超过两百元，就可以直接解决过滤器芯子难取的问题，同时兼顾了法兰难以打开的问题。"田蔚强正色道，"你的呢？看上去眼花缭乱，但实际上根本没有解决这两个问题。"

"谁说的！把我的设计做出来，一备一用，我的这个设计可以让过滤器芯子使用十年。"李小白说道。

田蔚强说道："你没有好好看看过滤器芯子的使用年限就是两年，继续使用下去，过滤器芯子就会被腐蚀掉的！"

"那为什么不采购更好的、使用年限更长的过滤器芯子？这才是减本增效嘛。"李小白不客气地反驳道。

田蔚强也不争辩，继续说道："小白，我们来做个假设。假如你的方案被实施了，你告诉我，从设计到成品，再到被安装，中间的时间成本要多少？我觉得至少得一年，对吗？而且这个设备是专门定做的，成本之高，超乎了你的想象。"

李小白没有说话，继续听着。

"我们的注水井在野外，环境你考量了吗？那么恶劣的情况下，你的设备使用年限会不会大打折扣？再说，这设备的成本之高超乎想象，容不容易被盗呢？难道还需要厂里在每个注水井旁边安个摄像头吗？如果不被盗，那芯子损坏，它的维修成本又需要多高呢？"

李小白愣住了，他仿佛知道了自己的设计的问题所在。他呆呆地看着田蔚强，一句话都说不出来。

第78章　大彻大悟

李小白有些明白了，改造不一定是要让设备更加先进，而是应该让设备更加人性化，这是他的收获。

他扫了一眼田蔚强的改造方案，急忙走上前拿了过来。他看着设计图纸，觉得这个设计当真是简单好用。它由支撑顶板、两根支撑顶杆、提升丝杆及打捞筒组合件三部分组成，这完美地解决了取出过滤器芯子时因为杂质卡在管道中的难题。这个工具至少不用让检维修的工人把过滤器芯子砸歪再用钩子钩，不但节约了时间，还能够更好地保护过滤器芯子。

当局者迷，旁观者清。李小白站在第三者的角度去看自己的设计和田蔚强的设计，果真是田蔚强技高一筹。在不做大改动的基础上，不但加快了维修速度，保证了设备的完好，还可以防止被大铁锤砸到手。

李小白服气了，说道："这一次改造，我输了。"

田蔚强嘿嘿一笑，说道："少来！你的设计我根本想不出来，而且你不但找到了解决方案，还把采购方都联系好了，你的效率当真了得。"

话说，在副厂长办公室，人事部的主任正在汇报工作。

主任说道："厂长，这两个人可真是宝啊！说起来，这两个人的发明创造能力真的是不错，田蔚强的设计，简单实用，李小白的设计，那可是下了功夫的。这种人才，您可得留下啊！"

"呵呵！"副厂长笑了笑，说道，"是啊，都是人才，远宁石化是怎么培养出这样的人才的？这点你们可要好好研究一下，为什么我们的人创新精神还赶不上两个来了没多久的年轻人呢？"

主任说道："嗯！厂长说得对，这一点，我们需要好好反省，我觉得可以在厂里宣传一下。虽然每年我们也有发明创造和技改技措，但是同一个问题有两个不同的解决方案，这在我厂还是不多的。"

"嗯！都是好苗子啊！"副厂长看着两人的资料说道。

"那厂长，你看我要不要把他们重点培养一下？等将来要还给远宁石化的时候，我想办法把这两人扣下来。"主任说道。

副厂长说道："这两个人哪，不能放在一起。"

"啊？为什么呀？"主任一脸疑惑。

副厂长说道："这两人同时将设计方案交了上来，私下里他们绝对是彼此知道的，这可能不是简单的发明创造，而是两个人相互较劲呢，两虎相争必有一伤啊，把两个人分开吧。"

"哎哟，厂长的考虑对啊！这两个九〇后，当真是不简单呢！那厂长，你觉得该怎么安排？"

副厂长想了想说道："这个田蔚强可以继续留在采油上，这样的小发明越多越好；这个李小白喜欢玩高科技，那就去输油吧，那边可能更适合他。"

冬季的下午，一只觅食的麻雀飞过光秃秃的树干，抖落了树干上的积雪。阳光正好，寒风不大，这算是冬季的好天气。

年关将至,李小白突然接到了秦美鸽的电话。

电话那头,秦美鸽说道:"李小白,你怎么都不和我联系了?还在生我的气?"

李小白这段时间爱上了图书馆,也因为上次的改造,他发现了好几本关于油气方面的书籍,他看得津津有味。此时,他正在看书。

"啊?没有,我只是最近太忙了。"

"哼!小气鬼,你就会生气。我错了嘛,上次不该丢掉盘子,应该节约嘛。"秦美鸽说道。

"我没生气。"

秦美鸽继续说道:"你在哪儿?我来接你吃饭!你上次可是答应我,再给我补过一次生日的。"

李小白随口说道:"我在和田蔚强、张良师傅干活呢。"

李小白以为秦美鸽不喜欢这两人,以为提到这两人她会放弃。说起来,李小白也搞不明白自己为什么怕见到秦美鸽,也不愿意去见她。秦美鸽是骄傲惯了的人,如果李小白不找她,她是绝对不会去找李小白的,她妈妈说最不能惯着男人的毛病就是把他们捧得高高的。

可她终是没等到李小白的电话,今天也是忍不住了,打电话过来问问。

"那正好,上次人家错了嘛,今天给他们赔罪哦!晚上,我来接你们。"说着挂了电话。李小白好生尴尬,这算哪门子的事?

李小白估计,他要是给两人说晚上一起和秦美鸽吃饭,还不知道他们要找什么借口呢。他硬着头皮,给两人打了电话,只是没说和秦美鸽一起吃饭,两人倒是愉快地答应了。

他急忙回到了宿舍,翻出了箱子,看着那枚钻戒。好半天,他终是放了回去。他匆匆地换了衣服，便和田蔚强、张良下了楼。

秦美鸽早早等在了李小白的宿舍大门外，见三人出来，高兴地打招呼："小白！这里呀！张师傅好！田师傅好！"

"哎呀！弟妹呀！原来是和弟妹一起吃饭呀，那敢情好。"

谁都没提那天发生的事。

"你们想吃什么呢？"秦美鸽问道。

"什么都行。"田蔚强说着看向了李小白。

李小白说道："那我们去……吃烧烤？"

秦美鸽很乖巧，也没有表现出任何不悦。李小白带着三人去了离宿舍楼不远处的一家烧烤店。小店不大，但胜在味道好，此时刚下班，还没多少人。四人要了一个包厢，进去便坐了下来。

秦美鸽拿起菜单点了一桌子烧烤，看得田蔚强直说："弟妹，够多了，真的吃不了，浪费！"

秦美鸽还是点了一堆，说道："你们喜欢喝啤酒吧？老板，拿两件啤酒！多退少补，可以吗？"

李小白发现张良今天有点不对劲，似乎有什么话一直想说，却不好意思开口。他以为可能和秦美鸽有关，也不方便问。

田蔚强看出来了，吃了没多一会儿，便说道："良师傅，你是不是有什么话要说啊？"

张良喝了一口啤酒，说道："哎！我也不瞒你们了，你们可能不能待在勘探队了。"

"啊？"两人皆是吃了一惊。

"是我们上次在野外把车熄火的处分吗？"李小白问道。

张良忙说道："不是，不是！厂里的决定，我这边不方便去打听啊！"

"那把我们两人分哪儿了？不会是我们的发明出问题了吧？"田蔚强竟然有些心虚起来。

第79章　又接调令

张良忙说道："不是！反正领导把你们调离了勘探队。"

秦美鸽冷哼一声说道："哼！什么破地方嘛，人干了还没一年就调动，这不是拿人的青春当儿戏吗？好歹也得等人做到班长了再做调动嘛。"

秦美鸽的话让众人都沉默了，不知道该怎么接。

李小白说道："那把我和田蔚强调到哪儿了？"

"据说啊，你们两人是分开了，田蔚强在采油，你去输油。"

"啊？为啥把我们分开？"田蔚强不满地说道，"我和小白都是远宁来的，领导知道呀。"

张良说道："这个就不要猜了。本来我是打算请你们两个吃饭的，好歹一起共事了快一年，我算得上是你们的师傅，这要分别了，好歹也要一起吃个饭吧。总之，你们到了新的单位一定要好好干，别忘了，你们是咱们云海市石化公司勘探队出来的人。"

看来一切都已经成了定局，不然张良不会这么说的。

李小白突然有种想哭的冲动，他和田蔚强在一起的日子很开心，一起住了快一年，有一种兄弟之间的情谊，眼下却说分开就要分开。

采油工种负责油田上面所有的事宜，比如勘探就是寻找，之后需要把油从地下打上来，打上来的油需要输送到炼油厂，而最大的炼油厂就在远宁石化。当然，云海市也有自己的炼油厂，成品石油出来之后，再运输到祖国各地。

采油一般在野外，毕竟谁都不知道哪块土地下面有油田。输油则是沿着输油管道上建立起一个个泵站，因为长距离输油压力是不够的，所以泵站的作用就是给输油管道加压，让油更快地进入炼油厂。

这等于两个人连室友也做不成了。

李小白拿起啤酒，说道："不管怎么说，和良师傅师徒一场；田蔚强，咱们都是从远宁来的，有幸一直住在一个宿舍。承蒙二位关照，我干了！"

说着，李小白咕咚咕咚地喝光了一瓶啤酒。

田蔚强笑了笑，也端起啤酒喝了个精光。张良愣了愣，也没多说，拿起啤酒喝了个精光。

李小白又拿起一瓶啤酒，拧开，说道："敬石油！"

说着，又喝了个精光。两人也是来了性情，端起酒，也喝了个精光。

烧烤端来了，几人开始吃喝，只是气氛似乎有种难以言明的悲壮。李小白三人已经喝掉了两件啤酒，李小白已经醉了。他还要继续喝，秦美鸽却是一把把啤酒拿了过来，说道："小白，你不能再喝了！这个工作有什么好？你现在的工资不过比在远宁高了几千块钱，为了这点钱，犯得着这么拼命吗？"

田蔚强也是借着酒劲说道："哎！弟妹，你可说错了，我们石油工人怎么了？没有我们，你的车开不了，你的衣服穿不了。"

"你们这群大老爷们儿，就不能去做做生意？给厂里打工还不如给自己打工,这个时代一个人怎么会养活不了自己?你们就是怕输。"秦美鸽有些愤怒,一是因为李小白为了一个破工作把自己喝成了这样,二是她觉得石油工人并没有那么伟大。

张良说道:"姑娘,你说得对,出去闯荡是好的,但国家需要石油,就得有人干。我们不干,石油不会从地下自己上来。"

田蔚强没有给秦美鸽说话的机会,嘿嘿一笑,说道:"哎!李小白,平时在野外,你就爱喊两嗓子,今天让弟妹听听咱们石油工人的力量。"

李小白笑了,他张口大喊道:"锦绣河山美如画,祖国建设跨骏马,我当个石油工人多荣耀……"

这声音之大让周围的食客纷纷看向包厢。

"哎!哎!公共场合,小声点。"张良急忙劝道,可话音一转,说道,"李小白,你这都是跟谁学的?这么老的歌,我以为你们九〇后都欣赏不来呢。"

李小白哈哈大笑,说道:"良师傅,那天在雪地里,你在外面等车,我和田蔚强在车里,他说既然出不去,那不如唱歌吧,这首歌是他教我的。"

田蔚强搂着李小白说道:"哈哈!我刚参加工作的时候,团委搞活动,非要拉我去大合唱,我是那时学会的。"

秦美鸽愤怒了,今天她一直压着火。她不喜欢看那身红色的工装,和她的时尚衣服比,这红色的劳保服简直是土得掉渣。她认为这群人的素质那么低,大呼小叫,把她心目中那个高高大大、温温柔柔、白白净净的李小白带成了这个样子。

她一拍桌子,说道:"李小白,我不要你在这里干了,你跟我干,你不干,我也养你!好吗?"

李小白猛地仰起头,他看了看秦美鸽,又看了看田蔚强和张良,笑了,说道:"我!李小白!生是石油人,死是石油魂!"

其实李小白说的这句话,并不是他的原创。他醉醺醺的大脑里莫名地想到了英豪榜上一位前辈的名言,就顺口说出来了。

秦美鸽气坏了,她忽地站起来,说道:"你在我和这破工作之间做个选择,要我还是要工作?"

李小白已经醉了,张良还是清醒的。毕竟李小白二人是他的班员,如果这两人在冰天雪地有个什么好歹,那他这个老师傅可就说不过去了。

张良说道:"弟妹,这个问题不适合今天问,你看他都喝醉了。我送他回去,我让他明天给你打电话。"

其实,秦美鸽是希望今天将李小白带回她家的,可此时在气头上,她气鼓鼓地站起身,一跺脚,也不理两人,推门走了。

第二天李小白起床后,田蔚强将后来发生的事告诉了他,田蔚强问道:"哎,弟妹可是让你选择了,你是要她还是要继续做个石油工人?"

李小白突然长长地松了一口气,没来由地感觉到了一种莫名的轻松。他笑了笑,说道:"我想继续做好一个石油工人。"

田蔚强嘿嘿一笑,举起了大拇指,说道:"不愧是我兄弟!也不枉费我守你大半夜,给你倒你吐了的东西,累死我了。"

李小白这才发现,田蔚强满眼都是血丝。他有些不好意思起来,但心里却感觉暖暖的。

李小白和田蔚强的调令很快到了勘探队。

第80章　新的环境

李小白走的那天,还有三天便要过年了,整个城市充满了祥和的氛围。李小白已经有一年没回家了,他特意请假回家,准备和父亲过个好年。

这一次,他买了两瓶茅台酒,还买了半只羊、一些水果和营养品,算是衣锦还乡了。到家的时候,李父正在地下室忙碌着。他打算做一张婴儿床,他总觉得李小白快要结婚了,说不定哪天就抱着个娃回来了,要是放在普通床上滚下去,他这个做爷爷的便没脸见人了。

累了,他便上楼喝口水;感觉休息够了,就又回到地下室忙碌。李小白进楼的时候,他恰好打算继续下楼做他的婴儿床,连李小白进楼都没看见。

李小白说道:"爸!你干吗去?"

"啊?"李国清吃了一惊,一下看到扛着大包小包的李小白站在眼前。他下意识地将手里拿着的锤子朝后藏了藏,可心头的喜悦却是难以压抑,他忙说道:"我的天!你怎么回来了?也不提前说一声,我去接你呀!"

李小白说道:"我又不是还在上学,坐个车就回来了。"

李父急忙开门,将李小白迎进了屋。李小白说道:"爸,我陪你过个年,你老是一个人在家,不是个事儿。"

李父高兴地说道:"我忙得很,你不用管我,干好你的工作就行。你怎么还买这么多东西?你人回来就好呀,我这儿什么都不缺。"

嘴上这么说,他还是将羊拿到了厨房,拾掇了起来。

李小白说道:"爸,这是给你买的酒,过年喝掉。"

说着,他将茅台放在桌子上。李父回头看了一眼酒,吓了一跳,说道:"哎哟!浑小子,你买这个酒干吗?这么贵!"

李小白嘿嘿笑着,也不解释,说道:"我每个月工资挺高的,买这酒也没花多少钱,你喝吧。"

李父白了他一眼,心里却跟抹了蜜似的。

儿子总算是长大了,我这个当爹的还是很成功的。

李父看着妻子的遗像,如是想着。

突然,他问道:"哎?你没和美鸽丫头一起回来?"

李小白愣了一下,说道:"哦!她挺忙的,开了个很大的店面。"

"那你要去帮帮人家,一个女孩子在外面不容易呀。"李父关切地问道,"这样,这两瓶酒,你过年提到她家去。平时和人家的家人联络得少,过年过节时,总要表示一下呀。"

"不用,不用,你留着喝就好,我还不想那么早就谈婚论嫁。"

李父听出了点东西,说道:"你们不会……吵架了吧?"

这一下戳到了李小白的心窝里。李小白说道:"都好着呢,我有点累,去休息一会儿啊。"

说着,他回到了卧室。他想着去见见老朋友,可是却不知该找谁。他给派出所的袁志打了个电话,希望知道在监狱服刑的蒋云飞现在是什么情况,过年了也好过去看看他,只是袁志也不清楚蒋云飞在哪个监狱服刑。

似乎唯一能联系到的只剩下霓裳了。电话很快打通了,霓裳正好休息,便很快出来与他见了面。

李小白远远地笑了笑。霓裳穿着修身牛仔裤和宽松的毛衣,套着羽绒服一路小跑着冲了过来,她看着李小白说道:"哎呀,你黑了,不过我觉得你变了很多呢!这一年吃了不少苦吧?"

李小白露出一排洁白的牙齿,笑着说道:"我还行,之前在野外,现在调到了泵站。"

"快给我讲讲,我都没听过这些名词。"

两人边走边聊,找了一家奶茶店,坐下后继续聊。霓裳听完李小白在野外的遭遇和技术革新的事后,捂着嘴偷笑,说道:"你的生活真有意思。"

"别光说我,你呢?"李小白说道。

霓裳也笑了起来,说道:"我现在马上要竞聘副班长,毕渊也打算竞聘副班长。他很厉害,而且从没停止过学习,只要参加考试,他从没有考过第二。"

李小白说道:"你也很厉害,上班才不到三年,就开始竞聘副班长了,假以时日,那还不是厂长?"

霓裳脸微微一红,说道:"哎,你……没在那边找个女朋友?"

怎么都关心起他的爱情来了?他有些沮丧,说道:"有一个姑娘,但是还没确定关系。"

霓裳的心头莫名有一些失落,说道:"哦!那你可要好好对别人呀,不要让人家失望呢。"

李小白说道:"我还不想谈恋爱,我现在只想把工作做出成绩。现在调到泵站,一切都是新的,我得从头开始呢。"

"你很聪明的,不用担心,我相信你很快就能做出成绩哟!"

这个年,过得很有滋味。李小白觉得父亲越老越像个孩子。李父和老班员们过年了总要聚聚,以前只要他们一喝酒,李小白便会躲在书房里不出来，现在喝酒，李父会马上喊李小白出来，说道："看！这是我儿子李小白，现在在勘探上工作，苦得很！但是钱赚得多！嘿嘿！"

李小白不好意思，只能举杯一一敬父亲的老班员。他喝酒都是一口干，老班员们纷纷赞叹："哎呀！老李呀，你儿子喝酒可是很有咱们石油人的作风呀，绝不含糊。"

"那是！看看上面摆的酒，我儿子回来给买的；你们吃的羊肉，也是我儿子买的。嘿嘿！"

"好样的！我家那小子天天下班后就知道打游戏，找个女朋友，动不动钱就不够花了，跟你老李家的儿子比不了。"

……

李父醉了，幸福地醉了。他送走老班员们，笑嘻嘻地到妻子的遗像跟前夸奖儿子一番才回屋睡觉。

大年初八，李小白去了新的工作地——泵站。云海市的石油输送管道四通八达，而李小白所在的泵站叫四泵站。这里可谓是一个新天地，工作地和宿舍连同食堂都在一个院子里。这个院子很大，空旷的地方还有菜地，春天会种下新鲜的蔬菜，一片小地上有各种家禽，从红嘴雁到鸡鸭鹅应有尽有。

这个泵站有四十多个人，工种也很多，有泵工、计量工、加热炉工、调度工、配电工、维修工，管理层从班长、技术员、副站长到站长，总负责是站长。

李小白对任何事情都好奇，在外面四处走、四处看。

站长办公室里，安西油田油气储运分公司的人事员正在做着人员调动交接。

第81章 分手快乐

人事员说道:"哎!这可是公司领导直接安排调到你们这儿的人。"

站长看着李小白的资料,说道:"怎么?关系户吗?你知道我的,我不要!"

"想什么呢!"人事员有些哭笑不得,说道,"这可是领导的意思。他之前是远宁石化的,后面不是发现了新油田吗?缺人,从远宁石化借调了一批人,他就是其中之一,最早被分在了勘探,那是得了好评的。后来冬季被借调到了采油上,来了一个月就对设备进行了改良,那可是发明创造的好手。领导认为他到你这里合适,而且你闹着缺人那么久。"

站长挑挑眉,说道:"这不会是你的关系户吧?"

人事员翻了一个大白眼,说道:"我没那个本事,你不要,我现在就去其他站。"

"哎!开个玩笑嘛,要了!"站长说道。

人事员做完了人事交接,下楼正好看到李小白,说道:"李小白,你上去吧,站长要见见你。"

李小白点点头,正要上去,人事员说道:"好好干,四泵站的站长是老站长,人不错的。"

李小白点点头,上了楼,进了办公室。站长叫赵刚,身材微胖,短短的寸头上银丝点点,笑起来像个弥勒佛,人很实在,他说道:"欢迎啊,我们四泵站一直缺人,打了几次报告,终于把你盼来了。听说你是技术改革的人才,那就去维修组,见的东西多,学的东西也多，希望你能够把你的聪明才智用到工作中。"

李小白从站长办公室出来，被人领着去了宿舍。宿舍就在站长办公室所在的楼上，还真是近。他运气不错，虽住了一个双人间，但另一张床没人住，许是人员还奇缺的缘故。

李小白的班上得并不难。他们不需要倒班，只需要白天对设备进行正常的维护，哪个设备坏了，他们便停车检修，这就要讲求速度。

比如加热炉坏了，冬天的石油就有可能上冻。输油管道上冻可不是开玩笑的，必须第一时间修复加热炉。所以，他的工作属于忙起来忙死，闲起来闲死，加上他一个人住一间屋子，似乎很是清闲，也很无聊。

但李小白是个闲不住的人，他的班上一周休息一周，业余时间很多，李小白便将更多的时间拿来看书。

半年的时间一晃而过。李小白慢慢地适应了在泵站的生活节奏，反而觉得这里很舒服。

这天，李小白刚下班，因为抢修泵站的工作弄得一身脏兮兮的，正打算去洗澡，门卫说有人找他。他急忙到了门口，发现来人是秦美鸽。

秦美鸽一见到李小白，说道："你调到这么远的地方，也不给我打个电话说一声。"

实际上李小白很冤枉。他几次想打电话给她说，可又不知该如何开口，加上为了适应新工作，便耽搁了。

李小白说道："哦，我在适应新工作，所以……"

秦美鸽今天是有备而来，看着一身脏兮兮的李小白，说道："李小白，我今天来是要你一句话。"

说着，她把李小白拉到了车门口。副驾驶座上有一个皮箱，秦美鸽上前一把打开，里面是一沓沓整齐的红票子。她说道："李小白，你只用告诉我一句话，是跟着我干还是继续当你的工人？我不希望我的男人将来是个脏兮兮的石油工人，他应该有自己的视野。如果你跟着我，我可以拿一百万支持你创业，就算赔光了，我也不在乎。"

李小白惊愕了，他此生还没见过一百万是多大一箱子钱，如今见到了，心止不住地狂跳。秦美鸽见有效果，说道："如果你选择继续当石油工人，我们就不可能在一起。"

李小白深深地吸了一口气，那个施展抱负的梦想从心底一个落满灰尘的角落浮了上来。原本觉得很遥远的梦，竟然就在眼前，可他却一点当年的冲动都没有了，他自己都觉得很奇怪。他笑了笑，说道："美鸽，对不起，我想做好石油工人！谢谢你！你会找到更适合你的男人。"

"你这是拒绝我吗？你怎么能拒绝我！"秦美鸽愤怒了。她本以为李小白会轻易地服软，那样她就觉得自己赢了，可没想到李小白拒绝得如此果断。

她说道："你难道不爱我吗？"

李小白不知为何，在拒绝了秦美鸽后，内心反而感到一种轻松，他知道自己的选择或许是正确的，说道："美鸽，其实我们不合适，我们就好像两条平行线，你的世界我走不进去，你也没有办法走进我的世界。我觉得你应该找一个在商业上能和你一起打拼的男人，我不适合你，你也不适合我。"

秦美鸽气得七窍生烟，适不适合不是他李小白说了算的，从小到大没人拒绝过她。她瞪着李小白说道："一百万少了是吗？那就两百万，你做什么都可以。"

"不！美鸽，我们做朋友吧，你是一个很好的朋友，这和钱没关系。"

啪的一声，李小白还没说完，秦美鸽便一巴掌打在了他的脸上。没承想李小白刚干完活，脸上沾着石油。顿时，秦美鸽的手上有了一道黑。她指着李小白说道："我为了你到了云海市，对你那么好，你就这样对待我？这对我不公平！你会后悔的！"

说罢，秦美鸽上了车，一脚油门扬长而去，车轮溅起了一地的尘土。李小白无奈地看着秦美鸽的车离去，不知道该说些什么，总之，他恢复了单身。

李小白在泵站的工作可谓突飞猛进，他的学习劲头很大，甚至可以放弃休假，对着一个设备一直研究。赵刚站长一直关注着他。

赵刚本以为这个孩子能让人事员大加赞赏，肯定是因为背后有人。所以，赵刚把他安排在岗位奖金最低的岗位上，认为肯定会有人来说情，希望给他调换一个岗位，那样立刻就水落石出了，没想到没人来说情。这小子的确表现得不同常人，一个设备不搞明白决不放弃。

这倒是让他不得不关注起这个九〇后小伙子。因为朝夕相处，他发现李小白爱看书、爱钻研，便立刻将高级工的书找来给他，让他自己研究，这也是对李小白最后的考验。

第82章 关于英雄

这天,刚维修完泵站,李小白回去放工具。他突然发现院子里还有一间屋子,看上去像是仓库,那门前没有一点灰,他有了好奇心,趴在门上往里看。

站长见初春已经到来,忙去看看地里的雪化得怎么样,考虑一下今年种点啥,给大家改善一下伙食,正巧就看到李小白在门前鬼鬼祟祟地四下张望。

赵刚走上前轻轻地咳嗽了一声,吓了李小白一跳。

"看什么呢?"

李小白说道:"我正好路过,有点好奇。"

站长笑了笑,走上前打开了门。沉重的铁门打开,里面有一个大家伙,李小白眼前一亮,说道:"柴油机?"

"是的!在二十世纪八十年代,我们在云海市发现油田之后,泵站就一直用这个柴油机。那时候对我们来说,在泵站上班是一种噩梦,柴油机的声音躺在床上都能听到。后来我们更换了电动机,这个柴油机就退居二线了。那时候,没了它的声音,开始我们还很不踏实,总觉得设备没有运转呢。"赵刚说道。

李小白走进去,用手摸了摸比他还高两个头的大家伙,当真是长了见识。赵刚继续说道:"我也是维修工出身。那时候,这东西要是要点小脾气,累倒是其次,主要是温度非常高,维修的时候,人只能待十几分钟,出来以后,头发都有一股子煳味。"

李小白点点头,他感觉自己见证了时代的变迁,没来由地想起了在博物馆看到的场景。那些穿着老旧的棉袄、戴着竹藤的安全帽的石油工人，硬是在这样恶劣的环境下挖出了石油，建了炼油厂，当真是不容易。

操千曲而后晓声，观千剑而后识器。很快，李小白的小发明是一个接着一个，连他的班长都觉得这小子不可思议，甚至这小子还能够通过知识反推出设备是否合格。

李小白最近获得的一次嘉奖就是他在查阅过去的记录时，发现清管作业卡球次数明显上升。泵站的老师傅都认为必须等大检修停工的时候，将设备拆下来清洗一番，而他认为这与维修设备没关系。

于是，李小白展开调查，最后发现是发球筒的尺寸不符所导致，于是他重新制作发球筒，改变清管器垫片顺序。通过试验，这个方法还真的可行。

赵刚非常欢喜，大笔一挥，强行停止作业，用了一个小时更换李小白的设备。设备更换之后，大伙发现连异响都少了，在清管作业中，卡堵现象和皮碗磨损情况大大降低，这样每年能给公司节省二十余万元。

赵刚笑得比弥勒佛还开心，将李小白提拔为维修班班长。

但李小白并不满足，因为他发现了自己的短板。维修班的工作其实接触的东西很多很杂，不但要掌握石油相关的知识，还要掌握电力、电子、计算机、仪表、机械方面的知识，这让李小白似乎打开了新世界的大门，而要学的工艺流程也是相当多。

李小白的生活充实程度超出了想象。在工作中，他还发现了自己的一个弱项——英语。他依然喜欢在HSE的论坛上闲逛，甚至提问，可对方的解答很多是英语专业术语，他搞不明白，唯一可以求助的就是霓裳。于是，李小白便"不合时宜"地出现在了霓裳的生命里。

他不是请教单词，便是请教语法，甚至让霓裳帮他给业内大咖写信。有时候，他一收到回复，便拿着大段的英文资料让霓裳帮忙翻译。这让两人的感情也加深了不少。

而另一边，霓裳正在准备参加班长岗位的竞聘，因为她和毕渊都已经当上了副班长，而班长的争夺便成为他们二人一较高下的新战场。

"霓裳，我不会放弃追求你的。如果这次我能够当上班长，你会考虑我吗？"毕渊正陪着霓裳在图书馆学习。毕渊学累了，过来看看坐在前排的霓裳。

而霓裳根本就没有看书，她正在帮李小白翻译送来的资料，她说道："哦，不会。"

毕渊看到霓裳头也不抬地拒绝了他，内心的高傲让他备受打击，他说道："霓裳，我可以在工作中保护你，生活上我也可以做好，为什么你不给我一个机会呢？"

"我有喜欢的人了，而且马上要比赛了，你就不怕我超过你？"霓裳的话让毕渊激灵了一下。对啊！霓裳的话有道理，一个男人如果没有事业，何谈有女人？

他收拾心情，继续去背他的书，但却怎么都看不进去。他干脆把书一放，又跑到霓裳身边，说道："霓裳，你告诉我，你想要一个什么样的男生做你老公？"

霓裳揉了揉写字写出汗的手，说道："我希望我的老公是一个顶天立地的男人，他会是一个英雄。"

这话差点没让毕渊背过气去，他说道："你别开玩笑了，英雄不都死了吗？你怎么能让死人做你的老公呢？"

"你是不是对英雄有什么偏见？"霓裳说道，"李小白的父亲就是英雄。他为了让厂里能够早日生产，甚至在自己的妻子过世时都没有回去。英豪榜上的每一个人都是英雄，他们每一个人都值得我去爱。"

这话让毕渊的下巴都快被惊掉了，他说道："那只要我上了英豪榜，你就会给我机会吗？"

霓裳点点头，看着毕渊。他顿时泄了气，说道："现在怎么可能再有人上英豪榜？现在的厂里不需要拼命呀！而且没有大厂需要建设，你这不是强人所难吗？"

"谁说的？英豪榜上有一个人就是在一个平凡的岗位上坚守了一辈子，他到退休那一天都没有出过一次错，他就是英雄。"霓裳将从李小白那儿听来的传闻说了出来。

毕渊听后张大了嘴，惊讶地说道："那我就算做到了，也七老八十了！哪里还有机会？"

霓裳笑了笑，说道："我觉得你是为了成为英雄而成为英雄，为什么不想着真正成为英雄呢？你真的该去看书了，我已经复习得差不多了。"

毕渊心头一惊，他才想起自己还有一些题目不是很熟练。他咬了咬牙，起身回到座位，强迫自己拿起书，背了下去。

第83章　不相上下

笔试和答辩很快到来。毕渊和霓裳都很优秀，但在答辩的时候，毕渊几乎是听完问题便脱口而出地回答，而且回答的内容几乎和标准答案不相上下。霓裳的回答也都正确，但她却需要组织一下语言，甚至有的地方会卡顿几秒。

高下立判，毕渊成为装置班班长。

领导公布消息的时候，笑眯眯地说道："小伙子，你的大好年华才刚刚开始，别停下脚步。"

毕渊开心地点点头，说道："领导，我下一个目标是运行工程师，我志在必得！"

"好样的！这才是石油工人永不言弃、永不服输的精神，保持下去。"

霓裳只是有些失落，其实她知道原因。在她面试的前一晚，李小白又发来了一段英文翻译，她为了不影响李小白，连夜帮他翻译了出来，却影响了她第二天的发挥。不过，她无怨无悔。

李小白在霓裳的帮助下终于攻克了一道难关——原油激光液位仪的研制。他着眼于解决目前常用上罐量油工具单次测量耗费时间长、夜间测量容易读错数据、计算容易出现错误等问题，发明了一把精巧的激光量油尺。它看上去就像一个艺术品，操作简单，只需要将量油尺放在量油孔上，轻轻按下测量按钮，空高、液位、容量等参数就会自动显示在液晶屏上。

赵刚听了李小白的讲述，觉得不太可能，但见到实物并测量之后简直是大吃一惊，直接帮他申请了专利，而这个仪器的发明大大缩短了停车时间。以前是需要停车，打开油盖，反复确认参数的。

李小白在一百多天内，绘制印刷电路板，编写控制指令，进行3D打印建模，每一个环节、每一个动作都容不得半点马虎。现在他最熟悉的地方怕是云海市设计院了。

赵刚那是欢喜得很,不但叫来电视台的人对李小白进行专访,还帮着他申报输油管道公司的生产标兵。

李小白将电视采访的新闻发给了李国清,李国清高兴得直接将老班员们全部叫到家里喝酒庆祝,大醉了一场。那几天,李国清走在街上,都是昂首挺胸、红光满面的。李小白看着宣传栏里自己的照片,感觉自己离英豪榜又近了一步。

这天,公司的人事员来找赵刚,说道:"赵站长,也不知道谁说我送了一个关系户过来,现在拿人家当宝啊?"

赵刚笑呵呵地说道:"嘿嘿,还有没有这样的人才啊?越多越好。"

"哎!打住,我可不是来给你报喜讯的,我这边是来要人的。三年了,我们这儿可是办的借调手续,时间到了,我这里可是要把人还给远宁石化的。"人事员说道。

赵刚说道:"你还呗!跟我提什么呀?我这儿又没有远宁石化的人。"

"你糊涂了吧?李小白就是!"人事员笑容古怪地看着他。

赵刚突然想起来了,李小白的资料里写的就是远宁借调。他不愿意了,说道:"哎!这个人我可不放啊!我这是撞了头彩,才得了这么个宝贝,你说借调结束就结束了?你回去给经理讲,让他延长借调时间,或者你直接把人给我扣下来。"

"你这不是难为我嘛,时间到了,那人就得走。本来就是新油田开发,急需人帮忙,现在我们人员跟上了,还能把人扣下不还了?另外,人家远宁石化派了精兵过来,已经是难能可贵了,那时候要不是领导说你这儿缺人，喊得我们头痛，我们这儿也不会把他放过来。"人事员哭笑不得。

赵刚的倔脾气上来了，说道："那是领导该考虑的事。你这次来，我不签字，你回去给领导说，人，我扣下了！要人，没门！别想拿谁谁来换，我还就说了，我看不上！"

人事员也火了，说道："哎，这本就不是咱们的人，你不能不讲理吧？远宁石化的领导要是来要人，那是破坏团结的事啊！你我都担待不起。"

赵刚说道："行！我去找领导，我不怕得罪人！让开！"

说着，他推开了人事员，开着车急匆匆地去了领导办公室。

领导办公室里，赵刚是脸红脖子粗。这桌子也拍了，架也吵了，人还是必须还。

赵刚已经没有弥勒佛的样子了，他一屁股坐在椅子上，说道："领导，这就是一个电话的事，以前远宁石化刚成立的时候，不也从咱们这儿调人吗？现在我留下一个人，怎么，还要打上门吗？"

领导都无奈了，说道："哎！哎！你说的都是猴年马月的事了！你这让我怎么开口？兄弟单位有难，人家派人来帮忙了，你却把人扣下了，我脸往哪儿搁啊！"

赵刚见领导的语气有松动，马上凑上去说道："领导，试试！就试一次，我欠你一个人情，回头我请客。好酒！必须好酒！"

领导苦笑着摇摇头，拿起了电话。电话很快拨通了，领导说道："岳厂长？好久不联系呀，近来可好呀？"

"嗯！老伙计，你借调的人是不是要回来了？我闻着味，就知道你要给我打电话了。"岳诚厂长哈哈大笑了起来。他们俩是老战友，父辈就一起分到了安西，现在又在一个战线上工作，那自然是亲近。

"是啊！是啊！感谢你在我们困难的时候，帮助了我们呀！"

"行！这个事跟我们人事上对接就行，你要过意不去，哪天我去云海市出差，你请我吃饭！"

"哈哈！我还真有个事，有两个人，我想他们……这个……我留一下。"

岳诚有些纳闷，这老伙计今天说话吞吞吐吐的，肯定有请求，于是问："谁呀？"

"一个叫李小白，一个叫田蔚强。"领导说道，"这两个人，现在的工作能力还行，我这边呢，也缺人，所以嘛，我想多留一段时间。"

赵刚急得抓耳挠腮。他要的是人，不是多留一段时间，但领导冲他一瞪眼，他只能乖乖地坐下。

岳诚听出了味，他对田蔚强没有印象，但对李小白似乎有点印象。他沉吟半晌后想了起来。当年严栋签录取名单的时候，说这小子是个愣头青。他可是不会轻易开口的，难道严栋认为李小白是一个人才，他还真就是一个人才？

想来，这人放不得！

第84章　一路相伴

"老伙计，你怎么就对这两个人感兴趣啊？"岳诚问道。

这一下让云海石化的领导有些不知该怎么回答了，这不是明知故

331

问吗？只有好的人才才值得打电话来要。

"哎，我也不多说了，就一句话，给不给吧？"

岳诚知道他的脾气，说道："你也知道我们的人很多都在远宁安家了，这拖家带口的，调动起来不方便啊！不过，我个人是尊重对方的选择，如果他们本人希望留下，我这边可以延长一些时间。"

领导气坏了，以为如果他希望留下，那就做个顺水人情，哪里想到却是多留一段时间！这已经是把话挑明了，人是不放的。

领导挂了电话，叹了一口气，说道："别想了，人家不放人，你要别人几年最后不是还要还？还是算了吧。"

赵刚愣愣地看着厂长，他知道厂长已经尽了力。半响，他站起身，用力一跺脚，说道："唉！这样的人才为什么不是我们管道公司的人啊！"

赵刚径直出了门。人事员怕赵刚在里面做出什么出格的事，一直躲在门外，见赵刚出来，忙堆着笑。赵刚瞪了他一眼，转身走了。

人事员急忙进到领导办公室，领导无奈地摇摇头，说道："让他自己想去吧，会想明白的。"

这天，李小白正在上班，却听门口来人说又有人找他。他急忙赶到泵站大门口，一看来人是田蔚强，他急忙将人带了进来。

田蔚强刚见面就给了他一拳，说道："好小子，趁我不在，天天搞发明创造，这都上电视了。"

"你也不差啊，我看到了改革制度的报道，而且你田大班长奖励发明创造的作风在采油上面得到广泛推广呢！"李小白其实也一直关注着田蔚强。

"哈哈！不说这个了。对了，咱们快要回远宁了，你已经是班长了，回去之后平级调动，也是班长，你想好去哪儿了吗？"田蔚强说道。

李小白没听明白，他一直以为自己被分配到了泵站，以后就要在泵站发光发热了，怎么还能回去？

田蔚强见他不明白，说道："傻小子，你不会以为就一直留在这里了吧？当年咱们可是借调，现在借调到期，咱们该回去了。"

李小白这才回过味，他猛地站起身，看着窗外他熟悉的泵站，竟然有些不知该怎么答复了。

李小白说道："我们真的要走了吗？"

"那可不！咱们的工作关系还在远宁石化呢。"田蔚强说道，"哎，我可能还回原单位。我打听过了，我们在这里的表现也会如实地报给远宁石化，按云海石化的标准，咱们回去至少是运行工程师。"

"这个我倒无所谓，就是非常舍不得这里。"李小白长长地叹了一口气。

"怎么，你还不想走？"

李小白说道："回去是对的，我是在远宁石化跌倒的，我要在那里爬起来。我还欠我师傅一个交代呢。"

田蔚强说道："哎，这几天你就是不干活，也不会有人说你的，不如跟我回去，和良师傅还有在勘探的哥们儿喝个酒？"

"不了，我走之前会去看看他们，但班我要上完。"李小白说道。

田蔚强说道："那我今晚就住这儿了。看我单位的领导多好，专门给我放了假，让我放开了玩。"

话音未落,有人敲门,正是赵刚站在门口,他对李小白说道:"你到我办公室来一趟。"

李小白点点头,穿好衣服,下了楼。

办公室里,赵刚说道:"你应该知道你们马上要走了吧?你有什么想法?"

李小白说道:"我挺意外的。其实我以为我是被分配到了这里,刚才我才知道是借调。"

"哎!你要是不想走,我就是找到云海石化的一把手也要把你留下。怎么样?在我这里的两年,应该挺舒服的吧?"赵刚说道。

李小白笑了笑,说道:"站长,说实话,我特别舍不得这里,但我还是决定回去,因为当年我的一个失误让我的班长提前内退了,我特别对不起他,我……"

"你小子不识好歹!我对你不好吗?吃里爬外的家伙!你小子没良心了吗?"赵刚气得破口大骂,完全没了弥勒佛的样子。

李小白低着头,不敢抬头看他,赵刚说道:"你想好,回去远宁石化之后可没我这里自由,厂里比不得泵站。"

李小白感激地点点头,说道:"站长,我在这里已经学到很多了。我父亲也在远宁,而且我如果不在远宁干出点事业来,心里总觉得对不起我师傅。"

"你给我滚!白眼狼!"赵刚气得直拍桌子。

李小白吓了一跳,逃也似的出了门。李小白在忐忑中过完了他在泵站的最后几天,同事们都过来给他送行,却唯独不见站长。

这多少令他有些遗憾。李小白和每个人告别,大家笑着。就在这时,泵站的大门开了,赵刚开着车进来。

他直接开到了李小白的身边，说道："上车！"

李小白吐了吐舌头，扛着行李上了车。因为李小白要去参加欢送大会，而泵站离云海市还有一个多小时的路程，所以只能坐车回去。

路上，两人都不说话，气氛异常尴尬。

赵刚突然开口说道："你小子哪儿都好，就是一根筋。回去以后重新开始了，可要好好干。"

"谢谢站长！"

赵刚摆摆手，说道："少来这套，你走了，我可是心痛得很，我就差去找总经理了。唉！留不下呀！"

李小白不知道该怎么接话，只能沉默。赵刚说道："之前跟你发火是我不对，你别往心里去。你是难得的好员工，我舍不得你走，但我也不能耽误你的前程。回去之后，如果你还想回来，早点打招呼，我帮你想办法。"

"谢谢站长！"

"少来这套，怎么谢谢从你嘴里说出来那么别扭？你搞发明创造的时候，可没这么客气呀！我还记得你上次和别人为了改革争执，那是寸土不让啊，怎么现在像个大姑娘一样？"

李小白只能嘿嘿地笑了起来。

李小白记得他来到泵站的时候刚过完年，一晃两年多过去了，现在是夏天，云海市的风依然干燥，天空万里无云，李小白情不自禁地回头看了看泵站。

第85章　命运巧合

"李小白这个员工你还记得吗？"岳诚厂长看着严栋说道。

严栋心里咯噔了一下。他当然记得，两年都没李小白的消息了，怎么今天岳诚突然提起了他？他说道："他不是去云海市了吗？哦！要回来了。怎么，他在云海石化混得也不好吗？"

"恰恰相反，云海石化的领导可是极力想把他留下，我没放人，现在回来了。这小子表现不错，上了电视，还拿到了生产标兵。"岳诚看了李小白在云海市的档案。

这大大出乎了严栋的意料，他始终认为李小白是那种烂泥扶不上墙的主儿，这其中多半有什么猫腻。

"现在人家可是班长了，你之前不是说要替人家担保嘛，那就放到你那里吧。"岳诚笑眯眯地说道。

严栋不想让领导以为他真的和李小白有什么私交，说道："他是包装厂的人，这样调整合适吗？"

"他在云海市的发明不少，我觉得他是个人才，放在包装厂可惜了，你带着吧。"

此时的严栋已经是联合加氢厂的副厂长，接收个把人，那是不在话下，但总觉得心里别扭。

回来后的李国清早就知道李小白今天要回来，做了一桌子好菜。两人三年没怎么见面，关系倒是融洽了很多，话自然也就多了起来。

"回来就好，回来就好呀！"李国清搓搓手说道，"领导说了吗？分到哪里了？"

"联合加氢，主业上。"李小白啃着鸡腿说道。

"好！联合加氢好，主业上面工资奖金都高。"李国清很满意，但不免又担心了起来，"主业学的东西特别多，你可要做好心理准备呀。"

李小白"嗯"了一声。他知道自己的职务是副班长，但不知道是严栋看着他的班长职务，硬是给他连降了两级，运行工程师和装置班长都没给他。

李国清又问道："你怎么没和美鸽那丫头一起回来呀？她爱喝鸡汤，已经做好了。"

李小白知道这个事是瞒不过去了，说道："我和她分手了，她还在云海市。"

"什么？"李国清简直不相信自己的耳朵，他说道，"什么时候的事？你是不是对不起人家了？我给你说，作为一个男人不能见异思迁的。"

李小白说道："没有，我和她根本不合适，我可没有做对不起人家的事，就是不合适。"

"那怎么会分手嘛？怎么就不合适了呢？我看得出人家是喜欢你的。"

李小白说道："那要我辞职和她去创业，我也要去干吗？我就想当好一个职工。"

李国清愣住了，还想说什么，却不知道该怎么开口了。这顿饭吃得不太愉快，但李小白却松了一口气。他一直在想该怎么开口对父亲说，现在好了，说完了，心里便没了负担。

回到屋里的李小白接到了霓裳的信息。

"听说你回来了？分到哪儿了啊？"

李小白回复："联合加氢。"

"联合加氢几班？"

"暂时是二班的副班长。"

霓裳的心怦怦乱跳。她在三班，这意味着每次上班交接班时都能见到他，霓裳高兴地抱着娃娃熊在床上滚来滚去。

"哈哈！我在三班哟！每天接你的班。你完蛋了，我要好好收拾你！"霓裳回复了一句，还放了个吐舌头的表情。

"来吧！我等你！"李小白的回复让霓裳更开心了。霓母见屋里闹腾得很，进了屋就见霓裳抱着手机在傻笑。

李小白不知道霓裳是三班的副班长，班长却是毕渊。他的麻烦才刚刚开始。

第一天上班，他便遭遇了在远宁石化的第一个问题。联合加氢的设备是整个厂比较复杂的，需要学习的流程多如牛毛，而他待过的泵站与这里相比，那就是小儿科。

同时，二班也存在问题。因为之前的班长辞职了，班员的整体士气都不是很高。厂里的副厂长也经常到他们班来视察，有时候还会找个别员工谈心，希望不要出现那种走人走一串的情况，这搞得员工们压力都很大。

严栋将李小白放到这里，其实也是有私心的。他认为李小白在这样的环境下，肯定顶不住压力，过不了多久犯上几个错，那必然会原形毕露，他再顺理成章地降他为普通员工。班长这样重要的岗位，他不能安排一个"定时炸弹"在那里，捧杀有时候也是一个不错的办法。

李小白现在是副班长，同时也是代班长。他并没有因为班员的士气不高而胡乱地制定各种规定,他只是告诉大家以往怎么上班怎么操作,现在依旧如此。班员见他没有什么新官上任三把火,倒也与他相安无事。

整整三个月的时间,李小白几乎一有空就把霓裳叫到单位,抓着她请教各种操作流程,以便尽快掌握全新的工作内容。霓裳自然是没有不乐意,能和自己暗恋的人在一起,那是很幸福的事。

霓裳发现李小白是真的聪明,她几乎只讲了一次,李小白便能记个大概,而且他还能将几个设备全部串联起来,一并记下。往往第一天讲完,第二天李小白就记了个百分之八十,这让霓裳意外又高兴。

唯一不高兴的就是毕渊。他听说李小白回来后没事就和他的女神在一起,天天在厂里转悠,气得他牙痒痒。

报复的机会也来得很快。每天交接班时毕渊是铆足了劲找碴儿,找到了问题便抓着不放,说得最多的问题就是卫生打扫不干净就不接班。而且一到班长会议上,毕渊对李小白全程开炮,当着技术员和值班长的面,将李小白的不是一一数落一遍。

值班长知道李小白是新官上任,对工段的情况并不熟悉,也只是象征性地说了几句,可毕渊找碴儿找得多了,那自然是没好脸色给李小白。

这让李小白很尴尬。

整整三个月,李小白了解了所有的工作流程,同时也知道了问题所在。说到底,其实在于细节。于是,他决定开始整改。

在这之前,他还是有些担心,便问霓裳。霓裳也是想了很多的办法,只是李小白认为还是很片面,然后他想到了一个人——老班长尹军。

第86章 实践真理

一天下班,李小白给老班长打了个电话,没想到尹军很快接了起来。二人一见面,老班长就高兴地说道:"小白!三年结束了?回来了吗?"

李小白忙将手里的好酒和好烟递了过去。尹军说道:"你以后不许带东西来见我,人来就行。你在云海市的表现我已经知道了,听说你去四泵站了,我是挺高兴的。赵刚也是咱们远宁出去的娃娃,我上学那会儿,他比我小几届,从小就胖,不知道现在是什么样子了。"

尹军的话让李小白很是意外,他说道:"赵站长人非常好,我在那边的改造计划,他没有不允许的。"

"嗯!对,他年轻的时候也很喜欢改造。"尹军说道,"说说你吧,回来以后还适应吗?"

李小白说道:"我回来以后,把工作中的所有流程都掌握熟了,但是管理方面这里与泵站完全不同。那边有活大家都比较积极,但是我所在的班却是士气很低,我有点无处下手。"

李小白将二班的情况说了一遍,尹军哈哈大笑,说道:"其实,士气不高有三个原因,第一个是大方面,比如公司层面的,薪水高不高,待遇好不好,这不是你考虑的;第二个是管理层,你们班被作为重点关注对象,那势必会被盯着,当然,这个情况不是长久的,人心稳定了,那自然会宽松;第三个自然是员工层面了,你要记住,自己才能提高自己的士气,士气决定了你要做什么,做什么是习惯定的,习惯就决定了你的命运。"

李小白听明白了,他之前带班总是认为身先士卒便足够了,大家一心把工作搞好，比什么都强。在泵站，工作量就那么多，设备也并不复杂，员工们吃喝拉撒睡都在一起，彼此之间也很快能够培养出默契。但在远宁石化，设备工艺复杂，员工之间层级关系明显，每天重复性的工作让大家都觉得很无趣。

正是因为这种无趣和生产压力，很多人都产生了麻痹大意思想。李小白研究过二班发生安全小事故的原因，发现都是在自己熟悉的岗位上出了事，每一个事故看似巧合，却总是有其必然性。

"师傅，我该怎么做呢？"李小白问道。

尹军笑了笑，说道："我在包装厂接手你们班的时候，和你现在遇到的情况完全一样，你想想我是怎么做的。"

李小白想了想，说道："您严抓制度，迟到什么的，绝不放过；您不喜欢坐着，喜欢到处走动，看到什么就干什么；您每次更换批号的时候，都会严格遵守规章制度……"

尹军默默地看着李小白如数家珍，微笑地点头。李小白越说自己越明白，紧皱的眉头也渐渐地平展了。

尹军拍拍他的肩，说道："小白啊，这管理不是一味地严，就好比是一根橡皮筋，你松了，它没劲，你用力过猛，它就会断裂，这个度没办法去说。但你必须想办法领悟，一紧一松之间，管理的艺术大概就是如此了。嗨！我没有你大学生的本事，说不好，这些只不过是我这么多年来，在工作中的领悟罢了。"

李小白却说道："师傅，您这是实践出真理。我在四泵站刚当上班长的时候，看了很多管理方面的书，可适合我们远宁石化的书太少了。"

"不！有很多，比如HSE健康管理体系，平时那么多的制度，都是管理。工业管理没有人情可讲，错了可能就是生命的代价，对了则是你应该做的。"尹军的话让李小白似乎找到了一个很好的切入点。

这一晚，他陪着尹军喝了不少，当他知道尹军已经彻底退休了，也当真为师傅高兴。看着师傅退休后还胖了不少，也是放下了心，但最主要的是他对二班的管理有了一个大体的思路。

第二天，接班班前会，李小白一改往日顺其自然的态度，说道："从今天开始，我李小白开始履行二班代班长的职务。之前没有这么做，是因为我不了解工艺，我怕我会瞎指挥，但是现在我懂每一个操作、每一个流程、每一台设备，如此，各位在做什么，我一清二楚。"

他看着班员，大家表情各异，有无所谓的，有吃惊的，有放心的，有好奇的……

他继续说道："我要求：一、严格遵守厂里的制度，我会给各位三次机会，第一次提醒，第二次警告，第三次直接考核；二、严格执行交接班管理规定，我希望我们能够早下班，我希望三班在接我们班的时候，提不出任何要求。当然，这不是主要的，我要的是我们班的卫生是五个班最好的。"

李小白停顿了一下，从每个人的身边走过，说道："整个工艺就是咱们的生命线，工艺二班就从卫生开始。当然，这个卫生包括各位的个人卫生，安全帽、厂服、劳保鞋，一个都少不了。奖勤罚懒，我罚的钱将奖励给表现最好的员工。"

接班后，李小白也像老班长尹军一样，从不去休息室，而是在各个地方转悠，这让大家一时间都不习惯。

"这小子该不会来真的吧？这样下去，咱们可受不了啊！"

"这三把火早晚要烧,不过是今天该烧了。"

"我可听说班长会议上他被毕渊喷惨了。"

"毕渊那货,你问问他们班的,有几个喜欢他?那是把人盯成了机器人。"

……

各种传闻蜂拥而至,李小白却不管这些,从最简单的打扫卫生开始,很快便有了成效。刚开始,下班前,他是每个点地跑,他在小本子上将整个卫生区划分出来,打扫得好的列为信任区,打扫得不好的,他就带着大家一起干,干好了,这就是标准。

一段时间后,毕渊有点郁闷了,他发现班员很难再在二班挑出刺来,甚至他不放心,自己跑去找碴儿,硬是没找到。第一次,他发现没有办法让李小白的班返工打扫卫生,只能放行。

这也让二班的人很开心,他们逐渐意识到做事让人挑不出刺来,其实也挺好的。于是,这个作风便深深地埋进了二班班员的习惯里。

接着,李小白开始有针对性地检查各项工作指标和安全点。在班长会上,一向只能听值班长批评的李小白开始对安全点进行了描述,接着整改措施也下来了。

第87章　球场战舞

一个季度的生产会上,值班长发现李小白班提出的安全整改措施是最多的,而且他的班做的是最好的。

这也是尹军给李小白的建议,那就是群策群力,每个人都把民主生活会当成了自检自查的会议，而且每次提出好的建议，李小白都是追着值班长要嘉奖。

一时间，这种风气竟然带动了二班的学习热情。以前的生产案例对每个人来说不过是抄写笔记，但李小白开始抓生产后，它变成了一种举一反三的学习，员工开始将自己工作中可能遇到的类似情况进行比对，如果没有安全提示牌，那么便加装上。

就是在这样持续的学习下，每次二班的成绩也由之前的垫底升到了前几名。李小白的日子算是好过了许多，班员的士气也一天天有了变化。领导是可以通过数据看出来二班的变化的，慢慢地也不来视察了。

霓裳是很替李小白高兴的，甚至有时候关于带班的经验还请教李小白。

公司非常关注年轻人的成长，经常会举行各种各样的活动，比如篮球比赛。李小白看到这个通知的时候，也是没想到。在云海市的时候，他只参加过过年团拜，认为非常有趣，领导们带着好吃好喝的来泵站看他们。

远宁石化因为生活圈子相对小些，团委的工作也相对好开展些，基本上以厂为单位组织员工做各种有意义的活动。篮球比赛也是一年一度很重要的活动，这代表了一个厂的精气神，但对于联合加氢来说，每年的篮球比赛，他们从来拿不到一等奖。人员能力是一方面，最主要的是气势不够，一上场就会被人压着打。

值班长现在很放心李小白，他专门找到李小白，说道："小白，听说你打篮球很牛啊？"

李小白非常肯定，他是能够扣篮的，笑着说道："班长，你想和我过过招吗？"

值班长捶了他一拳，说道："少咧咧！我要年轻十岁，你连篮板都靠不过去。"

尽管有吹牛的成分，但不妨碍值班长交代任务，他说道："篮球赛啊，能不能让咱们拿个第一啊？"

"你先让我看看队伍再说嘛。我也不知道我行不行。"

其实值班长根本不觉得他们能拿第一，毕竟多少年了都没拿过第一，这突然爆冷门的可能性不大。

很快，李小白就见到了他的队伍，那是从整个联合加氢调来的最能打球的几个人。李小白和他们打了一场球，心中也有底了，说道："我们能赢！"

"唉！赢不了，你看看炼油厂的那些牲口，牛高马大！拿着球，把人都撞飞了，年年都是炼油厂拿第一。"

"嗯，就是！他们还代表远宁出去打球，好像他们里面还有体校毕业的。"

李小白说道："怎么，你们上学的时候没和体育专业的打过球吗？没从他们身上学过战术吗？"

"学过，但理论和实践不一样啊！"

李小白知道了，他们的问题不是出在战术上，而是出在心理上，没有必胜的信心便没有战胜对手的决心。

解散以后，李小白琢磨了一会儿，立刻找到了霓裳。

李小白说道："能不能帮我一个忙？"

"哦？你李小白求我的还少吗？"霓裳妩媚地一笑，竟然让李小白看痴了。他回过神，尴尬地笑了笑，说道："马上举办篮球赛了，你能不能组织一个女子啦啦队呀？"

"啊？啦啦队？给你们打气吗？"

"嗯！我们的篮球队存在的问题就是自信不足，如果有一个啦啦队在我们上场之前，高呼我们的名字，那绝对可以振奋士气。"李小白说道。

霓裳想都没想，说道："行！交给我，不过，你打算怎么感谢我呀？"

"我请你吃饭！"

见霓裳答应，李小白又开始着手起他的秘密武器。

比赛那天很快到了。

"队长，你说的方法行吗？真正打起来，可不是一回事啊！"

李小白笃定地说道："各位，相信我！我在大学的时候，和国际体育交换生打过联赛。没有最强的对手，只有团不团结的队伍。"

"嗯！听你的！"

就在这时，赛场上响起了啦啦队的欢呼声："联合加氢！称霸赛场！""联合加氢！宇宙最帅！"

李小白吓了一跳，他听到喊得最大声的就是霓裳。霓裳喊完一遍，马上十几个女孩子纷纷跟着喊，这让其他厂的男子啦啦队有些下不了台，便立马跟着喊了起来。但他们没有练过，喊得乱糟糟一片，反而让联合加氢的女孩子们咯咯地笑了起来。

其他厂的球员也很是尴尬，这还没开始，气势便弱了一分。

这次大赛来看的人还有岳诚厂长。他年轻的时候就喜欢打球，每年的大赛，他都会跑来看几分钟。这一届的比赛似乎有些不同，以前的观众都是男生多、女生少，除了场上的人比较兴奋，台下的人倒是很安静，除了偶尔有一两个好球引发的欢呼声，其他声音寥寥无几。

岳诚笑了，他觉得蛮好。

"下面有请联合加氢的小伙子们！"主持人的声音响起。

李小白的队伍整齐地跑步上了场，他们不像其他队那样，一个个默默地走到自己的球场上等待球赛开始。

李小白的队伍跑到了球场的中心，列出了三排阵型。

李小白站在队伍最前面，大声地吼道："联合加氢！"

剩下的所有队员齐声吼道："必胜！必胜！必胜！喝！"

接着，每一个人双拳在握，摆开了统一的架势，就好像今天不是来打比赛的，而是来打架的。对面的球员看呆了，有拿着毛巾的，有拿着水瓶的，就那么看着他们。

李小白继续吼道："这个球场！是我们的天下！"

"是！是！是！"队员的喊声一声比一声大。刚开始的时候，还有人声音很小，但当架势摆开，看着对面一群人目瞪口呆，反而放开了，也跟着用最大的声音喊着。

这一喊，让周围几个赛场的人都看了过来，他们从没有见过这样的出场方式，报社的记者也纷纷拿出了照相机。

李小白大吼道："联合加氢！势必第一！"

"势必第一！势必第一！"整齐的口号让现场一下火爆了起来。

第88章　赛场拼搏

岳诚厂长也是愣愣地看着联合加氢队，半晌后哈哈大笑了起来，

347

说道："好！有点意思！年轻人就该这样！"

比赛开始，第一个球很快传到了李小白的手里。他抓起球猛地跳起，球硬生生地被扣进了篮筐里，这让一众女生跟着欢呼了起来。

霓裳大吼着："李小白！我爱你！"

啦啦队不知道这是霓裳兴奋的喊声，都跟着一起喊："李小白！我爱你！"

这下热闹了，整个赛场被点燃，很尴尬的是李小白。他们这边赛场上人头攒动，而其他赛场根本没人看，李小白的队伍也是越打越有劲，赢得了第一场比赛，这无疑给了联合加氢队很大的信心。

第二天，报纸很快到了严栋手里，他看着站在球场最前面的李小白咆哮的样子，冷哼一声："哗众取宠！"

霓裳看着报纸，小心翼翼地将它剪了下来，夹在书中。她回想起来那天在球场上，下意识地喊出"李小白！我爱你"的时候，是多么尴尬的一幕，还好旁边的啦啦队队员帮她掩饰了过去。

毕渊看到了报纸，也听说了在比赛现场有女子大喊"李小白！我爱你"的事。他虽然不知道喊的那个人是霓裳，但却觉得李小白依然是那个四肢发达、头脑简单的傻大个儿。

最终，迎来了决赛。令李小白没想到的是，炼油厂也找来了女子啦啦队，同样的喊声此起彼伏。李小白冲着全队说道："我们已经打到了决赛，输赢已经不重要了。以前我们连入围都不行，现在我们已经开创历史了。大家放轻松去打，有什么花子都可以玩玩。"

李小白的话让原本紧张的队伍放松了下来，同样的上场仪式，这一次的效果却是让整个赛场沸腾。李小白的这个创意是受到新西兰毛利人战舞的启发，鼓舞士气最好的办法就是点燃心中的怒火。他相信这次依然能赢。

比赛开始了。果然，炼油厂队能每次拿第一，绝不是靠运气，人家甚至专门研究了他们的打法。李小白的第一个扣球就被人盖了帽，对方是一个比他还要高大的小伙子。对方的战术也很简单，就是盯死李小白，只要他得球便有两个人防守他，令他毫无办法突围得分。

上半场，他们落后了整整二十分。这期间，只要霓裳带着啦啦队大喊，对面的啦啦队也会用更大的声音回敬她们，这让霓裳也是万分着急。

李小白叉着腰，浑身是汗地看着队友，说道："改变打法，我得球就传给你们，你们不要犹豫，直接投，我在篮下，我来抢。下半场，我不投球。"

比赛开始了，啦啦队再次开始摇旗呐喊。这一次的喊声却犹如雷鸣，李小白他们也是吓了一跳，转头一看，却是值班长带着二十多个小伙子，跟着啦啦队一起呐喊。

"李小白！我爱你！"

于是，一群大老爷们儿和啦啦队一起大喊："李小白！我爱你！"

这下紧张的气氛也少了不少，李小白得球后，毫不犹豫地传给了三分球外的队友，他则是几步冲到了篮下。唰的一声，球进了。

三分到手，而幸运女神在这个时候偏向了李小白的队伍，后面的三分球几乎全中，差两分就能追平对方的分数。对面叫了暂停，李小白是一分钟都没有下场休息，此时的他，腿肚子有些抽。霓裳跑了过来，说道："李小白，加油！"

值班长兴奋了，指不定还真就爆了一个大冷门，他们联合加氢这

349

次真可能拿个第一，好好长长脸。他又是递水，又是递毛巾。

李小白说道："他们肯定会分散人手，防我们继续投三分，那么我们就改变打法，不防守，全力进攻，如果丢球，我就在他们篮下，直接传给我。这个球非常关键，也是我们追平比分的唯一机会。"

比赛还有三分钟结束，两队人再次回到了场上。果然，这个球被对方轻易地拿下了，他们将球传给队友的瞬间，李小白的队友猛地将球甩向了李小白。李小白接住球，用力地跳起，狠狠地扣在了篮筐里。

整个赛场沸腾了，对方球员甚至都没有反应过来，啦啦队的欢呼声再次响彻场外，此时对方啦啦队的声音已经完全被霓裳的啦啦队的声音压没了。

最后两分钟，球再次传到了李小白的手里，他在三分线外，对方的那个巨无霸大个子已经在篮下等着李小白冲过来，李小白却是高高地跳起，唰地将球投了出去。

他落地，手还保持着投出去的姿势，唰！球进了！比分追平！

这一幕看呆了所有人，李小白笑了，他说道："我的强项不是抢篮板，而是投三分球。"

众队友都喜出望外，原来李小白还藏着这么一手，这样就好打多了。众人甚至还玩起了钓鱼，先冲进三分区内吸引对手的注意，趁其不备，将球传给了李小白，再得三分。

反超了！这简直就是创纪录的事情，值班长一个四十多岁的男人也兴奋地吼着。

现在对手的打法全乱了，李小白到了篮下，对方大个子防守着，另一个人也过来防，李小白将球传了出去。李小白在外围，大个子赶不过来，又没人能防住李小白的三分投球。

比分反超九分，比赛在一声响亮的结束哨中结束，联合加氢破天荒地拿下了篮球比赛的第一名。

值班长哑着嗓子拍了拍李小白的肩膀，说道："好样的！真有你的！太长脸了！"

岳诚因为要颁奖，所以下半场才来。他看着李小白众人的比赛，那是相当过瘾。颁奖时，他看着众人说道："这次的篮球比赛是这几年来少有的精彩比赛，我看到了你们年轻人的拼搏精神，看到了你们的团结，看到了你们的顽强。我们远宁石化就需要这样的年轻人，尤其是联合加氢的小伙子们，你们夺冠实至名归！"

李小白站在领奖台上，霓裳拿着手机不停地给他拍照，李小白也看着她，露出了洁白的牙齿。

严栋看着最新一期的报纸上站在领奖台最中间的李小白笑得灿烂无比，内心第一次有了一个想法：会不会这小子真的有不同寻常的地方？

第89章　成熟滋味

回来之后的李小白，因为工作表现突出，很快由副班长升为班长，他开始提出更严格的要求。他发现很多员工熟悉工作流程，但遇到问题的时候，效率却不高。

他还是采用在四泵站的管理方法，那就是身先士卒。他认为只有自己干得多，队伍才会跟着干得多，可实际上却不是这样。很多时候，大家只愿意干好分配的工作，至于需要与别人沟通完成的工作，总是做不到位，彼此间的联系也就不紧密了。

他也试过与团委联系，进行增强核心凝聚力的团建，可收效甚微。他发现员工之间其实是缺乏相互沟通的，主要是因为内操安排工作，外操去干，而固定岗位很多时候都是一人一岗，彼此间的沟通很少，造成了自扫门前雪的情况。

于是，李小白做了一个大胆的尝试。他要求每个班员做一天班长，而他则去当班员。最初推行得很困难，因为石化公司所有的厂的职工都需要上岗证和安全培训合格证以及入场证，这就是三证齐全，而班长还要有班长证，否则是无法带班的。

李小白这个打破常规的做法，自然是有人反对的，甚至有人质疑要是发生了意外怎么办。

李小白说道："放心！所有后果我承担。我这么做就是希望咱们班的每一个人将来都是班长，我们班就是联合加氢的黄埔军校。你们不会不敢吧？那我多说一句，任职实习班长期间，奖金系数按照班长的走，我个人将我班长多的奖金全部发给大家。"

这简直是匪夷所思，哪有把自己的工资发给大家的？钱多吗？大家也猜不透为什么李小白要这样做，不过，反对的声音小了。

很快，第一轮开始了。困难是有的，有的员工不熟悉班长的工作流程，李小白也不介意，一边看着岗位，一边拿着对讲机给每个人讲解。因为人手一个对讲机，所以班员出现的问题。李小白解答时，其他人也听着。

慢慢地，更多好的点子冒了出来，员工们也开始了解李小白的工作内容，他们也发现了员工之间实际合作中出现的问题。于是，改革再一次到来。

群策群力，联合加氢二班很快梳理了一份工作标准。二班的工作在接下来的半年里很少出错，而且每天接班时每个人的脸上都是笑呵呵的，让别的班，尤其是毕渊的班员看了好生羡慕。

这就是团结的力量。

李小白将这份工作标准拿给值班长后，发现他们班的标准比厂里的硬性规定还要严格，而且每一项都抓住了关键点，这便成了联合加氢二班的执行标准。这让毕渊也多少有些意外。而正是因为这份工作标准，让毕渊再也没有因为工作交接而找到李小白的麻烦。

毕渊发现李小白与霓裳走得很近，认为这很可能是霓裳的主意，这让他心里酸溜溜的，总认为霓裳在帮李小白，却不帮他。

秦美鸽在云海市并不开心，最主要是因为没有朋友，她的店铺生意是越来越好，内心却是无比失落。这天，她正好和一个顾客发生了点矛盾，一怒之下，便把店铺卖了。说实话，这一次投资，她是不亏的，而且可以说还赚了一笔，毕竟是运转良好的店铺，想接手的人也不在少数。

她回到了远宁，心心念念地想着李小白。她认为李小白回到远宁是因为她的劝说，李小白在远宁总比在泵站每天穿得脏兮兮要好得多。所以，李小白很可能心里还有她，只是不愿意辞职罢了。

秦美鸽越想越觉得有理，于是拿起电话，拨给了李小白。李小白很意外，怎么秦美鸽会打给他？

"你在哪儿？"秦美鸽如是问道。

"我在家呀。你还在云海市吗？"

秦美鸽说道："我把店铺卖了，回远宁了。"

"啊？又卖了？"

"对啊！不想干了，但是我赚了。"秦美鸽得意地说道，"我想见你，我来接你。"

"啊？我……"

对方已经挂了电话。秦美鸽风风火火地过来，又风风火火地把李小白拉到了西餐厅，同样点了牛排，而李小白只点了一杯果汁。

秦美鸽大快朵颐，说道："我想你了，我回来就是想见你，我们和好吧？我不劝你离职了。"

李小白皱皱眉，说道："我觉得我们还是做朋友吧。"

秦美鸽吃了一惊，她感觉李小白变了，他不再是以前那个懵懵懂懂的小伙子，如今在他身上有一种气质，是那种男人果断的气质。

她说道："不！我就是喜欢你，以前是我做得不对，不该拿钱……"

李小白笑了笑，说道："我说的话是认真的，我们不适合在一起，这真的和钱没关系。我愿意做你的朋友，但男朋友就算了。"

秦美鸽听着，将身边的一个小饭盒推到了他的面前，说道："我特别爱喝伯父的鸡汤，我回去之后，也学着做，但就是做不出伯父的味道。"

李小白接过饭盒，打开喝了一口，说道："嗯，是差点。欢迎你有空来我家做客，我让我爸做给你吃。"

秦美鸽眼前一亮，说道："你答应做我男朋友了？"

李小白急忙放下勺子，说道："啊？我们不是好朋友吗？作为朋友来我家做客，很正常的呀。"

秦美鸽火了，她忽地站起来，说道："我就那么让你讨厌吗？"

李小白也站起身，说道："对不起！我不讨厌你，我希望以朋友的身份与你相处，我已经说得很明白了。欢迎你有空来我家做客。"

李小白说完，转身离开了西餐厅。秦美鸽看着李小白离去的背影，竟然感觉他很陌生，似乎那个没什么主意的小男生被偷走了，她甚至都没来得及和李小白多说一句话。

秦美鸽看着那碗鸡汤，顿时觉得自己又变得很卑微。她打小被人捧在手心里，何曾有过这样的经历？她怒了，一把将饭盒甩在了地上，那浓稠的鸡汤洒了一地。

李小白没有一丝的不安，他也觉得自己变了，至于哪里变了，他说不出来，但这种感觉很好，或许这就是成熟吧。

第90章　再遇事故

李小白的好运似乎才来临便又遇到了障碍。这是一个下午，整个乙烯厂的生产在一片安宁祥和的氛围中有条不紊地进行着，李小白正在巡检。正好一备一用的设备正进行检修，一部分的装置处于停工状态，这一片区域正好在李小白工段的旁边，中间就隔着一条马路。

李小白现在可是厂里的名人，一场篮球比赛让谁都知道啦啦队喊"李小白！我爱你"喊得嗓子都哑了，他人又高高大大，晒黑的皮肤显示出阳刚和帅气。

对面工段的监护员正好是李小白在球场上见过的球员，虽然没有一起打过一场球，但却是认识的。

"小白，忙什么呢？"监护员热情地喊道。

李小白笑笑，说道："我在巡检。你们维修得怎么样了？"

"赶工期呢，领导让我们尽快开工。"正说着，监护员突然捂住了肚子，说道，"哎哟，不和你说了，我去趟卫生间。"

李小白笑了笑，正准备走，突然看到正在架设脚手架的施工人员将一截钢管往上部安装，这人竟然解开了自己的安全带，趴在脚手架上拧着螺丝，而另一侧的两个员工正在搭建随层网。这随层网是脚手架安全的最后一道保障，如果发生高空坠落时安全带没有拉住，那么人会落在随层网上，能起到保命作用。

可这个施工人员不但解下了安全带，而且下方还没有随层网，这就是标准的违章操作。

李小白几步跳过马路，冲着那个施工人员大吼道："哎！师傅！停止操作！把你的安全带系上！"

那个正在拧螺丝的施工人员被吓了一跳，他当然知道自己违章了，而且属于严重违章。他急忙直起腰，转身拉安全带，或许因为紧张，他的安全带还没有系好便大声说道："我是系了安全带的，我没注意什么时候脱落了。"

李小白说道："下面随层网都没安，谁让你施工的？"

那师傅尴尬了起来，笑了笑，没有说话。他们是学习过安全培训的，具体有什么要求，他们也是门儿清。

李小白说道："师傅，我知道了！我现在就拉随层网！"

说着，他便捡起身边的钢管。这时师傅迈出一脚后踩空，吓得大叫一声，手中的钢管脱手而出，正好落在李小白的脚边。沉重的钢管发出一声闷响，师傅则掉下来。

师傅的安全带本就是为了掩饰刚才的违章插进腰间的，这下安全带只是缓冲了一下，人便掉了下来。李小白大吃一惊，急忙冲到脚手架下，伸出了双手。

师傅离地五米，标准的高空作业。他先是砸到了下层的脚手架的接合部分，然后身子一顿，接着继续朝下掉落。

李小白不愧是打篮球的，眼疾手快，一把将师傅接住。可毕竟那是个重七十多公斤的人，他接住师傅的同时，只感觉双臂传来一股大力，人不自觉地朝前跌倒。电光石火间，李小白大喝一声，用力地将他朝上托，两人皆是倒在了地上。

李小白和那个师傅当即昏迷过去。

医院里，李小白很快醒了过来，看到床边站着焦急的李国清和黑着脸的严栋，以及车间主任和值班长。

"儿啊！快动动胳膊！看有没有知觉？"李国清紧张地看着李小白。

李小白动了动手腕，活动自如，这才让众人放心了下来。

李小白笑了笑，说道："那位施工师傅没事吧？"

大夫的报告是肌肉拉伤，李小白痛得龇牙咧嘴，但他觉得自己做得对，救了一条人命。

值班长说道："没事，就是胳膊被扎穿了。"

李小白放下了心，他觉得自己在那一刻做得很对，他也知道自己肯定违章了。第一，他出现在了不该出现的位置上；第二，他没有采取任何保护措施就去救人，显然是不理智的；第三，他当时没有佩戴监护员证，属于违规行为。

不过，李小白觉得虽然制度是这么规定的，但在人命面前，没有什么是比这更重要的。

严栋冷冷地盯着他，说道："你一直都爱这么逗英雄吗？"

李小白不怕，说道："我当时没想那么多，只觉得人命比什么都重要。"

值班长说道："小白，你好好休息吧，其他的不要想那么多。"

李小白本就是轻伤，第二天便出了院，回到单位。他的这件事，班里早就传开了。

班员一个个来问情况，李小白也给每个人说了一遍当时的情况。

班员拍拍他的肩膀说道："班长，虽然你违章了，但我挺你。"

"班长，要不要我写个联名信，帮你一把，别让公司给你处分啊？"

李小白笑着摇摇头，拒绝了班员的好意。

没过几天，李小白的处罚便下来了，与李小白之前分析的是一样的，甚至还多了一条：上班期间串岗。

李小白看着这份处分，心中完全不认同。他巡检期间救人，虽说操作有误，但以串岗论绝对过分了。他不知道这份处分就是严栋下的。

他拿着处分找到了严栋，说道："领导，您给我的处分，我不认同。如果您处于我当时的情况，会怎么处理？"

"你是班长，难道还不知道该怎么处理突发事件吗？"严栋冷冷地看着找上门的李小白。

李小白说道："我知道要逐级上报，等待救援，保护现场，做好引导。"

"那还有什么需要我来给你解答的呢？"严栋说道。

李小白深吸一口气，说道："按您的处分，我以后是不是看到违章就当没看到？我看到有人在生死关头，是不是就不管不顾？如果是那样，我认为这制度是冰冷的、残忍的、不公平的。"

严栋冷哼一声，说道："看来你到现在都没有意识到自己错在了哪儿。"

"我有错。我的确违章了，但是与一条人命比，我不觉得我错了。"

"你跟我来！"严栋站起身，说道，"我让你知道一下自己错在了哪儿！"

很快，李小白到了控制室。那里有一面巨大的显示屏，各个工段的情况在上面一目了然。

严栋将那天发生的事从监控中调了出来。很快，画面上出现了一个戴着安全帽的男子，这个人正是李小白。他朝着事故发生的地方跑，而一个人正从脚手架上跌落。

第91章　自我反思

视频很快播完了，李小白还是觉得自己那一刻做得很对。

严栋说道："还没看出来？你有没有注意到有一根钢管落在离你不到两米的地方？你有没有注意到那人下落是砸在你身上的？"

李小白点点头。严栋继续说："我只能说你运气好，如果你再跑快几秒，那钢管就砸在了你的头上；如果下坠的人又碰上其他阻碍，砸中的就是你的头。你运气好到只是拉伤、昏迷，如果你被砸死了呢？你还认为你没错吗？当你不具备处理突发事件的能力时，你的所有操作都是鲁莽的、违章的。"

李小白愣住了，此时，他突然有些后怕，当真如严栋说的那样，自己运气太好了。他知道再争论下去就是无理取闹了，自己当时并没有考虑那么多。

李小白手里拿着处分，慢慢地转身朝外走。突然，他站住了，说道："可能你说的是对的，但一条人命能救下，为什么要考虑自己的安全因素？我们公司倡导安全第一，我觉得应该是生命第一。如果再来一次，我还是会毫不犹豫地去救人。"

说完，他转身走出了监控室。严栋看着李小白离去的背影，不禁又对李小白多了些认识，这个臭小子倔得跟他父亲一样。不过，他也承认，李小白的心是善良的。

而这件事并没有结束。石化公司对安全的重视程度大于一切，被问责那是跑不了的，而严栋目前是副厂长，他主抓安全，却出了这么大的事故，他难逃其责。

"平时的安全工作你就是这样重视的？监护员内急，就不能找一个人来替他吗？你们的工作安排有没有搞错？"岳诚在办公桌前走来走去。

严栋低着头，一句话都说不出来。

"你们的安全口子必须反省，去看看自己的工作哪里还有纰漏，怎么会出现这样的失误，举一反三，杜绝事故的发生。"岳诚说道，"你运气很好，那个小伙子拼死救人。要是出了人命，你现在就不是降级了。"岳诚不客气地说道。

严栋站起身，说道："厂长，我愿意接受厂里给我的任何处分，我会回去查找原因，彻底解决施工安全问题。"

"希望你真的能够做到，别把好话都放在嘴上！"岳诚非常严厉地说道。

从办公室出来，严栋便不再是副厂长了，他被降级为车间主任。

和严栋一样郁闷的还有李小白。他今天在监控室是爽了，可该背的处分一个都没少。这兴师动众地去却铩羽而归，让他感觉很不舒服。

李小白的郁闷被霓裳发现了，霓裳约他出来走走。

"我想去博物馆看看。"李小白说道。

其实李小白想去看看英豪榜，看看在那个艰难的岁月里有多少人为了祖国的石油事业抛头颅洒热血。他也说不清楚自己为什么想去，但想去看看的冲动越来越强烈。

霓裳陪着他边走边聊，说道："小白，我觉得厂里给你的处分没错，你的确太鲁莽了，如果再高一点，你现在可能两条胳膊都没了。"

李小白叹了一口气，说道："人命关天，谁当时还能想到制度？救人才是最重要的。"

两人很快到了博物馆，他俩刚进去居然看到岳诚厂长在。他俩只是在报纸上见过岳诚，现实中并没有见过，自然是觉得眼熟却叫不出名字。

岳诚今天是公务到访，带着远宁石化退休的两位老领导过来看看厂区的变化，一旁的讲解员正在讲解。

其中一位老领导看着正中间的雕像，很是感动，说道："哎呀！我们当年来到远宁的时候啊，真是一穷二白，只有一个炼油厂，那些设备还是从国外拉过来的。那时候呀，我还年轻，跟着老工人们玩命干，我身子骨弱，我的师傅把自己的鸡腿都给了我，哈哈！真怀念哪！"

另一位老领导也很有感慨地说道："我们当年穿的衣服呀，可没现在好，你也知道我们当年不是在油井上摸爬滚打，就是在土里摸爬滚打，再怎么爱惜，新的棉衣一天就黑了，可只有一件哪，洗了干不了，那可是要命哪！"

"好日子我们两个可是都赶上了。我记得第一次发更改劳保服样式的时候，还征求大家的意见，那夏天穿短袖，舒坦！"

岳诚嘿嘿笑了起来，说道："老领导哪，那些都是历史了，现在的劳保服防静电，还耐脏，容易洗。不过，没有短袖了，都是长袖，很好地保护了我们的员工。"

李小白和霓裳两人不知不觉地跟在三人身后，慢慢地听着。当老领导们到了微缩图前时，看着最早炼油厂的样子，说道："哎呀，想起来当年，我师傅可是远宁的骄傲呀！建设炼油厂的时候，与外国专家谈判，我师傅就是其中一个呢，他的外语那是没说的。"

"我们都知道呢，当时外国专家的时间很宝贵，就待一个星期。白天他们拿出方案，晚上那帮专家便彻夜研究，第二天他们继续和专家们谈判。到外国专家回去时，他们累倒了好几个。你师傅当时可是名人，这些设备拉到远宁安装的时候，他可是不分昼夜地守在现场，就怕出什么事，报纸上都说炼油厂的第一股烟从炉里冒出来的时候，他哭得昏过去了。"另一位老领导回忆着说道。

"是啊！当时都是学生出来的，谁知道炼油厂是什么样子？只能听外国专家的，但是我师傅他们谁甘心呢？谁不想用最便宜的价格拿下一个炼油厂呢？除他们谈判小组之外还有突击小组，一边学习外语，一边了解炼油厂的建设，还要巩固炼油知识。他们的时代真的不是我们能比的呀！"老领导感慨道。

"我们都是站在老一辈石油人肩膀上摘果子的。我们不过是维护这些设备，出油了，有钱了，也敢想了，哈哈！我退休前，可是参与了很多厂的建设会议呢。没想到啊，这才几年，'百万吨炼油、千万吨乙烯'就这么建起来了。每次回远宁啊，这感觉都不一样，楼房多了，绿化也多了。"

"是啊，我记得这个博物馆以前叫石油工人俱乐部，我那时候就爱到这里来打乒乓球，小电影院只要有影片上映，那都是场场爆满。哈哈！"老领导笑得如花一般灿烂。

第92章　新的问题

岳诚也是听得津津有味，说道："现在不一样了，我们现在完全可以和外国专家掰掰腕子了，而且远宁早就不采油了。就石油深加工这一块，我们还是有话语权的。"

"嗯，对的！还是要给我们的子孙留下些什么的，不要吃干榨净嘛。"老领导说着看到了一个铝质饭盒，说道，"哎呀，这个大饭盒可是给了我不少回忆呢，我记得我家里还有一个这样的饭盒，那时候要是我们有三个菜就是好饭了。"

岳诚说道："我们现在伙食好了，主要就是让大家吃饱吃好。"

"嗯！我喜欢你们一食堂的饭，中午的那个大骨面，让我连晚饭也一起吃了。"老领导哈哈大笑。

此时，另一位老领导正在英豪榜前驻足，他看着每一个人的简介和照片，不住地点头。老领导走了过来，没想到也驻足看了起来。李小白和霓裳本就站在那里，默默地站在旁边，看着两个头发花白、身材却依旧挺拔的老者。

"好啊！英豪榜，这名字好！上面每个人可都是我们的榜样啊，他们也见证了我们从一穷二白到现在的工业化之路，真想和这些人都见见面。"老领导感慨道。

另一位老领导指着图片说道："哎！这不是小马鞭吗？哎呀！他也上了英豪榜？当年他可是咱们小车队的司机啊！他退伍后就来到咱们这里，问他会什么，他说自己车开得好，便去了车队，硬是把咱们车队的风气全给改了，那精气神，现在我都觉得不错呢！"

老领导眯着眼睛，看着介绍，说道："这小子出息了，干得好！建设大乙烯，待命一百天，吃住在车上，不容易啊！"

"哎哟，这个更不容易了，建设大乙烯，妻子过世，未能见最后一面，坚守一线，这是真英豪啊！"

李小白的心脏狂跳，这说的就是他的父亲李国清。他不自觉地将手伸向一旁，用力地抓住了霓裳的手。他怯生生地说道："领导，那位就是我的父亲。"

两位老领导这才发现一旁站着的李小白和霓裳。另一位老领导走过来，重重地握住了他的手，说道："小伙子，你叫什么名字呀？"

"我叫李小白，是乙烯厂联合加氢工段的班长。"李小白自我介绍道。

岳诚对李小白印象深刻：第一次，是严栋为他说情；第二次，是云海石化领导要留他；第三次，是篮球场上的第一名；第四次，是冒死救人。

岳诚笑眯眯地说道："你就是李小白呀！这小伙子篮球打得

不错。云海石化的领导和我说情，要把他留在油田公司，我没放！哈哈！"

老领导上下打量了一下李小白，频频点头，说道："好样的！这就是虎父无犬子啊！小伙子，你要记住，我们远宁石化能有今天，那都是老一辈人打拼出来的，他们可以老去，但是精神不老！你看，我们老了，岳诚还在！岳诚老了，你们还在！把这个地方守好了，国家便好了，你们就是平凡岗位的英豪，也是关键设备上的英雄。"

另一位老领导也笑着说："嗯！我年轻的时候没想到能带领大伙在这样一个地方建这样一个厂。我大学的同学哪，都在大城市，他们过得很舒坦，但我觉得人不能太舒坦，于是来到了这里。我的办公桌经常落灰，为什么呀？不是我懒啊！是因为我管着一线，我就得在一线，就希望它好！我看哪，英豪都是这么想的。"

岳诚很想知道李小白和霓裳为什么来到了这里，问道："你们今天怎么会来这里呢？"

霓裳说道："李小白拉我来的，他想向每一位英豪学习。"

李小白却说道："不，我不是。其实我也想上英豪榜，我想超过我的父亲，但是现在我不这么想了，我觉得老领导说得对，不能让自己太舒坦了。以后我会经常来，看看这里，看看那些前辈们留下的东西。"

岳诚没想到这个小子这样想，倒也觉得有趣。他隐隐感觉这小子是个人才。

老领导离开了，李小白松了一口气。霓裳突然小声地说道："你能把我的手松开了吗？"

李小白这才发现自己还握着霓裳的手，他突然很有感觉，笑着看着霓裳，说道："哎呀，我刚才紧张得很，现在还紧张，就让我再握一会儿吧。"

霓裳一把将他推开，倒也没了刚才的尴尬。听了老领导的话，李小白的内心莫名地舒坦了，他觉得自己还在为了一个处分斤斤计较实属不应该。也是因为这一次的谈话，李小白对自己的人生规划有了全新的认识。就像老领导说的那样，下马不问前程，只希望把工作做好，让设备运转良好。

一个月后的一天，李小白正在巡检，突然，他在一个电动机组旁听到了咔嗒咔嗒的声音，他急忙让外操过来，将机组暂停，看是上报维修还是更换。

没想到员工跑过来，只是看了一眼，便说道："这个不用停车，看我的。"

话音刚落，人已经朝着机组猛地踹了一脚，那铁皮似乎撞到了什么，但很快咔嗒声消失了。外操班员笑了笑，说道："这是老古董了，有点小脾气，收拾一下就好了。"

李小白皱眉说道："这是谁教你的？"

班员无所谓地说道："哎！维修师傅过来也是这么做的，就是一脚的事，里面有一个什么零件来着，老松动，一脚就好，一脚好不了，那就再来一脚。"

李小白却蹲下来仔细地打量起了这台设备，没想到他看到设备侧面的信息卡居然还是军绿色的，再一看上面的生产日期：1995年。

"我的天！这设备岁数比我都大。"李小白不禁咋舌，说道，"哎！这要是被踹坏了，怎么办？"

班员无所谓地说道："嗨！班长，你操那个心干啥？咱们每年不是有设备维修费用吗？而且这些设备的清洁什么的都是外包出去的，到时候，他们就会来检修的。放心吧，踹不坏。"

班员走了，李小白却是放心不下。他找来了厂区设备的维修记录，一看，乖乖！这设备几乎三个月就要维修一次，成本很高的。

第93章 又遇难题

李小白觉得这么个小设备，三个月维修一次，耗时耗力，估计要不了多久，这维修的成本就会比设备本身的价值高了，而且更重要的是，报修是需要预约的。他决定拿下这台设备，彻底解决维修问题。这台设备虽然不是主要设备，但是这好比身体的某一个器官出了小问题，整个身体都会感觉不舒服，设备也是一样的。

李小白回到设备旁，此时的设备像一个安静听话的孩子，但地面上却有不少漏下来的机油。他仔细地做着记录，拍下了照片。

回到家，他开始了研究。他发现那不过就是一个外送泵，他还找来了同型号的设计图，可异响却来得莫名其妙。他将这些信息发到了HSE论坛上，有很多专业人士提出了五花八门的可能性。他一一比对后，发觉这些都不是他想要的。

终于等到了维修部门的人过来，他蹲在一旁看。维修人员也只是将外送泵拆开，李小白急忙拿出手机拍了起来。泵是没问题的，只不过是泵外的保护铁皮与泵体发生了摩擦，而上的润滑油将铁皮吸住，让泵与铁皮之间发生了撞击，的确是用脚踢一下就可以让外面的保护铁皮归位。

事情本来应该到这里就解决了,可李小白却感觉不对。撞击之下的外送泵接触的地方已经有了磨损,这可能会大大降低外送泵的使用年限。还有,为什么会发生撞击?这铁皮的厚度固定好以后就不至于发生变形。

他急忙问维修人员,对方也给不出一个合理的解释。

李小白算是找到了问题的关键之处,可解决这个问题,难道需要把铁皮换成铁板吗?这无疑加大了维修人员拆卸的难度,这不是最好的解决办法。

很快,下了第一场雪,温度骤降。李小白心里一直装着这个事,他几次过去查看,异响在进入冬季之后变得频繁起来,李小白很快发现了与这个外送泵相关的事情。

这个外送泵主要负责的是污水池污水外送的自吸泵,也就是把污水吸入管道中。一入冬,为了防止泵冻上,就需要给泵壳加热,所用的一般是低压蒸汽,但低压蒸汽的温度在一百多摄氏度,这很容易把泵腔里的污水蒸干。

每个班一到需要维修的时候,就会很忙碌。外操员工会把压力表拆掉,再接外部水源灌泵,而且经常一次不行,还需要第二次,往往折腾几个小时。如果泵出了问题就会停产,总控那边便一而再再而三地在对讲机里大吼:"有没有量了?我这边快扛不住了啊!"

外操员工每次忙完就会倒在地上大喘气。

李小白敏锐地发现这和外送泵铁皮异响有直接关系,那就是温度太高,铁皮发生了变形。如果能把温度降下来,外送泵就不再会产生异响。

对于泵,李小白可谓是专家,在四泵站守着的就是大泵,这个外送泵简直就是小儿科。

李小白将累得半死的班员扶起来，说道："去休息吧！"

"班长，你都在外面待了两个小时了，不回去暖和一下？"班员问道。

李小白说道："我再看一会儿。"

外送泵虽然小，但改造并不针对泵，而是对整条管线的设计。他现在的卧室墙上挂满了设计图，李小白有些吃不准，于是，他自然而然地想到了霓裳。

他给霓裳打了电话，要她来家里一起研究，霓裳来得也很快。

开门的是李国清，他是见过小时候的霓裳的，可后来搬了家，小女孩慢慢长大，如今只觉得似曾相识，却叫不出名字。

"伯父好！我来找李小白！"霓裳大大方方地给李国清打招呼。

李国清一听找李小白，马上喊李小白出来。李小白此时正在书房里看设计图，吼道："让她进来就行！"

李国清一听，哟，这么熟络！忙多看了霓裳几眼。

李国清看这妮子比起之前的秦美鸽少了几分胭脂气息，长相绝对不差，一看就是踏实过日子的人，心头的小喜欢没来由地多了几分。

"快进来吧！他的书房没有下脚的地方，跟猪窝一样，你别介意啊！"李国清说道。

霓裳偷偷一笑，实际上内心紧张得不得了，她像兔子一样跑进了李小白的房间。

一开门，见墙上又是设计图，又是安全图，吓了她一跳。因为员工手里没有乙烯厂的设计图，毕竟是民族支柱性产业，保密工作还是必要的。墙上的图纸都是李小白手绘的，倒也像模像样。

"小白，你又搞什么鬼点子呢？"霓裳好奇地问道。

"污水外送泵，每年送量的时候，我们的人都要累个半死，这个问题肯定有办法解决。"李小白不假思索地说道。

霓裳说道："那是设计问题啊，自我到联合加氢就是这个样子，多少年了。你不会想改造它吧？"

"那就是因为我不在，我在的话这个问题早解决了。"李小白自信地说道。

霓裳说道："这可不容易，你要知道外送泵管线下面就是安全措施，这可是牵一发而动全身。"

李小白看着设计图发呆，然后说道："这我知道，所以要解决这个问题必须用巧路子。"

"那我能帮你什么？想点子吗？"霓裳托着下巴看着这个高高大大的男生。

李国清竖着耳朵在门外听了听里面。刚开始听见了几句话，后面就没了声音，心想要是两人在卿卿我我，自己进去打扰不好，可不进去，又好奇得很。

他自有办法，泡了茶水，在门口敲门。门开了，见两人似乎在研究什么，李国清放下心来，说道："姑娘，喝口水。你第一次来，别见外。"

霓裳急忙接过，说道："伯父，我小时候也住在这里，后来搬家了。我是土生土长的远宁人。"

"哦？"李国清心里欢喜得紧，忙问道，"那你父母也是远宁的喽？"

"是的，也是职工，不过退休了。我父亲过世了。"霓裳说道。

"哟！对不住呀，不该打听呀。"李国清不好意思起来。

霓裳笑了笑，说道："伯父，没关系的。"

"那你母亲原来在哪个厂啊？"李国清刚说完"不该打听呀"，马上又八卦起来。

霓裳莞尔一笑，说道："在裂解。"

"呀！那我可能认识她呢，我是供电的嘛，各个厂都跑。"李国清很是自豪地说道。

李小白被打断了思路，站起身，说道："爸，我这儿忙着呢。"

第94章　分歧渐露

李国清一下意识到了自己的失态，忙不迭地说道："哦！好好！姑娘，中午留下一起吃个饭吧？"

霓裳不好意思起来，倒是大大方方地说道："谢谢伯父。"

李国清急忙关上了房门，心满意足地又去买老母鸡了。

"小白，你暂时没有想法，只是盯着一个结构想办法，这不对呀。"霓裳已经和李小白讨论了一个多小时，还是没思路，这和以前的泵完全是两回事。

李小白拍了拍脑袋，说道："哎呀，减少蒸汽量是解决这个问题的唯一办法，可调整参数就会遇到新问题，这麻烦了。"

霓裳走到他的旁边，双手轻轻地按在他的太阳穴上，说道："你别钻牛角尖，你很聪明的。"

李小白第一次被人这样放松，在转椅上抬起头看着霓裳的脸。他的心没来由地怦怦狂跳了起来，这是一种熟悉的感觉，曾经有过一瞬间这样的心动。那是和秦美鸽相处得久了，有一天，她不施粉黛地从屋里走出来的样子，很清纯漂亮。如今，这种感觉又来了。

"你看我做什么？"霓裳被看得有些不好意思起来。

李小白急忙收回心神，说道："唉！我是不是变笨了？"

霓裳说道："我觉得这是一个群策群力的工作，你需要更多有能力的人帮你。"

李小白想到一个人，那就是田蔚强，只是好久都没联系他了，这次一联系又是改造，怕会让他笑死。

霓裳见李小白眼前一亮随即又暗淡下去，心中也有了答案，她说道："我给你推荐一个人，他或许可以。"

"谁呀？"李小白看着她问道。

"毕渊。"

这两个字从霓裳嘴里说出，李小白的眼前立刻浮现出了那双狡猾的眼睛。他急忙摆手说道："他？他不行，那家伙跟我很不对路子。我当代班长的时候，他恨不得把我生吞活剥了，主要是因为上学那会儿我打过他，到现在他还记得这个事呢。"

"该！谁让你上学那会儿像个小霸王？"霓裳扑哧一下笑了，说道，"话说回来，他是真的有能力，脑子之好用，前所未见。他如果愿意帮忙，你绝对可以想出点子，你要相信学霸的力量。"

李小白忽地站了起来，说道："唉！我可是从来没求过人，求他，我还不如撞死了好。"

霓裳还想再劝，李国清突然敲门，说道："小白，你们出来吃饭吧。"

李国清端着一大碗鸡汤放在桌子上，用心地做了几个菜。霓裳很懂事地帮着李国清盛饭、抽筷子。李国清觉得这妮子比秦美鸽懂事，那丫头好像只是做做表面文章，霓裳一看就是踏实干活的。

"伯父，鸡汤真好喝。"霓裳喝了一口鸡汤说道。

李国清对自己做的鸡汤味道是很自信的。想当年，妻子怀着李小白的时候，他做一次鸡汤，那必须全部喝光的。他嘿嘿一笑，说道："多喝一点。以后想喝了，给李小白说，我提前准备。如果再给我两个小时，把鸡肉炖得再烂一点，更好喝。"

霓裳的脸腾地红了，赶忙埋头吃饭。

李小白是没心没肺地吃了个滚瓜溜圆。

隔天，霓裳给李小白打电话，要他赶快到现场来。李小白正好准备去接班，便提前去了单位。霓裳在班里等她，随后两人到了现场，李小白便看见毕渊正站在那里出神。

李小白立刻转身要走，霓裳却用力地拉住了他，将他拽了过去。毕渊回过神，一下看到了风头无两的李小白，顿时汗毛都竖起来了。

他说道："李小白！你这么早到单位来干吗？"

"和你有关吗？我又不是你的班员。"李小白没好气地说道。

霓裳却说道："你们两个，好啦！都是为了这台设备的问题，大家就不能同心协力吗？"

"不能！他的脑子只能改造包装厂，还弄得停产，给国家造成了多大的损失，自己不知道吗？"毕渊旧事重提，让李小白一下火了。这件事算是他的逆鳞，一想到这件事，他便想起自己对不起老班长尹军。

李小白推开霓裳，要上去揍毕渊。毕渊也不怕，梗着脖子瞪李小白。他倒希望李小白动手，那样的话，不知道李小白要受到多大的处分。

霓裳急忙拦在两人中间，说道："你们是来解决问题的，还是来打架的？"

李小白重重地一哼，站到了一旁。毕渊见李小白的火气下去了，知道刚才的谋划泡汤了，便看向了设备。

霓裳说道："都是为了工作，你们两人干吗呀？既然都知道了情况，就说说看法，合作嘛，有什么大不了的！"

毕渊怕霓裳生气，说道："其实这个问题也简单，调整参数解决不了问题，那么就减小泵的动力，让泵保持连续运转就行了。之后再把泵做防冻凝处理。"

"问题在那儿吗？不懂别瞎说。泵的动力达不到，污水量走不上来，消耗的是时间，解决办法不还是要咱们员工再去外接水源吗？不过就是少跑了两趟罢了。你以为这样就不会被冻住吗？"李小白说道。

毕渊说道："那是不是比现在轻松了很多？你有想法你说啊！"

"把蒸汽调整到九十到一百摄氏度之间，污水最多是烧开，不会烧干。"李小白说道，"这样做还不至于让泵冻上。"

毕渊怒了，说道："你的方法和我的有什么区别？你要调整蒸汽，你觉得很容易吗？你知道给厂里额外增加了多少负担？"

"你以为采购一个防冻泵就不是很花钱吗？"李小白说道。

毕渊说道："你没看到是1995年投入的泵吗？是不是也到了更新换代的时候了？"

霓裳见两人又吵起来了，忙说道："那你们两人能不能结合一下？彻底解决一下这个问题嘛！"

两人几乎是异口同声地回答："不能！"

霓裳吓了一跳，也是来了火气，说道："那你们就各自拿各自的方案，让领导去评估，看用谁的！"

霓裳说的本来是一句气话，没想到两人都是目光一亮。李小白说道："好！毕渊，希望你的设计不要叫人失望。"

毕渊回敬了一句，道："你管好你自己！就你的脑子，别把厂里的设备搞报废就好！"

第95章　改造竞赛

李小白没白没黑地调研降低蒸汽的各种数据，希望能够在减少影响的情况下，让设备受到最低的影响，但改变蒸汽的温度，这本身就是一大难题。

李小白照例在网络上发起了询问，没想到这一次，他很快收到了一个厂的回复，说他们有设备可以控制蒸汽，而且很简单，就是在输送管前加入控制阀，这阀门上还有数据显示。

李小白询问了价格，并不贵，这让他很心动。他希望厂家能提供一个作为尝试，如果他的改造成功，就一定会采购不少。厂家倒是很爽快，同意先以出厂价卖一个给李小白。

剩下的就是等待到货。

毕渊也没闲着，厂里还有一台一样的设备一直没用，作为备用放在库房。毕渊特意申请，将它取了出来，蹲在现场拆卸研究。很快，他便有了发现。别小看这台1995年的设备，其实它的转速是可控的，也就是说如果处理得好，完全可以在不更换外送泵的情况下完成改造。

但他同样遇到了麻烦，那就是要调整给泵的压力，这样便可以降低泵的转速。毕渊不愧是学霸，很快便找到了方法。

终于，同一批料生产完了，外送泵需要停两天，他们二人立刻向领导提交了各自的改造方案。报告很快到了技术员的手里，他是了解这两人的，也看了两人的方案，从理论上讲都可行，便提出了具体要求：一、要他们注意安全；二、改造方案如果失败，必须恢复之前的状况；三、如果需要外协支援，可以提出来；四、配备监护员。

实际上，技术员的想法全部是在为他们考虑，给他们提供便利，也让两人有了信心。

但在实际操作中，还是遇到了问题。李小白将这个方案提出来以后，一个班员马上说道："班长，这又不算加班，又没有补休，咱们这么做干吗呀？"

另一个班员也说："是啊！班长，万一改造失败，那我们还得修复回去，出力不讨好。"

李小白走到曾经为了引外水累瘫在地的班员面前，说道："各位有没有想过，如果成功了，你们就不会再为了这工作累倒在地，不会被人催得上蹿下跳？"

班员们沉默了。李小白继续说道："有没有想过，如果我们把它弄好了，会给厂里节约下来多少钱？有没有想过，那本来就是它应该有的样子？平稳，一切都是好的。"

其实，李小白知道班员们并不理解改造的重要性，谁不想自己的一亩三分地不出错就好，下班就是幸福的日子？花时间和精力做一些事，甚至不会有人知道，意义何在？

这是一种精致的利己主义，人改变人是困难的，说大了反而没用。李小白掉转了话头，说道："我们之前被三班接班的时候，遇到各种刁难，我们是如何过来的？那是我们一次次地调整我们的规定，严格执行了操作规程，那是遵守，但是现在不同，我们是在创造，我们将打破固有思维，进行全新的工作。我需要各位的帮助，至少我们的人生做过什么，这才是最重要的。"

班员们沉默了，互相看看。那个累瘫的班员说道："那我们试试？"

"班长，试试吧，不过我不看好这次改造啊！"

李小白笑了，说道："不试试，怎么知道行不行？放心吧，技术员给了我们很大的支持。"

改造当天，毕渊的班组上副班。副班的意思是每个月有固定的几天，上二班的时候，会提前两个小时到工段，学习或者做一些遗留工作，石化公司称之为副班，几乎每个倒班工人都要上这样的班。

毕渊抱着厚厚的改造图纸到了班上，站在队列最前面，说道："同志们，我们将改变现状，让设备更好地运转。一会儿记者会来，技术员会来，甚至很多领导会来。我们要和二班比一比，看谁的改造方案更好。我希望大家保持高昂的战斗意志，拿下这场比赛。"

没人说话，毕渊没注意到的是班员们几乎没有任何表情，这其实是一种危险的信号，说明团队凝聚力已经缺失到了极致。毕渊并没有意识到，反而继续大发感慨道："我们在为厂节约，在做一件伟大的事情。当然，这是小事，但越是小事，我们越要做好。"

依然没人回答，所有的班员只是默默地看着他。他为了给自己鼓气，大声吼道："大家有没有信心？"

依旧是沉默。其中一个班员说了句："有！"

剩下的班员才反应过来，跟着说道："有！"

时间紧迫，毕渊看看表，说道："二班的人已经到了，咱们就在设备边集合。我会分配任务，希望大家精诚合作。"

随着噪声降低，设备停止了运转。

很快，监护员来了，他也是厂区的通讯员。他看着眼前的两支队伍，觉得很有趣，说道："我是你们的监护员，希望各位注意安全啊，检查一下劳保着装。"

他看了每一个人，发现这点大家都做得很好，他很满意，这说明两位班长的执行力都不错。

对讲机里传来了声音："A线已经停车泄压，可以进行操作。"

"检查停车泄压情况！"监护员大声地说道。

几个班员很快跑了回来，说道："停车泄压情况正常！"

"开始改造吧。"监护员说道。

毕渊其实有些失望，他没见到领导来，这意味着可能没人看到他的壮举。

他习惯于事事领先，说道："同志们！一起跟我把发电机组拆下来！"

众人七手八脚地开始忙碌，他却站在一旁指导起来。

李小白说道："按照我们之前安排的，开始吧！一组先上，二组帮助，三组监护，注意安全。"

说罢，李小白已经戴好安全帽，冲到了管线旁边，用抹布将表面的积雪抹开。

李小白一边拆着设备，一边说道："大家要像对待自己的女朋友一样对待设备呀，弄坏了，没有备胎的！"

他的话惹得班员们哈哈大笑，气氛很是轻松。进度有条不紊地推进着。

毕渊也做了人员分配，但他发现他的人是出工不出力，遇到点阻力，有的人就坐下了，有的人则在一旁等，他只能凑上去询问情况，因此进度很缓慢，幸亏他的改造方案只涉及一个泵。

第96章　茅塞顿开

一旁的监护员看着这两支队伍，觉得很有意思。一队是李小白的队伍，开始他亲自上阵，等设备全部拆下来后，他则负责指导，班员们干得热火朝天；一队是毕渊的队伍，开始他指挥有序，后面却是自己上阵。

无疑，这两人都是优秀的人才，一看就知道他们对设备的改造有过调查研究，并且是有备而来的。他决定写一篇报道，记录这两个年轻班长在工作中的成长。

他默默地拿出手机拍了起来。

两个小时转眼就过去了，李小白的队伍已经完成了安装，剩下的就是等毕渊的队伍。反观毕渊的班员，去卫生间的两个人已经快二十分钟了还没回来，剩下的人则干着一些无关紧要的活，毕渊还在满头大汗地调整着数据。

李小白看着三班，嘿嘿一笑，说道："兄弟们，咱们发扬一下助人为乐的风格，帮一把三班，咱们试车成功，就可以早点回家啦！"

毕渊也急了，但没有反对，指挥着众人将泵重新组装好。

当一切都连接好之后，两人互看了一眼，对监护员说道："我们都组装完成了，可以试车了。"

监护员检查了一遍，点点头，用对讲机将开车请求传达了过去，很快，机器开始了轰鸣，噪声一下大了起来，而随着压力表的上升，已经有蒸汽在一点点地进入管道。

李小白很紧张，他蹲在地上不停地查看他从外面采购来的仪器，压力数值在不断地增大：90……95……100……最终数值停在了"107"上，李小白开始调整表的数据。当显示器上显示"95"的时候，他急忙拿起对讲机冲着总控说道："如果发现异常，请第一时间通知我。"

按李小白的预判，目前污水已经进入管道，95摄氏度的高温不至于让污水蒸发，还能保持流动，使外送泵正常工作，平稳，没有任何异响。

李小白快速跑到了毕渊那里。他死死地盯着外送泵外面的铁皮，如果铁皮还发出异响，那便代表外送泵并没有将污水送出去。

毕渊拿起对讲机对总控说道："了解一下污水输送情况。"

"没有反应。"总控给出了答复。

污水没有送出去，毕渊调整数据后的外送泵，此时只是噪声比之前小了很多，似乎其他都没有改变。

李小白等了足足五分钟，总控那边依然反应泵腔里没有污水流出。

"李小白！你的高科技是不是有问题？"毕渊不客气地说道。

李小白一咬牙，返回到接水口，将准备好的接水管架在了泵腔口，他大喊道："更换水源！注意安全！"

水进入了泵腔，管线外面已经散发出丝丝热气，附着在上面的积雪快速地融化，化成了一地的水。李小白跑到他买的表前一看，依旧是"95"。

"我们这里显示有水进来了，不过很慢哪。应该是外送泵的问题。"总控的回复传了过来。

李小白关闭了外接水源，继续耐心地等，他认为或许需要一段时间让泵腔里的温度达到某种平衡。还没等到验证结果出来，李小白就发现他采购的温控显示屏上面居然起了一层薄雾，他的脑袋轰的一声。这说明这个表无法在安西使用，它抵抗不住安西的寒冷，那温控这事也就无从谈起了。

反观毕渊那边也好不到哪儿去，他的外送泵压力不高，即使是李小白的外接水源都没有办法很快把水排出去，泵体周围已经出现了一层薄霜。他们都是每天巡查这里的，出现这种情况的原因他们比谁都清楚，这说明要不了多久，泵腔很可能会被冻住。

改造宣告彻底失败，李小白的温控调节失败，毕渊的外送泵调节也失败了。

还是霓裳拿起对讲机，说道："总控！停电停气泄压！"

两人默默地站在一旁看着自己的杰作，比他们更泄气的是各自的班员。

毕渊的班员躲得远远地说道："我就知道这小子逞能，他就开始时可以，人家二班班长在云海市可是发明小能手。"

"嗯！这两人有仇，神仙打架，我们看着就好。"

李小白的班员则是走过来，说道："班长，没事，这本来就不是咱们的工作，改造不成功，咱下次再来。"

"就是，班长，别气馁，咱们已经做得很好了。"

两人无奈，目前要做的就是恢复原状，大家只得七手八脚地开始拆卸。李小白站在一旁，大脑转得飞快。光靠图纸并没有实际看得那么真实，眼下，他对整条线的内部有了直观的认识。

霓裳说道："如何才能做到在有蒸汽的情况下，还能够让污水进入泵腔？"

这是问题的关键。降低蒸汽热度和泵的转速，事实证明都失败了，应该还有其他方法。李小白说道："蒸汽的作用就是防冻凝，污水不能冻在泵腔内。我还能怎么做呢？"

"加大污水排量，扩宽进出口。"霓裳提议道。

毕渊还在带着班员恢复外送泵，根本没空管他们俩。

李小白闭着眼来回地走，他说道："不行！还是会有被蒸干的可能，管线太热了！管线太热了！"

他的班员说道："班长，你想想看有没有其他办法可以把管线温度降下来，到了冬天不冻上就行呀！"

李小白眼前一亮，说道："对啊！管线太热了，冬天不冻上就行了！有了！"

他吼道："都不要动！把拆下来的就放那里！"

只见他急匆匆地跑到维护组那里聊了起来。霓裳笑了，她知道李小白肯定找到了解决办法，看着他手舞足蹈的样子，笑死人。

很快，惊人的一幕出现了，维护组每人拿着一截输水管走了过来，在一旁组装了起来。

李小白吼道："把泵腔组装好！其他的都不要动！"

这项工作不难，半个小时左右便做完了。毕渊见不得李小白一副志得意满的样子，冷哼一声，说道："大家加把劲，把泵组装好，给李班长腾地方。"

接着，只见维护组将一截截的输水管套在了泵腔外面，裹好，封闭。

这项工作做了一个多小时，霓裳发现维护组将输水管接到了循环水的出水口上，很是吃惊，说道："你这是用循环水替代了低压蒸汽？"

李小白点点头，说道："是的！低压蒸汽的温度太高了，如果能够降低温度，只要不被零下二十多摄氏度冻上就行，那么不用蒸汽，就用流动循环水就行。这就好比是一口温泉，冬天再冷，循环水都不可能被冻上，在中间的污水泵腔更不可能被冻上。"

第97章　表白现场

简单的解决办法，没有复杂的操作，甚至今后都无须再来巡检，这是绝对的好办法。

霓裳也觉得很在理。循环水很快注入过来，输水管里发出了轰轰声。李小白拿起对讲机，自信地说道："总控！外送泵供电供气增压！"

"收到！"

"请第一时间通告外送泵情况。"霓裳拿着对讲机说道。

李小白一屁股坐在地上,看着自己的杰作,很是开心,他知道自己成功了。不到十五分钟,总控来了消息:"污水外送泵运转正常。"

李小白兴奋极了,忽地跳了起来,说道:"成功了!"

一旁的霓裳笑颜如花,这一幕恰好被一旁的监护员拍了下来,这件事很快上了报纸。毕渊看着那张报纸,很是气愤,他也是带着整个班进行改造,报纸上却只提了联合加氢三班,都没提到他的名字,简直是大大的不公平。

"工段嘉奖,嘉奖人:李小白;嘉奖原因:完成外送污水泵体改造,实测安全有效。奖励五千元。"

"工段嘉奖,嘉奖单位:联合加氢二班;嘉奖原因:在外送污水泵体改造过程中,该班组团结合作,集思广益。人均奖励一千元。"

"工段嘉奖,嘉奖单位:联合加氢三班;嘉奖原因:在外送污水泵体改造过程中,该班组积极参与,献计献策。人均奖励五百元。"

而面对这个结果,两个班班员的态度也是不一样的。

"小白班长,嘿嘿,你还有没有其他的想法?说出来,大伙儿帮着一起出出主意。我上班到现在还没拿过个人奖励呢。这一千块,香得很。"

"班长,跟着你干,那就是一个舒爽,忙了两个小时,这回报那是杠杠的!"

"哈哈,也不知道是谁当时还怀疑咱们班长。"

那个班员不好意思地低下了头。李小白笑着说道:"咱们班好久没聚了,这次改造成功和各位的努力分不开,下班了一起出去吃饭,我请客。"

"那必须宰班长一顿。"

反观毕渊的班，虽然人手五百，也有嘉奖，可……

"咱们班长就是比不过二班的啊，眼见失败了，人家还能绝处逢生。"

"唉！谁说不是呢！我都想去二班。人家班的说了，只要活干得漂亮，李小白不找事。"

"就是，人家班长问值班长要嘉奖呢，表现好的，班长那是挨值班长骂都要给班员争取嘉奖，毕渊可没为咱们说过话。"

毕渊正在气头上，看见这三个人聚在一起，臭着脸过去，说道："你们三个上班期间聚众聊天，考核不合格！"

三人是敢怒不敢言，瞪了一眼，回到了各自的岗位。

经过这次的改造，李小白发觉自己对待霓裳的感情不一样了，那种说不清道不明的东西在身体里回荡，他有时不自觉地就会想起她。

这次，包装单元出了点问题，压了很多料在料仓，李小白的班组忙得焦头烂额。

等毕渊班组接班后，霓裳递给李小白一瓶水。身边的同事看到了纷纷起哄，说道："小白班长，我是过来人，霓裳丫头真的可以，你追追人家，追到手了，也算是咱们班安在三班的眼线呀！"

他们这些石油工人说话都没有背后说人的，霓裳也听得清清楚楚，两人的脸腾地就红了。

时光如梭，一年的时间里两人的感情快速升温，毕渊看得牙根痒痒，却又无可奈何。

终是到了捅破窗户纸的那天。

李小白的班员约定好提前到单位，又是气球，又是鲜花。

毕渊不知道李小白又搞什么鬼，说道："你们班要干什么呀？"

二班的班员心很齐，说道："别担心，在你接班之后，我们留下，负责把办公室的卫生打扫干净。"

这怼得毕渊哑口无言。霓裳也跑进办公室看，说道："哎呀，你们班谁过生日吗？"

几个班员看着她笑嘻嘻地说道："比过生日有意义多了。"

李小白很快到了单位，看着又有气球又有鲜花的办公室，说道："这是谁过生日吗？"

一旁的班员直接上前，将他的衣服整理一下，说道："嗯！今天是你大喜的日子，你要好好珍惜。一会儿我们会把霓裳叫进来，我们全班都在，见证一下你的表白。"

"我表白什么？"李小白其实也猜出了七八分，有些哭笑不得。

另一个班员手里拿着礼花筒，说道："班长，我们都是过来人，早看出来了，所以，老哥有一句话要劝你，碰到好姑娘那就必须拿下。我可是听说毕渊那小子一直在追霓裳，要是鲜花插在那坨牛粪上，我们可不答应。"

又有一个班员神神秘秘地跑了进来，说道："人来了！你们快点！"

班员急忙将鲜花塞给李小白，说道："你赶快想想怎么表白！不要辜负了我们的一片心意。"

李小白压根儿没有任何心理准备，这是赶鸭子上架。事到如今，也只能现场表白，他到此时才发现霓裳已经慢慢地走进了他的心里。

霓裳被莫名其妙地叫来了办公室，一进来就发现二班班员站成一列，李小白拿着花站在队伍最前面。她以为李小白又得了什么奖励，正要出去，却被班员叫了进来。

李小白硬着头皮说道："霓裳，我代表……"

这话才说出一半，他便觉得有些不对，他能代表谁啊？瞬间，脑门上的汗都出来了。

他急忙改口说道："那个……那个，我们二班……哦！不是……"

一旁的班员都等急了，说道："霓裳，他今天是来表白的！你答应不？"

这一下算是彻底将李小白架在了火上。李小白深吸一口气，看着一脸错愕的霓裳，说道："霓裳，我很喜欢和你在一起的感觉，请答应我，做我的女朋友。"说着，将鲜花递了过去。

第98章　没有交集

霓裳下意识地接过了花，完全没反应过来。原来二班忙活几个小时，就是为了李小白的表白。

班员相互挤了挤眼睛，其中一个老师傅说道："哎！接了花，那就是答应了，你们还愣着干吗？"

众人马上欢呼起来，掌声潮水般地响起。

霓裳此时才反应过来，又好气又好笑。她突然一摆手，说道："等等！哪有这么容易就答应的？你们二班的人这是做买卖吗？还强买强卖？"

原本欢乐的气氛一下陷入了沉默。李小白原本脸就通红，此时，更是红得像喝醉了一般。

霓裳仰着头，看着李小白，说道："要我答应也不难，那你用什么证明你爱我呢？"

"以后工资卡全部交给你！"一个班员替李小白说道。

"不够！"

"以后饭李小白做！"

"不够！"

"以后娃儿李小白生！"

这个玩笑让整个班的人哄堂大笑起来，紧张的气氛一下缓和了下来。

李小白说道："霓裳，那你如何才肯答应我呢？"

霓裳叉着腰，说道："你拿到咱们厂技能大赛冠军，我就答应你。"

李小白眼前一亮，随后又暗淡下来。全厂的技能大赛冠军，那是可以代表远宁石化公司参加安西石油技能大赛的，谈何容易？

所有人都听得出这几乎是拒绝。一个班员说道："霓裳妹子，咱能不能换一个？这大赛可是有运气成分的。"

"就是呀，你要是让李小白拿个值班长还有点盼头啊。这三年一次的技能大赛，一次不中，第二次又得三年，那六年后，你成了大龄产妇，生育有危险呀！"

这个班员的话瞬间让霓裳的脸红了。李小白急忙说道："行！我能做到！我一定让你成为我的媳妇！"

这语气霸气无比。二班沸腾了，礼花在办公室打响，掌声雷动。

这件事很快传到了毕渊的耳朵里，他差点气疯。他直接找到了值班长，将二班的求婚一事说了出去。值班长一听，哈哈大笑起来，说道："有趣，有趣！这二班也不通知我一下，我在的话，霓裳还敢提条件？"

值班长想了想，又说道："我得帮他一把。"说着拿起电话，拨给了通讯员，说道，"喂！我们二班有年轻人在工段摆了场子求婚，你得好好报道一下，这可是在工作中诞生了坚定的爱情。"

挂了电话，值班长说道："我得再去找找李小白，这小子别为了追求女孩子，把工作给我耽误了。"

值班长哼着歌出去了，毕渊差点气昏过去。

被拒绝后的秦美鸽什么都不想干，要么叫闺密一起出去吃吃喝喝，要么去各地旅行，回到家后又会想起李小白。

她再次约李小白出来吃饭，李小白倒是很爽快地答应了，但是没同意她去接，他自己打车到了地方。秦美鸽约他的地方是一家网红店，里面卖些小吃和奶茶，环境倒是很不错。

两人坐下，秦美鸽点了一桌子的东西，接着抱着奶茶喝了起来。

李小白询问她最近的情况，秦美鸽心里有一肚子的不舒服。她看着李小白，他的眼里已经没有了曾经的温柔。这种遥远的感觉让她一肚子的火发泄不出来。

店家将一盘小吃端了上来，李小白的眉头却皱了起来。他吸吸鼻子，闻到了一股子添加剂的味道。他轻轻地将盘子拿了起来，仔细地闻了闻，味道的确是从盘子上散发出来的。

李小白在厂里待久了，对气味十分敏感，尤其在泵站的时候，一旦闻到那种工业添加剂的味道，那便代表有地方泄漏了，他就一定要找到。就是这种习惯，让他对气味的敏感度大大提升。

此时，他便没有判断错。那个盘子不但没有洗干净，而且小吃的确是不合格的产品，里面的添加剂有一股刺鼻味。只是店家很聪明，用油炸完之后，还用气味浓烈的洋葱做了掩饰，但还是没有逃过李小白的鼻子。

李小白将店家叫了过来，说道："老板，你这小吃不对吧？为什么里面会有一股子添加剂的味道？我能看一下原材料吗？"

店家心头一惊，但还是笑着说道："放心吧，我们是远宁很知名的店，不会用不合格的产品的。"

"但是你这小吃里就是有添加剂的味道，我不会闻错的。"李小白说道，"还是让我看看原材料吧。"

店家自然不愿意，说道："后厨是我们店的隐私，谢绝参观的，你这样我们很为难啊！"

李小白说道："那行，你把小吃给我打包，我找食品安全部门的朋友给看看。"

店家一下火了，说道："你这个人什么意思？是来砸场子的吗？你不吃可以滚蛋，不要含血喷人！"

四周稍远一点的食客纷纷侧目。秦美鸽顿觉没面子，她说道："李小白，你什么意思？你今天是不是不想来，所以给我脸色看？"

李小白愣住了，他说道："这里面的添加剂是有问题的，我确定，你相信我。"

秦美鸽皱皱眉，站起身，说道："那好吧！既然你不想见我，那就算了，我买单，你走吧！"

"不！这吃的真的有问题。"李小白还想解释，秦美鸽却是直接扫码结账，下楼离开了，她一分钟都不想在这里待下去了。

店家还冷笑着看着李小白，说道："原来你不想买单呀，早说呀。"

李小白说道："你真当消费者都是傻瓜吗？要不要我现在打电话叫质监局的人来查查你的原材料？如果你的原材料没问题，我马上给你道歉。"

店家当然知道自己的原材料有问题，真怕惹急了李小白，要是弄点啥事出来，店直接就得关张。

李小白说道："远宁很小，做生意要讲究德行，希望你们不要再这样了。"

说着，他拿起衣服，追下了楼。店家一看李小白下了楼，急忙端着小吃去了后厨。下楼后的李小白没看到秦美鸽，只看到一辆跑车飞驰而去。

其实，今天李小白想告诉秦美鸽，他恋爱了，希望秦美鸽能祝福他，也想告诉她，以后可能见面的机会就少了。

只是没有这个机会开口了。

第99章　故人相见

这是冬季最寒冷的日子，另一件事发生了：蒋云飞出狱了。

这天，李小白刚下班，才下倒班车，正打算回家，就听到有人叫他。他回头一看，蒋云飞正站在路边看着他。

他心里一惊，马上跑了过去，说道："飞子，你出来了？"

"谢谢你啊！李小白，要不是你，我还不知道赌点小钱是犯法的！"蒋云飞的话让李小白原本热络的心沉寂了下来，他知道这件事他有些对不起兄弟。

他说道："我们先去吃早饭吧，一边吃一边聊。"

蒋云飞也不拒绝，见李小白买了二十个包子，倒也大口地吃了起来。他一句话都不说，看得李小白心里非常不是滋味。

"你现在吃这么多辣子？"李小白见蒋云飞在碟子里加了很多辣椒酱。

蒋云飞却是无所谓地蘸了蘸，说道："里面口味淡。"说着，大口地吃了起来。

"你刚出来？"李小白问道。

"嗯！"

"那有没有什么打算？"

除了咀嚼包子的声音外，李小白没有收到任何回答。

"听说你回主业了，现在还是班长？"蒋云飞终于在吃下十个包子后抬起了头。

李小白点点头，说道："是的！我还去了云海市三年。"

"恭喜呀！"蒋云飞皮笑肉不笑地说道，"主业上的班长可比包装厂的班长赚得多了。"

"还行吧。"李小白说道，"飞子，你要有什么困难，你给我说，我能帮上你的，我一定帮你。"

"行！先拿两千用用吧。"蒋云飞淡淡地说道。

李小白点点头，说道："没问题。你尽快想办法找到工作，有需要帮忙的，你告诉我。"

第 99 章 故人相见

李小白从银行出来,将钱交给了蒋云飞。蒋云飞却没有一丝感谢地将钱往口袋一装,走了。

李小白看着蒋云飞随手打了一辆车离去,心头五味杂陈。

连一个星期都没过完,蒋云飞又在李小白下班的时候,将他叫住了。

"我还没吃饭!"蒋云飞说道。

李小白无不应允道:"行!想吃啥?"

"火锅!"

两人去了一家不错的火锅店,李小白点了一桌菜,两人喝起了啤酒。不知为什么,这一次,两人没什么话说,就默默地吃。

李小白问道:"工作找了吗?"

"远宁这小地方,哪有那么多的岗位?慢慢来吧。"蒋云飞头都不抬地说道,"我没钱了,再给我三千吧。"

李小白当即手机转账给他。这次也是一样,他拍拍屁股走了。

李小白觉得这不是个办法,便四处打听哪里需要人,还真让他找到了。因为李小白之前带班员去食堂帮忙,与食堂管理员很熟络,一问之下,人家也的确是需要帮工,一个月开四千的工资,外带管两顿饭,主要是五险全交。

李小白当即给蒋云飞打了电话,蒋云飞也是很爽快地答应去看看。也是因为蒋云飞答应了,他才放下了心。

可没过几天,蒋云飞又找李小白吃饭,只不过这次是蒋云飞请客。他只请李小白吃了牛肉面,吃了一半,照例是要钱,一开口要一万。

李小白这些年是存了一些钱,可也经不起他这么要。

李小白问道:"我给你介绍的工作你去了吗?那边还问我来着。"

"没去,不喜欢,我觉得不太自由。"蒋云飞说道。

李小白皱眉说道:"那你这样下去也不是办法呀!"

"怎么,你心疼钱了?"

李小白说道:"飞子,我不是在乎钱的人。我希望你能够尽快振作起来,好重新开始。你那么聪明,在社会上玩得比我转,肯定能比在厂里好得多。"

"我刚出来,我想休息一下,不行吗?你以为我会要你的钱吧?将来我会还给你的。"

李小白很是无奈,也只能将钱借给了蒋云飞,只是他知道蒋云飞大概率不会还。

大约有一个月的时间,蒋云飞没有来找李小白,李小白以为蒋云飞找到了工作,很想过几天祝福他一下,却没想到这天他正在家里休息,蒋云飞又打来了电话,要和他一起吃饭。

这一次的蒋云飞似乎好几天没睡,他一见面便说道:"小白,拿十万给我,我这儿急用。"

李小白眉头皱了皱,他看到蒋云飞两指间已经让烟熏黄了,头发如同稻草一般,他说道:"飞子,你是不是又去打牌了?"

"没打!我打算找个车跑网约车,但是钱不够。"李小白能听出来,他这是敷衍,本想拒绝,蒋云飞却说道,"我是因为你才进的局子,你以为各个地方不审查个人信息吗?我看上的工作已经被拒了很多次了。"

李小白说道:"兄弟,我谈了女朋友,我也要谈婚论嫁,你总不能让我结婚的时候连婚宴的钱都拿不出来吧？你能不能先找个班上？去食堂先干着，学点什么也好，等时机成熟了，你要是想干点什么，我也好帮你，总不能见你这样无所事事啊！"

"你好意思跟我说无所事事吗？我不过是打个牌，有必要让我坐四年牢吗？"蒋云飞大声地说道。

李小白也急了，说道："我问了，你是牌局的组织者，赶上严打，我向警察求过情了！我不知道你借了高利贷，只是希望把你救出来，我也不希望变成今天这样啊！"

蒋云飞是知道李小白的个性的，这小子要是出手，他是没好日子过的。其实他在牢里也知道了自己的过错，出来之后也有怨气，本想找李小白吵一架出口气也就算了，可兜里没钱，便想找他借点，没想到这么好借。于是蒋云飞干脆不急着找工作了，每天就是玩，没钱了就找李小白要。

眼下他是和李小白干上了，决不能尿，他一把将桌子掀翻了，说道："结果呢？我丢了工作，坐牢啊！一辈子都毁在你手里了！你要不要进去感受一下？"

李小白说道："那你要站起来啊！你是男人，怕输什么？你怎么就知道你这辈子完蛋了？"

蒋云飞眼睛一转，说道："李小白，记住你今天是怎么对待兄弟的，我不会放过你的！我们没完！"

"好呀！那你去我帮你联系的工作单位啊！我也在帮你啊！你能不能不要像个孩子？"

蒋云飞不再理会他，怒气冲冲地出了饭馆的门。

第100章 最后的挽回

李小白以为蒋云飞会洗心革面，至少应该去食堂试试，等以后找个机会自己再给他道歉。哪里想到几天后，蒋云飞再次约李小白喝酒。

这次居然是在一个不错的饭店，这个地方李小白来的次数屈指可数。一见面，蒋云飞并不提借钱的事，而是叙旧，从上学那会儿一直说到了上班时的人和事。

李小白觉得蒋云飞变了，他说道："兄弟一场，从头再来。"

蒋云飞却是笑了笑，说道："兄弟，哥们儿这次真的需要钱，你借给我十万，我可以给你打欠条。我没有本钱从头开始。"

李小白看着蒋云飞的眼睛，半晌，他长长地舒了一口气，说道："好！在钱的方面，我最后帮你一次，希望你能振作起来。"

他一口喝下酒。回到家，他看着手机上的余额，只有四万多。还有六万，该去哪儿找呢？他不能向霓裳借钱，还没有谈婚论嫁，就花女方的钱，他做不到。还有一个人会借给他，但却是他最不想开口的人——秦美鸽。

最终，他还是拿起了手机，拨了过去。

"小白，你怎么突然想起给我打电话了？"秦美鸽笑着说道。

"我想问你借点钱，我两年内还你。"李小白也不绕弯子，他觉得人家没有理由借给他，只是想让自己死心，哪里想到秦美鸽却是毫不犹豫地答应了。

"你来拿还是我给你送过去？"

李小白忙说道："我来拿就好。"

见了面，秦美鸽正在别墅下的花园团着雪球，见李小白满头大汗地跑了过来，她不禁微微地笑了。

李小白站在一旁，并没有直接开口提钱的事，秦美鸽却说道："钱就在桌子上，你拿走吧。"

李小白一愣，从怀里掏出了一张欠条，说道："谢谢！这是我的欠条，我可以每个月还你一些，也可以两年内还清。"

"我不需要欠条。"

李小白说道："这样我过意不去。咱们一码归一码，我欠你的。"

"是吗？"秦美鸽不喜欢李小白这样见外，她不能花了钱还没有结果，她说道，"站住！"

李小白很尴尬，本想早点离开，此时却也不得不站住，看向了秦美鸽。她说道："我还有要求，我要你陪我吃一个星期的饭。"

"啊？"李小白没想到会有附加条件，说道，"可是……我已经有喜欢的人了。"

"什么？"秦美鸽忽地将雪球丢出老远，她又有些愤怒了，说道，"我就是要你陪我吃一个星期的饭，你能不能做到？"

李小白咬着下唇，说道："行！"

再见蒋云飞时他将钱拿了出来，重重地放在了蒋云飞的手上，他说道："飞子，好好找一份工作，不要浪费了这笔钱。"

蒋云飞的内心一阵狂喜，他将崭新的一扎钱放进塑料袋中，转身便走了。

李小白看着远去的蒋云飞，长长地叹了一口气。

霓裳发现从某天开始，李小白有了很多变化。他不怎么下馆子了，之前还叫霓裳出来一起吃饭，有事没事也一起交流交流，在外人眼里，他们已经是一对情侣了。可李小白突然与她疏远，下了班便急匆匆地独自走了。

接着，有同事告诉她，看到李小白和一个长相妖媚的女子在馆子里吃饭。霓裳开始并没有当真，只是结合李小白最近的表现，认为的确有些不同寻常，甚至交接班的时候闻到了他身上浓浓的香水味，李小白从来都不会喷香水。她不知道中午李小白与秦美鸽吃饭的时候，是秦美鸽给他喷的，说是喜欢与香喷喷的男生一起吃饭。

这天下班，霓裳看到厂门口一辆跑车在等李小白，李小白正要坐车走，霓裳忍不住叫了一声李小白。李小白吓了一跳，回头看到了霓裳，也急忙跑过去，霓裳说道："那是你的女朋友吗？"

李小白急忙摆手说道："不，不！霓裳，你别误会。我有我的事，我以后慢慢和你解释，好吗？"

秦美鸽也看到了风风火火跑出来的李小白，此时她连续地按喇叭，催促李小白快点。李小白一咬牙，说道："霓裳，不是你想的那样。"说罢，便匆匆地跑去了车所在的方向。

"说吧，想吃什么？"李小白坐上了车。

秦美鸽是见过霓裳的，她撇了撇嘴，说道："那就是你的女朋友？"

霓裳也看到了秦美鸽，她皱了皱眉，转身离开了。

"是的，我正在追她。"今天是两人最后一天吃饭，李小白想将两人的关系告诉她，也希望秦美鸽能看在朋友的关系上，不要再纠缠他。

秦美鸽却不这么想，她觉得两人的感情要想快速升温，唯一的办法就是多待在一起。说七天本来是一句气话，但秦美鸽是克制着自己的火气，竭尽全力对李小白好。她认为的好是带着李小白吃各种山珍海味，饭后两人甜甜蜜蜜，七天后势必让李小白回心转意。

秦美鸽不是第一次谈男朋友，在谈恋爱方面，自己就没输过。她想起穿着厂服的霓裳，便觉得她不是自己的对手。

秦美鸽今晚选了一家很浪漫的餐馆，叫爱巢西餐厅。她今天可是在妆容上花了一番工夫，不过，似乎李小白一落座便抱着手机不放。她猜测李小白多半是在给那个女人发信息。也的确是，李小白在琢磨该用什么口吻将这件事告诉霓裳。

秦美鸽说道："你陪我吃饭，能不能专心一点？"

李小白急忙放下手机，说道："谢谢你这七天每天请我吃饭，今天是最后一天，希望我们的友谊天长地久。"

秦美鸽愣了愣，却是摆出了一个极具诱惑性的姿势，说道："小白，这七天，我对你好吗？"

"挺好的，谢谢！"

秦美鸽说道："那你愿意做我的男朋友吗？"

饭菜端上来了，李小白面色如常，说道："美鸽，我告诉过你，我们做朋友才是最好的结果。我们在性格上并不合适，你需要一个能够……"

"我就要你。"说着，她竟然一把抓住了李小白的手，没想到李小白的手仿佛触电一般缩了回去。

第101章 穷凶极恶

"我会吃了你吗?"秦美鸽再也受不了了,她怒气冲冲地看着李小白说道。

李小白说道:"美鸽,按照约定,这是咱们一起吃的最后一顿饭,你不要再发脾气了。你不能总希望别人宠着你。你是一个很好的女孩子。"

秦美鸽却是不动筷子,她没想到会被拒绝,此时的她气得浑身发抖。她站起身,说道:"服务员,买单!"

"要不,今天我来吧?"李小白拿起手机,准备买单。

秦美鸽说道:"你还是多存钱,早点还钱吧。"

秦美鸽买了单,说道:"我吃饱了。"说罢,转身下了楼。

她本以为李小白会追出来,这样,她会软下来,让自己下得了台。其实,她想告诉李小白,别说几万块钱,就是几十万,她都没看在眼里。

可没想到,她等了十分钟也不见李小白下来。再看李小白,他正在桌边看着一桌子美味佳肴咽着口水。他以为秦美鸽是去买什么东西,或者拿什么东西去了,哪有点了一桌子菜一口都不吃的主?

秦美鸽一跺脚,走了。李小白等了半个小时,也不见秦美鸽回来,急忙打电话过去。秦美鸽高兴极了,心想他还知道安慰一下人,这着实不错。

"哎?你跑哪里去了?饭还没吃呢。"李小白问道。

秦美鸽差点当场气晕,说道:"你吃吧,你全部吃光!"

说罢,她挂了电话,一种前所未有的挫败感油然而生,她感觉自己和李小白在一起的每一分钟都受到了巨大的伤害。第一次，她被一个男生彻底拒绝；第一次，她花了如此大的代价，却是无功而返；第一次，她感觉这世间有她得不到的东西。

好吧！我既然得不到，那便毁了他！

不到半个月的时间，蒋云飞再次找到了李小白。那是一个早晨，李小白刚下大夜班，走出厂区大门时，一眼就看到了蹲在路边握着手机的蒋云飞。

他几步走上去，说道："飞子，你怎么在这儿？"

此时的蒋云飞头发乱七八糟，眼睛布满了血丝，胡子拉碴，指甲长得吓人，状若疯魔。

李小白伸头一看，说道："怎么，你现在用手机赌博吗？"

"哎，玩玩而已，没当真。"蒋云飞头也不抬地盯着手机屏幕说道。

"你是在等我？"李小白现在是一分钟都不想多待。

"嗯！我有个事，也是我找你办的最后一件事，这件事做完，我们两清。"蒋云飞说道。

李小白的拳头都握紧了，说道："我已经把我这几年赚的钱和我能借到的钱都给你了，我已经没钱了。"

蒋云飞恋恋不舍地将手机上的游戏关掉，说道："不用你出钱。你现在不是在联合加氢吗？而且后天晚上，是你上第二个大夜班，你在交接班的时候会巡检下料口，大概十五分钟的时间，我要你这十五分钟不要巡检下料口。"

联合加氢工段实际上是生产环节中的一环，蒋云飞所说的巡检下料口是指生产过程中，假如发现料仓堆满，而后续物料还在生产，则要采取临时排放物料的措施，以便降低物料无处堆放的风险。

"你要做什么？"李小白问道。

蒋云飞说道："我不过就是打了个牌，石化公司对不住我啊，我进去几天就把我开除了，我还不能要点补偿？"

"十五分钟，至少十吨物料，一吨市场价至少五万，十吨就是五十万，你这是盗卖国有资产，你别忘了当年的聂震和沙永尚！他们到现在都没出来呢！"李小白当然知道他要做什么。

蒋云飞说道："小白，他们是天天干，我就干一票。我还欠着你的钱呢，如果弄出来，我卖掉之后，第一时间还你钱，可以了吧？风险我担着，你就当不知道，我就算被抓了，也不会把你咬出来！"

"不行！这是绝对的违法，你以为不咬出我来，我就没事吗？"李小白说道，"你别把厂里想得那么简单，就算你拿到了物料，又怎么带出厂呢？进出厂的保安员会一一查的，没有出厂证，你也会被扣下的。"

蒋云飞说道："这个你放心，你上大夜班时候的门卫是我的朋友，我已经和他说好了。我弄了个假的证明，如果出了事，也不会有他什么事。"

"不！我不干，这事是原则问题。我建议你还是拿着我给你的钱好好做点什么，这世上只有饿死的懒人，没有穷死的勤快人。"李小白说着便要走。

蒋云飞说道："那我给你发点东西，如果你不做，你女朋友什么样，全世界都会知道。"

说着，李小白的手机已经响了起来。李小白拿起来一看，吓了一跳，那是一张裸照，仔细一看，竟然是秦美鸽的照片。

李小白几步走上前，一把揪住了蒋云飞的衣领，说道："你从哪儿搞来的照片？"

蒋云飞吼道："撒手！不然我现在就发出去！"

李小白恨恨地松开，说道："你想干什么？她难道不是你的朋友吗？你这是从哪儿弄来的？"

"我回来和她喝了点酒，她喝多了，我不留下点纪念，那可是苦了我蹲这几年的牢。为朋友两肋插刀和插朋友两刀，在你眼里有区别吗？别说得我和坏人一样，你李小白为了往上爬，不也踩在我的头上吗？说得你比我高级多少似的。"蒋云飞阴阳怪气地说道。

李小白说道："你把照片全部删了！你怎么能这样对待你的朋友？"

李小白想上去抢，却被蒋云飞一把推开。蒋云飞说道："李小白，我告诉你，我这都是跟你学的。我说过，我就做这一次，从今以后，我不会再出现在你面前，你不该为你当年干的事付出一点代价吗？"

"你就不怕我报警吗？"李小白怒道。

蒋云飞冷哼一声道："呸！李小白，我已经是进过一次监狱的人了，我不怕进第二次。如果你还想把我送进去，现在就打啊！我做什么了吗？你空口无凭，不要乱咬人！"

说罢，蒋云飞转身上了一辆出租车，一溜烟地跑了。

李小白只觉得天旋地转，他用手扶着墙，看着跑远的车，他重重地一拳砸在了墙上，血流了下来。

第102章 醍醐灌顶

李小白拿起电话，拨给了秦美鸽，说道："美鸽，你在哪里？我有事找你。"

"我在睡觉。"秦美鸽不客气地说道。

"这个事很重要，我现在来找你。"李小白说着挂了电话，急匆匆地赶到了秦美鸽的家，可秦美鸽却是磨磨蹭蹭两个小时才化好妆下了楼。

秦美鸽没有让李小白进屋，只是在别墅下的花园见了他。李小白说道："你最近是不是和蒋云飞喝酒了？"

"怎么，我和谁喝酒还需要给你汇报一下吗？"秦美鸽不客气地说道。

李小白将手机给了她，说道："你先看看这个吧，别冲动，一定要保持冷静。"

李小白在等秦美鸽的两个小时里琢磨了半晌，最终还是决定应该直接问她为好。没想到秦美鸽看完照片一下慌了，说道："啊！他……他怎么能这样对我？"

说着，她拿起手机，拨给了蒋云飞，可电话却一直无人接听。

"他……他想要干什么？要多少钱我都给他，快让他删掉！"秦美鸽看着李小白，眼泪都要下来了。

李小白说道："别急！美鸽，这个事必须报警，这属于诈骗。"

"不！"秦美鸽说道，"他要是发出去怎么办？你是不是想让全世界的人看到我的身子？"

"我……"李小白有些词穷，他知道对一个女孩子来说裸照被发出去是不可接受的，"但要给了一次，就可能会有第二次。蒋云飞沉迷赌博，以后没钱了，还会……"

"我不管！小白，你一定要帮帮我！他提了什么要求？"秦美鸽问道。

李小白说道："他希望我帮他盗卖国有资产。"

"难办吗？"秦美鸽似乎是松了一口气，问道。

李小白说道："盗卖国有资产啊！这是重罪！"

"看在朋友的分儿上，小白，你帮帮我嘛，不要叫他毁了我一辈子啊！如果这照片流出去，我这辈子都没脸见人了！我不如死了算了！"说着就要往墙上撞。

李小白急忙拉住秦美鸽，没想到却顺势拉入了怀里。秦美鸽一把抱住了李小白，哭得梨花带雨。

李小白说道："你先别急，你让我好好想想。"

秦美鸽说道："救救我！你要我做什么都行，求你！"

李小白松开手，一跺脚，说道："好吧！这是第一次，也是最后一次。"

李小白推门出去，在路上狂奔起来，他感觉胸口压着一块大石头，挥之不去。路过的行人看见这个大清早奋力狂奔的人，纷纷躲开。他一直跑到浑身无力，一下倒在了雪地上。

秦美鸽看着李小白跑了出去，她原本惊慌失措的脸上慢慢变得狰狞，泪花在一点点地干去，一抹冷笑浮现在了她的嘴角。

李小白其实是一个很有原则的人，他的优点是对兄弟非常好；同时，这也是他的缺点，兄弟有难的时候，他不知道该怎么去选择，比如现在。

两天后的夜班很快到来。这两天，李小白每晚都做噩梦，他时而梦到自己被警察抓走，时而梦到秦美鸽上吊，还梦到蒋云飞被抓进了监狱。直到上班前，他还是没有想出丝毫的办法。

李小白上班前的不对劲被霓裳看出来了。今天的李小白头发乱糟糟的，安全帽也没戴，周围的人跟他说话，他也是心不在焉，而且接班前他给其中一个班员说外围巡检他去就行了，接着人就不见了。接班时间过了几分钟，还不见李小白的人影，毕渊并不着急，在那儿淡定地等着。

话说李小白此时已经站在了下料口的通道前，他看到一辆卡车停在了下料口的下面，一个黑影从车上跳了下来，正是蒋云飞。他看到李小白，却是二话不说，用钢钎卡住下料口的阀门，用力一拧。

哗！雪白的物料顺着下料口流进了卡车后的翻斗中，李小白愣住了。此时，他的内心异常煎熬，他感觉整个世界都在崩塌，他有冲上去拦住蒋云飞的冲动，可脚下却像灌了铅一样。

蒋云飞起初还有些担心，他一眼就看见了站在不远处的李小白，他害怕李小白上来把他抓了，那他可真是人赃俱获。但见李小白站在那里动都不动，下一分钟也就放心了。他知道只有十五分钟，他看着表，时间在一点点地过去，他的内心是狂喜的，下料口的沙沙声，那可都是货真价实的银子。

就在这时，黑暗中响起一个声音："小白，你怎么在这里？不去接班吗？"

说话的人正是霓裳。她见李小白反常，到了接班时间却不去接班，根据刚才的工作安排，很可能是在外线巡检。她担心李小白出什么意外，忙一路寻了过来。她知道早点接班，二班的人也好早点休息。

　　她一路找到了下料口，就见李小白在那里发呆，于是出现了刚才的情形。

　　李小白从恍惚中回过神来，下意识地拦住了要过去的霓裳，说道："哦！我没事。"

　　霓裳是副班长，她看到了下料口下面的卡车，眉头皱了起来。她说道："这是什么车？咱们运行很平稳，没有接到下料的通知啊。"

　　李小白有些慌，他急忙说道："这……这不是，这个是……"

　　霓裳瞬间明白发生了什么，她一把拉住了李小白，说道："你知道你在干什么吗？这是盗卖国有资产！你的第一任班长，你忘记了吗？你现在和他有什么区别？"

　　"霓裳，你听我说，那个人是蒋云飞，他拿了别人的裸照威胁！而受害人是我朋友，我……"李小白有些词穷。

　　霓裳却说道："你糊涂呀！那是国有资产，再好的朋友关系，也不能打国有资产的主意！这是严重的经济犯罪！"

　　李小白瞬间醍醐灌顶。这两天，他反复纠结的问题在这一刻有了答案。他的心中，在这一刻，那层关系算是捋清了。

　　是的，与个人情感相比，国家的物资才是最重要的。那可是五十万的资产，流失出去便是国家的损失，就算秦美鸽是他的朋友，蒋云飞是他的朋友，也不能大过他对国家的感情。

第103章 惊心动魄

再说蒋云飞。他发现了另一个人，一下慌了神，急忙拉住卡钳，下料口不再下料。他将卡钳丢到车后，甚至来不及将物料盖上，便要匆匆上车逃跑。

霓裳已经先于李小白冲到了蒋云飞面前，她一把拉住蒋云飞，说道："蒋云飞，你知道你在干什么吗？你必须停下来，自首是你唯一的出路。现在你最多算盗窃未遂，如果逃跑，就真的是盗窃了！"

蒋云飞一听，想到监狱，那更是发怵了，他用力地将霓裳甩开，吼道："走开！别挡着老子的路！"

霓裳被推到了装置上，脑袋撞到了设备上，人也倒了下去。李小白急忙上前扶住霓裳，说道："霓裳！你怎么样？"

霓裳的背后此时火辣辣地痛，她忍着痛说道："快去追！不能让国家资产流失！"

李小白一咬牙，朝着蒋云飞的卡车冲了过去。此时，蒋云飞已经将卡车倒出了下料口，转个弯就是一条笔直的出路，路的尽头就是大门。

蒋云飞已经癫狂了，他此时只想快点逃跑，出去之后，将货交给接头人，拿了钱，去国外。

就在这时，李小白已经爬到了驾驶室的车门上，他吼道："蒋云飞！你给我停车！你出了门就是盗窃！你还会进去的！"

蒋云飞隔着玻璃大吼道："我死都不会再进去！你不想死的话就给我滚开！"

李小白也是发了狠，说道："停车！不然我对你不客气！"

"你他娘的还是不是我兄弟？你已经把我送进去一次了，有本事你再把我送进去第二次！"蒋云飞双目通红，口水也顺着嘴角流了下来。

李小白一把拉开车门，这一下让他失去了平衡，半个身子离开了车门。幸亏他个子高，他努力让身体保持平衡，借着车身晃悠的机会，手用力地抓住了车的把手。他一步跨进驾驶室，照着蒋云飞的脸上砸下重重的一拳。

蒋云飞情急之下，反而踩下了油门，朝着厂区的大门冲了过去。李小白一把握住方向盘，吼道："自首吧！你出不去的！"

"滚开！"蒋云飞也是一拳砸在了李小白的脸上。

李小白只感觉眼前一花，他在这一刻只想着把车逼停，胡乱间他已经用手卡住了蒋云飞的脖子，脚却在摸索着刹车的位置。

"李小白，让我走！不然咱俩都得死！"蒋云飞急得喘着粗气，大吼道。

李小白也是发了狠，此时，他的眼睛已经从疼痛中缓了过来。他看着越来越近的大门，吼道："放弃吧，飞子！自首啊！我陪着你！"

霓裳忍痛爬起来，她很高兴李小白没有犯下大错。她拿起对讲机喊道："毕渊，快报警！有人盗卖国有资产，李小白正在跟对方搏斗！"

员工的对讲机都是一个频道，瞬间，整个工段上班的人都听到了，二班的人一听，急忙冲向外面。

霓裳说完，忍痛朝着大门跌跌撞撞地跑去，不远处的一幕，让她的心都快蹦出嗓子眼了。卡车的车身已经发生了倾斜，车头以一种极其夸张的程度扭曲着，不少物料抖出了车体，如同下雪一般。

蒋云飞知道大门处有监控，此时车头成了这样，一定引起了其他保安的注意。他本来想安静地开车到门口，交出出入证，再由买通的保安开门，一切便可大功告成。可现在却是众人皆知。他能做的就是开车冲出大门，找没人的地方逃跑。

几个保安已经闻声出来查看情况，车门是大开的，李小白冲保安大吼道："把门关上！"

乙烯厂的大门是电子防爆的，除了坦克，其他车撞上去就跟挠痒痒一样。

李小白一拳接一拳地砸在蒋云飞的脸上，另一只手则是将方向盘转到了底。车身在乙烯厂的大门前形成L形，车轮胎发出了刺耳的摩擦声，车头扭曲着，好像一头牛在玩命咬自己的尾巴。

轰的一声，车头侧翻，车斗脱离车身卡在路边，抖落了不少物料。巨大的响动吓得赶来的人也是心惊肉跳。

车头倒在了厂区的大门前。

霓裳哭了，她大喊道："李小白！李小白！"

她想冲到车前，却被毕渊一把抱住，说道："你不能过去呀！危险，车可能会爆炸的！"

此时却见二班的班员冲了上去。霓裳挣脱了毕渊，也不顾一切地冲了过去。

李小白在卡着蒋云飞脖子的时候已经感觉到车轮胎在翘起，他听到了车斗连接的地方发出了咔咔的金属摩擦声。当两个轮胎抬起时，他便知道车头可能要侧翻，他能做的就是用力地抓紧方向盘。

车在倾倒的时候，他用尽了全身的力气，搂住蒋云飞，希望能保他一命。车停了，他松了一口气，随即又提起一口气，用力地踹着挡风玻璃。

哗啦一声，车玻璃碎裂成无数的碎片，他爬了出去，一旁的班员将他带到了安全的地方。

他吼道："把里面的人也救出来！"

霓裳见状松了一口气，跑了过来，泪眼婆娑地看着他。李小白冲她笑了笑，霓裳却是一下扑进李小白的怀里。李小白此时百感交集，在那一刻，他的醒悟不晚，他成功地阻止了一起金额巨大的国有资产盗窃案。

就在这时，有人大喊道："快跑啊！漏油啦！车没有熄火啊！"

李小白双目圆睁，想起蒋云飞还在车里没出来。他松开霓裳，朝着车头飞快地跑去。他熟悉这附近所有的设备，在前方不远处就有灭火器，这是厂区必备的器材。他打开装灭火器的箱子，一边跑一边熟练地将灭火器上下翻动，拔开插销，冲着漏油的地方一顿猛喷。

接着，他冲进驾驶室，一把揪住已经昏死过去的蒋云飞，将他拖了出来。李小白全身已经没了气力，倒在了车旁。二班的班员也是咬牙冲过去，再次将他救了出来。

半个小时后，蒋云飞一身灭火粉末地被警察带走。临走前，他看了一眼李小白，不知他的内心是不是有了悔意。或许人的性格便早已注定了一切。

李小白想到了聂震，如果从一开始，蒋云飞就遇到一个好班长，是不是便不会走上歪路？如果蒋云飞出了监狱，能够从头开始，是不是也不会有今天的一幕？

第104章 我毁了你

警察很快调取了监控，李小白当时站的地方是一个死角。监控上显示霓裳被蒋云飞推倒，李小白冲过去，在车上与蒋云飞搏斗，最终阻止了国有资产被盗。

蒋云飞有口难辩，他无法说自己曾经和李小白是有过交集的，倒是他与门卫勾结的事被查了出来。那批物料的价值也被统计了出来，总价七十余万元，数额特别巨大，加上数罪并罚，蒋云飞被判无期徒刑，没收财产。

厂区领导很高兴，通过监控可以看出李小白不畏危险，为保国有资产奋不顾身，特立三等功，并予以嘉奖。奖励是岳诚亲自特批的，很快下达到了工段。

李小白看着嘉奖令，却是没有一丝喜悦。他找到霓裳，说道："谢谢你，如果没有你的阻止，可能我也是和蒋云飞一样的下场。这个三等功，我受之有愧。"

"我觉得你受之无愧，不是谁都有勇气以一人之力阻止一辆卡车的。那一刻，你在我心中是一个英雄。"霓裳笑靥如花地说道。

李小白却是直摇头，说道："不！我不是英雄，我差点给厂里造成七十多万的损失，这一点，我必须去面对。"

"这是咱俩的秘密。你可以……"霓裳说道。

李小白笑了笑，说道："我本可以在一开始就拒绝，那样蒋云飞或许也不会有今天。总之，我应该直面我的缺点，这样我才能够成熟起来。"

李小白拿着他的嘉奖令到了严栋的办公室。此时，严栋正在批示文件，他也不知道为什么一见李小白就气不打一处来。他是知道李小白的壮举的，但在他看来，这依然是一种逞能的表现，毕竟上次李小白还说如果再有可以救人的机会，他还是会违反制度去做，这次与上次并没有什么不一样。

李小白将嘉奖令放在了严栋的桌子上，说道："严主任，这个嘉奖令，我不能领受。"

"李小白，怎么，三等功配不上你，非要个一等功？"严栋看着李小白说道。

李小白急忙解释道："不！我是受之有愧。其实，我从一开始就知道会有这么一次盗窃案的。"

说着，李小白将发生过的事情给严栋说了一遍。严栋听得目瞪口呆，李小白讲完，他都没有回过神来。

半晌，严栋站起身，都不知道该怎么说这件事，他说道："那……你把嘉奖令放下吧。"

李小白点点头，看了看那份嘉奖令，轻轻地放在了桌子上，转身离开了办公室。他长长地出了一口气，哈气在寒冷的空气中成了一道白雾。此时，他的内心感觉舒畅无比。

严栋并没有将这件事上报，毕竟公安机关已经结案，而且他觉得李小白能够认识到自己的本心，不是坏事，所以他决定将嘉奖令暂时压下，也没必要取消，待看李小白未来的表现。

几天后，李小白去了公安局，他托在警局工作的老邻居袁志帮忙见到了蒋云飞。

此时的蒋云飞头发已经被剃光，穿着囚服，鼻青脸肿地坐在探监室里，两人相对而望。

李小白率先开口了,说道:"飞子,对不起,我应该从一开始就拒绝你的。"

蒋云飞惨笑,说道:"不怪你,怪我自己啊。出来以后,我也想重新开始的,只是被恨意迷了心。你给我的钱,我都拿去赌了,现在想来,真后悔啊!如果干点啥,也不至如此。我总是想起刚上班那会儿,我要是踏踏实实地上班,不跟着聂震他们搞人际关系,或许我会与现在不一样的。"

李小白说道:"好好改造,争取减刑。我们还是兄弟,如果有机会出来,我还愿意帮你。"

蒋云飞惨笑一声,说道:"还是外面好啊!里面不自由。"

这句话听得李小白很难受,他的眼圈也有些红了。这一刻,李小白蜕变了,他懂得了一个道理:有时候,拒绝也是一种成长。

告别之时,蒋云飞说道:"小白,我再告诉你一个秘密。其实那裸照的事,我没有告诉警方,我担心数罪并罚,但我告诉你,那裸照不是我拍的,而是秦美鸽主动给我的,这个事也是她教我的。别忘了,她也曾经是安西石油的职工。"

李小白惊呆了,他不可置信地看着蒋云飞被带出了探监室。他浑身都在颤抖,她怎么可以这样?她利用了蒋云飞,她这么做到底是为了什么?

李小白一步一步地走出了警察局,他的情绪从不可置信到愤怒无比。他打了车,朝着秦美鸽家的方向冲了过去。

话说秦美鸽第二天给蒋云飞打电话,却发现电话一直没人接。她以为是蒋云飞卖了物料,已经拿着钱逍遥去了,她还在想怎么利用这个事情让李小白回到她的身边。

当晚她和闺密们聚会，便知道了前一晚发生的事，这让她开始慌了。如果蒋云飞把她供出来，她是主谋，也得坐牢。不行，她得走，离开远宁，离开安西，离开国内，出去避避风头。

她没敢回家，在外面躲了几天。今天她悄悄回家，打算收拾东西离开。她拉着大行李箱，刚出门就看到李小白下了出租车，她想躲开，却已经被李小白看到了。

"秦美鸽！你给我站住！"李小白大吼道。

秦美鸽却是加快了脚步往自己的车上冲，就在她打开车门的瞬间，李小白一把按住了车门。

"小白，你怎么来了？"秦美鸽故作镇定地说道。

李小白怒道："为什么？为什么你要让蒋云飞盗卖国有资产？为什么你要把你的照片给蒋云飞？"

"我不懂你在说什么，我要走，你让开！"秦美鸽有些慌乱。

"你知不知道他被判了无期徒刑，你为什么要害我？你回答我！"李小白抓着秦美鸽的肩膀用力地抖着。

秦美鸽被抓得生痛，反手在李小白的脸上打了一巴掌。她的泪水从眼角滑落，说道："我为什么这么做，你不知道吗？你凭什么拒绝我？我哪点不如你身边的丑小鸭？我已经放低姿态和你在一起，你为什么拒绝我？我不甘心，我得不到你，我就要毁了你！"

第105章　危急时刻

"你知道蒋云飞一辈子都得在牢房里吗？"李小白大声地质问

道,"你不爽,为什么不告诉我?你有没有把我当成你的朋友?"

"你是男人就不能去为我考虑吗?"秦美鸽也是动了怒,吼道,"我就希望你的眼里只有我,这很难吗?"

李小白说道:"现在不是这个问题,而是你已经犯罪了!我希望你去自首。"

"我不去!我只是给他建议,这是他自己做出的选择。"秦美鸽说道。

李小白见她依然不知悔改,说道:"行!我给你两天时间,两天后我报警!"说完,转身走了。

秦美鸽站在原地愣愣地看着离去的李小白,她知道自己错了,只是不想以这样的方式去认错。

第二天晚上,李小白接到了一条信息,是秦美鸽发来的。

李小白,你看到这条信息的时候,我已经去了国外。对不起,我的出现带给你无数的麻烦,可能我的爱太自私了。我去见了蒋云飞,他已经原谅我了,只是我还没有勇气去自首,我将用余生来反省。那个钱你不用还我了,就当是你结婚我给你的祝福,希望你和她能快乐。再见了,我爱的人。

李小白急忙拨出电话,但居然提示对方不在服务区。

另一边的异国他乡,秦美鸽拉着行李箱走在机场,她的手微微地颤抖。她看着短信发送成功,一咬牙取出了手机卡,用力地掰碎,丢进了垃圾桶。

或许,这也是一种结局。李小白不知道秦美鸽是不是真的悔悟了，但他愿意去相信她，至少他们曾经是恋人、朋友。

新的一天是新生活的开始，也是另一种恩赐，而麻烦也会跟随左右。

毕渊这几天十分不爽，他永远忘不了那晚——霓裳扑进了李小白的怀里，这也坐实了她对李小白的爱意有多深。他恨为什么不是他发现了那辆卡车，他也可以上去阻止，或许那样，霓裳会投入他的怀里。于是，他便把种种不忿发泄到了李小白的身上。

但毕渊找李小白的麻烦并未能如愿。李小白的工作是无可挑剔的，但随后发生的一件事却让他的一生发生了改变。

这天的大夜班，同样是毕渊的班接李小白的班。毕渊故意让员工去二次检查卫生，想拖延李小白班的下班时间，但工作却是不等人的，比如罐区泄压阀，那是到了一定的时间就必须要由外操工手动泄压的。

毕渊的拖延致使三班无法及时泄压，而二班是不会去帮助三班完成本该属于三班的工作的。此时离规定下班时间已经过去了十五分钟，霓裳是副班长，也只能按照班长的要求继续做二次巡检。

压力表显红，但三班还没有接班，二班的人通知毕渊的人进行泄压，李小白正在处理毕渊班挑刺的问题，没有注意到压力表已经超限。

突然整个主操室里的红灯亮起，毕渊吓了一跳，他从没遇到过这种情况，人都吓傻了。

李小白一看红灯亮起，立刻冲回了主操室。

"没人通知泄压吗？"李小白大喊道。

主操班员说道："这是三班的工作呀，我们该交班了。"

毕渊反应过来，说道："快！快！外操去泄压！"

外操工急忙朝着泄压阀的位置冲，李小白吼道："都别去了！现在压力太大了，一旦泄压，整个泄压管道会炸的！"

"李小白，你什么意思？你这是要看我出丑吗？"毕渊急了，他知道厂区的罐体爆炸意味着什么。

李小白说道："这个灌是老旧设备，本来就是非常危险的，为什么不安排人去泄压？"

现在不是争执的时候，李小白安排副班长，说道："赶快通知上级领导，完成逐级上报，报告内容：罐体压力太大，已经无法手动泄压，我们能做的就是让罐体爆掉，完成压力释放。"

"李小白！"毕渊双目通红地说道，"你要为你的话负责。"

李小白瞪着他，说道："那你拿出更好的解决办法来！要让外操用生命去泄压吗？"

"不会的！泄压阀不会炸裂的，我去！"毕渊怒道。

李小白一把揪住了他的衣领，说道："滚开！人命大于一切！"

李小白吼道："我现在接替三班指挥现场！二班副班长，通知完领导向我汇报，三班副班长集合人员。"

三班的员工怯生生地说道："我们副班长去巡检了。"

"那就你！召集所有人来向我报告！"李小白指挥道。

三班班员急匆匆地走了。

李小白继续说道："二班所有人去封路，不许任何车辆进入罐区一百米范围内。一百米范围外给我拉响警示铃！"

十分钟的时间，压力已经到了顶点，刺耳的警报声让毕渊瑟瑟发抖，他竟然不知所措地躲到角落，抱住了脑袋。

李小白拿起对讲机喊道："将所有与罐体的连接断开，主操检查消防设施设备，全部启动！"

"二班清点人数！"

"人员到齐！"

"三班清点人数！"

"报告，人员到齐，副班长没有回应。"

"什么？"李小白大吃一惊，霓裳居然不在。

此时的霓裳正在罐区检查，她发现了不对劲，怎么罐体发出了啪啪的声音，而且很多的蒸汽正在溢出？她将对讲机放到一旁，手里拿着管钳，打算检查一遍。

"霓裳！尽快撤离罐区一百米范围，收到回复！"李小白拿着对讲机开始呼叫，却无人应答。

霓裳附近的噪声非常大，丝毫听不到对讲机正在呼叫她。

李小白不知道霓裳发生了什么事，但确定霓裳肯定在爆炸范围内。

领导的电话来了，说道："李小白，现在情况怎么样？"

"领导，只能让压力罐爆掉，我已完成了人员清点，拉了警戒线，消防设施设备已全部打开，是否让消防人员进厂？"李小白说道。

"让消防人员进厂。等他们来了，由他们接手工作，你们负责协助。我二十分钟内到现场。"领导说道。

"领导，三班的副班长失去联系，我判断她还在罐区一百米范围内！"李小白急忙说道。

"什么？那你赶快联络，必须保证人员安全！"领导也着急起来。

"明白！我一直保持呼叫！"李小白的汗流了下来。

第106章　火场救人

"霓裳！听到请回答！"此时的主操室里全是两个班的人。

李小白一跺脚，将对讲机给了二班的副班长，说道："现场由你指挥，我去救霓裳！"

"不行！你现在去就是送死！我们都知道最多不过两分钟，压力罐就会爆炸，你就算找到了人，也得死！"二班副班长一把抓住了李小白。

霓裳已经感觉到不对劲，这是罐区压力过大的表现。她正站在压力阀的下面，阀体已经有些变形，她急忙拿起对讲机说道："毕渊！收到请回答！罐体异常，什么情况？"

李小白正如同热锅上的蚂蚁，焦急万分，一下听到了霓裳的声音，他一把抢过对讲机，说道："霓裳！压力罐没有及时泄压，要爆了！你在哪里？"

霓裳吓了一跳，她瞬间明白发生了什么事。她一边朝着外围跑了起来，一边说道："我就在压力阀下面！我现在撤离！"

咚的一声，罐体一边已经鼓了起来，霓裳很清楚这个罐体爆炸的范围，自己是跑不掉的。任谁在这种情况下都会害怕，她拿起对讲机哭着说道："小白，对不起！我跑不出来了！我害怕！"

李小白的眼圈一下红了，他说道："霓裳！趴下，找洼地！你能做到的！"

"没有洼地！小白，告诉我妈妈，我对不起她！小白，我爱你！很爱你！"霓裳仿佛是在交代遗言。

李小白的大脑在飞速地运转。就在这时门开了，消防队员冲了进来，队长大喊道："现在是什么情况？有没有人员危险？"

一旁的班员七嘴八舌地说起现场的情况。突然，李小白推开身边的人，看着现场的位置，他拿起对讲机说道："霓裳！你还记得下料口吗？在侧面有一个铁质的物料柜，那是最早用来装样品的，后来改为了放劳动工具的红色柜子。蒋云飞曾经告诉我，在那里面抽烟不会被任何人抓住，你去那里！现在就去！"

"我找不到！小白，我害怕！"霓裳早已慌了。

李小白说道："站起来！你是我李小白的女人，我要你现在就去！你需要沿着物料管道跑出去十米，就在你的左手边！"

电话那边没了声响，随即传来霓裳的声音："我找到了！"

"班长，最多还有三十秒！"一个内操工看着控制屏说道。

李小白吼道："霓裳，我要你进去之后把钢板门拉死！我很快就来救你！"

"我进来了！小白，我会不会死？"

李小白说道："不会的！因为我还没娶你！"

说罢，李小白转身对着消防队长说道："能不能给我一套消防服？我能带你们第一时间找到人！"

"你放心吧，救人是我们的事，只要她躲好了，我能保证把她救出来。"队长安慰道。

就在这时，值班长已经冲了进来，说道："现在情况怎么样了？霓裳怎么样了？"

李小白冲着消防员队长喊道："相信我！我不会给你们添麻烦的，我是这里的总指挥！爆炸的高温会持续十几秒，她很可能脱水，只有第一时间找到，才能救人！"

　　队长看了看，冲身边的人说道："给他一套消防服，但是你要一切听指挥啊！"

　　李小白飞快地穿上了消防服，地上还有一套氧气瓶，他快速地检查后再穿戴好。他的动作一气呵成，看得队长不住地点头，说道："嗯，你的动作很标准。做好准备吧！"

　　话音未落，轰的一声巨响，整个主操室的地面也发出了微微的震动。

　　"罐体已经炸了！"内操班员看着电脑上罐体运转良好的灯正一点点地暗淡下去。

　　李小白死死地盯着压力表，突然，他喊道："可以去了！"

　　"小心二次爆炸！"值班长一把拉住了李小白，说道。

　　李小白一边将氧气瓶打开，熟练地扣上呼吸面具，一边笃定地说道："压力已经降下来了，罐体侧面的爆炸最多将物料管炸裂，其他都已经做了隔绝。相信我，没问题的！"

　　大门打开了，冰冷的风吹在李小白的衣服上，飒飒作响。他觉得这就是好消息，高温来得快，去得也快，霓裳存活下来的机会也会很大。

　　李小白背上背着氧气瓶，手里还拿着灭火器，玩命地朝着出事地点狂奔。他能感觉到自己呼吸急促，也能感觉到汗水在衣服里如同下雨一般淌下来，可他不能停。

　　五分钟后，他便带着消防员到了罐体下面。炸裂的罐体还冒着浓烟，一旁的火炙热而猛烈。消防装置已经启动，两边的水龙正朝着罐体不断地喷射着水柱。在消防员的帮助下，很快清理了一条路出来，李小白已经可以看见那个物料柜。柜子有些变形，但还是很完整，这说明霓裳存活下来的概率很大。

李小白二话不说，丢下灭火器，朝着物料柜冲了过去。眼前的一幕是令人震惊的，无数的碎片如同刀子一般插在墙上和设备上，他知道这是爆炸产生的冲击波将设备震碎了，碎裂的设备碎片就是致命的武器。

李小白已经站在了物料柜前，他大吼道："霓裳！你怎么样？"

没有人回答。李小白用力地拉物料柜的柜门，可怎么都打不开，冲击波已经让它变了形。他和紧随而来的消防员们一起合力破拆，终于，嘎吱一声，柜门打开了。

霓裳软软地倒在物料柜中。李小白看看周围，他一咬牙，脱下了自己的消防服，套在了霓裳的身上。他能看到霓裳的鼻孔处还有白色的雾气，证明她还活着。

李小白二话不说，一把抱住霓裳，朝着外面飞奔起来。人在昏迷的时候身体是软的，所以显得比平时沉重，李小白的体力也消耗很大，可他却咬牙撑着。

烟雾中，消防队员看到一个男子正憋着一口气抱着一个女子从火场中往外冲。

"快！救人！"消防队长喊道。两个消防员接下霓裳，将李小白一架，拉出了火场。

一旁的消防队长吼道："你疯了吗？谁让你把消防服脱下的？这烟尘会要了你的命！"

李小白嘿嘿笑着，随即晕了过去。

第107章　日新月异

"小白，你怎么样啊？"李国清哭着冲进了病房。此时的李小白已经醒了，他只是在冲出火场的时候，被锋利的碎片弄伤了胳膊。

李小白嘿嘿一笑，说道："爸，我没事！"

霓裳也没有大碍，只是中度脑震荡。她躲进物料柜后，身子死死地顶住柜子，巨大的冲击波袭来，冲击在柜门上，在柜子变形的瞬间将她击晕了过去。

李小白在病房挪着步子向外走，打算去霓裳的病房看看，却没想到正好看到霓裳的母亲从里面走了出来。他吓了一跳，一下就想起了那晚在KTV，他和蒋云飞解救秦美鸽与人厮打时，霓母那惊天地泣鬼神的叫声。

他下了几次决心，都没敢过去看看霓裳的病情。

"你别说，这小子还真有种。"岳诚厂长看着处理报告说道。

严栋撇撇嘴，说道："我觉得这个问题不能分开看，如果李小白的班有点责任心，在未接班的情况下，就应该去给罐体泄压，而不是指望三班自己去处理。"

"我没说他是无辜的，咱们的HSE体系划分得很明确嘛，责任二班也要占百分之五十的。主要是这个李小白每一次都令我吃惊。你得感谢他，如果不是他指挥得当，要是死一个人，你就不是降级了。"岳诚翻着处理意见说道，"哎！我记得上一次你降级也是要感谢他吧？那次他也救了人。"

严栋说道："我觉得勇敢和蛮干之间是有本质差别的，他这么做，我觉得是为了弥补他自己造成的损失。"

岳诚笑了笑，并没有生气，他说道："你现在是安全员了，有没有意见呀？"

安全员这个职务，与技术员并驾齐驱，下面一级便是值班长，上一级就是副主任工程师。严栋因为爆炸事件被连降两级，也算是处理得当。

严栋咬了咬牙，说道："我没意见。"

岳诚说道："每个人的价值并不在于你是否看到了他的价值，而在于他对社会和其他人的意义。你做了八年的人事，又在基层待了四年，还是不了解人，去基层似乎没有让你成长。"

严栋不这么认为。这几年来，他是认真仔细、小心谨慎地完成工作，也做出了成绩，但似乎在岳诚的眼中，这不值一提，他认为厂长对他的要求太高了。

再说李小白，他的嘉奖和处分一起到了。李小白在罐体爆炸事件中处理得当，不畏生死，全力搭救同事，嘉奖一万元，晋升值班长。联合加氢二班在处理突发事件时表现从容，积极配合消防人员处理火情，嘉奖两千元。

处分决定如下：装置班三班班长毕渊在罐体爆炸事件中处理不当，犹豫不决，接班不积极，工作不用心，扣发半年绩效奖金，降级为一线员工；装置班三班对工作不热心、不积极，缺乏忧患意识，但在突发情况下，能够积极处理火情，功过相抵。

此外，联合加氢二班在交接班时，由于对罐体泄压的严重性认识不足，导致严重后果，处罚两千元。

因此，联合加氢二班功过相抵，但嘉奖却是通告全工段的，也算值得庆幸。

春风拂面，积雪消融，万物复苏，阴霾散去。

霓裳看着李小白说道："小白，谢谢你救了我。"

李小白嘿嘿一笑，挠挠头，说道："我是救我自己的老婆，那当然是要拼尽全力呀。"

"就你贫嘴，我可没答应你。我之前说了，你要是能拿下技能大赛第一名，那我便答应你。"霓裳笑着说道。

李小白搂着霓裳的肩膀，哈哈大笑了起来，说道："只要你在，别说技能大赛第一名，全国大赛第一名，我都能拿到。"

霓裳却不给李小白贫嘴的机会，说道："小白，现在罐体爆炸，听说要进新设备，但具体改造方案没定，我们可能要分流了。你没想法吗？"

因为这次爆炸，一部分的产能停滞，而远宁石化的管理者也发现老旧设备越来越成为工业发展的绊脚石，迭代设备和引入更先进的工艺也势在必行。

远宁石化集中将老旧设备进行了统计，再进行分批改造，计划在三年内将所有的老旧设备全部替换掉，让生产力保持一个较高的水平。

在这个过程中，远宁石化已经完全可以对标国际市场的先进石油加工技术，也为祖国的石油深加工培养了一批先进人才。

以远宁石化目前的情况，摆脱对老旧设备的依赖俨然成为重中之重，提升产能便成了关键的目标之一。

设备停产就存在人员分流和设备何去何从的问题。设备很好解决，可以选择输送到国外不发达地区，与国外建立合作。人员分流有两个方向，第一个是分流到其他装置岗位上，重新学习，再次考岗，完成对新设备的学习；第二个是固守原厂，等待所有设备转移后新设备的到来。

大部分的人都选择分流到其他装置岗位上，毕竟都要养家糊口，早日顶岗，这样工资和奖金都会高一些。

岳诚厂长开了动员大会。会议上，他看着一百多人的队伍，那些稚嫩的脸，那些成熟的脸，那些沧桑的脸，他说道："同志们，时代赋予我们责任，国家将这么大的厂交到我们手里，我们就要对它负责！也要对得起从地下挖出来的石油！石油精神永远都在，不论我们在哪个岗位，不论我们是不是从头再来，不论我们是不是觉得困难，我们都要去克服它！战胜它！想想我们的前辈，他们在远宁这样一个不毛之地，从建起一座厂到一片厂，再到一座城市，哪里有什么容易二字！我希望各位战胜眼前的困难，在新岗位继续发光发热！"

严栋是非常郁闷的，他被指派留下等待新设备，而上至厂长，下至班长和班员，几乎都走了个干干净净。

"老严，我这儿接收二十多个人，你的劳保用品我就暂时借调了啊！这个事我跟厂长讲过。"另一个厂的副主任笑着带人来搬东西。

严栋咬着牙说道："无耻！你这就是趁火打劫！难道我们联合加氢就不开了吗？"

"这不是还没开吗？等开了，你申请新的物资嘛！"副主任赔着笑说道。

第108章　坚守空厂

严栋走上前，一把揪住了来人的衣领，说道："行！那你看上什么就拿什么好了，不用问我！"

来人急忙安抚道："老严，别生气呀，我这不是报申请还需要时间吗？我这边也赶工时啊！"

严栋将物资清单丢在桌子上，气哼哼地回了办公室，一边走一边骂："你们现在可以拿走！现在拿走多少将来都得给我还回来！"

李小白正在打扫卫生，说道："哦，主任好！"

主任笑了笑，说道："辛苦了，你没事多劝劝他。"

人走了，偌大的厂空了下来，原先巨大的噪声此刻都没有了，整个厂房显得安静异常。只有生活用电还能使用，李小白便拿着设备书看了起来，不时给霓裳发条信息，日子倒也过得舒服。

李小白并没有走，应该说整个联合加氢，只剩下李小白没走。霓裳也走了，她觉得应该趁年轻多学点东西，也好取长补短。李小白没有反对。

霓裳得知李小白要留下，同样没有反对，她知道李小白对这个厂很有感情，设备只是停了老旧的，其他设备还在运转，而李小白属于看守设备的人。

但谁都不知道李小白留下的真正原因是想见识一下最新的设备，如果他能看着新设备安装，并能使用新设备，那将来他一定比任何人都熟悉全新设备，也能比所有人都快速地解决问题。他觉得坚守在这里，将来一定可以发光发热。

严栋不知道李小白留下了。自从领导决定引进全新设备，他便知道至少需要三年时间，而他在这里什么都学不到，等于是在浪费生命。

他看到操作室还亮着灯，很是奇怪，便推开门走了进去，没想到竟然看到李小白在那儿看书。

"你没走？"严栋说道。

李小白一看是严栋，知道彼此不对付，说道："是的，我留下来等新设备。"

"看守设备不用学习，你知不知道你可能要等三年才能等来设备？"严栋看着李小白说道。

李小白说道："我愿意等。我一直在学习，我问过采购部采购的型号，采购部的人看的也是这方面的理论书。"

严栋说道："玩手机就是玩手机，说得那么冠冕堂皇，给谁看呀！"

李小白不再理他，继续看书。严栋不喜欢这种冷漠的态度，他走过去一把将书拿了起来。他本想丢了，却看到李小白已经做了厚厚的笔记。

这倒是让他没办法丢了，只得将书放下，气鼓鼓地转身走了。他的内心突然觉得如果李小白真的在为新设备用心，那还真是难能可贵。不过，他觉得李小白可能还是故作姿态。

第二天，严栋比平时来得晚，反正是看着设备，早一点晚一点，也没人管。

他还没进办公室，就见从厂房一角走出一个人，手里拿着扫把，在四处转悠。

他走上前，说道："李小白，你搞什么呢？怎么不看书了？"

"我们接班前都会打扫卫生，我已经习惯了，见不得设备落灰。

再说，现在打扫一点，开工以后就能少干一点。"李小白的话说得很好听。

严栋却觉得这小子肯定又在搞什么猫儿腻，他走过去一看，地面上有三堆垃圾已经被码在了一起，等着被拉走。严栋点点头，说道："那你继续干。"

李小白点点头，又消失在了厂区的一角。

李小白打扫到了罐区，那巨大罐体狰狞的裂口，让李小白看了很难受。如果当时他及时让二班班员进行泄压，或许今天联合加氢的人便不会离去。

其实地面的卫生早在厂区停工之前便打扫过了，只是很多角落还是有不少的垃圾和碎裂物，李小白便一点点地清扫，他希望除了那个炸裂的罐体外，再没有其他垃圾。

他走到那个已经关不上的物料箱前，嘴角的笑意怎么都控制不了。他想起自己那天抱着霓裳从一片火海中冲出去的样子，觉得自己很男人。

他轻轻地打开物料箱，发现里面竟然有一枚党徽，这应该是从霓裳的衣服上掉落的。他知道霓裳在上大学的时候便入了党，参加工作后，她任何事情都抢着干，也总说自己是党员，多干一些是应该的。

他小心翼翼地将党徽上的灰尘吹干净，小心地放进了衣服里，下班后他会去找霓裳，还给她。

日子就这么过着，两人之间一天能说上三句话，似乎没有更多的话说，李小白也觉得奇怪。不过，李小白的做法让严栋在一点点地改变对他的看法。严栋看到这小子似乎从来不迟到，和他认为的九〇后很不一样。这里没人来，原本两天打扫一次卫生都算是好的，这小子却是天天都在打扫卫生。如果说是装装样子，那么办公室的一尘不染，以及每样东西都码放得井井有条，则说明他真的是在干活。

终于有一天，严栋忍不住了，他看着一边吃着员工餐一边翻书的李小白，问道："你都看出什么了？"

李小白说道："我们要赶超国际先进水平就必须再增加一条设备线，目的是工艺提纯，再加上处理工业废水。我认为我们的工段会再次扩大，甚至我们会建造一个世界先进水平的污水处理厂。"

"李小白，我一直看不懂你。你完全可以放松一下自己嘛，这里又没人管你，你可以签个到就回家去，下班前再来签个到就行了呀。"严栋说道。

李小白却认真地说道："那和虚度光阴有什么区别？我理解的坚守就是人在厂在，我现在的工作就是看守好厂子。"

严栋愣住了，这话怎么都不像是从一个九〇后的嘴里说出来的，即使是干了一辈子的老员工也不见得能有这样的认识。

"这里在新设备没来之前，不会有任何领导想起来的，你坚守什么东西呀？"严栋问道。

李小白吃得差不多了，他将饭盒盖好，放进了垃圾袋里，又用抹布将桌子擦得干干净净，说道："我坚守是因为我想等新设备来了之后，能尽快将其与原有设备结合，这就必须保证设备的完整性、完好性。"

严栋是真的服了，和他一直瞧不上的李小白聊天，还被教育了一顿，而且被说得哑口无言。

第109章 踌躇满志

"李小白,你到底是怎么想的?到底哪个是真的你?我还记得第一天参加招聘会的你,还记得在考场上睡觉的你,还记得在博物馆门口抽烟的你,我不相信你是真心想着厂里,但你现在给我的感觉却像是变了一个人。你告诉我,哪个是真的你?"这是憋在严栋心里很久的话,也是他对李小白一直以来的印象,从未改变。

严栋看着李小白,觉得他似乎与印象里那个抱着篮球、穿着大裤衩的人已经完全不同了。

"我还是我,但我又觉得我变了,我觉得自己更像是石油人了。"李小白说得很自然,严栋却似乎没听懂。

严栋觉得很有趣,抱着双臂,问道:"你觉得石油人应该是怎么样的?"

李小白说道:"坚守,数十年如一日地坚守;一切为了厂好。"

"那你做到了吗?"严栋觉得这个答案从李小白嘴里说出来,很可笑。

李小白摇摇头,说道:"还没有。后者,我一直在做;前者,我正在做,我也不知道我能不能坚持下来。"

严栋沉默了,他仿佛是才认识这个他一直看不上的九〇后。他想起了他的师傅,李小白的父亲李国清,他的思绪回到了过去。

那是他打算调动岗位,从员工到管理层的那一天。他之前在厂里做通讯员,因为文笔很不错,被人事部的领导看中,借调到了办公室。

严栋怕师傅伤心,专门去找了李国清,说道:"师傅,您觉得我该不该去？"

　　李国清知道他的意思，说道："该去！人往高处走，水往低处流，但是你记住，你的性子还没有打磨出来，不明白的还有很多，去了之后，那里是新天地，更不能忘记做员工的每一天。"

　　严栋记住了，却没有理解。他又想起岳诚厂长跟他最近的一次聊天，那是他被降职的那天。岳诚厂长谈了很多，也谈到了李小白，还说严栋不懂员工、不懂基层，让他好好锻炼一下。

　　此刻，他好像冥冥之中，有了一丝顿悟。

　　就在这时，办公室的门被推开了，走进来了一群人。严栋和李小白吓了一跳，已经一年多了，第一次来了这么多人。

　　来人是岳诚厂长，他带着一群外国人，身后还跟着几个技术员。岳诚一进办公室就看到李小白在那儿看书，他好奇地走上去看了看李小白看的书，说道："咦？你研究工艺流程干什么？"

　　李小白笑了笑，说道："我觉得新设备来了之后，这些工艺流程很重要。我想设备兼容问题肯定有大量的工作要做，我多懂一点，设备就会安装得快一点。"

　　岳诚很满意这个回答，他又看了看严栋，说道："嗯，我刚才看到卫生打扫得很干净，不错！继续保持。"

　　李小白是在大会上和博物馆里见过岳诚的，他笑嘻嘻地上前，悄声问道："厂长，这些人是要做什么呀？"

　　"我们引进的新设备是国外进口的，厂家的专家组来考察一下，做评估。正好你去给他们讲讲。"岳诚说道。

　　李小白说道："看我的！"

　　于是，令岳诚和严栋没想到的是，李小白开始用英语给外国专家

433

讲解各个设备,以及他的一些看法,听得外国专家频频点头,甚至拿出笔做着记录。

考察完毕,外国专家说道:"岳厂长,你们的人员对工艺原理和设备的了解程度很符合与我们对接的要求。希望在我们的合作中,他能够参与。"

岳诚厂长哈哈大笑。考察团走后,严栋看着李小白,说道:"你上大学时英语学得很用功嘛。"

"不,我大学时英语并不好。我工作以后,几次改造设备遇到了问题,我都喜欢将问题发在专业论坛上,以便集思广益。那上面有很多的国外专业人士,和他们聊久了,我的英语也就提高了。"李小白如实说道。

严栋服了,他终于确定眼前这个他认为的不听话的九〇后绝对是一个宝,他甚至发现李小白的观点也改变了他这个八〇后的某些观念。

严栋变了,他不再晚到,而是和李小白一样早早地来,打扫卫生,学习,做好巡检记录,如此一天下来,严栋觉得相当充实。

时光如梭,半年后的早晨,李小白已经打扫完卫生,却迟迟没见到严栋来。他决定继续看书时,办公室的门被推开了,严栋走了进来。他今天十分反常,坐下后又站起,想说话又觉得语言没组织好。

犹豫再三,严栋终是坐到了李小白的对面,说道:"小白,我这里……嗯……有个事和你说,我可能马上要调走了,咱们订的设备已经陆陆续续到了,公司决定调我去安质环处,所以……"

"好事呀!你原来在人事上,又在基层工作这么多年,安质环处集管理和一线于一体,是厂里最重要的部门之一哪!"李小白说道。

严栋眉头皱了皱，他突然觉得把李小白一个人留在这里，自己走了，着实有些对不起他。这要放在以前，他都不敢相信这是他的想法，但现在却是发自内心的。说到底，却是严栋没有坚守下去。

严栋说道："你想不想和我一起走？我可以打报告带你一起去安质环。"

李小白愣住了。他看着办公室，看着前方的控制台，看着只有两三盏还亮着的监控灯，他说道："我想留下。我学了那么久的设备，如果这个时候走，等设备来了，我的作用发挥不到极致。"

这话说完，严栋的脸腾地红了，他感觉自己又让这个九〇后给上了一课。他看着李小白，半晌憋出了一句话："那你照顾好自己。"

李小白笑了，露出一口洁白的牙齿，说道："放心吧！"

严栋咬了咬牙，站立半晌后转身就走，到了门口又觉得不放心，转身对李小白说道："那我走啦。"

李小白看着门轻轻地关上，他明白从这一刻开始，整个厂只剩下他一个人。他本想看看书，却有些看不进去，他能感觉到严栋对他的态度变化，也明白其实严栋是一个表面严肃、内心温柔的汉子。

李小白回想起严栋的一点一滴，他发现他是一个对别人严格、对自己也严格的人，他有八〇后的稳重和严谨，更有作为一个管理者该有的品德。他也是一个为了厂好的人，只是他的方式李小白学不来。

第110章　技能大赛

严栋从内心是感激李小白的，他知道自己之所以能在岳诚厂长带外国专家参观完之后,这么快被调到安质环处委以重任,是因为岳诚厂长见到了打扫干净的厂房,以及他积极面对生活的态度,永不言弃的学习状态和认真负责的巡检记录,以为他终于知道了如何做一个好员工,如何从一个员工角度考量一个厂的价值。

手机响了,李小白一看是霓裳打来的,他急忙接了起来。霓裳说道:"小白,你在干吗?我来监督你,看你是不是在睡觉。"

李小白呵呵一笑,说道:"我正打算去巡检。我又去了你之前晕倒的地方,在那里放了一束鲜花。"

"你放鲜花干吗?我又没倒下!"霓裳佯装生气地问道。

李小白认真地说:"我第一次抱一个女孩子就是在那里,还是我最喜欢的女孩子,难道不值得纪念一下?"

"就你贫嘴。"霓裳说道,"对了,我跟你说个事,马上要开始技能大赛了,你可要开始准备了。"

李小白一听,眼前一亮,说道:"是吗?那我可要好好准备。"

李小白是幸运的,其他人需要一边上班,一边看书,而他守着未开的厂,每天正常巡检完,有大把的时间好好看书。

这段时光对于李小白来说是幸福的,下了班便和霓裳相约图书馆,两人一起学习;饿了,两人一起吃饭,甜蜜程度不亚于热恋的情侣。

"李小白,这次技能大赛你准备得怎么样了?"严栋正在出差的路上,看到了人事部下发的技能大赛通知,没来由地便想起了李小白,所以给他打了电话。

"放心吧,我天时地利人和都占了,没理由考不出好成绩。"李小白如是说道。

第110章 技能大赛

"行！那我就期待你的好成绩。如果需要什么复习资料，尽管联系我。"严栋笑着说道。

其实，李小白心里没底。他很快发现无论他怎么努力，背书都背不过霓裳，而霓裳却反复告诉他，毕渊比她还要厉害，而且这次的技能大赛毕渊也会参加。

这次技能大赛是面向远宁石化公司的所有职工的，只分了化工总控工和工业废水处理工两个工种，竞赛内容分为理论知识和技能操作两个部分。参加化工总控工竞赛的选手需参加理论考试、精馏操作、受限空间及高空作业、化工生产仿真操作等四个模块。竞赛项目一个接一个，安排十分紧凑，甚至有的竞赛项目只能安排在晚上，赛程的紧张程度可见一斑。

李小白、霓裳、毕渊三人不约而同地报了化工总控工。

"鉴于目前国内受限空间作业安全事故频发，特别是存在盲目施救导致后果进一步严重的现象，故此次竞赛在环节设计、评分标准等方面更加趋近实战，对选手的规范操作、团队协作提出了更高要求。"竞赛开始前，评委大声地说道。

这项竞赛是模拟石化炼油企业操作人员进入水罐开展清淤作业的场景，主要考验选手在上下扶梯登高取样以及进入受限空间作业过程中的个人防护、能量隔离、取样分析等程序性操作时标准化、合理化的水平。

一旁的观众都为选手们捏了一把汗。

"那不是李小白吗？这小子应该能拿第一。"

"谢兄弟吉言啊，他是我原来的班长！我今天来就是为了看他，有机会多帮忙喊喊加油。"

"原来你是联合加氢出来的,我听说工艺二班出来的人各单位抢着要。"

"哈哈!还行,我现在是副班长,我们老大的管理方式放在哪个厂都管用。兄弟,别忘了给我们老班长加油啊。"

"是不是喊'小白小白我爱你'?"

"哈哈!喊'李小白加油'就行。"

李小白上场了,他站得笔直,看着前方,心中充满了自信。

比赛在哨声中开始,李小白人高马大,动作却毫不拖泥带水。

精馏实训装置,比赛项目要求各组选手将含有12%乙醇的原料,经过提纯、分离,最后精馏出接近92%的乙醇溶液。比赛的主要考察和评判标准包括产量、浓度以及规范操作等方面。

哨声吹响,六组选手同时开始操作,报送数据信息的声音此起彼伏,观众仿佛真的走进了化工生产车间。

……

"大力弘扬劳动精神、劳模精神和工匠精神,着力打造一支强大的知识型、技能型、创新型劳动大军,为我国从石化大国向石化强国转变提供人才队伍支撑。"这是此次技能大赛的宗旨,每一个环节都要求精益求精。

一轮厮杀下来,成绩很快出来了,毕渊名列第一,霓裳名列第二,李小白和另一个厂的一名员工名列第三。

笔试成绩也出来了,前三名之间咬得很紧,依然是毕渊第一,霓裳第二,李小白第三。李小白与毕渊之间相差四分。

明天总决赛的最后一个项目是化工生产仿真操作。

霓裳见到了李小白,李小白有些焦急,明天是唯一赶上毕渊的机会，可他心里没底。

霓裳笑着说道："别紧张，你能行的。我相信你。你只用按照你平时做的那样完成比赛就好，其他不用担心的。"

李小白挠挠头，说道："毕渊真是学霸，我高考都没这么拼命，但还是考不过他。"

霓裳托着下巴，说道："别多想，努力做到最好，在我心里你是最棒的。"

第二天的总决赛以谁都没想到的方式进行：由目前为止的第一名抓阄，选择一道题，所有人根据抓出来的题目进行比赛。

这次大赛，岳诚厂长也来了，他想看看远宁石化的年轻人这几年来到底磨炼出了什么水平。严栋也来了，他想看看李小白能不能成功夺冠。他的内心希望李小白赢下比赛，他是看着这个年轻人从人见人厌的过街老鼠一步步地走到今天，成为各个厂都争着要的香饽饽，现在为了一个停工的厂甘愿独自坚守将近三年。李小白太需要一次机会了。

毕渊上台，走到箱子旁，将手伸了进去，不一会儿抓出了一个乒乓球，评委拿过乒乓球，大声地念道："考题如下：假如你身边发生了化工原料泄漏，你应该如何处理？"

第111章　幸福的人

当评委读完题目，全场哗然。这道题太容易了，最难的恐怕是如何穿戴氧气瓶。

"这也太简单了吧！第一名运气真好，铁定是毕渊了！"

"不见得，李小白如果能够率先完成，还是有机会的。"

"他能够创造奇迹，当时救人的时候连消防员都说他的动作标准来着。"

"你看毕渊的笑容，他输不了。"

比赛即将开始，霓裳跑到评委跟前，说了几句，评委看着她，慎重地问了好久。最终，评委点头，拿起话筒说道："所有参赛选手注意，参赛选手霓裳因胳膊扭伤，无法参加技能大赛第四项比赛，该项成绩不得分。"

所有围观的选手皆是哗然，但是在场的原联合加氢二班员工是知道发生了什么事的。这是霓裳主动放弃了比赛，将第二名让给了李小白，那就意味着李小白离第一名又近了一步，同时也等于是答应了李小白交往的要求。

"霓裳，你做什么？"李小白在参赛队伍中，看着霓裳笑着从他身边走过。

霓裳笑靥如花地冲他说道："小白，好好比赛！比赛完，我答应做你的女朋友。"

李小白离观众席很近，认识和不认识的人都听到了霓裳的话，这点燃了观众的热情，叫好声此起彼伏。

"李小白，好好比赛！比赛完，你就有女朋友了！"

不知哪个听到的观众大声地重复着霓裳的话，惹得周围的人哄堂大笑。霓裳羞红了脸跑到观众席，找了个位置看着李小白。

比赛开始了，众人惊讶地发现动作最快、最标准的只有两人，一个是毕渊，一个是李小白。大赛成了这两人的角逐，而他们两人的动作几乎是一致的,看得观众拍手叫好。可就在穿戴的时候,李小白做了一个多余的动作,他将呼吸面具摘下又重新戴上,就是这个动作,让李小白慢了一拍。尽管李小白已经更迅速地追赶,但到比赛结束,他始终是慢了毕渊一拍。

众人都看了出来。

"唉!可惜了,慢了一拍啊!这小子干吗要把呼吸面具再取下来一次?浪费时间!"

"是啊,估计这个动作还会被扣分,看来第一名是毕渊的了。"

"不打紧,李小白虽然输了比赛,却赢了一个老婆,不吃亏。"

"说什么呢!代表远宁石化去参加全国的技能大赛,那回来可就不一般了。"

员工们纷纷开始议论。毕渊的脸上浮现出笑容,他降职后到了包装厂,现在是包装厂的一名班长。经过那次爆炸事件,他吸取了教训,他认为实际操作比理论更加重要,在工作中,他也开始重视班员的实际操作。

其中一个评委笑眯眯地走到台前,说道:"各位同志,比赛成绩已经出来了,我们有请远宁石化公司厂长岳诚为我们揭晓第一名,并发表致辞。"

岳诚拿着一个红色的信封走到台前,说道:"各位,我来预测一下谁是第一名,我认为是李小白!"

岳诚说着看向了所有人,这席话让所有人议论纷纷。

"哇!有内幕啊,毕渊这么强,岳厂长居然明目张胆地内定啊!"

"李小白总分还比毕渊低了四分,最后一道题还慢半拍,什么情况？"

毕渊听完，整个人直接愣在了原地。他看向了李小白，李小白的脸上却露出了微笑。

他赢了？不可能！他赢的唯一可能就是最后这道题，自己被扣了一半分。

毕渊如是想道。

岳诚挥手示意大家安静，他默默地打开了红色的信封，里面有一张卡片。他看了看卡片，笑了，说道："本次远宁石化公司技能大赛第一名获得者是……"

岳诚故意停顿了一下，看着每一双渴望知道答案的眼睛，他笑了笑，将卡片展示给大家。

"李小白！"

岳诚话音一落，所有人都诧异了。

"你们一定想知道为什么吧？不知道有没有人注意到一个细节，李小白之所以慢一步，是因为他拧开了氧气瓶。他戴上氧气瓶，并且做了气密性检查，而剩下的两名参赛者都没有做这一步，只是模拟动作。我想问问大家，还记得题目是什么吗？题目是：假如你身边发生了化工原料泄漏，你应该如何处理？"

岳诚再次顿了顿，他看到有不少的员工已经反应过来了。他接着说道："如果真的在这里发生了化工原料泄漏，那么空气中必然带有有毒物质，氧气瓶是你唯一的选择。如果都像前两位参赛者那样操作的话，没有氧气，你们已经遇难了。所以，这道题前两位参赛者不得分，综合成绩相加，李小白是大赛的第一名。"

李小白兴奋地欢呼起来，他看向了霓裳。从这一天开始，他喜欢的女生终于是他的女朋友了，人生没有比这更美好的事了。

颁奖大会随后举行。李小白站在领奖台上，岳诚厂长笑眯眯地说道："参加全国的技能大赛，你可要给我拿个一等奖回来啊！"

"保证完成任务！"李小白接过奖状大声地说道。

毕渊长长地叹了一口气，他闭上了眼睛。他输了，他感受到了人生第一次彻底的失败，不过这一刻，他的灵魂深处有了一丝悸动。从罐体爆炸事件开始，他便觉得自己的方向似乎有问题，是不是他所追求的目标一直都是错误的？难道想赢错了吗？难道一直追求更好的成绩，通过成绩得到更高的职务，不算是人生追求的方向吗？

一直以来，他没有朋友，但他觉得无所谓，他觉得就像是上学的时候，只要自己成绩好，身边就会有无数的朋友。上班和学习没什么不同，挡在眼前的一定不是朋友，而是一个个的敌人，他要把所有的敌人都清除掉，自己到了让人仰视的位置，便有了朋友。

难道，自己错了吗？

第112章　坎坷爱情

第一次，李小白搞发明创造的时候，他认为李小白永远不是自己的对手，不过是在哗众取宠；第二次，李小白离开远宁，他认为李小白是败军之将，丢盔弃甲地逃跑了，那时候他觉得自己很可怜李小白。

当李小白回来，和他在一个工段，而且以副班长的身份出现的时候，他依然没有把李小白看成对手。他觉得李小白的发明创造不过是想在领导面前表现一下，以至于到李小白成功了，毕渊也只感觉他的狗屎运好到炸天。

毕渊甚至时常回忆起李小白处理那次罐体爆炸事故，他认为是因为李小白的女朋友霓裳在爆炸范围内，所以急中生智，才有了一展身手的机会。要怪就怪霓裳不是自己的女朋友，没有给他一个机会证明自己的爱。

厂区改造时李小白留在了空无一人的厂房，毕渊依然觉得自己还有机会，一个有志向的员工比起一个看守空厂房的人似乎依然存在优势。两年时间，他又回到了班长岗位，本以为自己可以借着这次技能大赛一雪前耻，他发了疯似的学习，甚至将所有资料一字不差地背下来，就是要在今天证明他毕渊比李小白强，也是要告诉领导，他们当年看走了眼。

直到今天，毕渊才发现这似乎并不是他想的那样简单，李小白身上到底发生了什么？或者李小白认识到了什么，能让他从一个普通员工成长到如今让他仰望的地步？

如果毕渊能想明白这个问题，或许他的人生也会不一样。

一个月后，李小白带着全国技能大赛一等奖回来了。隆重的欢迎仪式让李小白感觉犹如梦幻。一捧花递到了他手上，负责宣传的同事问道："请问李小白同志，你现在有什么感想？"

"我现在只想见到我的女朋友，我要向她求婚。"李小白说道。

李小白的话让对方愣在了那里。他本以为李小白会说些感谢公司领导之类的话，可没想到他说出了这么令人意外的话。

"班长，好样的！"

"班长，快来和我拍张照！"

第112章 坎坷爱情

李小白朝着声音的方向看去，原来联合加氢二班的老班员全部来了。李小白热情地和他们聊了起来。

严栋走了过来，拍拍李小白的肩膀，说道："比得不错！你看我把谁带来了？"

霓裳羞答答地从严栋身后走了出来。李小白上前一把拉住了霓裳的手，说道："亲爱的！在联合加氢的时候，我向你表白，你说只要我能拿到技能大赛一等奖就答应做我的女朋友，现在，我做到了！希望你能给我这个机会！"

霓裳偷看了一眼身边的人，说道："这么多人，能不能换个地方？"

"不行！说话要算数！"李小白认真地说道。

"答应他！答应他！"班员们跟着起哄。

霓裳一跺脚，说道："你们小声点，我答应就是了！"

热烈的欢呼声让等着见李小白的岳诚都不禁苦笑着摇头。但李小白的爱情之路注定是坎坷的。

霓裳回到家说："妈，我有男朋友了。"

"哦？是哪家的小子这么有福气？快带回家来给妈妈见见。"霓母说道，"这孩子怎么样？"

霓裳心里如小鹿乱撞，她担心妈妈一口拒绝，但听她这样说就松了一口气，忙说起了好话，说道："他对我特别好，之前是我们工段二班的班长，技能大赛还拿了第一名。"

霓母第一个想到的是毕渊，她满心欢喜，心想他们终于修成正果。她知道那孩子上进心强，人也长得白白净净的，还很懂事，女儿嫁给他，她是放心的。

霓母听毕渊的母亲说自己的孩子天天在家看书，为的就是拿下技能大赛第一名。想来，以那孩子的聪明劲，拿个第一应该是没有任何问题。

她于是说道："那就带回来，让妈看看？"

"好呀！那我晚上叫他来吃饭。"霓裳随口说道。

霓母意外地说道："我这家里还没收拾呢，水果和菜都没买。你这孩子也不提前几天给我说，我好准备一下。"

霓裳笑开了花，说道："不用，你又不是不认识他。"

在霓裳看来，她小时候就和李小白住在一栋楼上，李国清也说过他可能与霓母认识，自然可以这么说。霓母是再也坐不住了，拿了钱便跑了出去，临走还说道："霓裳！你给我把家里收拾一下，女婿上门，怎么能乱七八糟呢？"

霓裳吐了吐舌头，说道："知道啦！"

晚上六点半，李小白提着一些见面礼和霓裳到了楼下。

李小白有些犹豫了，他说道："霓裳，我……有点害怕，你妈妈对我印象可能不是很好呀。上次在KTV，我的酒都吓醒了。"

"放心吧！我妈妈我了解，她多半早就忘记了。"霓裳推着李小白上了楼。

李小白急忙低头看看自己的衣服有没有问题，自认为感觉不错，调整了一下情绪，冲霓裳点点头，霓裳咚咚地敲了敲门。

"来啦！"霓母在屋里等着，她已经寻思了一个多小时，该跟两个孩子交代点什么。这女儿要嫁人了，整个家就剩下她一个人，想到自己把霓裳一把屎一把尿地拉扯大，转眼她就要离开家了，还真有点舍不得。这个事越想越不是滋味，霓母鼻子一酸，竟然要流泪，这不是好事。

门开了，霓裳进了屋，说道："妈！我给你介绍一下，这是我男朋友李小白。"

笑靥如花的霓母在见到李小白的刹那，如同被踩了尾巴的猫，哇地大叫起来，着实吓了李小白一跳。霓母大吼道："你……你不是那天在KTV打架的小流氓吗？"

"阿姨，您……您听我解释。"李小白的头皮一阵发麻。

霓母怒了，冲霓裳说道："这就是你男朋友？你知不知道他是个爱打架的小流氓，不干好事？"

"妈！他不是爱打架的流氓，他可是我们远宁石化技能大赛的第一名。"

霓母哪里肯听，吼道："这小流氓不是你男朋友！"说着，一把将霓裳拉到了身后，对李小白说，"你出去！"接着用力地将李小白推出了家门，仿佛李小白这个小流氓会随时进屋收拾她们母女一般。见李小白出了门，她怒吼道："告诉你，小流氓！休想骗我闺女！你想骗她，死了这条心吧！"

啪的一声，门被关上了。

李小白尴尬地站在门口，说道："阿姨，您听我解释啊！不是您想的那样！"

第113章　岁月如歌

李小白只听得见屋里霓母在大发雷霆。

不行！得跑！

李小白如是想到。他急忙将手里的东西放在地上，撒丫子就跑。跑出老远，他又觉得不对，万一东西被别人拿走了，那如何了得？于是又转身跑了回去，冲门里说道："阿姨，我带了东西，放在你门口了！"

屋里又传出了霓母的咆哮声。李小白没命地跑下楼，跑得飞快。刚到楼下，他的东西便被霓母从楼上丢了下来。霓母嘴里喊道："小流氓！你记住，要是还敢来，信不信我报警抓你！"

晚上，霓裳发了一条信息：亲爱的，你必须过我妈这关。你想做什么，我都会帮你的！

李小白简直是一个脑袋两个大，这事要是告诉李国清，那还不得被骂死。看来还得想想办法。可他也是人生第一遭。他试图在网上寻求帮助，那些关于"如何讨好丈母娘""如何让丈母娘接受你"的信息五花八门。

于是，他开始给自己制订方案。

但是李小白使出了浑身解数，也没能让霓母回心转意。

人生中不只有爱情，还有事业。

联合加氢的新设备很快运回来了。李小白因为对现场设备较了解，被提拔为技术员。他再升一步便是副主任工程师。

忙碌让李小白第一次切身感受到李国清当年参与建设乙烯厂时的压力。随时都有设备运到，随时要卸货，也随时要进行设备安装。

尽管严栋很照顾李小白，给他分了三十个员工，但人撒到了现场，李小白仍然觉得不够用。一天里来回跑是常态，尤其是到了新设备与厂区设备对接的时候，可能一点小小的纰漏都会让设备瘫痪。

尤其是国外采购的设备，个顶个的金贵，虽然一备一用，但技术层面被人卡着脖子的感觉非常不好，安装的时候，无数次的沟通都是无效的。国外生产商知道李小白懂得其中的工艺，更像是防贼一样防止他深入了解设备，当数据不一致的时候，他们只说一句话："你们的数据有问题，尽快调整你们的数据，以符合我们的设备。"

这等于之前的操作完全作废，只能重做，这导致大量的前期工作需要返工。

李小白几乎是没白没黑地泡在工地上，他已经有两个月没回家了。李国清知道儿子的辛苦，因为当年的他就是这么过来的。可想念和关心是骨血里的东西，他坐车到了厂门口，朝里张望，希望能看一眼儿子。

门卫看到这个老头儿鬼鬼祟祟，上前问道："同志，你有事吗？"

"哦！我想看看我儿子，他两个月没回家了。"

门卫知道厂里现在的形势，忙敬了一礼，说道："老师傅，能不能把你儿子的电话给我们？我们把他叫出来！"

"这……不好吧？你们现在设备迭代，我不想让他分心。"李国清搓着手犹豫得不得了。

"师傅！"同样忙得脚不沾地的严栋正好开着车准备进厂，一下看到了李国清，急忙停车，跑过来打招呼，"师傅！您怎么来了？"

李国清一下子不好意思起来，说道："小栋子，你怎么在这里？很忙吧？"

"是啊！厂里已经给我们下了军令状，工程限期上马。"严栋知道他是想李小白了，忙说道，"师傅，您找李小白是吧？我给您把他叫出来。"

"哎！不用不用！我就是路过看看！"李国清忙说道，"不能给你们拖后腿，我懂。"

"师傅，您又说笑了，哪有路过厂区的呀？李小白最近没回家吗？"严栋说道。

李国清见被说中了心事，忙说道："是啊！他两个多月没回家了。"

严栋皱了皱眉，他没想到这小子比他还拼命，说道："臭小子！哪能家都不回呀？"

"他这么做是对的！一切以生产为主！"李国清忙说道。

严栋立刻拿起电话，才响了一声，李小白就接了起来。还没等严栋开口，李小白说道："严主任，是不是有新人了？我来接！"

"哪有人给你？你赶快给我到门口来，有事找你！"严栋气得笑了。

李小白说道："严主任，你有事就在电话里给我说，我这里走不开呀！"

严栋说道："给你五分钟，快点过来，不然我把你的人抽走五个！"

第114章　春风化雨

挂了电话，严栋有些歉意地说道："师傅，工地上实在太忙了，也非常需要李小白。"

不一会儿，就看到李小白飞快地跑了过来。他老远就看到了李国清，马上猜到是父亲过来看他了。

"爸，你怎么来了？"

李国清一看儿子整个人瘦了一圈，抱着安全帽，头发也是乱糟糟的，心疼地说道："儿子，工作累不累？"

"不累！就是活多，等新设备调试完就好了。"李小白擦了擦额头上的汗。

"好！能回家的时候，提前打个电话，我给你做好吃的。"李国清说道。

严栋也说道："李小白，你怎么两个月都没回家了？身体也是工作的资本，你别太拼了，你要是累倒了，你女朋友还不得找领导的事？"

李国清吃了一惊，说道："什么？你真的有女朋友了？"

严栋意外地看着李小白，说道："怎么，你没告诉我师傅？"

李小白想起了霓母，又不知该如何开口，只能说道："严主任，我就不和你说了，现场离不开人。"说着，风风火火地跑了。

看着李小白远去的身影，严栋很是满意。

"小栋子，我家小白的女朋友你认识？"

"当然认识，女孩子不错呢，现在也是技术员了。"严栋说道。

李国清欢喜地说道："好好！这我就放心了。"说罢哼着小曲告别了严栋。

四个月后，工程将要进行试车，李小白却是一点都高兴不起来，因为在与外商的沟通中，有的数据依然不相匹配，双方也是反复讨论，外商认为可以安装，但李小白却觉得存在隐患。

果然，试车当天这台设备出了问题，死活启动不起来，而外商也很快发现了自己的数据设置错误，导致设备损坏。幸亏当时采购了两台，一备一用，另一台设备便用上了。

因为这种高端设备几乎是量身定制，生产同型号的要等大半年，维修也需要等一个月，所以李小白向外商提出必须在一周内修复完毕，对方却是连连摆手。他这才知道对方的维修工程师在休假，半个月后才能来上班，再订机票从国外到远宁，还真得一个月。

严栋很快来了，他得知设备损坏了一台后很是心疼。他把李小白叫到一旁，说道："小白，这个事干得不漂亮，这台设备造价千万，光维修一次就要花五十多万，你负责的这一块，怎么没做数据？"

李小白是有苦说不出，只能低着头听训。严栋说道："你必须尽快掌握新设备。现在我们缺少一台设备，如果设备再损坏，你们开工至少要等到一个月以后。"

李小白挠挠头说道："如果再坏，只能人工操作，我做了预备方案……"

"人工不要钱吗？产能能上去吗？质量能保证吗？你少在这里给我找借口，把设备看好！"严栋发火倒是很有岳诚的模样。

这件事刺激了李小白，现在的李小白就像一位守着婴儿的父亲，大部分的时间都耗在了这台设备上。其实他很清楚这台设备的作用，他向外商提出能不能拆开设备，由外商指导，让远宁石化的人来修理。没想到外商马上拒绝，称这是核心机密，只能由本国制造商维修。李小白设计了三套方案说服外商。

"现在我们的工期就在这里，你们的设备损坏，你告诉我，你们的设备难道就没有问题吗？还有，我们是甲方，你们无法在规定时间完成我们的要求，我们会上报领导，进行相应的处罚。"李小白对外国工程师说道。

外国工程师似乎有恃无恐，说道："这个设备的损坏，你们也有责任。你们也可以起诉你们的代理商，他也是中国人，这一点我们没有任何意见。"

李小白说道："那就把你们的设备打开，让我们看看，要是以后出了问题，我们好第一时间告诉你们哪里坏了。"

"对不起，拆卸设备，需要我们的专家在场。"

李小白说道："那行，我们能不能节约一下时间，先交由我们打开？你们的专家来了就不用继续在拆卸方面消耗宝贵的时间。"

"对不起，这些都是精密设备，里面是防尘的，如果贸然打开，很可能造成里面其他设备的损坏。"

李小白怒了，说道："现在是不是属于调试阶段？现在是不是我们已经付款买了这台设备，我们有对这台设备绝对的自主权？有本事你就拆掉拉走！"

外商双手一摊，说道："我不想和你继续说下去，我要见你的上司！"

李小白朝前跨出一步，吼道："去呀！"

一旁的人见李小白似乎有要打人的架势，急忙上前，将他拉了回来。

生了一肚子气的李小白回到办公室，此时的他像是汽油桶，一点就着。几个员工都借口出去忙了，谁都不愿意触这个霉头，他们在这几个月里可是被折腾惨了。李小白对设备生产数据要求极高，几次数据传过来对不上，他便会带人重新核实，发现错误后责任人还会挨他的批评，他的工作作风是将工作严格落实到人。

此时的他正大口地将一块鸡肉咬进嘴里，怒气冲冲之下，连骨头都咬碎了。这时，一张纸巾从身后递了过来，他不耐烦地说道："我不要，你要是没事就去现场盯着那群老外！"

可那张餐巾纸还是放到了他的面前，他气呼呼地转过头，刚想发作，却看到霓裳站在身边。春风化雨，刚起的火气顿时烟消云散。

"亲爱的，你怎么来了？"李小白说道。

霓裳看着李小白的样子，也是很心疼，说道："你都两个月没出过厂了，我把换洗的衣服给你拿过来了。"

"谢谢老婆！"李小白嘿嘿笑着，说道。

霓裳帮他擦了擦嘴，说道："怎么这么大火气？有什么事不顺心吗？"

李小白算是找到了发泄口，将最近工作中发生的事给霓裳说了一遍。霓裳说道："你干吗非要打开设备看看呢？你不会是想自己修理吧？"

第115章 恰似少年

李小白点点头，说道："我还真就想自己修。这装置的作用我早就知道了，里面能有多复杂？我们也是肩膀上扛着一个脑袋，他们的工程师还能比我们多长一个脑袋吗？"

霓裳将小手放在他的手上，说道："小白，发明创造不是蛮干啊！如果你打开了都不能了解里面的构造，只能看明白个大概，那我倒是劝你不要打开。打开了就必须找到症结所在，一击必中，否则，你就是在添乱。你也知道这设备花了很多钱，这可不是给你李小白拿来做实验的东西。"

霓裳的话让李小白愣住了，他还真没想到这些。实际上他是赌了一口气，现在想来是草率了。

说干就干，他立刻问严栋要来了供货商的电话，还要了一份设备说明书。很快，一千多页的设备说明书到了他的手里，在意料之中，全部是英文的，连霓裳看了都咂舌。

李小白摩拳擦掌地说道："那我就翻译出来一本中文的，以后我们可以用它来学习。"

于是李小白又开始了没白没黑的忙碌，白天处理现场，下班了也不回家，找了一个没人的地方便开始翻译。开始翻译得很慢，一页基本上都需要一两天才能翻译出来。但过了半个月，李小白的翻译速度很快上来了。当一本说明书翻译结束后，李小白也算是彻底对这台机器有了了解。

他合上说明书的那一刻，不禁哈哈大笑起来，因为他找到了问题的所在。

他又找来了外商，说道："你们的设备我有了大体了解，我认为是电机组出了问题。我们有能力独自完成维修，但希望你们提供同一款电机组。"

外商工程师便开始给他讲他们的设备是多么高端，才说了几句，便被李小白怼了回去："我们国内其实也有同款产品，只是在占比空间和耐久程度上达不到这台设备的要求。你们的机体里的确有防尘罩，而且我也相信很干净，但这不是你们拒绝我们维修它的理由。"

外商双手一摊，说道："我们还是相信我们的工程师，而且他们很快就会到了。这段时间，对您提出的由甲方修理我们设备的建议，

455

我们不再讨论。"

李小白说道："不！就算我们打开设备，也不会让你们的机器暴露在不合格的空气条件下，因为你们的防尘罩一共有三层。我的决定也是为了节约时间，让你们的工程师能够一抵达远宁，便能投入工作。"

外商被说得无言了，便丢下一句狠话，他说道："行！你们可以拆开，但造成的所有不可预测的损失也都由你们承担！"

李小白嘴角泛起了一丝笑容，但这并不容易，他需要做的事还很多。

临近傍晚，他突然接到了一个陌生电话，来电话的是他的大学同学韩笑。

"小白，你在上班吗？"韩笑说道。

李小白有点意外，此时的他已经不是当年那个愣头青了，说道："韩笑，生意怎么样？"

韩笑继续说道："还好，兄弟，我时常想起大学毕业那会儿我们的疯狂劲，说起来，我还欠你一万块钱呢。"

"哦！没事！"

"兄弟，如果我出现在你的面前，你会不会感动呢？"韩笑说道。

李小白不知道他葫芦里卖的什么药，说道："啥意思？"

"我已经到远宁了，晚上我请你吃饭。"

有朋自远方来，不亦乐乎。李小白有点不信，说道："你要是来了，我请你吃饭。"

"好！晚上我在醉仙居等你。"

李小白吃了一惊，醉仙居是远宁最好的酒店，难道他真的来远宁了？

李小白下班后加了一会儿班，此时已经是晚上九点多，过了饭点。他离开厂区时才想起来还有饭局，急忙打了电话过去道歉。

没想到韩笑竟然一点都不生气，说道："哈哈！老同学，我知道你日理万机，快来吧，我等得都发芽了。"

同学见面，自然是非常热情，觥筹交错间说起曾经的事，惹得两人哈哈大笑。两人都避开了曾经一起做生意的不愉快，李小白已经释怀了。这么多年了，一万块钱和同学情谊是比不了的，而且李小白并没有因此吃亏。

两人饭吃得差不多了，李小白说道："哎，你怎么到远宁来了？是来旅游的吗？"

韩笑笑着说道："先不说这个，这是两万，你先拿着。"

说着，取出一个信封推到了李小白面前，这等于是旧事重提。李小白看着钱，心头却是波澜起伏。他曾经为了和韩笑做生意，自己放弃了双选，差点人和钱都没了。如果他当时没有回远宁并考进厂里，现在是一副什么光景，犹未可知。

一时间，李小白看着钱有些发愣。韩笑说道："兄弟，你不会觉得少吧？"

李小白回过神，他笑了笑，将钱推了回去，说道："都是同学，我不记得这个事了。钱，我就不要了。"

"收下！"韩笑说着将钱塞进了李小白的口袋，硬是不让李小白拿出来，韩笑接着说道，"刚才你问我为什么到远宁来，因为我在和你们石化公司做生意。"

"哦？厉害！看来你的生意做得不小嘛！"李小白很为韩笑高兴。

韩笑说道："说起来，这还和你负责的工作有关系呢。"

李小白的眉头皱了起来，说道："我负责联合加氢新设备的更新。我们接触的都是外商，怎么会和你有关呢？"

韩笑哈哈大笑，说道："我记得我告诉过你，我要开拓海外市场，你现在要研究的设备，我是国内的代理商。"

李小白恍然大悟，忙说道："哎！那正好呀，你去和你们总公司沟通一下，让他们同意我拆开你们的设备。"

韩笑说道："没问题呀，你拆呀！你就是把它全部拆成零件卖废铁，我都双手赞成啊！"

李小白不明就里地看着韩笑。韩笑说道："兄弟，我今天还真有事求你。你尽管拆，想拿那设备干什么都行，但不能修好。不过，修好了，我们也不认。我们的框架合同里已经写得清清楚楚，你们无权拆卸，所以……"

第116章 全新挑战

"我没搞明白你什么意思。"实际上，李小白是搞明白他的意思了，代理商当然希望客户用他的设备越多越好，那样他才能赚更多的钱嘛。

韩笑拍了拍他的肩膀，说道："到时候，你就说你不知道框架协议里写着不让打开，想自己研究，结果打开了恢复不了，剩下的事交给我。事成之后，我送你一套房子。"

李小白顿感兜里的钱烫手，他立刻掏了出来，放了回去，说道："老同学，这个钱，你拿着，我还是那句话，我已经忘了。至于你说的事，我不赞同。我们是为了设备更好地运转，同时还能将维护和支出的费用降下来。"

韩笑哈哈大笑了起来，说道："别逗了，就国内那个水平，我敢保证，你们打开都不知道哪儿是哪儿。这可是国外一流设备，你们不花钱能让你们使吗？"

李小白的脸腾地红了，并不是因为他喝了酒，而是韩笑的话像针一样扎到了他的胸口，别人可以看不起他李小白，但不能看不起远宁石化公司。他的牙关咬得很紧，说道："谁说我们不能维修你们的设备？我就证明给你看。"

"好呀！你全部拆下来慢慢研究，我这边就下订单了，提前再订一台全新的设备。老同学，到时候接收的时候，可要给个方便啊，哈哈！"韩笑的话让李小白如坐针毡、如鲠在喉。

他忽地站了起来，说道："不好意思，我喝多了，先回去了。"说罢，不管韩笑理不理会，咚咚地下了楼。

第二天，便是他决定打开设备的日子，霓裳特意请假，过来帮他。李小白一点状态都没有，他一晚上都在想韩笑的话，如果拆了，外商肯定不会认同；如果不拆，那永远不了解设备的内部核心。

他的手在微微发抖。霓裳走过来，说道："小白，你这是怎么了？"

李小白很烦，虽然他已经给工艺主任汇报过，但主任并没有研究过合同，他认为拆开一两个螺丝看看没有什么。而正如韩笑所说，合同里明确提到，如果擅自拆开，外商工程师是不会继续修理的。

李小白拿着起子的手一直停着，他甚至知道拆开螺丝后能看到什么，也大概知道里面哪个部分出了问题，可他却面临着前所未有的

459

压力。这不是几十万的设备,这是造价千万的设备,拆开后一旦修不好,等于千万设备打了水漂。

终于,李小白将起子放下,他说道:"我们不能擅自修。这是造价千万的设备,一旦我们打开,对方便可以依据合同不对这台设备进行维修。"

霓裳也是第一次听李小白这么说,她看着围观的众人,说道:"呀!你怎么不早说?"

一个围观的人说道:"咱们不是和他们说好了吗?只打开看看,不维修呀。"

李小白用手摸着巨大的设备,摇摇头,说道:"不行!不能拆,必须修改合同之后才行!"说着,他拿着修理工具离开了,留下一群不明就里的围观职工。

李小白找到严栋,通过严栋认识了采购部的工作人员。他将他的要求提了出来,采购人员也很纳闷,说道:"你们修改这一条的具体意义是什么呢?"

李小白说道:"领导,咱们虽然是一备一用,但如果两个设备都出问题,那么维修人员最快要一个月后才能来维修,不能在短时间内修理好,就无法保证生产。另外,我看了维修费的单子,维修费太贵了,如果我们自己能拿下这台设备,我觉得可以采购相关零件,我们自己检修,会给厂子节约很大一笔费用。"

采购人员都听傻了。李小白见对方沉默,说道:"领导,我和我的团队在努力地熟悉这台设备,可是我们连打开设备看一眼的权利都没有,一切核心技术都不掌握在我们的手里,我怕将来会出事。"

采购人员想了想,说道:"严主任,那你们再多采购一台呗,一用两备。人家说保质十年，两次大检修咱们只用清理外壳就行。"

严栋笑了笑，说道："我觉得李小白说得挺对的，再采购一台那就花了血本了，如果我们拿下设备，以后检修这一块，我们厂里可以承包下来，不用等他们国外的工程师，这一点，你们合同里也可以去谈，我们的工程师参与到设备维修中去。"

采购员摸了摸脑袋，说道："这个恐怕很难谈下来，这其中存在技术壁垒。"

"拜托了！这件事，我会亲自和岳诚厂长谈，如果谈下来，你就是远宁石化的功臣！"严栋说道。

采购员说道："行吧！那我试试。哦，对了，明天他们的工程师就到了，说中午十二点准时到。你们注意做好保密工作吧。"

李小白没想到他们这么快就来了，再一回想自己翻译说明书都用了一个多月，外商的维修工程师这算是来得晚的。

"严主任，我想……"李小白还没说完就被严栋给打断了，他说道："你是不是想跟着参观学习一下？"

"是的！非常想！"李小白兴奋了起来。

严栋想了想，说道："行！明天的安保措施，你负责！"

第二天十一点五十，一辆依维柯抵达厂区门口。李小白接了人，带他们一路抵达放置设备的地方。当车上的人走下来时，李小白简直看傻了。从车上陆陆续续地下来了四五个人，他们都穿着白色的大褂，打着领带，一只手拿着防尘眼镜，另一只手提着一个铝质大箱子，看上去派头十足。

为首的维修工程师是个外国人，头发一丝不乱，他戴上了安全帽，同时将手套也戴上了。还没等李小白说话，他们就径直走到了设备边上，几个人什么都不说，便开始检查设备的外观，主要就是看每一个螺丝钉，这个检查就用了将近两个小时。

李小白彻底松了一口气，他庆幸自己没有打开设备，如果用螺丝刀拧动螺丝，必然会在螺丝上留下痕迹，那样的话，如果对方以设备被拆卸过为由拒绝修理，他李小白就成了整个联合加氢的罪人。

同时，他也看到了这群人工作的细致，与公司维修人员的工作方式不一样。从这一点来说，李小白也算有了收获。

第117章　职业骄傲

很快，为首的外国工程师走了过来，说道："我们需要一块空旷的地方，用来搭建维修空间。"

"什么意思？"李小白问道，"哪儿都可以吗？"

"要空旷，还要通风。"

李小白指着联合加氢厂房前的一大片空地，那里是留给污水处理导流设备的地方，目前设备还没有运过来。

"可以！"说罢，他指挥人将设备拆了下来，很快把设备运到了空地，随行的人员开始搭建维修空间。

这也让李小白开了眼界，一个巨大的类似帐篷的罩子盖在了设备上，在帐篷外几张桌子并排摆好，上面的工具从大到小摆得整整齐齐。这一系列操作也让李小白傻了眼。

比较忙碌的时候，他们的工具全部放在地上，而外国工程师的操作更像是对待一件艺术品。

第117章 职业骄傲

很快，那两个巨大的铝质箱子被打开了，李小白惊愕了，里面装着的竟然全部是纸，是一种很厚实的纸，巴掌大小。

在设备旁，工程师们穿上了鞋套，戴上了手套、安全帽和护目镜，那个半透明罩子里面的操作李小白看得并不真切，但李小白知道他们在拆卸螺丝。

李小白作为安保人员在罩子外看，那是隔靴搔痒，心里痒痒得难受。他一咬牙，走上前，伸着脑袋朝里看，一个外国工程师皱眉说道："先生，请问您有事吗？我们的操作禁止参观。"

"我是安保人员，我想确保安全。"李小白说着，眼睛却没有离开设备。

"对不起！不可以！"外国工程师不客气地将李小白赶了出去。

李小白哪会放弃？他急忙给严栋打了一个电话。严栋是安质环处的主任，是绝对可以帮上忙的。很快，严栋跑了过来，他二话不说，走进维修空间和外国工程师交涉了起来。

大约十五分钟后严栋昂着头出来了，李小白凑上去问："可以了吗？"

"嗯！进去吧，你就说你是咱们厂安全监护带安保人员。"严栋目不斜视地说道，"进去以后，只能看，不能问。我非要把他们的合同改掉！"

李小白脸上笑开了花，拿起安全帽，穿上鞋套，冲了进去。他的心在狂跳。设备里面的设计有的与他想的一样，有的却完全不同。

螺丝被一个个地卸下来，接着被放进了一个小盒子里。保护壳也被卸下来，接着是防尘网。外国工程师用手摸了一下里面，李小白看到手套上一尘不染，暗暗地佩服他们工艺的严谨。

更严谨的事展现在了李小白眼前，他们分区测试的手段也让李小白开了眼界。让李小白觉得自豪的是他只看了说明书，就大体判断出了问题所在，而出问题的区域与他的判断是一致的——就是一组电机。

半个小时后电机组被拆了下来。李小白本以为他们会更换新的，没想到外国工程师却把铝质箱子里的纸张拿了出来，开始擦拭，他们的操作也让李小白大开眼界。他们拿软纸在设备的油污处只擦了一下便丢掉，换一张新的继续擦，一直到整个电机组光洁如新，电机组的表面就像镜子一般。

这个工作，他们足足干了四个多小时。最终设备的问题找到了，是因为前期的操作中，数据不对称使电机过载，重新更换一个原厂的零件，便可以使设备重新运转。

但他们干了一半便停了下来，外国工程师说道："我需要你们的车工帮我车一个螺丝。"

李小白说道："可以！我们有很多车工。"

外国工程师却笑了笑，说道："我还要误差在0.005毫米的螺丝。"

李小白朝前走的脚步停住了。他是研究过车工的，一般机床的车间精度不大于0.01毫米就算是合格品，外国工程师却要达到0.005毫米。

李小白硬着头皮到了车工班，问车工班班长，说道："我需要做一个螺丝，精度误差不大于0.005毫米，你们谁能做到？"

车工班的班长挠挠头，以为李小白是个门外汉，说道："数控车床，加工中心加工典型件的尺寸精度和形位精度，对比国内外的水平，国内大致为0.008毫米到0.01毫米，而国际先进水平为0.002毫米到0.003毫米。我们没有专门生产螺丝的数控车床，我不觉得人工有人能做到。"

李小白忙问道："那我们现在的人工误差是多少？"

车工班班长说道："我们最好的车工能车出的精度在0.008毫米到0.01毫米，人能达到机器的要求已经很不错了。"

别小看这0.003毫米的差距，这就是技术的壁垒。

李小白摇摇头，说道："不行，必须在0.005毫米之内。"

"那我们做不到。"车工班班长说道。

正在这时，一个中年人走了出来，说道："我试试吧。给我图纸。"

"我该怎么称呼你？"李小白问道。

那人说道："我叫徐大远，车工班高级技师。"

李小白点点头，将图纸交给了他。李小白是第一次见搓牙机和打头机，只见徐大远将设备停车，给干净的设备上加了点机油，接着在数控车床上输入数据，很快十几个螺丝从打头机上生产了出来。

徐大远并不着急去检查误差，而是拿着放大镜一个一个地看，接着他拿起打磨纸将螺丝放在手里开始揉搓，大约一分钟后他停了下来，开始用精密仪器测量数据。

很快，第一个螺丝报废了，接着是第二个。这个工作，他足足忙了一个半小时，光是从打头机上生产下来的螺丝便有四十多个。

终于，徐大远抬起了头。他擦了擦头上的汗，将一个螺丝交给李小白，说道："我尽力了，误差精度在0.006。这是我的极限了，我认为整个远宁没人能车出我的精度。"

车工班的人皆是啧啧称赞，频频点头，说道："大远果然厉害！

长脸哪！"

这是一个高级技工的骄傲，是从业几十年来面对无数次挑战后的阅历带给他的自信，李小白仿佛从徐大远身上看到了自己。

他小心翼翼地接过螺丝，放进了袋子里，冲徐大远点点头，说道："辛苦了！"

第118章　问题频发

李小白匆匆返回，将螺丝给了外国工程师，并将误差数据告诉了他。外国工程师摇了摇头，将螺丝丢进了废弃螺丝盒子里，说道："这不是合格品，如果一个螺丝达不到要求，就无法保证整台设备十年内完美运转。"

李小白觉得外国工程师有点吹毛求疵了，他说道："这是我们能做到的极限，我不认为误差0.001毫米能影响到整台设备。"

外国工程师笑了笑，他的眼中闪过一丝轻蔑，说道："我来车一个螺丝吧。"

李小白也想看看这个外国工程师到底是如何将误差控制在0.005毫米之内的。外国工程师跟着李小白到了车间，立刻吸引了车工班的师傅，大家都想看看这个头发花白的老人究竟是怎样将误差精度在0.005毫米范围内的螺丝钉制造出来的。

他先是检查了设备，并且更换了新的刀头，之后开始对焦。他自带了激光对标仪，看得众人十分吃惊。之后他开始检查螺丝用钢，再将设备上的出钉口仔细地擦干净，同样是那种只擦一下的纸，每擦一下都像是对待自己的孩子。

李小白是震惊的,他算是见识到了什么叫工匠精神。同样震惊的还有徐大远,他的手不免有些颤抖。

生产开始,螺丝用钢一点点地进入刀头,再上打头机,整个过程简直是一气呵成,第一个螺丝,第二个螺丝……一直到第十个螺丝。之前的螺丝,他全部都没要,只留下了第十个螺丝。

接着他又拿出了激光对标仪。很快,小巧的设备上显示出了精确差距0.007毫米,在车工班的老车工都没想到他们的车床可以车出精度如此高的螺丝。接着,他开始用最细的砂纸顺时针擦第一下,将上面细碎的钢渣抹去,接着擦第二下,这个工作持续了二十分钟。

终于,外国工程师抬起头,将螺丝交给了李小白,冲他笑了笑,说道:"这才是我需要的螺丝。"

精度仪很快给出了结果,误差精度在0.004毫米,比外国工程师提出的标准数值还要精确。李小白简直看傻了,同样的设备,同样的材料,却给出了完全不同的结果。

徐大远看着之前的九个螺丝钉发呆。

一旁的一个老车工嘟囔道:"他带的那个激光精度仪太厉害了,给我的话,我也可以做出来。"

他的话并没有人应和,每个人都是各自思索了起来。李小白觉得这是好事,越是高的标准便越能激发人的潜能。李小白学到了,相信徐大远也学到了。

李小白再回到现场,他发现外国工程师即使是上螺丝也有标准:正转三圈,再返回半圈。后来,他将这个事说给员工听,员工说那就是两圈半嘛，何必多转半圈，再返回半圈那么麻烦呢？

李小白专门去网上找人咨询，很快有了答案。原来螺丝在拧紧后，为了防止松动，应额外施加一个预紧力，因此松半圈后预紧力会被消除。螺丝在拧紧后处于弹性形变中，尤其是在高温和震动载荷的情况下，长期这样的持续压力会产生蠕变，螺丝变成塑性变形后，其强度会大幅下降甚至失效。退回半圈是让弹性形变恢复一些，同时消除预紧力，以后螺丝在持续压力的变形或是在弹性形变之中，产生塑性变形和失效的概率就会大幅降低，使螺丝能保持持续高强度的压力，而直接拧两圈半是达不到这样的效果的。

于是，李小白便要求所有员工在今后安装螺丝的时候，必须采取进三圈退半圈的标准，当然，这是后话。

设备修好了，试车很顺利，令李小白没想到的是这台设备除了散热部分有轻微的嗡嗡声外，整个机器仿佛是静止的一般。他不得不佩服外国工程师的精密制造能力，他知道自己要学的还有很多。

之后他去找了徐大远，他问了徐大远一个问题："如果再做一次，你能不能做到像外国工程师一样？"

徐大远思考了半晌，李小白看着他的眼睛。他的目光从疑惑到犹豫，又慢慢变得坚毅，最后，他只说了一个字："能。"这就是当代石油工人的精神。果然如徐大远所说，他真的做到了，甚至做出了误差在0.003毫米的车件。

这同样也是后话。

说来也巧，这台设备很快又出现了问题，新设备的接口处与老设备之间总是发出异响，这导致新设备也产生微弱的异响。

起初李小白带队伍查看半天都摸不着头脑，甚至请了设计院的人来研究，也没有解决问题，又将问题提交给外商企业，他们的回复是对接设备出了问题，已专门派专家来查看。经检查，他们设备的输出数据是正常的，他们认为震动是允许的，不会对设备造成影响，而外商所说的设备单指的是他们的设备。

这样的情况运行了半年后，联合加氢与之相连接的设备开始出现明显的异响，这说明设备核心受到了影响。

李小白为了这个事头疼不已，他能感觉到要不了多久，自家设备肯定要出事。他将问题放到了网上，有一个网友的回答引起了李小白的注意，说要注意检查和对照设备的实际情况和参数设定。

第119章　争端初现

李小白感觉这个网友所说在理，他再次拿出说明书细看，同时开始凭借记忆将对方的设计图纸画了出来。这不再是改造那么简单，而是在原有的基础上求证问题。

尽管无法掌握其中的玄妙，但依然有大量的信息在李小白的脑海里出现。设计图纸是无数工程师的心血结晶，彼此之间的关联性很难因为一两个线索得出结论。

李小白躺在霓裳的腿上，说道："唉！如果能再次打开设备好好看看，说不定我就能有解决办法了。"

霓裳又开始帮他揉着太阳穴，说道："别急了，我正好有事和你说，你有没有考虑过入党？"

李小白睁开眼睛，看着霓裳，说道："入党？我……可以吗？"

"当然了。入党是一种心灵的净化，一种觉悟的提高，一种特殊的贡献，以前你为厂，入党以后，你还要为人民呢！"霓裳上大学时就是党员，走到哪儿都会戴着党徽。

李小白看着霓裳胸前的党徽，来了兴趣。他坐了起来，说道："那……我入党以后，要为党干些什么呢？"

霓裳想了想，说道："在生活中，我们要严以修身、严以律己，做老实人；要用实际行动体现共产党员的先进性，事无巨细；要从生活中的点滴做起，脚踏实地，时时刻刻都以党员的标准严格要求自己。在工作当中，我们要严以用权，干老实事。"

李小白坐了起来，看着霓裳的眼睛，说道："这个我可以做到。"

"还要始终以权为民所用、情为民所系、利为民所谋这样一种正确的理念来指导自己的实际行动。不以权谋私，不优亲厚友，做到公私分明。你要知道中国共产党是中国工人阶级的先锋队，作为一名党员，我们必须立足岗位，发挥表率作用，才能成为一名合格党员。"霓裳说道。

李小白说道："这个我也可以做到。"

"那你需要写一封入党申请书，先成为入党积极分子。"霓裳说道。

李小白说道："可是我不会写入党申请书……"

霓裳说道："既然你有这个心，那就从现在开始了解呀，如果你表现好，我可以考虑做你的入党培养人。"

"谢谢老婆！"李小白挺起胸脯说道。

霓裳莞尔一笑，说道："就你嘴贫，要成为党员不容易，你要学习很多东西。"

"嗯！我就先把这个设备的事解决掉。"李小白说道。

整整一年的时间，李小白都在了解设备之间的关联。

话说严栋一直记得李小白的愿望，他希望能在与外商的谈判中获得可以拆开设备的权利，并且成为该设备维修人员，于是严栋多次与外商进行对接，但始终得不到修改合同的许可。

李小白无数次找到严栋，但这件事始终没有结果。

"李小白，我告诉你，你不要给我吹胡子瞪眼睛！你以为合同是什么？那是具有法律效力的，你以为这是过家家呢？"

"什么？你别给我想美事，除非你有足够的证据证明他们的设备出现设计缺陷，那样我们才有主动权。"

严栋如是回复。

这是一个死循环，打开设备才能知道是不是具有设计缺陷，但合同却不允许打开。

"李小白，我告诉你，你不是天才吗？你不是改造小能手吗？我不管他王八壳子下面到底藏了什么猫腻，你自己想办法去解决，解决不了，你这个技术员就别当了。石油工人的本事就是解决工作中的一切麻烦，你别天天给我诉苦，我这边又不是垃圾桶！"

严栋挂了电话，气呼呼地看着外商的反馈意见，直接丢进了垃圾桶里。

老天对勤奋的人，总会给他一点点好运气。这天，李小白巡检到外商的设备前，他的手用力地拍了拍它奶白色的外壳，突然他的手停在了上面，他心头一喜，开始了盲人摸象。

温度！外商把他们的设备保密得再好，温度却是掩盖不了的，他能清晰地感觉到变压器的位置，散热口不止一处，但变压器的热量始终是恒定的，超过某一个温度节点，变压器就会烧掉，而运转设备的热量会远远大于变压器设备的热量。

通过这样的方式，李小白很快将这台设备摸了个清楚。很快，问题被李小白发现了。原来，变压器与物料反应堆离得太近了，这会产生微小的共振，这种共振看似没有问题，但长久下去便会产生一种巨大的震动，就好比一个人拿着小锤子不停地敲击一口巨大的钟，几个小时后你就会发现这口钟开始了摇摆。

李小白兴奋起来，他把自己的发现告诉了霓裳，说道："亲爱的，我找到问题了！我觉得这就是外商故意为之，他们的设备不会产生问题，但我们的设备却会在这样的情况下缩短使用寿命，增加维修成本。我要去找严主任，这就是我们谈判的筹码。"

霓裳听了他的说法，觉得很有道理，却拦住他说道："你已经发现了问题，如果严主任拿下了合同，那你打算如何解决呢？"

这让李小白沉默了下来，这又是一个全新的问题，再次涉及改造，如果改造失败，那将是上千万的损失。

"亲爱的，我需要你的帮助，我们一起来思考这个问题，一定会有解决办法的。"李小白说道。

霓裳微笑着看着他，伸手在他的脸上摸了摸，说道："我愿意帮你解决所有的困难。"

于是，两人开始了长达两个月的讨论，讨论结果却有异议，李小白认为首先应该将变压器下移半米，以避开共振；霓裳却认为应该更改输出功率，虽然产能降低，但不足以造成损坏设备的风险。

李小白反对道："亲爱的，如果是在大检修以后，我们赶产量，那时候可都是饱和输出，积累下来你知道一年会少多少吗？"

霓裳说道："可你的改动给设备造成了损失，或者缩短了设备的使用寿命，这个损失是无法弥补的。"

"我相信我的改造方案。"

霓裳皱眉说道："可是你都没有打开设备去看就那么笃定，你确定你一个人能完成吗？"

第120章　把握尺度

李小白有些底气不足，他说道："我相信我的能力，我会把它做到最好。"

"那我们都向领导提供各自的方案，让领导做选择。"霓裳说道。

李小白点点头，说道："好！"

李小白开始没白没黑地做起了设计图，但这谈何容易？设备上下都是机器原件，牵一发而动全身。终于，经过反复探索，李小白拿出了一套方案，他认为这就是最好的。

他找到严栋，将自己发现的问题以及解决的办法说了出来。严栋听后眼前一亮，一把拿过图纸，说道："你确定这就是问题所在吗？"

李小白点点头，说道："是的！我们在生产间隙停车清扫时，只要产能一降低，原设备的震动异响就会消失。"

严栋长长地舒了一口气，他等这一天也等了很久。他重重地拍了拍李小白的肩头，说道："明天我就组织谈判，你也参加，把你的图纸都带上，我要好好杀杀他们的威风。"

第二天的会议室里，外商坚持认为他们的设备没有问题，但当李小白拿出设计图侃侃而谈的时候，外商的脸色变了。他们的第一反应居然是谴责石化公司私自拆卸设备，盗取商业机密。

李小白说道："你们可以去检查你们的设备，我们不需要打开，通过生产原理就能判断出你们设备的设计缺陷。"

"这是不可能的，你们不知道我们设备的内部构造。"外商抗议道。

李小白却说道："温度！我们通过你们设备外壳释放的温度推断出每一样设备原件所在的位置，所以，我们有确切的证据证明你们的设备对我方设备会造成损坏，这个损坏就是去国际法庭，我们也有足够的证据。"

严栋趁热打铁地说道："我们已经搜集了足够的证据，现在不是你们告我们，而是我们可能会起诉你们公司。"

外商沉默了，如果有设计缺陷，那么他们将会赔付石化公司很大一笔钱。这一次的谈判很快结束了，严栋算是出了一口恶气，用力地在李小白的胸前给了一拳，说道："好样的！真痛快！求爷爷告奶奶地跟他们好好说，他们不听，非要我们使出雷霆手段！"

下一场谈判没等多久，此时，双方的身份已经完全调了个个儿，外商说道："基于你们的判断，我们可以着手解决这个问题，但是请不要起诉我们。如果你们有要求，可以提出来。"

李小白和严栋互相看了看，都露出了笑容。李小白说道："可以！我们自己来改造设备，同时，今后设备维修这一块，请交给我们自己来完成。"

外商考虑良久，说道："维修这一块，我们同意。我们可以派出工程师对你们进行培训，但设备改造不是简单的加减法，如果设备损坏，我们将不承担任何后果。"

问题抛给了严栋和李小白，这件事可不能随便答应。严栋在桌子底下踢了李小白一脚，他的意思是先不急着表态，可李小白却说道："行！如果设备损坏，我们承担后果。"

谈判一结束，严栋说道："你小子胡答应他们什么呀！万一你改造失败，他们同样不会因为合同上同意维修而负责，反而会直接告诉我们，是我们损坏了设备，他们无法维修。"

李小白说道："我相信我能修好。"

"万一修不好呢？"

李小白愣住了，他看着远处发呆。严栋知道这时候不能打击他的信心，于是走上前，拍了拍他的肩膀，说道："既然你这么肯定，那你就给我准备好，让我在领导面前有话说，也不要让安西石油在外国人面前丢人。"

严栋说罢转身就走，走到门口，他还有些不放心，转头问道："李小白，你真的确定你能修好？"

"我……"李小白愣住了，他说道，"我相信我能！"

故事讲到这里，回到开篇。

李小白和霓裳分别将自己的设计方案交到领导手里。本来这些改造方案是不会被送到岳诚厂长那里的，但这背后有严栋的助推。

这件事很快发酵，上下不同的意见也传得沸沸扬扬。

赞成的认为给厂区节约成本，并且发明创造在合理范围内，是绝对的好事，还可以给年轻人一个机会。

反对的则认为李小白和霓裳两个本科生谈改造，不亚于小学生造原子弹，而且是拿着国家采购的成本高昂的设备作为他们哗众取宠的对象，甚至有人认为那么复杂的设备，如果仅仅是做小的调整便可以解决问题，那么为什么外国专家没有看出来？为什么外国设计者在设计之初没有想到？

这个情况也是岳诚没有想到的，他是高层管理者，他觉得这个事值得拿来讨论一下。一场会议很快召开，讨论也是非常热烈，在员工中的反响也是巨大的，却始终没有一个结果。

严栋等了半个月，修改合同的环节也完成了，可岳诚厂长却没有任何表态。

"厂长，这个事应该有一个结果了吧？不修，那就有不修的办法；修，那就有修的节奏。"严栋和岳诚在办公室展开了讨论。

岳诚笑眯眯地看着他，说道："嗯！能为员工来争取，你没白在基层待。"

严栋看着岳诚，说道："我只是觉得为了咱们厂产能的提高、设备的迭代，太多人付出了太多的东西，真的太不容易了。我是全程参与了这次合同的修改。"

"所以，你来打抱不平？"岳诚呵呵地笑了起来。

"不，我只想知道厂里的态度。"严栋说道。

岳诚看向窗外，说道："你觉得李小白的团队有几分把握？"

这个问题一下把严栋问住了。的确，他也不知道该怎么回答。李小白热情很高，但不见得能攻克这个难题，岳诚说道："你也没有答案，对吗？对于不确定的事，冒险精神是该有的，但要做最大把握的冒险，你懂了吗？"

严栋的眉头皱了起来，他没想明白这个度该怎么把握。岳诚笑着说道："如果他李小白敢拍着胸脯说他的方案一定行，到那时再做下一步研究。要有能说服大多数人的能力，这也是很好的锻炼嘛。现在将近一半的管理人员都反对，你觉得我会支持吗？"

第121章　精兵强将

严栋明白了岳诚的意思，连连点头。出了厂长办公室，他立刻将李小白叫到了自己的办公室。此时的李小白双眼通红，看来是压力很大。严栋说道："小白，你说句实话，你有几成把握能够修好？"

"六成，应该……再多一些。"李小白的确不知道该怎么回答。

严栋终于明白了岳诚的话，他说道："你连九成的把握都没有，就拖着这么多人陪着你玩？那不是胡闹吗？"

"我没有……我遇到的困难太多了……"

严栋说道："少废话！你和你的团队意见都不统一。怎么，我们是仲裁机构吗？这个厂最了解这台设备的人是你，你拿你的专业来让不如你的人仲裁对错，你是怎么想的？你是来开玩笑的吗？"

严栋的话让李小白哑口无言，他被严栋赶出了办公室，垂头丧气地回到了工段。

再见霓裳，他说出了严栋的话。霓裳极其聪明，说道："领导的话很对，你我目前遇到的困难是之前都没有遇到过的，能解决这个困难的也只有你我。我们之间要达成一致，你必须得想办法。"

李小白闭上眼，揉着太阳穴。他在医院的时候，医生说他精神状况欠佳，应该是工作压力太大，要他多注意休息，可现在是万事俱备只欠东风，他舍不得放弃。

他做得对吗？不知不觉他想起了以前，第一次面试，被严栋批评；第一次军训，被塔布尔安排去打扫厕所；第一次设备改造，导致老班长被迫提前退休；第一次……

突然，他坐了起来。他想到了毕渊，曾经在改造老设备的时候，他们也遇到了同样的问题。

李小白一拍巴掌，说道："我有办法了！我需要一个团队，一个超级厉害的团队！"

霓裳也反应了过来，眼前一亮，说道："对啊！我想到一个人。"

"我想到了三个人！"李小白说道。

包装厂里，设备转动的声音隆隆响，毕渊正指挥着几个员工倒料，料仓的料正如瀑布一般流入封包袋中，毕渊一身的灰。

"他变了，以前他只管安排工作，很少自己参与的。"霓裳说道。

"毕渊！"李小白大喊了一声。

因为噪声很大，毕渊根本没听到，一直到李小白走到他的跟前，他才发现。毕渊愣了一下，随即笑着说道："你们怎么来了？"

"找个地方聊聊。"李小白扯着嗓子喊了起来。

办公室，还是那间办公室，李小白熟悉的地方。墙壁上挂着上岗证和安全作业证，一旁的规章制度和以前比依然没有变化。

毕渊在门口将身上的粉尘拍了拍，进了屋，看着李小白说道：

第121章 精兵强将

"没想到你们会来看我。"

"你过得怎么样？"

毕渊笑了笑，说道："挺好的。听说你在改造外商提供的设备。"

"要不要重新回联合加氢？"李小白现在很缺人，毕渊的工作能力是绝对没问题的。

毕渊的眼前恍惚了一下，随即说道："我在这里挺好的。李小白，以前我不理解你，我总觉得你就是想往上爬，现在我理解了，你可以为了霓裳做任何事，我败给了情种，我无话可说。"

李小白摇摇头，说道："不是的，我和霓裳之间不过是在工作中发展起来的感情。我只是希望像我父亲那样坚守，希望厂里的设备一切都好，就这么简单。"

毕渊沉吟半晌，终于长长地出了一口气，说道："我不如你。"

李小白知道他还没明白，说道："我不知道该怎么劝你，但是你可以不去想这些，只管做好手里的事，多想想你能为设备做什么。"

毕渊的目光暗淡了下去，半晌却再次闪亮起来。李小白说道："我需要你的帮助，能来帮我吗？"

毕渊说道："可以，不过你欠我一个人情，还得现在还！"

"怎么还？"

毕渊走上前，朝着李小白的胸口给了一拳，说道："现在我舒坦多了，一想起上学时被你欺负，我就难受。"

李小白笑了，霓裳笑了，毕渊眼中隐隐有泪光闪烁。

厂区门口有一排饭馆，那里的饭菜比外面便宜得多。李小白正大口地吃着拌面，坐在对面的是田蔚强，他同样也大口地吃着拌面。

"还是咱们这儿的拌面比云海市的好吃，要的就是一个筋道。"

田蔚强吃得额头冒汗。

李小白咬了一口蒜，说道："以前我都是吃食堂，偶尔到这儿来吃，你这么一说，还真是。"

"你的设计怎么样了？每次听到你都是爆炸新闻。"田蔚强说道。

李小白却不回答，说道："别说我了，你怎么样了？"

"我现在在炼油厂催化车间，给了我一个副主任，管设备，也算对口。"田蔚强说道，"你小子也快提副主任了吧？工艺还是设备呀？"

李小白说道："我没你的福气，我这儿遇到难题了，想找你帮忙。"

"早说嘛，我以为啥大事呢！"田蔚强头都不抬地说道。

李小白心头一暖，心想不愧是一个战壕里摸爬滚打出来的，就是不用多说。

田蔚强喊道："老板！加个面！"

"我也要加一个。"李小白跟着说道。

两人没了多余的话，一直到吃完饭，田蔚强站起身，说道："小白，你结账，什么时候需要我帮助，提前说一声，我好请假。"

"好嘞！"兄弟之间或许就是这么简单。

告别了田蔚强，李小白到了车工车间，此时的徐大远正在车件儿。李小白并没有去打扰，只是安静地等着。

徐大远很淡定，如今他的设备与外商工程师的一模一样，那专注度更是有过之而无不及。

大约二十分钟后，徐大远急匆匆地下了打头机，拿起一枚钉子去了激光校准器上。半晌，他似乎满意了，拍拍手，将钉子丢在了一旁。

李小白捡起那枚钉子也去了激光校准器上，数据显示误差0.003毫米，这让李小白吃了一惊，这个标准可是已经超过了外国工程师。

李小白喊道："徐大远，你的能力见长啊！"

徐大远吃了一惊，急忙转头看向了李小白。他对这个人印象很深，要不是李小白，他的车工技术可能还是没办法突破。

徐大远笑着说道："领导，你是什么时候来的？"

李小白伸手握了握，说道："看了你二十多分钟了。我听说现在你是车间第一车工哦！"

"那是！如果外国人再来，我有能力和他们的工程师掰掰腕子！"徐大远的自信来自手里有真本事。

李小白说道："我需要你的帮助。未来几天，我可能需要车很多东西。"

"那没问题，给我数据，我来完成。"徐大远毫不犹豫地说道。

李小白点点头，说道："我要误差精度到0.004毫米之内。"

"没问题！"

李小白笑了，现在的徐大远是有了绝对的自信。

第122章　递交答卷

"小白，你的思路为什么总是想改造？为什么不能换？"四个人坐在办公室看着图纸，田蔚强摸着下巴说道。

"我认为李小白的办法其实也不错，但是总感觉欠点意思，往下挪动半米，真的可以解决我们设备的颤动问题吗？"毕渊说道。

半个月，整整半个月的时间，四个人经常围着备用设备上下齐手地比画着。现在的他们已经可以将外壳拆解下来，进行具体的研究，很快，他们发现了新的问题。国外所用的电机组并没有国内的好，只不过他们在组装方面是下了功夫的，其实只用更换一个国内质量好的电机组，便能解决设备颤抖的问题。

这是李小白没想到的。

李小白看着这个解决方案，说道："我以为外国人的尖端设备能有多好呢。"

田蔚强不屑地说道："小白，这种没难度的活下次就不要叫我了，咱们国家的生产能力不低的。"

霓裳也是长长地舒了一口气，说道："原来外国人也有给骏马装骡子心脏的事啊！"

全新的报告放在岳诚厂长的面前，严栋不等岳诚发问，直接开口说道："厂长，现在我能回答你的那个问题了，李小白和他的团队保证可以彻底解决这个问题，他们的胜算是百分之百。"

岳诚看向了严栋，点了点头，一边在方案上签字，一边说道："很好！我同意这个改造方案！"

严栋接过批示文件，看了一眼，却发现上面写着一句话："同意！年轻人，好样儿的！"

严栋看着岳诚，有些意外，似乎岳诚很少夸人。

"怎么，有什么问题吗？"岳诚厂长看着严栋问道。

严栋说道："您就这么相信这几个九〇后？"

岳诚说道："总有一天，我们要将身上的担子交给他们，我们现在做的不就是让他们做好准备吗?"

改造当天,天气晴朗,万里无云,一个防尘罩搭建在室外,里面放着的就是那台设备,李小白要求就设备的改造过程与外商进行全程直播。

"你们这样做很冒险,我认为你们会失败的。这样损坏设备的话,我们不会承担任何风险的。"外商的工程师说道。

"我们是完全按照合同进行的,我觉得目前我们没有争执的时间,而是都希望设备能够良好运转。相信我,你看了我们的改造之后,会爱上我们国家生产的电机组的。如果你需要他们的联系方式,我很愿意提供给你们!"李小白自信地说道。

防尘罩被取了下来,外商的电机组被一点点地拆了下来,一旁无数的插头被有序地放好。田蔚强小心翼翼地将国产电机组安放上去,并将需要车的零件依次码放在一旁。霓裳给李小白打下手,此时的李小白就好像一个做手术的医生,仔细认真。

足足三个小时,当外壳被重新闭合的时候,李小白松了一口气。他看着设备一点点地被调装回到生产线上,轻轻地舒了一口气。

"总控,启动设备,通电加压!"霓裳拿着对讲机说道。

嗡嗡的声音响起,就像是一首好听的交响乐,外商的设备依旧没有一丝的声音,原来的设备也没有震动。

"总控,满负荷运转!"设备运行了十分钟,霓裳继续说道。

噪声更大了,仿佛是千军万马冲了过来,而设备依然没有震动。外商的工程师足足看了半个小时,说道:"恭喜你们!你们解决了专家才能解决的问题。"

这代表改造成功了。李小白知道光每年维修费这一块就给单位节约了将近百万元。他兴奋极了，一把抱住霓裳，一吻落下，霓裳羞红了脸。

在外围围观的人群中，严栋笑了，接着，雷鸣般的掌声响起。

严栋从人群中走了出来，说道："李小白，你对这些设备都了如指掌吗？"

"是的！我就像熟悉自己的身体一样熟悉这些设备。"李小白自信地说道。

严栋笑眯眯地说道："那如果领导把联合加氢交给你，你能管理好吗？"

"我可能会管不好，但我会尽全力去管好！"李小白说道。

严栋说道："你这是什么话？行就行，不行就不行，哪来的模棱两可？"

李小白说道："我又没干过，我怎么知道能不能行？我做事你是知道的，不打无把握之仗。"

严栋是气笑了，他本以为这小子能上道一点，说些什么保证完成任务之类的话，也想要借此提振一下士气，哪里想到这个九〇后的脑回路与他这个八〇后还是有区别。

他拿出了一份委任状，大声地说道："委任状！"

这一声让围观的人都安静了下来。

"经乌海石化公司管理层研究决定，委任联合加氢工段技术员李小白同志为联合加氢工段副主任工程师，全面参与管理联合加氢的各项运营工作，并对现场情况进行监督、检查和评估，对工段财物、成本支出和重要决策进行严格把控，推进和落实集团下达的各项工作任务和指标，望联合加氢的全体员工务必全力支持和配合！"严栋念完，将委任状交到了李小白的手里。

李小白这才算是从震惊中缓过神来。严栋看着李小白，说道："你知道为什么是我来念这份委任状吗？"

"知道，因为当年是你同意我试用一年的，现在我算不算是交卷了？"李小白想起了第一次见到严栋，他和严栋互相看不顺眼；想起了在考场上，他答了一半睡着的情形；想起了父亲李国清在酒桌上尴尬的样子；想起了在博物馆门前，他抽烟被抓的样子……

"那你觉得你合格了吗？"严栋问道。

"我还在答卷，到我退休的时候，我才会知道我的分数，但目前的题目我都会做。"李小白笑眯眯地说道。

严栋说道："那你现在能不能管理好联合加氢？"

李小白郑重地点点头，说道："我能！"

第123章　英豪榜记

设备改造成功，电视台的记者采访了李小白。李国清看着电视里儿子那俊朗的外表，笑得嘴都合不拢。

"老伙计，你儿子简直就是天才呀！咱远宁石化有这样的人才，何其有幸啊！"李国清的老同事说道。

"哎！不管他儿子到底是天才还是人才，那都要感谢咱们老班长，他给咱们石油上培养了一个好接班人。"

……

李国清这次是真的长了脸，凡是碰见熟人，对方都会上前说那么一两句，李国清听了心里比蜜还甜，那叫一个舒坦。他真正高兴的倒不是李小白在工作上有多大的突破，而是每天看着霓裳提着一些水果什么的来家里看他，那是相当高兴。

时光飞逝。草长莺飞的日子，天空晴朗，嘹亮的国歌响起，党旗鲜艳无比。

李小白半侧身站在党旗下，举着右手，握拳过肩，神色坚毅无比。他的心情异常激动。

"我志愿加入中国共产党，拥护党的纲领，遵守党的章程，履行党员义务，执行党的决定，严守党的纪律，保守党的秘密，对党忠诚，积极工作，为共产主义奋斗终身，随时准备为党和人民牺牲一切，永不叛党。宣誓人李小白。"

党徽戴在李小白胸前的时候，他觉得荣耀的同时又满怀深深的压力。

入党仪式之后，严栋把李小白叫了出来，说道："我还有一个礼物送给你。你能猜到吗？"

"哦？不会是我又上电视了吧？"李小白好奇地问道。

严栋气笑了，说道："怎么，你上电视那么兴奋吗？"

"我猜不到！能不能提示一下？"李小白嘿嘿笑着说道。

严栋卖起了关子，说道："好呀！上车吧。"

李小白想不出什么礼物还要上车，只能跟着。车开到了博物馆门口，严栋说道："下车吧。"

李小白不明就里，说道："到博物馆干吗？"

"你说了，让我提示一下，我提示完了，下车。"严栋不客气地将李小白赶下车，一溜烟地跑了。

李小白的内心怦怦直跳，该不会……

他郑重地整理了一下厂服，跨进博物馆的大门。还是那熟悉的黑色雕像，雕像两边依旧是苍劲有力的两行字"大国黑金""石油精神"。

他一步步地走过展览厅，那里有微缩图。他看着那些穿着大棉袄、张大了嘴、抡着铁锤的老一辈石油人，又看到了装载着巨大锅炉的老式炼油厂，还看到了先进的千万吨炼油、百万吨乙烯厂展示图。

李小白的心跳得更快了，他走到了英豪榜前，仔细地看着英豪榜上的每一个人。那些人有的已经不在了，有的已经退休了，有的已经成为远宁石化的管理者。他又看到了李国清的介绍，他伸出手，轻轻地摸了摸。继续往前走，他看到了那个普通工人，因为坚守了四十年，只看着一个阀门，退休那年上了英豪榜。

终于，走到了最后，那里有一排新加入的人员名字，第一个就是李小白。照片上的他自信地笑着，眼神中透露着坚毅，下面有一行介绍：李小白，联合加氢工段副主任工程师，他致力于设备的改造，并取得巨大的成果，先后多次为远宁石化争得荣誉，为石化总厂每年节约百万元的费用。

李小白笑了，他坐在英豪榜前的椅子上，这一刻，他仿佛感觉到那些英豪榜上的前辈们微笑着看着他，他们伸出了大拇指，一道白光出现，他们慢慢地转身，消失在白光中。

话说工作顺利的李小白感情之路却是非常不顺利，他托霓裳告诉霓母自己现在是英豪榜上的一员。

霓母却是不信，看着霓裳说道："就那个坏小子？他要能上英豪榜，我这辈子出门都不好意思给别人说我是石油人。"

"妈，真的！你不看电视吗？他因为技术改造成功上电视了。"霓裳皱眉说道。

实际上霓母的心思早已有些松动，但她一想起来那天晚上李小白和一群醉汉打架，还将一个妖媚的女孩子护在身后，便觉得他不是好东西。

霓母说道："丫头，就算你说的是真的，但这小子对感情不忠诚，在外面招蜂引蝶，你这是被猪油蒙了心啊！"

霓裳无奈了。

晚上，他们两人偷偷打着电话，她说道："李小白，我试了，我妈还是不答应，我都无语了。你快想想办法，不然，她又要安排我去相亲。"

"还不答应？我的天哪！我还能做什么呀？要不要我负荆请罪啊？"李小白苦闷了。

正在这时，门被推开了，李国清一脸冷酷地站在门口。李小白吓了一跳，说道："亲爱的，我这边有点事，我先挂了。"

李国清说道："怎么，霓裳的妈妈不同意你们在一起？"

李国清早就觉得不对劲了，虽然霓裳经常来他家，也是伯父长伯父短地叫个不停，但这都快三年了，却绝口不提让两家大人见见面，这闹的是哪一出？他躲在门口偷听，这才知道原来霓裳答应了，可霓母却是推三阻四。

李小白低下头，讲清楚了事情的来龙去脉。

李国清昂着头，说道："我知道了，这个事你别管了。"

"啊？你要干吗？"

李国清却是不理不睬地走了。

第二天，李国清穿得笔挺，找到霓裳家门口。他的手里端着一锅鸡汤，还提着水果。

他轻轻地敲了敲门，霓母打开门，两人四目相对，愣住了。

霓母说道："是你？"

李国清也认出了霓母，感到意外至极，说道："啊？怎么是你？"

原来，当年李国清在远宁石化上班的第二年，单位派年轻小伙子们去迎接新分来的员工，领导嘱咐必须帮女同志拿行李，让人家感受到热情。

李国清那时候嘴笨，不善言辞，正好车停在他的面前，车上下来了一个女同志，她提着一个沉重的大箱子。李国清二话不说，上去拿起行李，女同志吓了一跳，傻傻地站在一旁，不知所措。

李国清以为她不反对，便拿着行李朝前走。

第124章　新的说客

那位女同志"啊"地大叫了一声，喊道："有流氓抢我的包！"

来接新人的都是年轻气盛的小伙子，这光天化日还造反了不成？他们顺着她手指的方向看去，只见李国清傻傻地站在原地不知所措，瞬间，他便被众人围住了。

这时，接待的领导走了过来，看着憨厚的李国清，当场就笑了。待误会解开，女同志却是不好意思地笑了。

之后的迎新大会上，两人坐在了一起，但彼此并没有说话，各自想着心事。李国清从桌子上拿起一个苹果，在衣服上擦了擦，递给她，她吓了一跳，不知该不该接。

李国清以为这苹果太大了，双手一发力，将它掰成了两半，将一半递了过去，说道："吃吧，远宁的苹果都是东村自己种的，可甜了。"

迎新大会结束，两人便分开了，这个憨厚的大男孩在这位女同志的心中留下了很深的印象。后来，女同志找过李国清，可远宁人太多了，根本找不到。

再见面的时候，女同志才发现这个男孩居然和她住在同一个小区，而那时的李国清已经结了婚，有了李小白；女同志也结了婚，有了女儿。两人见面还会打打招呼，但仅此而已。这位女同志就是霓裳的妈妈。后来霓裳的父亲因为觉得做石油工人没什么意思，便辞职下海，临走时离了婚，之后音信全无。

霓母为了忘记这个伤心的地方，便带着霓裳搬了家。

如今两人再见，当真是时过境迁，往事仿佛就发生在昨天。

霓母让李国清进了家门，两人都说着过去的事。霓母是知道李国清的事的，但李国清却不知道霓母的事，他得知之后也是唏嘘不已。

两人聊了半晌，霓母才发现李国清带着鸡汤和水果，问道："李师傅，你这是做什么呀？"

李国清这才想起他来的目的，说道："我今天来是为了我的儿子。我儿子和你女儿在处对象，我儿子叫李小白。我听说你反对他们俩在一起？"

"什么？那个在外面惹是生非、打架斗殴的小子是你儿子？"霓母简直不敢相信自己的耳朵。

李国清是知道自己的儿子进过派出所，但他是了解儿子的，脸涨得通红，说道："是的，但他不是个坏孩子，我带着他长大。他现在上了英豪榜，还上了电视，还拿了全国石油行业技能大赛一等奖。"

霓母还没从李小白是李国清儿子这件事上反应过来，说道："他……他怎么会是你儿子？你没教出一个好孩子，好孩子怎么会在外面为了一个女孩子跟人打架斗殴呢？"

李国清说道："我儿子不是那样的人，我李国清替他担保。我……我……今天就是来说，我家李小白是个好男儿，将来也会是个好丈夫！"

说完，他站起身走了。霓母还没回过神来。

李国清下了楼，浑身都是汗，他一方面还沉浸在当年与霓母相遇的事里，另一方面为儿子的事找来，那是紧张得要死。他到了楼下，感觉自己的话似乎还没说完，又想回去再多说几句。转身之际，却是没了勇气，他一跺脚，说道："还得想办法。"

话说霓裳下班回家后被霓母一顿审问。霓裳吓了一跳，她看着桌子上的鸡汤和水果，发现霓母一直在问霓裳关于李国清的事，心里大概有了猜测，却又不敢肯定。

李国清回到家，也抓着李小白问起了霓母的事。李小白也是诧异万分。

第二天，李国清又炖了鸡汤，要李小白亲自送到霓裳家去，还交代李小白说是李国清请霓母喝鸡汤，其他便没说什么。而更令李小白和霓裳都没想到的是，霓母居然没有反对，让李小白把鸡汤放在桌子上后才让他出去。

这绝对是一个好兆头,但霓裳试探母亲的口风,却又被拒绝了。就这样来来回回两个多月,霓母现在养成了习惯,每天都要听霓裳汇报关于李小白的情况,还顺便打听一下霓裳到李小白家见到李国清的情况。

李小白则是每天照例将霓母对他有没有更多的改变告诉李国清。

"小白,你觉不觉得伯父有反常的地方?"霓裳问道。

李小白说道:"哎,我还想问你呢,你觉不觉得伯母有不对劲的地方?"

"有,她经常打听伯父的情况。"霓裳说道。

李小白琢磨了一会儿,说道:"哎!我爸倒是没打听,但我每天都是主动汇报呀!"

两人互相看着,眨巴眨巴眼。霓裳说道:"他们两个以前认识,现在不问你我,却是老问彼此,你说他们会不会有什么小情况?"

李小白觉得很有道理,看着霓裳,说道:"哎呀!你这么一说,还真是!我说他怎么老让我给你家送鸡汤。"

霓裳回忆着最近的不对劲,李小白却说道:"霓裳,我是说假如啊,如果他们两人能在一起,这是不是一件好事?"

霓裳被李小白的话吓了一跳,说道:"啊?这可能吗?"

"哎,要不咱们撮合一下?要是伯母和我爸真的在一起了,那咱们就是一家人,他们应该就不会反对我们在一起了吧?"

霓裳是不反对的,毕竟母亲老了也需要人照顾,说道:"这事我不好开口啊!"

李小白想了想,说道:"这又是一个设计问题,苦呀!我李小白改造设备在行，这要改造两个人，那真是不容易呀！得想个办法。"

片刻，他便有了想法。

"严处长，我有个事求你。"严栋已经是安质环处处长了。

李小白将他和霓裳的事说了一遍，严栋听得目瞪口呆，待反应过来，忙拍着胸口说道："这个事你放心，交给我！"

"还有一个事。"李小白继续将李国清和霓母之间说不清道不明的事也说了一遍。

已经被惊呆的严栋这下更是张大了嘴巴，半晌，他才说道："这……你们两个孩子不反对的话，那我就试试。"

"拜托严处长了。"

第125章　人才辈出

这天，严栋将李小白和霓裳，还有李国清叫到了霓裳家里。

严栋说道："伯母，您好！我是公司安质环处处长严栋。李小白是我招进公司的，我曾经是他的直属领导，他走的每一步我都看在眼里。我用我的人格担保，他绝对是一个有担当的男人，将来会是一个好丈夫，还希望您能将您的宝贝女儿嫁给李小白。"

霓母看着严栋，轻轻地舒了口气，又看向李小白，说道："好吧，现在搞得好像我里外不是人了，我同意了。但是我有言在先，李小白，你以后要是对不起我女儿，我可不会放过你，你可以问问你爸，我当年在厂里，那是谁都不怕的。"

李小白还在紧张，严栋戳了戳他，李小白才反应了过来，忙说道："伯母，我向您保证，绝对好好地对待霓裳。"

本以为事情到此结束了，严栋却又说道："我还有一件事。师傅，我是您最后一个徒弟，您单身很久了，日子总要朝前看，将来您老了，也需要一个伴儿。李小白已经长大成人了，他有自己的生活，所以，我很担心您。伯母的年纪和您相仿，你们也认识，所以，我建议您和伯母试试在一起过日子。你们觉得呢？"

"啊？"李国清听完，脸一下红了，说道，"小栋子，你可不能胡说八道啊，正说李小白的事呢！"

"伯母，我真的这么认为。霓裳也要嫁人的，您老了也需要照顾。石油工人一辈子都是相互支撑、相互帮扶的，你们在一起，合适得很！"严栋继续说道。

霓母听完，脸早已红了，忽地站起来，"哎呀"一声跑进房间不出来了。李国清也忽地站起身，开门跑出去了。留在家里的三人相视微微一笑。

一年后，一场别开生面的婚礼举行了，两对新人步入了婚礼的殿堂。走在前面的是李小白和霓裳，走在后面的是李国清和霓裳的母亲。

又到了一批新人入职的时候，严栋叫李小白去挑人，让他看看有没有专业合适的。

"大明，你就穿成这样来面试？"其中一个小个子男生对穿着球衣、拿着篮球的小伙子说道。

那个叫大明的小伙子个子将近一米九，他打了一个哈欠，说道："我就来看看，如果工作合适，就留下；如果加班多，领导难伺候，我直接就走。此处不留爷，自有留爷处！"

"哈哈！你真牛！你就不怕人家连面试表格都不给你吗？"小个子男生说道。

大明运着球，说道："那是他们没眼光，如果我学的专业这里不要，我就去外地的石化公司，照样能找到合适的岗位。"

这两人说着从李小白和严栋的身边走过。

李小白笑了，说道："现在的〇〇后，可比我们九〇后有性格得多。"

严栋的内心依然不喜欢这种打破常规的说辞，说道："哼！一代不如一代！"

后记

亲爱的读者：

《此生，让我成为你的英雄》是我一直想写的故事，因为我曾有在石化公司上班的经历，这段经历让我难忘，我总想为它写点什么纪念一下。回首往昔，我依然能想起倒班的时候，深夜一点半从床上爬起来，穿上厚厚的厂服，坐着倒班车去工段上班。如今，耳边似乎还能听到轰轰的设备声，还能想起石化公司食堂的大骨面和餐车的盒饭，还记得每一次学习和与同事的聚会……

终于，我决定提笔写这个故事，我想告诉大家真实的石油职工到底有着什么样的生活状况。外面的世界很大，有更多的精彩，但总有那么一群人，甘于在一个十八线的小城市里，坚守着巨大的厂房，每天做着同样的工作，日复一日，年复一年。

但正是因为有了他们，国家才有源源不断的石油化工产品，才能不断地提高工业水平，他们是值得我们这个时代铭记的。我相信在这个行业，过去有无数的英雄前赴后继；现在，依然有无数的英雄默默地坚守在平凡的岗位上；未来，还会有无数的英雄加入石化行业这个大家庭中。

后记

  这是一部小说，因此我所表达的不足他们喜怒哀乐的万分之一，只希望大家能够看到一个好故事。感谢所有支持和陪伴我的朋友们，是你们的支持和陪伴让我走到了今天，未来，我依然不会停下。

  在这里，我要特别感谢中国作家协会和新疆作家协会的领导和老师们的鼓励和支持，感谢殷基平、徐丽萍、谢帅等在石油石化及相关行业工作的朋友们给我提供了大量的创作素材，多亏了他们，才有了这部小说。

  最后感谢番茄小说网站给了我出版这部小说的机会，让它与大家见面。

  未来，不离不弃，一生相伴。

玉松鼠
2021年3月21日